HEYNE BÜCHER

SCIENCE FICTION

Ein Verzeichnis aller BATTLETECH®-Romane finden Sie am Schluß des Buches.

Loren Coleman

Die Natur des Kriegers

Teil Zwei der
Capellanischen Lösung

Sechsundvierzigster Roman im
BATTLETECH®-Zyklus

Deutsche Erstausgabe

WILHELM HEYNE VERLAG
MÜNCHEN

HEYNE SCIENCE FICTION & FANTASY
Band 06/6246

Titel der amerikanischen Originalausgabe
THE KILLING FIELDS
Deutsche Übersetzung von REINHOLD H. MAI

Umwelthinweis:
Dieses Buch wurde auf chlor- und säurefreiem Papier gedruckt

Redaktion: Joern Rauser

http://www.heyne.de
Printed in Germany 2000
Umschlagbild: FASA Corporation
Umschlaggestaltung: Nele Schütz Design, München
Technische Betreuung: M. Spinola
Satz: Schaber Satz- und Datentechnik, Wels
Druck und Bindung: Elsnerdruck, Berlin

ISBN 3-453-16185-8

Dieses Buch ist meiner Herausgeberin bei FASA,
Donna Ippolito, gewidmet.
Für ihre Geduld und Unterstützung.

Die Liste wird immer länger. Ohne die folgenden Personen wären dieses und das vorangegangene Buch entweder gar nicht geschrieben worden oder zumindest nicht so gut ausgefallen.

Jim LeMonds für die ersten Stunden. Meine Eltern, immer noch zwei meiner treuesten Fans. Die Orlando Group, mit einem besonderen ›Willkommen daheim‹ an Ray Sainz und Dank an Russell Loveday für die Details über atomare, biologische und chemische Kriegsführung (also geben Sie ihm die Schuld).

Mike Stackpole, immer noch ein guter Freund und Ratgeber. Wie immer Dean Wesley Smith und Kristine Kathryn Rusch, ohne die ich zu früh aufgegeben hätte.

Das FASA-BattleTechTeam Bryan Nystul und Randall Bills. Jordan Weisman und Ross Babcock, für die Erschaffung eines so spannenden Universums. Chris Hartford, Chris Hussey, Chris Trossen für ihre Anmerkungen. Annalise Raziq für ihre Internet-Hilfe. Donna Ippolito, meine Herausgeberin bei FASA, die mir selbst einen Mord durchgehen läßt – im wörtlichen Sinne.

BattleTech-Fans Maurice Fitzgerald und Warner Doles, die für ihr Erscheinen in diesem Roman Geld für wohltätige Zwecke gespendet haben. Samuel Fang für seine Hilfe mit chinesischer Terminologie. Gruppe W für die Leihgabe ihrer Einheit. Robert Kyde für die Unterstützung mit Miniaturen.

Mein Agent, Don Maass, und seine Mitarbeiter.

Meine Familie: Heather, Talon, Conner und Alexia. Dafür, daß sie mich bei diesem Projekt ertragen haben und hoffentlich auch beim nächsten ertragen werden.

VORSPIEL

Ho-lu-Tiefland, Denbar
Xin-Sheng-Kommunalität, Konföderation Capella

21. Februar 3062

Die bläulichweiße Entladung der Partikelprojektorkanone schlängelte sich in die dichte Baumgruppe und fuhr knapp über dem Boden in eine wuchtige Ulme. Die Feuchtigkeit im Innern des Stamms verwandelte sich im Bruchteil einer Sekunde in Dampf und riß ihn auseinander, als sie sich schlagartig ausdehnte. Der Energiestrom verzehrte die Splitter und bohrte sich tiefer, schlug durch den Stamm hindurch und verbrannte den Boden hinter dem langsam stürzenden majestätischen Baum.

Im Cockpit seines neuen *Imperator*-BattleMechs saß Major Warner Doles zehn Meter über dem Boden und fast auf Höhe der Baumwipfel. Sein Kampfkoloß war ihnen an Masse deutlich überlegen. Die stürzende Ulme streifte den BattleMech. Ihre Äste brachen mit gewehrschußähnlichem Knall ab und hinterließen moosgrüne Flecken auf der mattbronzenen Lackierung des Mechs. Die neunzig Tonnen schwere Maschine zitterte kaum. Ihre breitbeinige Haltung hielt sie sicher an ihrem Fleck, und das durch den Neurohelm geleitete Feedback von den Gleichgewichtsorganen des Majors glich die leichte Erschütterung automatisch und ohne die geringsten Schwierigkeiten aus. Major Doles nahm das leise Zittern zur Kenntnis, kümmerte sich aber sonst nicht sonderlich darum. BattleMechs, weitgehend humanoide Kampfkolosse, schwer gepanzert und bewaffnet, beherrschten das

Schlachtfeld schon seit weit über dreihundert Jahren. Die Natur kam dagegen nicht an. Besonders in einer überschweren Maschine war das einzige, worum sich ein MechKrieger Sorgen machen mußte, ein anderer BattleMech.

Der Major zog das Fadenkreuz über eine entfernte Baumgruppe, so dicht an Denbars Huaisümpfen – hauptsächlich Ulmen und Zypressen – vorbei, und suchte auf Sichtprojektion und Sichtschirm nach einem Ziel. Anscheinend hatte das Zielsuchsystem des *Imperator* zwischen den Bäumen und dem hängenden Moos etwas entdeckt, was seinen Augen entgangen war, denn das Fadenkreuz blinkte abwechselnd rot und golden, was eine teilweise Zielerfassung anzeigte. Er erwiderte das Feuer mit den schweren Zwillingslasern und war keinswegs überrascht, als die Schüsse ihr Ziel nicht trafen. Noch ein paar weitere Lichtwerfersalven aus edelsteinfarbenen Energielanzen zuckten zwischen den Bäumen auf, als seine Blackwind-Lanciers und die nicht minder gut versteckten Mitglieder der 3. Konföderations-Reservekavallerie aufeinander feuerten.

Wir müssen nur noch ein paar Sekunden durchhalten, dachte er und tat den Laserfehlschuß als belanglos ab, während er die letzten Sekunden seines Schlachtplans abzählte. *Sie hier binden.* Er wußte genau, daß es für die 3. Reservekavallerie keinen Ausweg gab. Sie waren in der Minderzahl, standen mit dem Rücken zum Sumpf und wurden von drei Seiten von seinen Leuten bedrängt. *Eine ähnliche Position wie die, in der sich der St. Ives-Pakt befindet.*

Plötzlich stieg Doles ein übler Geschmack in den Mund. Auf *diesen* Gedanken hätte er gerne noch eine Weile verzichten können.

Der St. Ives-Pakt war eine capellanische Kommunalität gewesen, bevor er sich dreißig Jahre zuvor am

Ende des 4. Nachfolgekriegs von der Konföderation abgespalten hatte. Durch den Krieg gegen die Häuser Davion und Steiner war die Konföderation Capella zu schwach und demoralisiert gewesen, um die Sezession des Paktes zu verhindern. Dadurch hatte Candace Liao ihr kleines Reich in relativem Frieden regieren können, unberührt von dem Wahnsinn, der bald darauf den größeren Staat ihrer Schwester Romano erfaßte, vereint mit diesem nur im gemeinsamen asiatischen Erbe ihrer Familie und der davon geprägten nationalen Kultur. Später hatte der Pakt dann angesichts der relativen Stabilität, die Romanos Sohn Sun-Tzu der Konföderation gebracht hatte, erneut Grund gehabt, eine capellanische Aggression zu fürchten.

Und es hatte nicht lange gedauert, bis diese Angst sich als berechtigt herausgestellt hatte. Vor kaum zwei Jahren – Doles konnte kaum fassen, daß es erst so kurz her war – hatte Kanzler Sun-Tzu Liao, zu diesem Zeitpunkt zugleich Erster Lord des wiedererstandenen Sternenbunds, seine Absicht bekanntgegeben, eine Rundreise entlang der Grenze zwischen Konföderation und Pakt durchzuführen. Doles war damals stellvertretender Kommandeur des 3. Bataillons der Blackwind-Lanciers gewesen, unter Majorin Tricia Smithson. Deren nachgerade fanatischer Haß auf Sun-Tzu war durch die wiederholten Beleidigungen des Kanzlers gegen den St. Ives-Pakt und die nationalcapellanische Begeisterung, die seine Rundreise begleitete, noch angestachelt worden. Smithson hatte mit ihrem Bataillon die Grenze überschritten, um den Mann auszuschalten, in dem sie die letzte Bedrohung der Paktsouveränität sah.

Ein Unternehmen, das gute Chancen hatte, als der Anfang vom Ende in die Geschichte des Paktes einzugehen, dachte Doles, dessen Hände die Kontrollknüppel des *Imperator* mit weiß hervorstehenden Knöcheln umkrallten. Auch wenn sie in diesem Gefecht auf einen Sieg zusteuerten, war er sich schmerzlich bewußt, daß der Pakt bei seinem Kampf um die weitere Existenz als freier und unabhängiger Staat keine guten Karten hatte.

Sun-Tzu Liaos Rundreise war eine einzige Falle gewesen, um dem Kanzler einen Vorwand oder eine Provokation zu liefern, die ihm erlaubte, Truppen in den St. Ives-Pakt zu ziehen und das Gebiet wieder für seine Konföderation zu beanspruchen. Die erste Welle war als ›Sternenbund-Friedenstruppen‹ über sechs Systeme des Pakts gekommen, aber zu diesem Zeitpunkt waren die zweite und dritte Welle bereits im Anmarsch gewesen. Im Rückblick hatte kaum jemand noch einen Zweifel, daß Sun-Tzu in jedem Fall eine Entschuldigung gefunden oder wenn nötig fabriziert hätte. Aber diese verspätete Erkenntnis war Doles und seinen Leuten keine Hilfe. Niemand konnte vergessen, wie Smithson von Einheiten des capellanischen Kriegerhauses Hiritsu gefangen genommen worden war, ein Ereignis, dem kurz darauf Präsidentin Liaos Verurteilung der Lanciers und ihre Rückkehr in den Pakt in Schande folgte. Das waren schwarze Zeiten für die Lanciers gewesen. Schlechtes Karma.

Aber die Götter, falls sie denn existierten, hatten sich der Einheit erbarmt. *Oder vielleicht haben sie auch nur das Interesse an der Belustigung verloren, die wir ihnen bieten konnten.* Die Geschwindigkeit, mit der die Konföderation eine solide Präsenz im Pakt etabliert hatte, hatte den Resten des 2. Lancier-Bataillons auf Denbar zugleich ermöglicht, unterzutauchen und den Widerstand zu organisieren. Milizpanzer und -BattleMechs wurden schnell durch erbeutete Maschinen verstärkt. Herzogin Liaos Tochter Cassandra, selbst eine gute MechKriegerin, hatte Kontakt mit ihnen aufgenommen und in unregelmäßigem Abstand Nachschub geliefert. In der Regel bestand dieser Nachschub aus Bergungsgut ihres Guerillafeldzugs gegen die Besatzungstruppen mit den St.-Ives-Lanciers. Gelegentlich schmuggelte sie aber auch brandneue Ausrüstung ein, wie den *Imperator*, den Doles zur Zeit steuerte.

Und so ging der Krieg weiter. Ein drei Jahrzehnte hinausgezögerter Bürgerkrieg, der jetzt endlich doch ausgetragen wurde, während die Tage zu Wochen und die Wochen zu Monaten wurden. Doles fragte sich häufig, wann er wohl enden würde – und wie. Andererseits bezweifelte er stark, daß er das noch erleben würde.

Beinahe wie als Reaktion auf diesen Gedanken brach ein hartes statisches Rauschen aus dem Kommset seines Neurohelms, bevor die Filter einsetzten und es unterdrückten.

»Major, wir wären soweit«, flüsterte eine durch die Übertragung blechern und weit entfernt klingende Stimme in sein Ohr. Kapitän Samuel Fang, sein Stellvertreter, meldete, daß die letzten Einheiten in Position waren und die 3. Konföderations-Reservekavallerie damit endgültig vor dem Huaisumpf eingekesselt war.

»Wo dong le.« *Verstanden.* Major Doles tippte einen Befehl in die Steuerkonsole, der auf einem der Hilfsmonitore eine stark vergrößerte Sicht des Geländes aufrief, konzentriert auf den dichten Waldrand östlich seiner Position, hinter dem sich die 3. Reservekavallerie versteckt hielt. *Mal sehen, wie selbstsicher sie sind.* »Vordere Einheiten, vorwärts«, befahl er.

Nördlich und südlich seiner Stellung brachen zwei Mechlanzen in vollem Lauf aus der Deckung der Bäume und rannten in das Niemandsland zwischen den Linien. Den südlichen Vorstoß führten zwei *Spuk-*

Mechs an, von Cassandra Allard-Liao auf Indicass erbeutete und an seine Lanciers weitergereichte BattleMechs aus der Liga Freier Welten. An der Spitzenposition der nördlichen Lanze stand ein *Nachtschatten. Wenn die 3. noch die Moral für einen echten Kampf besitzt oder über mehr als die einzelne Kompanie verfügt, von der ich* annehme, *daß wir sie festgesetzt haben, wird sie aus der Deckung kommen und sich dem Angriff stellen.*

Die Reaktion der Capellaner kam schnell, aber verhalten. Zwischen den Bäumen brach eine Anzahl hellschillernder Energielanzen und Lichtimpulse hervor – die Mechs, deren Geschütze sie abfeuerten, blieben aber in Deckung. Eine einzelne PPK schleuderte einen künstlichen Blitzschlag auf den vordersten *Spuk*, und der grelle Strom geladener Atomteilchen schälte Panzerung von dessen rechter Seite. Einzelne Leuchtspurblitze machten Autokanonenfeuer sichtbar, und eine Salve entreicherter Urangranaten fraß sich ins rechte Bein des *Nachtschatten*.

Dann trat ein älteres *Katapult*-Modell lange genug aus der Deckung, um eine einzelne Raketensalve auf den zweiten *Spuk* abzufeuern, und bezahlte den Preis für seine Waghalsigkeit, als ein volles Dutzend Lancier-Mechs aus ihren Verstecken das Feuer eröffneten und den verbliebenen Panzerschutz über seinem Rumpf vernichteten. Drei sich vereinende Autokanonensalven peitschten über die offene Frontpartie des *Katapult* und stießen tief in dessen Innenleben vor, wo sie die Reaktorabschirmung zerschmetterten und den Kreiselstabilisator aus der Verankerung rissen. Als hätten die Lanciers einem sagenhaften Monster das noch schlagende Herz aus dem Leib gerissen, tat der *Katapult* zwei zaghafte Schritte und brach dann zusammen.

Doles unterbrach den Jubel und die Kommentare seiner Krieger mit dem Hauptschalter der Kommsteuerung. Sie hatten noch eine Aufgabe zu erledigen: eine Schlacht zu gewinnen.

»Alle Einheiten, vorwärts.« Er brachte den *Imperator* auf das, was unter überschweren Mechs als Laufgeschwindigkeit galt.

Mit grob fünfundfünfzig Stundenkilometern stellte seine Maschine sicher keinen Geschwindigkeitsrekord auf, aber trotzdem konnte sie das Schlachtfeld schnell genug überqueren. Sein erster Schritt riß weitere Breschen in das Geäst der umgestürzten Ulme und zertrümmerte deren wuchtigen Stamm unter neunzig Tonnen Metall. Der Baum rutschte etwas weg und machte damit den zweiten Schritt unsicher, aber der schwere Neurohelm auf Doles' Schultern koppelte das riesige Gyroskop, das den Koloß aus Stahl aufrecht und in Bewegung hielt, mit dem Gleichgewichtssinn im Innenohr des Majors.

Vier weitere Lanzen stürmten vor, überholten den *Imperator* und donnerten geradewegs auf die Stellungen der 3. Reservekavallerie zu. Zwei der Lanzen bestanden nur aus je drei Mechs, weil sie in vorhergegangenen Kämpfen eine Maschine verloren hatten. Die schnelleren Lanzen drehten jetzt im Vorfeld nach außen ab, um den östlichen Teil des Waldes zu umgehen und in den Rücken der Reservekavallerie vorzustoßen, um den Kessel zu schließen.

Jetzt, da die Lanciers im offenen Gelände standen, während die 3. noch in Deckung war, hatten die Konföderationstruppen einen leichten taktischen Vorteil, aber Warner Doles sah den durch seine strategisch überlegene Position effektiv neutralisiert, oder zumindest würde das sehr bald der Fall sein. Trotzdem, die Reservekavalleristen nutzten den sich ihnen bietenden Vorteil. Keiner der feindlichen MechKrieger wiederholte den Fehler des *Katapult*-Piloten und verließ die Deckung. Statt dessen übeschütteten sie die Lancier-

Formationen aus versteckter Position mit heftigem Abwehrfeuer. Ein Lancier-*Spuk* ging zu Boden, als capellanisches Laserfeuer eines seiner Beine in Kniehöhe amputierte. Dann hatten die leichten Lanzen den Waldrand erreicht und stießen in den Rücken der Reservekavallerie vor. Ein wildwütender Sturm von AK-Granaten, Lichtwerfern und einem PPK-Blitz weidete einen Lancier-*Totschläger* aus, dessen Fusionsreaktor in einem Feuerball aufging, der die mittelschwere Maschine vollständig verzehrte. Der Pilot konnte rechtzeitig aussteigen, aber einer der capellanischen Mech-Krieger zog die Laser hoch und verbrannte den Lancier samt seines Rettungsgleitschirms.

Doles hatte keine Zeit, den Tod seines Kriegers zu betrauern. Sein *Imperator* hatte den östlichen Waldrand erreicht und stieß auf der Suche nach Zielen links und rechts kleinere Bäume um. Grünes Moos verschmierte die Optiksensoren, den feindlichen *Verteidiger* aber, der vor ihm aufragte, sah er trotzdem. Der *Imperator* schüttelte den PPK-Schlag, der ihm entgegenzuckte, achtlos ab, und seine schweren Laser schnitten tief in rechte Flanke und Bein der leichteren Maschine. Splittergranaten aus den beiden LB-X-Autokanonen des überschweren Mechs kosteten dessen Gegner zusätzliche Panzerung, und ein paar der Splitter fanden Lücken und klaffende Breschen in seinem Schutz. Der *Verteidiger* hatte diesem Ansturm nichts entgegenzusetzen, und ein harter Tritt des *Imperator* hinterließ eine tiefe Delle im Torso des gestürzten Feindmechs.

Doles ließ ihn liegen. Dieser Gegner war außer Gefecht.

Er watete weiter durch Geäst und Waffenfeuer, kämpfte zeitweilig an der Seite eines seiner Kameraden, dann wurde er von zwei Mitgliedern der ums Überleben kämpfenden 3. Konföderations-Reservekavallerie angegriffen, bevor das Schlachtglück ihn in ein anderes dichtes Labyrinth aus dicken Ästen und hängendem Moos verschlug, das er mit riesenhaften Mecharmen auseinanderfetzte. Die Innentemperatur seines Cockpits stieg langsam an, weil der Fusionsreaktor, der den BattleMech antrieb, ständig neu gefordert wurde. Schweiß rann Warner Doles über die Stirn und an Armen und Beinen herab.

Die Ortung des *Imperator* gellte warnend auf, aber einen Sekundenbruchteil später schlugen bereits zwei Gausskugeln in die rechte Seite des Mechs, hoben eines der gewaltigen Mechbeine vom Boden und schleuderten den Kampfkoloß fast auf den feuchten Waldboden. Warner Doles riß an den Steuerknüppeln und wedelte mit den großkalibrigen Geschützläufen, die dem überschweren Mech als Arme dienten, um die Balance zu halten. Hätte eine in der Nähe stehende Zypresse seiner Schulter keinen Halt gegeben, wäre die Mühe wahrscheinlich vergeblich gewesen.

Ein *Brandschatzer* schulterte sich durch eine lichte Tannenschonung in Doles' rechten Rückenbereich und feuerte seine Gaussgeschütze ab. Die beeindruckend leistungsstarke überschwere Maschine aus den Mechfabriken des Paktes war sicher Beutegut aus einer früheren Schlacht. Das war kein Mech für einen Kompanieführer. *Haben wir etwa eine Bataillons- oder sogar die Regiments-BefehlsKompanie gestellt?*

Noch zwei Gausskugeln überwanden die kurze Distanz mit solcher Geschwindigkeit, daß sie nur als silbrig verwaschener Lichtreflex zu sehen waren, und schlugen in den rechten Arm und das linke Bein des *Imperator* ein, noch während Doles mit allem, was er hatte, das Feuer erwiderte. Das rubinrote Licht der Lasergeschütze tunnelte sich tief in Arme und Torso des *Brandschatzer*. Die Autokanonen spien vernichtende Ströme aus entreicherter Uranmunition. Eine der Salven prallte von der Schulter des Feindmechs ab gegen dessen Kopf, konnte die Panzerung aber nicht durchschlagen.

Beide Maschinen taumelten unter der Wucht des gegnerischen Feuers zurück, aber ihre Piloten konnten dem Zug der Schwerkraft trotzen, und ein weiterer höllischer Schußwechsel folgte. In der Gluthitze seiner Kanzel konnte Doles nur noch stoßweise Atem holen. Er schaltete die LB-X-Autokanonen auf Bündelmunition, in der Hoffnung, damit die Bresche in der Kopfpanzerung seines Gegners aufreißen zu können. Ringsum tobte die Schlacht weiter, und kleinere Mechs erlaubten sich ab und zu einen Feuerstoß, der von den titanischen überschweren Kampfkolossen kaum zur Kenntnis genommen wurde. Mit zusammen über dreißig Tonnen Panzerung konnten Doles und sein Kontrahent unfaßbare Schäden wegstecken. Aber im nächsten Schußwechsel feuerte nur noch ein Gaussgeschütz des *Brandschatzer*. Durch Munitionsmangel stillgelegt, verstummten die Hauptgeschütze des Reservisten, der sich jetzt auf seine restliche Bewaffnung stützen mußte. Das machte den Ausgang des Kampfes für Doles, dessen Munitionsvorrat weit größer war, nur noch zu einer Frage der Zeit.

Es war schließlich ein Laserschuß, und nicht die AK-Bündelmunition, dem es gelang, die Panzerung am Kopf des *Brandschatzer* zu durchstoßen und den überschweren Mech zu köpfen.

Keuchend nach Luft schnappend bemerkte Warner Doles, als die Temperatur der Pilotenkanzel allmählich sank, zum erstenmal, daß sich auf der Sichtprojektion die Mechs der Blackwind-Lanciers drängten. Sie umstanden ihn von allen Seiten, und nicht *eine* Feindeinheit war mehr zu sehen. Er zog das grünverschmierte Bild des Sichtschirms langsam durch eine 360°-Drehung. Durch die riesigen Breschen und Passagen, die das Wüten der Mechs in den Wald geschlagen hatte, waren fast alle seine Lanciers zu sehen. Die Verwüstung erstreckte sich in alle Richtungen über Hunderte von Metern und war keineswegs auf die Vegetation beschränkt. Zwischen den Baumstümpfen standen auch besiegte BattleMechs, zum Teil in ihre Einzelteile zerlegt. Manche brannten noch, und ihre Flammen schwärzten nahe Bäume, hatten sie aber dank der Feuchtigkeit des unmittelbar an ein offenes Sumpfgebiet grenzenden Waldes bis jetzt nicht entzünden können. Es war unmöglich zu sagen, welche der Mechwracks seinen Leuten gehört hatten und welche dem Feind, aber eine erste grobe Einschätzung ließ ihn zu dem Schluß kommen, daß er nicht mehr als drei oder vier Krieger gegen mindestens ein Dutzend der 3. Konföderations-Reservekavallerie verloren hatte.

Sie hatten nie eine echte Chance, dachte Doles, empfand jedoch kein Bedauern. *Ob Konföderation oder Pakt, wir sind alle Janshi, alle Krieger. Tod und Vernichtung ist unser Geschäft, und wer überleben will, kann sich kein Mitgefühl erlauben. Heute waren die Zahlen auf unserer Seite, und als der Zeitpunkt gekommen war, haben wir sie gnadenlos überrollt. Wäre die Lage umgekehrt gewesen, hätten sie es mit uns nicht anders gemacht.*

Aber das erinnerte ihn nur daran, wie sehr diese Schlacht der Situation des Paktes ähnelte, und dieser Gedanke raubte ihm, was ihm der Sieg an schwacher Genugtuung hätte bringen können.

EIN GESPALTENES HAUS

Unbesiegbarkeit liegt in der Verteidigung, die Möglichkeit des Sieges im Angriff.

– Sun Tzu, *Die Kunst des Krieges*

Wenn man nicht gewinnen kann, was bleibt dann noch anderes als zu verlieren? Bis heute hat die Menschheit keinen Krieg gesehen, in dem ein Unentschieden nicht einen ganz ähnlichen Preis gefordert hätte wie eine Niederlage. Angesichts dieser Alternativen ist es immer besser, der Angreifer zu sein.

– Sun-Tzu Liao, in einer Rede an der Kriegsakademie Sian, 21. Februar 3062, Sian

1

Palast des Himmels,
Zi-jin Cheng (Verbotene Stadt), Sian
Kommunalität Sian, Konföderation Capella

25. Februar 3062

Die Erinnerung an seine Mutter plagte Sun-Tzu Liao, als er langsam in der Strategischen Kommandozentrale mehrere Stockwerke unter seinem Palast auf Sian auf und ab wanderte.

Seine seidene Amtsrobe knisterte leise bei jedem Schritt, aber das war über der Geräuschkulisse aus geflüsterten Unterhaltungen und gelegentlich hastigem Klappern von Tastaturen kaum wahrnehmbar. Der Raum war nur schwach beleuchtet, und seine Atmosphäre ließ kein Gefühl entspannter Arbeit aufkommen. Scheinwerfer an der Decke schleuderten Inseln von Licht um die einzelnen Konsolen und Tische, die alle daran sitzenden oder stehenden Offiziere isolierten. Hier gab es keine Techs, jeder einzelne Anwesende war ein Offizier vom Rang eines Sao-shao oder höher. Vor noch gar nicht langer Zeit hatte dieser Rang noch Kapitän geheißen, aber inzwischen hatte Sun-Tzus Xin-Sheng-Programm auch die militärische Rangordnung der Konföderation erreicht und die bisherigen Bezeichnungen durch chinesische Titel ersetzt. Im Zentrum des Saals standen Talon Zahn und Ion Rush, die höchsten militärischen Berater des Kanzlers. Sie hatten ihrem Fürsten den Rükken zugekehrt und studierten die große Hologrammkarte.

Alles ordentlich, jedermann voll damit beschäftigt, einen Krieg zu führen. Mutter wäre so stolz, dachte Sun-Tzu bitter. Obwohl seit ihrem Tod zehn Jahre verstrichen waren, war Romano Liao derzeit regelmäßig in seinen

Gedanken präsent und das war bereits seit Beginn des zweiten Jahres offener Kriegsführung gegen den St. Ives-Pakt so. Ihre geisterhafte Präsenz richtete über jede seiner Aktionen oder Entscheidungen, und er spürte viel zu oft ihr Lächeln.

Nach Romano Liaos Zustimmung hatte Sun-Tzu keinerlei Verlangen.

Der Drang, seine Schritte zu beschleunigen, um Romanos Präsenz zu entfliehen, war überwältigend. Aber Sun-Tzus tiefe Verachtung für spirituellen Unsinn erlaubte ihm, die beunruhigenden Gedanken zu erkennen und zu erklären. Alte Erinnerungen, beruhigte er sich. Lebendige Erinnerungen, ausgelöst durch den Streß der drei Monate seit der letzten Sternenbund-Konferenz. Er variierte seine Schritte bewußt und blieb in zufälligen Abständen stehen, um über die Schulter eines plötzlich nervös werdenden Offiziers die Daten einer Konsole abzulesen.

Er spürte die Anspannung, die sein unerwarteter Besuch auslöste. Sie schlug ihm von nahezu allen Anwesenden entgegen, und er las die Bestätigung für sein Gefühl in den häufigen, ängstlichen und unsicheren Blicken in seine Richtung. Die meisten hier waren alt genug, sich an den Dienst unter seiner Mutter zu erinnern. Sie alle wußten, daß ihr Wahnsinn sich an seine Schwester Kali vererbt hatte, die in ihrem Irrsinn aufging und sich für die Reinkarnation der hinduistischen Todesgöttin hielt, als die sie von ihrem Kult von Thugee-Assassinen verehrt wurde. Und Sun-Tzu war klar, daß alle in seiner Umgebung wachsam Ausschau nach den ersten Anzeichen einer ähnlichen geistigen Verwirrung bei ihm hielten.

Fast hätte er gelacht. Er gestattete nur selten irgend jemandem, hinter die schützenden Masken zu blikken, die er aufsetzte. Sich vorzustellen, sie könnten ihm den Wahnsinn ansehen… Ja, darüber hätte er *bei-*

nahe lachen können, wenn das nicht auch seine größte Angst gewesen wäre.

Sun-Tzu besaß kaum eine Erinnerung an seinen Großvater. Er erinnerte sich an ihn als einen körperlich gebrechlichen und geistig verkrüppelten Greis, den einstmals großen Maximilian Liao, von Hanse Davion im 4. Nachfolgekrieg zerschlagen, so wie die Armee seiner Vereinigten Sonnen die Konföderation Capella zerschlagen hatten. Romano hatte ein in Trümmern liegendes Reich geerbt und die Pflicht, ihm zum Überleben zu verhelfen. Aber die nahezu vollständige Zerstörung der Konföderation und die Desertion ihrer älteren Schwester Candace Liao, gefolgt von der Sezession der gesamten Kommunalität St. Ives, hatte sie um den Verstand gebracht. Ungebremster Verfolgungswahn und natürliche Skrupellosigkeit hatten sie zu blutigen Säuberungen des Regierungsapparats, des Militärs und selbst des Zivillebens gedrängt. Romano hatte ihre Nation mit eiserner Faust regiert und das Volk durch Terror kontrolliert, damit niemand auch nur auf den Gedanken kam, Candaces Beispiel zu folgen und der Konföderation den Rücken zu kehren. Möglicherweise hatte sie die Nation in dieser Krisenzeit dadurch gerettet, aber Romanos Erbe verdunkelte Sun-Tzus Amtszeit und würde ihn wahrscheinlich bis an sein Ende verfolgen.

Und was hast du anders gemacht? Das war eine Frage, die sich Sun-Tzu regelmäßig selbst stellte, auch wenn er in ihr häufig einen Anklang von Romanos eisiger Stimme vernahm. Immer noch waren Gewalt, Einschüchterung und Intrigen alltäglich. Auch Hinrichtungen und Attentate setzte er als Mittel ein, wenn ihm das Ergebnis dienlich war... Er hatte Demona Aziz persönlich erschossen, als sie versucht hatte, Blakes Wort gegen ihn einzusetzen, und in jüngerer Zeit eine entsprechende Maßnahme befohlen, um eine sich abzeichnende Krise in der Peripherie abzuwenden. *Und während meiner dreijährigen Amtszeit als Erster Lord des Neuen Sternenbunds habe ich einen Krieg angezettelt.* Romanos Geist grinste, und er stieß das Bild entschieden beiseite. *Ich bin nicht meine Mutter.*

»Es ist also bestätigt«, erklärte Sun-Tzu mit gewollt tiefer Stimme, die jedes Anzeichen von Unbehagen überdecken sollte. »Die Regimentsspitze der 3. Reservekavallerie ist verloren?«

Ion Rush, Meister des Kriegerhauses Imarra, reagierte als erster. »Bis auf den letzten Mann«, stellte er mit durch seine Kehlkopfverletzung heiserer Stimme fest. Die Chirurgen hatten den größten Teil des körperlichen Schadens behoben, den er bei der Explosion erlitten hatte, die ihn im vorigen Jahr erfaßt hatte, aber manches ging trotz allem noch über ihre Möglichkeiten der Rekonstruktion. Natürlich ließ sich dafür anderes inzwischen noch verbessern...

Rush wandte sich langsam und vorsichtig von der Karte ab, und Sun-Tzu sah die Schultermuskeln des Hünen zittern und sich verknoten, als bereiteten sie sich auf eine schwere Last vor. Beeindruckend. »Die Blackwind-Lanciers haben die Reservekavallerie ohne jede Unterstützung in Denbars Ho-Lu-Tiefland gestellt. Unsere Leute haben die Bedrohung durch die Lanciers nicht ernst genug genommen.«

Ein leichter Auftrag auf einer Welt in einem Raumsektor, den ich angeblich kontrolliere. Zwei Bataillone eines der neueren Konföderations-Reservekavallerieregimenter hätten zusammen mit Marshigamas Legionären mehr als ausreichen müssen, um mit dem Widerstand der Blackwind-Lanciers fertig zu werden. Ihr Scheitern erschien Sun-Tzu als einer der Punkte, an dem die Rückeroberung des Paktes ihm zu entgleiten drohte.

Dieses Problem zumindest stand kurz vor der Beseitigung, wenn Zahn Smithson erst zurück zu ihrer Einheit schaffte. Nur drei Menschen auf Sian wußten, daß Tricia Smithson eine Liao-Agentin war. Einer aus einer Reihe capellanischer Maulwürfe, deren Einschleusung in den Pakt Sun-Tzu vor Jahren befohlen hatte. Und *das* wußten nur zwei Menschen auf der Zentralwelt. Smithson würde die Lanciers neutralisieren, so wie sie die Einheit als Auslöser für den Krieg beschafft hatte, als das nötig geworden war.

Sang-Jiang-jun Talon Zahn, Senior-General des Capellanischen Heers, hatte sich noch nicht umgedreht. Er warf dem Imarra-Meister einen kurzen Blick zu und nickte als Zustimmung zu dessen Kommentar fahrig, bevor er seine Aufmerksamkeit wieder auf die Hologrammkarte konzentrierte. Nach ein paar Sekunden fügte er hinzu: »Sang-shao Oravey war ungeeignet für diese Position. Eine Schande, daß er uns elf gute Krieger gekostet hat.«

Der Kanzler überspielte seine Verärgerung, indem er sorgfältig eine Falte im Ärmel seiner hellbraunen Seidenrobe glättete. Nur die Freiheiten, die Sun-Tzu Zahn gewohnheitsmäßig zugestand, verzögerten eine scharfe Antwort auf die achtlose Haltung des Generals. So jung Zahn auch war – mit seinen sechsunddreißig Jahren nämlich nur sechs Jahre älter als der Kanzler –, besaß der Mann doch den schärfsten strategischen Blick, den Sun-Tzu je erlebt hatte. Zahn war dem Kanzler aufgefallen, weil er sagte, was er dachte, ungeachtet dessen, was er annahm, daß Sun-Tzu hören *wollte*. Sun-Tzu konnte kein Interesse daran haben, diesen Zug seines Hauptgenerals zu unterdrücken. Trotzdem konnte er nicht zulassen, daß die Privilegien, die er Zahn zugestand, die anderen anwesenden Offiziere infizierte.

»Ich erinnere Sie daran, Jiang-jun Zahn, daß Peter Oravey capellanischer Bürger war.« Sun-Tzus Ton war neutral, nur die Verkürzung der Rangbezeichnung ließ seine Mißbilligung erkennen. »Das macht seinen Tod auf jeden Fall zu einem Verlust.« Bürger der Konföderation nahmen ihre Bürgerrechte sehr ernst, weil sie sie nicht automatisch erhielten, sondern sich dieses Privileg erst verdienen mußten.

Nun drehte Zahn sich von der holographischen Karte zu seinem Fürsten um. »Duì-bu-qui, mein Kanzler«, entschuldigte er sich und nickte zustimmend. »Ich wollte keineswegs etwas anderes andeuten. Was ich eigentlich sagen wollte, war, daß es mein Fehler war, ihn nicht von diesem Posten abzuziehen. Er hat Eure Xin-Sheng-Bewegung und deren Ruf nach einer Revitalisierung unserer nationalen Anstrengungen nicht wirklich verstanden und daher seinen ›hoffnungslosen Kampf‹ gesucht.«

»Dumm«, stimmte Sun-Tzu ruhig zu und hielt seine Wut im Zaum. Das Syndrom des ›hoffnungslosen Kampfes‹ war ein weiteres Erbe aus der Regierungszeit seiner Mutter. Seine Essenz bestand darin, daß ein capellanischer Offizier in eine selbstmörderische Schlacht zog, um ein Märtyrer der Nation zu werden, statt zu riskieren, eine Niederlage oder, was unter Umständen noch schlimmer sein konnte, einen knappen Sieg zu überleben. In jenen Jahren hatten häufig Kriegsgericht und Erschießungskommando auf jeden gewartet, der in seiner Pflicht dem Staat gegenüber versagt und es nicht geschafft hatte, einen deutlichen Sieg zu erringen. Das Xin-Sheng-Programm war während Sun-Tzus kurzer Amtszeit als Erster Lord entstanden, als er jedes Quentchen Prestige und Macht aus diesem Sternenbundamt gezogen hatte, das er nur herausziehen konnte. Die *Neugeburt,* so die wörtliche Übersetzung, war eine nationalistische Anstrengung, alle Aspekte der Konföderation Capella zu stärken und Probleme wie den ›hoffnungslosen Kampf‹ zu beseitigen. Sun-Tzu hatte bessere Ergebnisse erhofft – und erwartet.

»Und wie genau ist der Gesamtzustand meiner Streitkräfte?« fragte er.

»Ziemlich solide«, kam Zahns schnelle Antwort, und seine dunklen Augen funkelten mit plötzlicher Lebendigkeit. Nicht einmal der ranghöchste General der Konföderation war immun gegen die Freude, seinem Fürsten gute Nachrichten überbringen zu können, stellte Sun-Tzu fest. »Die Prestigeeinheiten wie die Kriegerhäuser gehen in ihren Anstrengungen für Euch bis an die Grenzen ihrer Möglichkeiten. Auch unsere langetablierten Hilfsregimenter leisten gute Arbeit, besonders in den Chaos-Marken und gegen St. Ives. Soweit es noch Probleme gibt, sind sie auf Einheiten wie die Konföderations-Reservekavallerie begrenzt, die zu lange nur Garnisonsaufgaben erledigt haben und kaum Gelegenheit hatten, ihre Fähigkeiten zu trainieren.«

Ion Rush nickte zustimmend. »Und die größte Verbesserung haben wir bei den Söldnereinheiten gesehen, die Euer Angebot der capellanischen Bürgerrechte angenommen haben und reguläre Linienregimenter geworden sind.« Es schien fast, als wolle der sauertöpfige alte Krieger lächeln, so zuckten seine Mundwinkel. »Little Richards Panzerbrigade ist disziplinierter als je zuvor, um zu beweisen, daß sie dieses Privileg ebenso verdienen wie die Tau-Ceti-Ranger.« Das Zucken stoppte. »Natürlich würden sie das Angebot ablehnen, wenn es ihnen gemacht würde.«

Der Kanzler merkte sich die verhüllte Warnung. Nicht, daß er je geplant gehabt hätte, der Brigade die Bürgerrechte anzubieten, aber das Wissen, daß sie für den Wettstreit mit den Rangern lebten, ließ sich auf andere Weise ausnutzen. »Was ist mit McCarron's Armored Cavalry?« fragte er nach der eindrucksvollen, fünf Regimenter starken Söldnereinheit, die dieses Angebot als erste erhalten und angenommen hatte.

»Drei Regimenter sichern unsere hinteren Linien«, antwortete Zahn mit einer Geste zur Karte. »Sie stellen derzeit den Großteil meiner strategischen Reserve an der St. Ives-Front. Ein Regiment hält Brighton in der Xin-Sheng-Kommunalität. Und die Nachtreiter...« Er machte eine dramatische Pause. »...stehen auf Nashuar.«

Sun-Tzu trat vor, um sich die große Hologrammkarte anzusehen. In der Anzeige erstreckte sich der St. Ives-Pakt vom Boden bis zu einer Höhe von fast zwei Metern. Seine kern- und randwärtigen Ausläufer waren jetzt durch die Konföderationspräsenz auf Denbar und Indicass voneinander getrennt. In die Karte einprogrammierte grüne Pfeile kennzeichneten die beiden Ausläufer als die ›St. Ives‹- und die ›Teng‹-Front, benannt nach den Welten am äußersten Ende beider Gebiete. Die Konföderationssysteme entlang der spinwärtigen Grenze des Pakts leuchteten dunkelgrün, die sieben besetzten Paktsysteme der sogenannten Xin-Sheng-Kommunalität hellgrün. Einzelne Systeme wie das von Denbar wechselten gelegentlich in einem kurzen Flackern von Hellgrün zu Rot, um bewaffneten Widerstand gegen die Rückkehr der Konföderation anzuzeigen. Die elf noch unbesetzten Systeme des Pakts glühten in rotem Licht.

»Die Nachtreiter?« griff Sun-Tzu Zahns Andeutung auf.

»Sie leisten auf Nashuar eine hundsmiserable Arbeit«, stellte der General nüchtern fest. »Die höchste Verlustrate unter der Zivilbevölkerung all unserer Einheiten. Sie behandeln friedlichen zivilen Ungehorsam wie militärischen Widerstand.« Sein ruhiger Blick wurde einen Moment lang unsicher. »Die Todeswache ist von drei Minuten in der vorigen Woche auf zweieinhalb gesunken.«

Die Todeswache war ein Begriff, den Sun-Tzu von

seinem Vater Tsen Shang gelernt und seinerseits Talon Zahn erklärt hatte. Als Chef des Maskirovka-Geheimdienstes unter Romano war Shang für die Durchführung zahlreicher ihrer Säuberungsaktionen verantwortlich gewesen. »Sie waren im ersten Jahr ihrer *offiziellen* Amtszeit so schnell und hart«, hatte er bei einer der seltenen Gelegenheiten erklärt, zu denen er mit seinem Sohn ein Glas Pflaumenwein trank, »daß die Todeswache auf acht Minuten sank. Alle acht Minuten starb ein capellanischer Bürger von der Hand der Finte. Wo es uns nicht gelang, das Reich vor Verrat von außen zu beschützen, waren wir gegen unserer eigenes Volk von skrupelloser Effizienz.«

In diesem Krieg stirbt alle zweieinhalb Minuten ein capellanischer Bürger, wenn man die Bevölkerung des Paktes mitzählt, die ebenfalls Capellaner sind, wenn auch noch nicht Bürger der Konföderation. Sun-Tzu konnte daran keinen Gefallen finden, besonders nicht, nachdem über fünfundneunzig Prozent der Opfer Zivilisten waren und all seine Bemühungen, dem Gemetzel ein Ende zu machen, ohne Erfolg blieben. In der vorigen Woche waren es noch drei Minuten gewesen.

Was sind schon dreißig Sekunden? fragte Romanos Geist.

Fast fünfunddreißigtausend capellanische Bürger, erwiderte Sun-Tzu. Wenn er einen Unterschied zwischen seiner Herrschaft und der Romanos etablieren wollte, mußte es in Bereichen wie diesem geschehen. Während seine Mutter keinen weiteren Gedanken daran verschwendet hätte, so viele ihrer Untertanen zu opfern, nahm Sun-Tzu ihren Tod zumindest zur Kenntnis und versuchte sicherzustellen, daß der Gewinn ihr Opfer wert war.

»Man kann ihnen kaum vorwerfen, daß sie etwas übereifrig sind, wenn es darum geht, sich zu schützen«, meinte Ion Rush leise.

Zahn nickte, aber Sun-Tzu war anderer Ansicht. Die Nachtreiter waren ein Jahr zuvor eingesetzt worden, um den Widerstand auf Wei in den Umstrittenen Territorien zu brechen, und dort mit Nervengas empfangen worden, das die rebellische planetare Regierung aus einem ABC-Endlager geborgen hatte. Ein Bataillon Elite-Krieger war in wenigen Minuten gefallen, ohne einen Schuß abzugeben. Und es war kein angenehmer Tod gewesen, den Holobildern nach zu schließen, die von der Maskirovka aufgenommen worden waren. Sun-Tzu verstand das mörderische Benehmen der Nachtreiter, aber er dachte nicht daran, es zu dulden, wo es capellanische Leben kostete.

»Schicken Sie Jiang-jun Baxter noch eine Nachricht mit meiner Unterschrift.« Er bezweifelte zwar, daß es etwas helfen würde, aber mit einem gezielten Befehl, der die Nachtreiter von der Front abzog, hätte er riskiert, die Cavalry gegen sich aufzubringen. »Können wir ein zweites Cavalry-Regiment nach Nashuar verlegen, um bei der Befriedung des Planeten zu helfen?«

Zahn und Rush schüttelten beide den Kopf, aber es war Zahn, der die Frage aufnahm. »Das würde unser Logistiknetz gefährden. Wir sind so schon an der Grenze seiner Möglichkeiten, weil wir in zu vielen Richtungen aktiv sind.«

Was eine verhüllte Kritik an meiner Entscheidung darstellt, keine Truppen aus den Chaos-Marken abzuziehen. Im Tumult der gemeinsamen Marik-Liao-Offensive 3057 hatten über fünfzig ehemalige capellanische Systeme das Joch des Vereinigten Commonwealth abgeschüttelt. Die meisten dieser Welten hatten sich ihres capellanischen Erbes besonnen und waren ohne großen Widerstand in die Konföderation heimgekehrt. Aber ein großer Raumsektor in der Nähe des Solsystems widersetzte sich der Wiedereingliederung in die Konföderation Capella und hatte sich von allen

Großen Häusern unabhängig erklärt. Die Bemühungen, sie zurückzuholen, zehrten an den für den St.-Ives-Konflikt verfügbaren Kräften.

Aber das war Sun-Tzu egal. Es waren capellanische Systeme, und sie würden heim in sein Reich kommen. *Wir ziehen uns nicht zurück.* Er wollte frustriert um sich schlagen, gestattete sich aber nur einen Hauch von Verärgerung im Tonfall seiner Antwort. »Ich besorge Ihnen weitere Truppen«, versprach er mit einem harten, starren Blick aus seinen jadegrünen Augen.

Falls Talon Zahn die Verärgerung seines Fürsten bemerkte, ließ er sich davon nicht beeindrucken. »Die brauche ich auch. Die Ankunft von Sternenbund-Truppen gibt dem Pakt eine größere taktische Freiheit, als mir lieb ist.« Er strich mit einer Hand durch die Karte, entlang der Grenze zwischen der Konföderation und dem St. Ives-Pakt. Als er weitersprach, klang seine Stimme besorgt, dabei aber doch fest. »Das Konzept der ›Front‹ ist in einem interstellaren Konflikt relativ abstrakt, mein Kanzler. Sprungschiffe können die besetzten Systeme zu leicht umgehen und ins Territorium der Konföderation eindringen. Ich habe keinen Bedarf an Paktregimentern, die sich die Anstrengungen Eures Cousins Kai zum Vorbild nehmen. Er macht uns schon genug Schwierigkeiten.«

»Die meisten Nachkommen Candaces sind ein Problem«, stellte Sun-Tzu fest. Und Kai ist der schlimmste von allen.« Er durchschaute Zahns Versuch, das gefährliche Thema Chaos-Marken fallen zu lassen, und trotzdem seine Botschaft an den Mann zu bringen. Der Gedanke an seine Vettern und Kusinen ließ Sun-Tzu einsehen, daß der Mann recht hatte. Kuan Yin und ihre humanitären Bemühungen in der Gefechtszone kamen Sun-Tzus Anstrengungen in diesem Bereich regelmäßig zuvor. Und Cassandras Guerillafeldzug bremste seinen Vormarsch an der

Teng-Front und sorgte sogar gelegentlich für kleinere Rückschläge.

Kai Allard-Liao war der älteste Sohn seiner Tante Candace und Thronerbe des Pakts. Außerdem war er einer der gefährlichsten MechKrieger, die es in der Inneren Sphäre je gegeben hatte, und seine 1. St.-Ives-Lanciers drohten, die ganze St.-Ives-Front zum Zusammenbruch zu bringen. Nachdem Sternenbund- und ComGuard-Einheiten im Paktgebiet eingetroffen waren, um die nachlassenden Abwehrkräfte zu verstärken, war Kai in die Offensive gegangen und hatte seine Lanciers über die Grenze in den capellanischen Raum geführt. Seit zwei Monaten war er unterwegs und griff die Nachschubinfrastruktur an, von der Sun-Tzus Militär abhängig war. Sein letzter Schlag gegen die Necromo-Raumwerften hatte der Konföderation bis zur Reparatur die Möglichkeit zur Produktion oder Instandsetzung zahlreicher Klassen militärischer Landungsschiffe genommen, die von entscheidender Bedeutung für das Absetzen von Bodentruppen und BattleMechs auf einer Planetenoberfläche waren. Im Grunde hatte er eine dritte Front des St.-Ives-Konflikts eröffnet, die ›Kai Allard-Liao‹-Front. Und da niemand vorhersagen konnte, wo er als nächstes zuschlagen würde, zwang er Sun-Tzu, gute Truppen in dem Bemühen zu binden, seine Angriffe zu begrenzen.

So viele Gegner, und alle sind sie Liao. »Und was ist mit meinem Onkel?« fragte er. Tormano Liao war vor dem Ausbruch des 4. Nachfolgekriegs von Maximilian verstoßen worden. Seine von Davion unterstützte Bewegung Freies Capella war seither zu einem Dorn im Fleisch der Konföderation geworden und hatte erst gegen Romano und dann gegen Sun-Tzu operiert. Kai hatte sie ein paar Jahre lang übernommen und als humanitäre Hilfsorganisation geführt, während Tormano sich Katrina Steiner-Davion als persönlicher Adjutant angedient hatte. Nach der Sternenbund-Konferenz hatte Tormano sich aus Katrinas Diensten beurlauben lassen. Das versprach Ärger.

»Wie wir es bereits vermutet haben«, erwiderte Ion Rush. »Die Maskirovka bestätigt, daß das militärische Wiederauftauchen der Bewegung Freies Capella seine Arbeit war. Sie ist hauptsächlich im eskalierenden Konflikt in Tikonov aktiv, wahrscheinlich als Folge einer Übereinkunft mit Katrina, um eine offene Rebellion abzuwehren.«

Zahn nickte. »Ein Stellvertreterkrieg«, stellte er mit zu einem Strich zusammengepreßten Lippen fest. »Die von uns unterstützten Kräfte des Freien Tikonov gegen einen Großteil von Freies Capella.«

Und auf beiden Seiten fallen nur Capellaner, erkannte Sun-Tzu. *Ja, das ist Katrinas Stil.* Auch Tikonov war eine ehemalige capellanische Kommunalität, die im 4. Nachfolgekrieg abgefallen und von den Steiner-Davions unterworfen worden war, statt als unabhängiger Staat weiterzuexistieren. Tikonov war Sun-Tzus langfristiges Spiel gegen Katrina, aber Tormanos Einmischung dort und im Pakt verlangten eine sofortige Reaktion. *Mich täuschst du nicht, Onkel.* Tormano waren die Unabhängigkeit des St. Ives-Paktes oder die Rebellion Tikonovs gleichgültig. *Er will den Thron des Himmels besteigen, und das ist sein Versuch, sich die Legitimation dafür zu verschaffen.*

Sun-Tzu war allerdings noch nicht bereit, den Thron aufzugeben.

Aber wie sollte er mit ihm fertig werden? Wie konnte er mit ihnen allen fertig werden?

Romano flüsterte ihm die Antwort ein, und Sun-Tzu zuckte sichtlich zusammen.

Töte sie, kam die Antwort. Brutal und offen, so wie Romano es gewesen war. Er schüttelte den Kopf, dann bemerkte er den fragenden Blick Ion Rushs und Talon Zahns. Die beiden hatten seinen Moment der Schwäche offenbar bemerkt, und das verlangte eine Antwort.

»Ich habe da ein paar Ideen«, erklärte er langsam und täuschte vor, sein sichtbares Erschrecken sei das äußere Anzeichen eines Gedankenblitzes gewesen. Er lächelte mit hartem, grausamem Blick, weil er wußte, daß es von ihm erwartet wurde. »Halten Sie mich auf dem laufenden«, befahl er und drehte sich zum Gehen.

»Habt Ihr in der Zwischenzeit noch einen Wunsch?« fragte Zahn und unterbrach den Abgang des Kanzlers.

Sun-Tzu war sich nicht sicher, ob sein General nur effizient wie üblich war oder etwa herauszufinden versuchte, ob er log. Er warf ihm einen eisigen Blick zu. »Ein paar handfeste militärische Siege wären nett«, stellte er kühl fest. *In der Zwischenzeit kümmere ich mich um meine Familie.*

Wie? fragte ihn seine Mutter aus den dunklen Abgründen seines Geistes.

Ich bin mir nicht sicher, erwiderte er. *Aber es muß einen Weg geben.*

Zahns dunkle Augen blinzelten, aber davon abgesehen ließ er sich keinerlei Unbehagen anmerken. »Duì, mein Kanzler.« *Natürlich.*

Sun-Tzu erwiderte Talon Zahns Verbeugung mit einem kurzen Nicken, dann drehte er sich um und verließ die Strategische Kommandozentrale. Romanos Geist folgte ihm.

2

Heisang, Pardray, St. Loris
Herzogtum St. Loris, St. Ives-Pakt

5. März 3062

Lien-zhang Aris Sung steuerte seinen *Spuk* gekonnt über die Schnellstraße, deren Trasse mitten durch das Stadtgebiet von Heisang führte, und kontrollierte die fünfundfünfzig Tonnen schwere Kampfmaschine hauptsächlich mit den Pedalen und der Geschwindigkeitskontrolle. An der Spitze seiner Mechkompanie und sechzig Meter hinter dem Schlußmech der Vorhutkompanie befand er sich in mittlerer Position in der Paradeformation Haus Hiritsus. Er war leicht zu erkennen, denn die Panzerung seines *Spuk* war einfarbig stahlblau lackiert. In regelmäßigen Abständen begleiteten Panzerfahrzeuge mit Haus-Infanteristen auf Dach und Trittbrettern die Mechs auf der linken Fahrbahnseite, ein Fahrzeug pro BattleMech. Alles in allem zogen über zehntausend Tonnen gepanzerter Vernichtungsmaschinen in dieser Prozession mit.

Auf beiden Seiten der Schnellstraße hatten sich die Menschen versammelt, zum Teil bis zum Raumhafen, aber hauptsächlich drängten sie sich auf den Grünstreifen, die innerhalb der Stadt die Fahrbahn begrenzten. Die meisten saßen auf ihren abgestellten Wagen, aber andere hatten sich entschieden, das Frühlingswetter und den unplanmäßigen freien Tag auszunutzen, den ihnen die Ankunft Haus Hiritsus lieferte, und lagen auf Picknickdecken im Gras, um sich die ›Landungstag‹-Parade anzusehen. Sie jubelten jedem vorbeiziehenden BattleMech zu, und zum Teil schwenkten sie Fahnen. Gelegentlich stimmte eine Schulkapelle die Nationalhymne der Konföderation Capella an und machte durch Enthusiasmus wett, was ihr an Übung fehlte.

Aris empfand kein überwältigendes Verlangen, an einer Parade teilzunehmen, und es hätte ihn arg verwundert, wenn es den übrigen HausKriegern anders gegangen wäre. Die acht Kriegerhäuser der Konföderation existierten zur Verteidigung des Staates, nicht zur Unterhaltung seiner Bürger. *Und* wir *haben in letzter Zeit wahrlich nichts zu feiern.* Aber Shiao-zhang Ty Wu Non, ihr Haus-Meister, hatte die traditionelle Parade befohlen. Zwei Kompanien, einschließlich der Aris Sungs, während die dritte in der Landezone auf Posten blieb, um die Landungsschiffe zu bewachen. Einen Tribut an die Bevölkerung nannte er es, die eine Rückkehr der Konföderation nach St. Loris erbeten hatte. Normalerweise wäre die Auswahl seiner Kompanie für diese Parade eine Ehre gewesen.

Aris Sung sah es anders.

Vier Wochen zuvor war sein Kriegerhaus auf Nashuar stationiert gewesen und hatte in einer endlosen Abfolge von Gefechten gegen die Kräfte des St. Ives-Paktes gekämpft. Auf beiden Seiten waren Einheiten nachgeschoben und abgezogen worden, nur Haus Hiritsu war an Ort und Stelle geblieben und hatte den sogenannten ›St.-Ives-Vorstoß‹ angeführt, obwohl es der Konföderation in den letzten neun Monaten nicht gelungen war, über Nashuar oder Taga hinaus vorzustoßen. Hier gab es keine entropische Kriegführung, wie sie sich gegen die Clans gerade als so effektiv erwiesen hatte – es konnte sie nicht geben. Keine simplen Vernichtungsangriffe, kein Vorpreschen unter Zurücklassung einer ungesicherten Rückzugslinie. Dies war ein langsamer Krieg der völligen Unterwerfung. Hier sollte die Herrschaft der Konföderation fest genug etabliert werden, um sicherzustellen, daß die Systeme der Kommunalität St. Ives ihr nie wieder entrissen werden konnten. Es würde keine Widerstandsnester hinter der Front geben, bereit aufzubrechen und für unnötige Rückschläge zu sorgen. Zumindest sah es das Konzept des St.-Ives-Konfliktes so vor.

Frische Kühlflüssigkeit schoß durch die Leitungen in Aris' Kühlweste, und die plötzliche Abkühlung erzeugte eine Gänsehaut auf seinen Armen und riß ihn kurz aus seinen Gedanken. Eigentlich war die Weste für eine Parade unnötig, aber Aris legte Wert darauf, unter allen Umständen kampfbereit zu sein, wenn er einen Mech steuerte. *Es ist eine schlechte Angewohnheit, sich in einem Mechcockpit zu entspannen, und St. Loris ist eine Feindwelt. Oder zumindest wird sie das bald werden.*

Er warf einen Blick auf die taktische Anzeige der Sichtprojektion in der oberen Hälfte des Sichtschirms. Sein geübtes Auge brauchte nur den Bruchteil einer Sekunde, die Position seiner Kompanie zu überprüfen. Alles war ganz in Ordnung. *Wie zu erwarten.* Einen Augenblick lang fühlte er Stolz in sich aufsteigen, und er genoß das Gefühl. Derzeit hatte er dazu selten genug Gelegenheit.

Nashuar war ein harter Einsatz für Aris gewesen. Es war ein Planet voller capellanischer Bürger, die Herzogin Candace Liao Jahre zuvor bei ihrer Desertion aus der Konföderation gefolgt, sonst aber ihrem Erbe treu geblieben waren. Und während sich auf anderen Pakt-Welten zum Teil eine konföderationsfreundliche Stimmung entwickelte, blieb Nashuar in der Unterstützung seiner Herzogin unbeugbar. Die Nashuaren wollten nicht zurück in die Konföderation und bekämpften sie, wo immer sich die Gelegenheit bot. Die ganze Welt war ein Schlachtfeld, und sie zahlten den Preis für ihren Widerstand... Krieger und Zivilisten gleichermaßen.

Zwei Jahre zuvor war Aris bereit gewesen, gegen diese Menschen in den Krieg zu ziehen, überzeugt von der moralischen Überlegenheit seiner Nation und stolz auf sein asiatisches Erbe, obwohl ihm klar war, daß man als Asiate nicht automatisch Capellaner war, ebensowenig wie die capellanischen Bürgerrechte einem notwendigerweise ein Gefühl für das asiatische Erbe seiner Nation gaben. Inzwischen sah er bei den seltenen Gelegenheiten, zu denen er in einen Spiegel blickte, ein Gesicht, das ebensogut jemandem hätte gehören können, den er seinen Feind nannte, den er aber inzwischen zugleich als Opfer betrachtete. Irgendwann während dieser zwei Jahre hatte er seinen Traum vom Ruhm verloren. Was blieb, war Pflichtgefühl, und selbst das schien gelegentlich in Auflösung begriffen.

Es war ihm nicht schwergefallen, Nashuar Lebwohl zu sagen, aber am Horizont von St. Loris sah er auch keine Antwort auf seine Probleme.

Die Ankunft der Konföderation hier war die direkte Antwort auf die öffentliche Erklärung der Pardray-Heimatmiliz für Kanzler Sun-Tzu Liao. Der Inselkontinent Pardray, dessen Küste über mehrere hundert Kilometer parallel zu der des Hauptkontinents Layting verlief, stellte eine erstklassige Aufmarschbasis dar. Die Pardrayer hatten die Kontrolle über die einzige K-F-Ladestation des Systems am Zenithsprungpunkt an sich gerissen und damit die Reise ins und aus dem System für capellanische Einheiten leichter gemacht als für das Paktmilitär.

Sang-Jiang-jun Zahn hatte zur Verteidigung der Insel gegen Paktloyalisten das 151. Luftgeschwader abgestellt und dann BattleMech-Einheiten abgerufen, um den Rest des Planeten zu erobern. Haus Hiritsu war auf Nashuar von McCarron's Armored Cavalry abgelöst worden und hatte den Befehl bekommen, die Leitung dieses neuen Vorstoßes an der Teng-Front zu übernehmen, der bisher vom 151. Geschwader sowie den Söldnern von Little Richards Panzerbrigade unterstützt wurde.

Aber sie standen immer noch einem Gegner gegenüber, der durch ein gemeinsames Erbe mit ihnen verbunden war... In Wahrheit hatte sich nichts geändert. Cassandra Allard-Liao hatte ihre 2. St.-Ives-Lanciers zum Kampf gegen Haus Hiritsu nach St. Loris gebracht. Zur zusätzlichen Verteidigung des riesigen Festlandterritoriums stand außerdem ein Regiment der Söldnereinheit Chorsachows Kosaken auf dem Planeten. Aus den Geheimdienstberichten wußte Aris, daß Cassandra die treibende Kraft des Paktwiderstands entlang der Teng-Front war. Sie leistete ebensoviel wie ihr Bruder, auch wenn ihr das kaum jemand zugestand. Und die Bevölkerung Laytings würde ihnen ebenso heftigen Widerstand leisten und war mit Sicherheit zusätzlich verbittert über den als Verrat empfundenen Seitenwechsel Pardrays.

Nashuar liegt vielleicht hinter uns, aber der Krieg geht weiter. Ab morgen beginnt Haus Hiritsu denselben Vernichtungskampf gegen St. Loris. Es war das Privileg eines Kriegers, dem Kanzler zu dienen, und eine zusätzliche Ehre, dies in einem Kriegerhaus zu tun. Aber zum ersten Mal in seinem Leben zweifelte Aris Sung daran, ob der Status eines Janshi, eines Kriegers, den Preis wert war.

Nein, dachte er, und umklammerte die Steuerknüppel seines *Spuk, St. Loris hat wahrhaftig keinen Grund zum Feiern.*

* * *

Auch Ban-zhang Li Wynn hatte seine Probleme mit der Festatmosphäre.

Li Wynn fuhr in voller Felduniform, gehalten im grünschwarzen Tarnschema der Hiritsu-Hausinfanterie, auf dem Trittbrett eines *Regulator*-Panzers neben

Aris Sungs *Spuk* die Straße hinab. Den linken Arm hatte er durch eine Stahlsprosse hinauf zur Geschützturmluke geschlungen. Die Rechte lag auf der Maschinenpistole, die er über die Schulter gehängt hatte. Seine Finger strichen über den Lauf, während sein Blick die Menge nach möglichen Gefahren absuchte. Er betrachtete sich als verantwortlich für die Sicherheit der Parade, zum Teil aus Stolz auf seine erst kürzlich errungene Beförderung zum Ban-zhang oder Truppführer der Kriegerhaus-Infanterie, aber hauptsächlich aus dem immer noch vorhandenen Gefühl der Verpflichtung dem Kriegerhaus gegenüber, das ihn adoptiert hatte.

Es war allerdings nicht sein Verantwortungsgefühl für die Parade, das ihm im Angesicht so offener Begeisterung für die Konföderation Unbehagen bereitete. Li Wynn hatte gemischte Gefühle den Menschen gegenüber, die sein Haus hier feierten.

Eine weitere Marschkapelle kam in Sicht, als der Schwebepanzer um eine Kurve der Schnellstraße bog. Sie spielte besser als die meisten bisherigen, aber Li hörte immer noch jeden falschen Ton, und er haßte sie dafür. *Die Bürger des St. Ives-Pakts sind der Feind.* Oder zumindest waren sie es bis zur Landung auf St. Loris gewesen. Auf Denbar und später auf Nashuar hatten die meisten Zivilisten unter Zwang kooperiert. Wynn hatte seinen Teil zu diesem Zwang beigetragen. Er war zu sehr daran gewöhnt, sie als Verräter an der Konföderation zu sehen, und wenn Zivilisten durch Begleitschäden der Auseinandersetzung zu Schaden kamen, war das nur die gerechte Strafe für drei Jahrzehnte der Rebellion.

Selbst die jüngste Aufwallung einer konföderationsfreundlichen Stimmung im Pakt trug wenig dazu bei, Li Wynns hartes Urteil zu mildern. *Wo wart ihr vor dreißig Jahren?* wollte er fragen. *Oder vor fünfzehn? Oder auch nur vor fünf?* Er betrachtete sie als ›Mitläufer‹, erst bereit, auf den capellanischen Zug aufzuspringen, als der Sieg der Konföderation sicher schien. *Ängstlich geworden? Dazu habt ihr auch allen Grund.* Li Wynn bezweifelte, daß Sun-Tzu Liao diesen Herrschaften erlauben würde, sich hinter falschem Patriotismus zu verstecken.

Die Pardrayer jedoch hatten von sich aus gehandelt, um zurück in die Konföderation zu gelangen. Hatten erst gehandelt und dann um Hilfe gebeten, wohl wissend, daß die Streitkräfte St. Ives sie überrollen würden, wenn das Capellanische Heer nicht in der Lage war, auf ihren Hilferuf zu reagieren. *Wieviel ist das wert?* Es störte Lis Gefühl für Proportionen, daß er keine einfache Antwort auf diese Frage wußte.

Er hatte sich kurz nach der Landung, während der Vorbereitungen zu dieser Parade, mit dem Problem an Aris Sung gewendet. Shiao-zhang Non hatte Aris zu Lis Sifu gemacht, zu seinem Mentor. In einem Kriegerhaus war ein Sifu verantwortlich für die Unterrichtung eines Kadetten in den Grundsätzen des Hauses und dessen militärische Ausbildung. Auf Nashuar hatte Li Wynn bereits Sungs wachsende Zurückhaltung, ja sogar Verärgerung bemerkt, wenn er mit seinem Schützling über den Krieg reden mußte. Im Mechhangar des Landungsschiffes hatte er sich auf äußerst knappe Ratschläge beschränkt.

»Versetze dich in ihre Lage«, hatte Aris gesagt, und sein Blick war in eine unbestimmte Ferne gerichtet gewesen, als sähe er in einen Teich oder einen Spiegel. »Sieh durch ihre Augen und verstehe ihren Schmerz. Bis dir das gelingt, werden sie der Feind sein.«

Was sollte das bedeuten? Li Wynn konnte es sich nur so erklären, daß Aris ihn auf irgendeine Weise auf die Probe stellte. Er konnte die Zivilisten des Pakts nicht mit Bürgern der Konföderation gleichstellen, das wäre

Verrat gewesen. Oder zumindest eine Art von Ketzerei. Riet er zur Selbstbeschränkung? Zur Einkehr?

Wollte Aris etwa andeuten, daß diese Menschen keine Wahl hatten?

Der Gedanke traf ihn wie ein elektrischer Schlag. Das mußte es sein! Li hatte es durch seine eigene Herkunft und die Art, auf die er gelernt hatte, die Überlegenheit der Konföderation zu erkennen, nicht sehen können. Obwohl er außerhalb der eigentlichen Konföderation geboren und aufgewachsen war, hatte niemand je versucht, die Freiheit seiner Gedanken zu beschneiden. *Die Pardrayer sind wahre Bürger der Konföderation, die jahrelang unterdrückt wurden und auf ihre Chance gewartet haben, sich zu befreien.* In Lis Augen machte das die Mehrheit der planetaren Bevölkerung zu noch schlimmeren Verrätern. *Die Bevölkerung Laytings hat noch weit mehr zu büßen,* schwor er sich.

Auf dem restlichen Weg der Parade winkte er sogar einzelnen Zuschauern zu. Er hatte seinen Frieden wiedergefunden. Sicher konnte Aris Sung nichts anderes gemeint haben.

3

Hazlet, Nashuar
Herzogtum St. Ives, St. Ives-Pakt

12. März 3062

Subcommander Maurice Fitzgerald empfand den Himmel über Hazlet als den idealen Hintergrund für die heutige Schlacht. Aus einer tiefhängenden Wolkendecke fiel ein scheinbar endloser Nieselregen, in dem die ganze Stadt naßgrau wirkte. Der trübe Himmel versprach ein Gewitter, aber vorerst ging das leise Rumpeln fernen Donners zwischen Raketenexplosionen, dem Stakkato schwerer Maschinengewehre und den hallenden Schritten riesiger Kampfmaschinen unter. Es war ein lausiger Tag, der durch offenen Straßenkampf noch weiter verdorben wurde.

Die vier Mechs der Nashuar-Heimatmiliz unter Fitz' Befehl standen in Hazlets Hauptindustriegebiet der gleichen Anzahl aus dem Nachtreiterregiment von McCarron's Armored Cavalry gegenüber. Der frisch beförderte Subcommander hatte den Kampf hier erzwungen, abseits der dichter besiedelten Gebiete, auch weil er hoffte, das weitoffene Gelände konnte den älteren aber robusteren Maschinen der Heimatmiliz einen Vorteil verschaffen. *Jetzt müßte ich es nur noch schaffen, die Nachtreiter daran zu erinnern, daß wir hier im Vorteil sein sollten,* dachte Fitz, als sein *Totschläger* unter zwei elektrisch-blauen Energiebögen aus Partikelprojektorkanonen und einem Hagel von Autokanonengranaten zurückgeworfen wurde. Er prallte gegen eine einstöckige Lagerhalle mit Stahlfassade, brachte mehrere Wandplatten zum Bersten und verbeulte die Stützträger, blieb aber auf den Beinen.

Die Nachtreiter setzten ihnen heute ernsthaft zu. Zum erstenmal seit Wochen war es ihnen gelungen, die Stadtgrenze zu überschreiten. Aleishas Berittene Füsiliere hatten den Hauptvorstoß der Armored Cavalry nur Stunden zuvor knapp außerhalb Hazlets gestoppt. Dieser Angriff einer einzelnen Mechkompanie mit Panzerunterstützung war wildverwegen über die westliche Flanke gekommen. Eigentlich nur als Ablenkungsmanöver gedacht, war es den Capellanern mit viel Glück gelungen, durch die Linien zu brechen und die Stadt selbst anzugreifen. Das Gefecht war in drei Lanzenduelle zerfasert, und dem Funkverkehr auf den Heimatgardefrequenzen entnahm er, daß mindestens eine Nachtreiterlanze bereits in die Flucht geschlagen worden war.

»Fitz, hinter dir!«

Fitzgerald zuckte unwillkürlich zusammen, obwohl er die Warnung seines Lanzenkameraden gar nicht benötigt hätte. Als deren letzte Silbe durch die Lautsprecher des in den Neurohelm eingebauten Kommsets krachte, gellte bereits der Sensoralarm durch die Kanzel. Ein *Jinggau* war durch ein Bürogebäude hinter Fitz gebrochen und schleuderte Backsteine und zerborstene Stahlträger auf die Straße zwischen den Büros und dem Industriepark. Eine aus Überresten der zerschmetterten Mauern bestehende Staubwolke wogte rings um den fünfundsechzig Tonnen schweren Mech, wurde aber vom Nieselregen schnell beseitigt.

»Hab ihn«, konnte er gerade noch antworten.

Die geschwungene Panzerung des *Jinggau* verlieh ihm ein unverwechselbares Aussehen, und sein gewehrkugelförmiger Rumpf war von einer tödlichen Eleganz, die Fitz allerdings besser zu schätzen gewußt hätte, wäre die Maschine nicht im blauschwarzen Farbschema der Nachtreiter des Big MAC bemalt gewesen. Und sie nicht gerade mitten durch ein vollbesetztes Bürohaus gebrochen wäre.

Eine Möglichkeit, dem Feuer des *Jinggau* auszuweichen, gab es nicht, also drehte Fitz den *Totschläger* zur Seite. Statt den dünneren Panzerschutz auf dem Rükken des Mechs zu durchschlagen, trafen die smaragdgrünen Laserstrahlen so auf die dickere Panzerung am linken Arm und der darunterliegenden Rumpfseite. Fitz ließ das Lichtgewitter über sich ergehen und half dem Gyroskop mit leichter Hand an den Steuerknüppeln, die fünfundvierzig Tonnen Metall seines Mechs aufrecht zu halten.

»Alle Einheiten«, öffnete er einen Kanal zu seiner Lanze. »Nach innen ziehen und zwischen mir und den Nachtreitern halten.« Der Befehl war nicht lange durchdacht gewesen. Fitzgerald erkannte einfach die Gefahr, die ein schwerer Feindmech im Rücken seiner Lanze darstellte. Diese Bedrohung mußte neutralisiert werden, bevor die Nachtreiterlanze irgendwie koordiniert vorrücken konnte. Er lieferte sich einen Schußwechsel mit dem Neuankömmling, und beide Kombattanten erzielten eine Reihe von Treffern. Aber während das Schadensdiagramm des *Totschläger* an mehreren Stellen warnend gelb aufblinkte und vor Schäden an der Panzerung warnte, wenn sie auch noch nirgends durchschlagen war, bemerkte Fitz eine Fontäne graugrüner Kühlflüssigkeit, die aus dem Rumpf des *Jinggau* schoß.

Wärmetauscher. Aber wenn ich so schnell durch die Panzerung gekommen bin, muß er schon vorher von einer anderen Lanze ziemlich durch die Mangel gedreht worden sein. Das erklärt auch, warum er sein Gaussgeschütz nicht einsetzt. Er hat keine Munition mehr! Er schaltete die Schadensanzeige von seinem eigenen Mech auf den gegnerischen um und pfiff durch die Zähne, als er die Breschen in dessen schwerer Maschine sah. *Ein Bluff!*

Der MACist steht vielleicht dreißig Sekunden vor dem totalen Zusammenbruch.

Nur hatte Fitzgerald keine dreißig Sekunden Zeit, darauf zu warten. Der *Jinggau* mußte sofort erledigt werden.

Kaum hatte er seine Entscheidung getroffen, bellte Fitz schon Befehle. »Cameron, Posten! Alle anderen feuern auf den *Jinggau*!«

Posten war der Code für einen Sturmangriff, gefolgt von einem schnellen Rückzug. Eine Finte. Wenn sie klappte, konnte sie das Feindfeuer für mehrere Sekunden ablenken. Fitz war klar, daß schon das kleinste Zögern zum Scheitern dieses Manövers führen konnte, aber er vertraute auf seine Leute. *Außerdem bleibt mir keine andere Wahl.*

Alles verlief lehrbuchmäßig. Er hätte sich keine Sorgen zu machen brauchen. Lance-Sergeant Cameron Long stieß mit seinem neuen *Vollstrecker* vor, und der gutgepanzerte Mech hielt dem konzentrierten Beschuß der Nachtreiter gut stand. In der Zwischenzeit nahmen die beiden anderen Mitglieder von Fitz' Lanze den *Jinggau* unter Beschuß und steuerten ihre Feuerkraft zu der des *Totschläger* bei. Fitz sah zwei weitere Wärmetauscher bersten, dann schoß durch mehrere Breschen im Torso des *Jinggau* ein Strom von glühenden Metallsplittern, der nur vom explodierenden Kreiselstabilisator des Mechs stammen konnte. Der *Jinggau* kippte nach hinten, zum Teil in das klaffende Loch hinein, das er selbst in das Bürogebäude geschlagen hatte, und regte sich nicht mehr.

»Sie ziehen sich zurück.« Das war Camerons Stimme, in der Übertragung blechern und entfernt, aber trotzdem konnte man Überraschung und Erleichterung heraushören.

Fitz brachte den *Totschläger* herum und suchte das Industriegelände ab. Cameron hatte sich nach überlebtem Postenmanöver in die magere Deckung einer niedrigen Sperrmauer zurückgezogen. Ein paar der Nachtreiter feuerten weiter mit weitreichenden Energiewaffen auf ihn, aber die Einheit fiel tatsächlich erkennbar in Richtung Stadtrand zurück. Fitz hätte keine Wetten darauf abgeschlossen, die Nachtreiter so leicht schlagen zu können. Aus der persönlichen Erfahrung der letzten Monate wußte er, daß McCarron's Armored Cavalry sich nicht zurückzog, solange die Chancen noch halbwegs ausgewogen standen. Die Antwort auf seine unausgesprochene Frage erhielt er wenige Sekunden später, als auf der Sichtprojektion drei neue Symbole aufleuchteten, die der Computer als Heimatmiliz-BattleMechs identifizierte.

»Es ist der Commander«, krähte Jason begeistert, dessen Position ihm die Informationen einen Sekundenbruchteil eher lieferte, als die anderen die Identifikation von der Sichtprojektion ablesen konnten.

Commander Danielle Singhs Stimme erklang unmittelbar nach dem Ende von Jasons Funkspruch. »Fitz von Singh, freut mich zu sehen, daß es dich noch gibt.« Ihr *Helios* löste sich von seinen beiden Begleitern und nahm Kurs auf Fitzgerald, während die anderen als Vorkehrung gegen eine Rückkehr der Capellaner eine Kampfreihe bildeten.

»Allzu viele Sorgen mache ich mir nicht«, fuhr sie fort, und ihre Stimme wurde lauter, als sie auf die Privatfrequenz umschaltete, die sie sich nur mit ihren beiden Lanzenführern und gelegentlich mit Major Nevarr, dem Kommandeur der Heimatmiliz, teilte. »Der Stützpunkt hat ihren Rückzugsbefehl aufgefangen. Sie sind weg.«

Fitz nickte dem Sichtschirm zu. »Für heute«, antwortete er über dieselbe Frequenz. Jetzt drang die Müdigkeit, die er vor seinen Leuten versteckte, in seine Stimme durch. Er war schon mit Danielle befreundet gewesen, bevor sie durch die Ausfälle in den Reihen der Heimatmiliz zu seiner Vorgesetzten geworden war. Sie gehörte zu den wenigen Menschen, mit denen Fitz reden konnte. »Ein Glück, daß ihr gekommen seid. Ich weiß nicht, wie lange wir die Stellung noch hätten halten können.«

»Du hättest sie schon gehalten, Maurice. Du hättest Wetten darüber abgeschlossen, welchen Nachtreiter dein Team zuerst erledigt, und dir den Gewinn dann in freiwilligen Hilfsaktionen auszahlen lassen.«

Die Andeutung eines Lächelns spielte um seine Mundwinkel, schaffte es aber nicht, die Mattigkeit zu überwinden. Danielle gehörte zu dem kleinen Kreis von Personen, der seinen Vornamen benutzen konnte, ohne ihn zu verärgern. Außerdem liebte sie es, Witze über sein altes Hobby zu machen, Wetten auf die Mechkämpfe von Solaris VII abzuschließen. Aber selbst in diesem lockeren Geplauder, mit dem sie einander aufzumuntern versuchten, klang ihr Beifall für seine neueste Freizeitbeschäftigung durch, die Freiwilligenarbeit bei den Notfalldiensten Hazlets. Das war gut, denn es hatte in seinem Leben bisher kaum etwas gegeben, mit dem es ihm so ernst war.

Es gab nur wenige aktive Militärs und noch weniger MechKrieger, die sich die Zeit für Freiwilligendienst nahmen. Die meisten konnten es nicht, weil sie ohnehin schon doppelte Schichten schoben oder für die beinahe täglichen Gefechte in Bereitschaft bleiben mußten. Aber wenn Fitzgerald mehr als zwei Stunden zusammenhängender Freizeit hatte und in den vorangegangenen vierundzwanzig Stunden zum Schlafen gekommen war, fand man ihn beim Bergungsdienst, der Umsiedlung oder anderen humanitären Diensten für die Bevölkerung Nashuars. Nicht einmal Danielle verstand, woher Fitz die Energie dafür nahm.

Die Antwort war einfach. Fitzgerald fühlte sich für die Menschen verantwortlich.

Nashuar hatte ein schweres Jahr hinter sich. Der Planet hatte zu den ersten Zielen der ›Friedenstruppen‹ Sun-Tzus gehört und in der Folge die Angriffe Haus Hirutsus und anderer capellanischer Einheiten über sich ergehen lassen müssen. Die letzten Besatzer, die Nachtreiter des 1. Regiments der Armored Cavalry, waren selbst für eine Welt, die durch *tägliche* Mechgefechte abgehärtet war, von außergewöhnlicher Brutalität. Niemand wagte es, sich daran zu erinnern, daß der Pakt noch vor kurzer Zeit im Frieden gelebt hatte, denn dann hätten sie sich eingestehen müssen, daß sie nichts tun konnten, um den Frieden wiederherzustellen.

Und es war in erster Linie diese beiläufige Akzeptanz ständigen Krieges, die Fitzgerald zu schaffen machte. Gleichgültig, ob man den Krieg als Routine oder seltenes Ereignis sah, die Menschen litten darunter. BattleMechs waren dazu gedacht, den Schrecken ständiger Kriegsführung zu begrenzen. Ein MechKrieger sollte versuchen, deren Folgen einzudämmen, und nicht mithelfen, sie noch auszuweiten. Es war diese Hoffnung, die ihn zurück in die Reihen der MechKrieger gebracht hatte, nachdem er seinen ersten Eignungstest verpatzt hatte. Und es war diese Hoffnung, die ihn immer wieder antrieb.

»Jedenfalls war es keineswegs Glück, daß wir hier aufgetaucht sind«, stellte Danielle fest. »Wir haben einen *Jinggau* verfolgt, der uns entkommen ist, in der Hoffnung, ihn zu Bergegut zu machen. Hast du ihn zufällig gesehen?«

Fitz war zu schlechter Stimmung, um ihr über Funk zu antworten. Offensichtlich hatte sie das riesige Loch in dem Gebäude hinter ihm nicht bemerkt, oder falls doch: keinen Wunsch verspürt, sich die Verwüstung näher anzusehen. Er trat mit dem *Totschläger* wortlos beiseite, so daß die Kameras des *Helios* freie Sicht hatten. Menschen kletterten über die Trümmer, die einmal einen Großteil des Innenlebens des Bürohauses dargestellt hatten, und suchten nach Überlebenden. Er sah ein paar von ihnen, die mit Pistolen oder sogar einem Stück Stahlstrebe bewaffnet in der Nähe des Mechcockpits darauf warteten, daß der Pilot sich zeigte. *Wenn er auch nur einen Funken Verstand hat, wartet er auf die Miliz.*

»Fitz«, meinte Danielle leise, so leise, daß sie über die Funkverbindung kaum zu verstehen war. »Fitz, es tut mir leid.«

Bei mir brauchst du dich nicht zu entschuldigen, dachte Fitz, sprach es aber nicht aus. Außerdem, war es Danielles Schuld, daß der Cavalry-MechKrieger seinen Kampfkoloß mitten durch das Gebäude gesteuert hatte statt außen herum? Nicht mehr, als es Fitz' Schuld war, oder die Major Nevarrs, oder Sun-Tzus oder sogar Herzogin Candace Liaos.

»Du hast den Mech nicht gelenkt, Danielle.«

Sie seufzte. »Mag sein, aber ich fühle mich trotzdem furchtbar.«

»Laß uns unsere Leute einsammeln und zurück zur Basis marschieren«, erwiderte Fitzgerald. »Wenn wir eh schon depressiv sind, können wir uns auch Major Nevarrs tägliche Nachbesprechung anhören.« *Und je eher wir damit anfangen, desto schneller kann ich wieder zurückkommen und daran arbeiten, meinen Frust loszuwerden.*

Als hätte sie seine Gedanken gelesen, fragte Danielle: »Kommst du heute nachmittag hierher zurück?«

»Wahrscheinlich. Warum?« Fitz stählte sich für die standardmäßige Kommandeurspredigt damit, daß er sich ausruhte und darauf achtete, sich nicht zu überanstrengen. *Daß ich in einem Mech dringender benötigt werde als beim Aushändigen von Verbandszeug.*

Danielle überraschte ihn. »Ich will vielleicht mitkommen. Wenn du nichts dagegen hast.«

Jetzt lächelte Fitzgerald doch. Nicht aus Belustigung, sondern durch den Schimmer von Hoffnung, den Danielle ihm zurückgegeben hatte. Selbst wenn es nur für eine kurze Zeit war. *So oder so,* versprach er sich, *werden die MechKrieger einen Unterschied machen.*

4

Palastanlage, Tian-tan, St. Ives
Herzogtum St. Ives, St. Ives-Pakt

18. März 3062

Candace Liao nippte an ihrem grünen Tee und stellte die Tasse nahezu geräuschlos auf die Untertasse. Sie saß in aufrechter Haltung, die dunklen Augen scharf und stechend wie immer, und war ganz auf Oberst Caroline Seng konzentriert, die ihr gegenübersaß. Der bedeckte Himmel raubte dem Wintergarten des Palastes einiges an Charme, was ihn zu einem angemessenen Ort für die letzte Lageeinschätzung der ranghöchsten Offizierin des Paktes machte.

»Sie zeichnen ein bedrückendes Bild, Caroline.« Oberst Seng nahm ebenfalls einen Schluck Tee, aus Höflichkeit, wie Candace vermutete. »Sind Sie sicher, daß es keine andere Hoffnung gibt?«

Caroline Seng lächelte traurig. Dunkle Ringe unter ihren Augen kündeten von einer die ganze Nacht dauernden Konferenz mit ihren Adjutanten, deren Ergebnis das Dokument war, das sie soeben zusammengefaßt hatte. »Hoffnung gibt es immer, Herzogin. Sun-Tzu könnte sich zurückziehen. Euer Sohn könnte dem Logistiknetz der Konföderation das Rückgrat brechen. Was ich ausgeführt habe, basiert einfach auf den Fakten, wie sie uns heute morgen bekannt sind.«

»Drei Monate ist keine lange Zeit«, stellte Candace mit einem leichten Stirnrunzeln fest.

»Ich weiß«, nickte Caroline. »Aber wir haben keine Chance, dem Ansturm der Konföderation auf zwei Fronten standzuhalten. Die Konföderation mag keine sonderlich beeindruckenden Angriffskräfte aufbieten können, aber sie hat größere Reserven, auf die sie zurückgreifen kann, während unsere fast erschöpft sind.

Trotz der Hilfe Victors und George Haseks wird die Belastung sich in drei Monaten bemerkbar machen, und dann beginnt der lange Rückzug.«

»Aber Sie zählen die Truppen des Vereinigten Commonwealth in unserem Gebiet nicht mit.«

Seng zögerte. »Die Geheimdienstanalysen sind nicht schlüssig, Herzogin, deshalb folge ich meinem Instinkt. Lieutenant General Devon ist unterwegs zurück nach St. Ives«, stellte sie fest und erwähnte zum ersten Mal in diesem Gespräch die Verbindungsoffizierin der Vereinigten Commonwealth-Streitkräfte im Pakt. »Daher wissen wir, daß Ihre Mission auf New Avalon erfolgreich war. Katrina wird das Versprechen halten, das ihr Vater uns gegeben hat, und die drei VCS-Regimenter werden innerhalb unserer Grenzen verbleiben. Aber ich bin überzeugt davon, daß sie Euch verraten wird, sobald es zu ihrem Vorteil ist, sie abzuziehen – und dazu könnte schon eine einzige handfeste Konzession Sun-Tzus genügen.«

Candace gab ihr recht. Und auch wenn Simone Devon ihr insgeheim versprochen hatte, jeden Befehl, den Pakt im Stich zu lassen, zu verweigern, konnte sie dabei nicht für ihre Truppen sprechen. Die Lage im Vereinigten Commonwealth schien im Augenblick zu unsicher, um irgendwelche Voraussagen zu machen. »Wann ist Simone zurück?« fragte sie.

»In etwas über einem Monat.«

»Ich hatte auf etwas mehr Zeit gehofft, aber wenn wir nur drei Monate haben, müssen wir einen Entschluß fassen, wie es weitergeht.« Candace nahm sich ein paar Sekunden Zeit, Sengs Worte zu überdenken. »Leider kann Sun-Tzu sich keinen Rückzug leisten. Er hat zu viel seines Reiches auf diesen Versuch verwettet, den Pakt zurückzuerobern, um jetzt aufzugeben.«

»Und Kai?«

Candace versuchte nicht, den Stolz zu verstecken,

den sie für ihren Sohn fühlte. Stolz auf all ihre Kinder. »Gegen Kai zu wetten ist riskant. Er wird weiter agieren, wie er es für richtig hält, genau wie Cassandra und Kuan Yin. Und wie Quentin es von Anfang an getan hat.« Sie schüttelte leicht den Kopf. »Aber meinen Neffen darf man auch nicht unterschätzen. Ich kann nicht die Zukunft des Paktes darauf bauen, was eines meiner Kinder erreichen *könnte*.« Sie kniff nachdenklich die Augen zusammen. »Was, wenn ich mehr Truppen von Victor anfordere?«

Victor Steiner-Davion, der neue Präzentor Martialum ComStars, hatte auf Drängen des Ersten Lords Theodore Kurita den Befehl über die Sternenbund-Verteidigungsstreitkräfte übernommen. Er hatte ihnen jede Unterstützung zugesagt, die Candace in Anspruch nehmen wollte, allerdings hatte sie bisher nur sehr sparsam von diesem Angebot Gebrauch gemacht. Die neuesten Ankömmlinge, Clan-Novakatzen-Truppen unter SBVS-Fahne, hatte sie als neue Garnisonseinheiten und strategische Reserve auf St. Ives stationiert.

Seng schüttelte den Kopf. »Wir haben uns die verschiedensten Szenarien angesehen, aber in jedem Fall enden sie in der Rasalhaag-Lösung. Schon die Anzahl der Truppen, die Ihr bis jetzt in den Pakt gelassen habt, ist kritisch. Alle Situationsanalysen sagen voraus, daß der St. Ives-Pakt innerhalb eines Jahres zum ComStar-Protektorat wird, wenn deren Zahl sich noch erhöht.«

»Inakzeptabel«, stimmte Candace zu. Nicht, daß sie selbst Schwierigkeiten damit gehabt hätte, Victor als Schutzherrn anzuerkennen, und sicher würde auch Kai mit seinem Freund immer einverstanden sein, aber Candace kannte ihr Volk. *Es würde eine Rasalhaag-Lösung nie akzeptieren. Wenn wir überleben, muß uns das aus eigener Kraft gelingen. Wir brauchen eine capellanische Lösung.*

Das Schweigen dehnte sich. Schließlich sprach Candace ihre Gedanken laut aus. »Auf der Sternenbund-Konferenz haben Tormano und ich uns über den Preis unterhalten, den der Pakt zu zahlen gezwungen wäre, um sich nicht Sun-Tzus Launen beugen zu müssen. Ich hätte nicht gedacht, daß die Rechnung so schnell fällig wird.« Sie sah, wie sich die Miene ihrer Freundin bei der Erwähnung Tormanos spannte. »Keine Sorge, Caroline. Ich traue ihm auch nicht. Aber er ist Sun-Tzus Feind, und im Augenblick ist nur das von Bedeutung.« Sie nahm noch einen Schluck Tee und ließ sich von dessen Wärme durchdringen. »Ich wünschte nur, er hätte nicht so viel seiner Bewegung Freies Capella in Tikonov gebunden.«

»Katrinas Einfluß?« fragte Caroline Seng. »Glaubt Ihr, daß sie das als Preis für seine Beurlaubung verlangt hat?«

»Nein.« Candace faltete die Hände im Schoß. »So leicht würde er sich von Katrina nicht erpressen lassen. Eher hat er es vorgeschlagen, bevor sie es von ihm verlangen konnte. Dadurch käme sie in die Lage, keine neuen Forderungen zu haben, so daß sie *ihm* einen Gefallen schuldet.« *Wenn je jemand ein Meister der Intrige war, dann ist es Tormano.*

Candace erhob sich von ihrem Stuhl, und Seng tat es ihr nach. »Ich beneide dich nicht um diese Entscheidung, Candace«, meinte sie leise und verzichtete auf jede Formalität. Die Oberste nahm die Privilegien ihres Ranges nur selten in Anspruch, und Candace erkannte darin ihre Besorgnis. »Vor Sun-Tzu zu kapitulieren oder einen Großteil des Paktes zu verkaufen, um St. Ives am Leben zu erhalten. Ich hoffe, du findest eine dritte Möglichkeit.«

Ich auch. Candace verließ den Raum wie immer mit ruhiger Eleganz. Sie nickte den Dienstboten höflich zu und plauderte ein paar Worte mit einem Gast des Palastes. Innerlich aber war sie ganz darauf konzentriert, eine neue Antwort auf das jüngste Problem des Paktes zu finden: Wie er dem in drei Monaten vollstreckbaren Todesurteil entgehen konnte.

* * *

Landungsschiff *Jin-huáng-sè Ji-dàn,*
Ho-lu-Tiefland, Denbar
Xin-Sheng-Kommunalität, Konföderation Capella

Major Warner Doles überspielte seine Erregung durch eine steife militärische Haltung, als zwei bewaffnete Wachen ihn in ein prunkvoll ausgestattetes Büro an Bord des *Overlord*-Landungsschiffs *Jin-huáng-sè Ji-dàn* führten. Es ärgerte ihn, daß irgend jemand offenbar exakt gewußt hatte, wo seine Lanciers ihr neuestes Lager aufgeschlagen hatten, und es beunruhigte ihn noch mehr, daß dieser jemand nur zehn Kilometer entfernt ein vierzig Stockwerke hohes Landungsschiff aufgesetzt hatte. Falls die 3. Reservekavallerie den Anflug des Schiffes verfolgt hatte, konnte er sehr bald mit Gesellschaft rechnen. Nur die von einem unbewaffneten Boten überbrachte Nachricht hatte ihn daran gehindert, das Lager abbrechen zu lassen: eine Bitte, der Botschaft in jeder Hinsicht behilflich zu sein, unterzeichnet mit verigraphischer Signatur Candace Liaos.

Doles stand also praktisch unter Befehl, zu kooperieren und sich höflich zu benehmen.

Ein schwacher Duft von Räucherstäbchen lag in der Luft des Büros, und an den Wänden hingen asiatisch beeinflußte Kunstwerke. Doch er fand keinerlei Hinweis auf die Identität seines Gastgebers. Auf dem Schreibtisch waren weder Papiere noch Familienholos zu sehen. Ein antikes Schwert in einem Schaukasten erregte die Aufmerksamkeit des Majors, und er trat näher, um es sich genauer anzusehen. Auch diese Waffe war offensichtlich asiatischer Herkunft, unterschied sich jedoch geringfügig von allen Schwertern, die Doles bisher gesehen hatte.

»Ein Han-Ringknauf-Dadao«, bemerkte eine Stimme von der Tür hinter ihm leise.

Doles wirbelte erschreckt herum und ging instinktiv in Abwehrstellung. Als erstes fiel ihm der Anzug seines Gegenübers auf, ein teurer weißer Seidenanzug, der offensichtlich für dessen hageren Körper maßgeschneidert war – inmitten einer Gefechtszone eine doppelt ungewöhnliche Bekleidung. Dann erst richtete sich seine Aufmerksamkeit auf das Gesicht. Doles nahm augenblicklich Haltung an und salutierte. »Ich bitte um Verzeihung, Mandrinn Liao. Sie haben mich erschreckt.«

Tormano Liao erwiderte den Gruß beiläufig, nicht beleidigend abgewandt, aber sichtlich ohne großes Interesse an militärischem Protokoll. Das graumelierte Haar deutete auf sein Alter hin – wenn Doles sich richtig erinnerte, war Tormano inzwischen Mitte sechzig –, aber die Züge des Mandrinns hatten sich jugendliche Elemente bewahrt. Tormano kam zu Doles herüber und sah hinunter in den Schaukasten mit dem Schwert.

»Ein Ringknauf-Dadao«, wiederholte er. »Eine handgeschmiedete Replik einer Waffe aus der Qing-Dynastie des siebzehnten Jahrhunderts. Sie wurde speziell für Lady Aleisha Liao angefertigt, die dritte Kanzlerin der Konföderation.«

Doles fand die Geschichte der Waffe faszinierend, und fast wäre er Tormanos Zauber erlegen. Dann erinnerte er sich an das Landungsschiff und dessen Position und zwang sich zu annähernder militärischer Wachsamkeit. »Mandrinn, vergeben Sie mir die Unterbrechung, aber wäre es möglich, Ihr Landungsschiff zu versetzen, bevor wir weitersprechen? Es wäre mir lieber, wenn keine Erkundungsflüge oder Satelliten die Lage des derzeitigen Lancier-Camps feststellten.«

Tormano sah auf, lächelte und ging zu seinem Schreibtisch, wo er mit einstudierter Gelassenheit Platz nahm. »Die kennt man bereits, Major. Ich habe, während ich meine Ankunft regelte, den Capellanern genau mitgeteilt, wo ich aufsetzen werde und warum.« Er hob die Hand, um den Wutausbruch Doles abzuwehren, dessen Ansatz er ohne Zweifel an dessen Gesicht ablas. »Sie haben sich einverstanden erklärt, dieses Gebiet nicht zu betreten, nachdem sie mein Angebot gehört hatten.«

»Und was für ein Angebot war das?« fragte Doles, zu gleichen Teilen schockiert und beeindruckt von der Arroganz des Mandrinns.

»Ich habe versprochen, Sie von Denbar zu entfernen«, bekam er zur Antwort. »Die 3. Reservekavallerie fand die Vorstellung Ihrer Abreise höchst erfreulich.«

Doles war konfus. Dieses Gespräch entwickelte sich zu schnell. *Wie Tormano es beabsichtigt*, dachte er. *Der Mandrinn hat offensichtlich Freude an dramatischen Eröffnungen. Ich sollte darauf eingehen.* »Warum sollte ich Denbar verlassen wollen?« fragte er.

»Weil Sie ebenso gut wie ich wissen, daß die Blackwind-Lanciers hier nicht viel bewirken können. Denbar ist schon zu fest in der Hand der Konföderation. Ich kann Sie an einen Ort bringen, wo die Lanciers noch Entscheidendes leisten können. Sie werden die Kerneinheit meiner Bewegung Freies Capella im St. Ives-Pakt werden.« Er machte eine Pause, und der Blick seiner dunkelblauen Augen verhärtete sich: »*Meine* Einheit.«

Die persönliche Einheit des Mandrinns? Vorsicht, ermahnte Doles sich. *Wenn etwas zu gut scheint, um wahr zu sein, ist es das meistens auch.* »Warum ausgerechnet die Lanciers? Wir sind entehrt.«

Tormano lachte leise, lehnte sich in seinem Sessel zurück und legte die Fingerspitzen aneinander. »Ah ja, entehrt. Eine Sicht, die auf der Zeit, dem Lauf der Dinge und einem Quentchen Pech beruht.« Er machte eine wegwerfende Handbewegung. »Ich versichere Ihnen, nach zwei Monaten unter meiner Führung wird sich niemand mehr an das Debakel auf Hustaing erinnern.« Seine dunklen Augen wurden schmal. »Übrigens habe ich ein Geschenk für Sie. Zwei sogar. Vielleicht können sie Ihnen etwas von der Schuld abnehmen, die Sie *glauben* tragen zu müssen.«

Doles glaubte Tormano, daß die Schande sich aus der Erinnerung der Öffentlichkeit streichen ließ. Der Mandrinn war zu selbstsicher, als daß er sein Geschäft nicht verstanden hätte. Aber das Angebot eines Geschenks beunruhigte ihn. Die Geschenke der Familie Liao waren nicht gerade für ihre wohltuende Natur bekannt. Deshalb war er schockiert, als Tormano aufstand und zum Schaukasten trat, um Aleisha Liaos Schwert herauszuheben. Er reichte es Doles, den Knauf voraus.

Das Han-Schwert war superb ausbalanciert und lag täuschend leicht in der Hand. »Es ist wundervoll, Mandrinn. Aber ich kann das nicht annehmen.«

Tormano kehrte an seinen Schreibtisch zurück und ließ sich in den Ledersessel sinken. »Sie werden es annehmen, weil ich das wünsche«, stellte er amüsiert fest. »Ebenso wie Sie mein Angebot annehmen werden, sich der Bewegung Freies Capella anzuschließen, weil meine Schwester, Ihre Präsidentin, dem bereits zugestimmt hat und ich es ebenfalls wünsche.« Er beobachtete Doles aufmerksam. »Die Blackwind-Lanciers sind eine alte capellanische Einheit. Sie werden meiner Bewegung Freies Capella in den Augen der Konföderationsbürger zusätzliche Legitimation verleihen.«

»Genau wie in den Augen der Paktbürger«, stellte Doles fest und wünschte sich sofort, er hätte den Gedanken nicht ausgesprochen. Es war nicht Tormanos Reaktion, die ihm bestätigte, daß er richtig geraten hatte, sondern deren völlige Abwesenheit. Keine desinteressierte Geste. Keine abwiegelnde Bemerkung. Nur eine harte, kalte Maske, die sich über seine Züge gelegt hatte. Je länger Doles darüber nachdachte, um so logischer erschien es ihm. *Die Blackwind-Lanciers sind eine Traditionseinheit St. Ives'. Wir waren sogar einmal Candace Liaos Leibregiment. Wenn der Mandrinn sich durch uns irgendwo Legitimität verschaffen will, dann im Pakt.*

Tormano beugte sich vor und drückte einen Knopf am Rand des Schreibtischs. Doles hörte, wie sich eine weitere Tür öffnete, dann erkannte er, daß sie hinter einem Shojipaneel verborgen gewesen war. Eine Frau betrat das Büro, trat um das Paneel herum, gefolgt von einem Wächter, der ein Hollyfeld-Sturmgewehr im Anschlag hielt.

Alle Gedanken über Tormanos Absichten und Beweggründe waren wie weggeblasen, als der Major seine alte Kommandeurin erkannte. »Tricia!« rief er und hätte fast das Schwert fallen gelassen. »Majorin Smithson! Sie sind entkommen?«

Tricia Smithson lächelte Doles traurig an, dann verzog sich ihr Gesicht zu einer Maske eiskalten Hasses, als sie Tormano hinter dem Schreibtisch sitzen sah. Der holte eine Nakajima-Laserpistole aus einer Schublade und nickte dem Wachtposten zu, der das Büro wieder verließ.

»Nicht direkt«, stellte er fest und beantwortete die Frage, die Doles seiner alten Kommandeurin gestellt hatte. »Aber sie ist das zweite Geschenk, von dem ich sprach. Meine Agenten haben Sie gefangen genommen, kurz nachdem Talon Zahn ihren kleinen ›Ausbruch‹ arrangierte.«

Eisige Kälte stieg in Doles hoch. »Was wollen Sie damit sagen?« fragte er, obwohl es eigentlich kaum Zweifel daran geben konnte, was Tormano meinte.

Der Mandrinn lächelte mit vorgetäuschter Freundlichkeit. »Major Warner Doles, darf ich Ihnen Zhong-shao Daqing des Capellanischen Heeres vorstellen.« Er zuckte die Schultern. »Wahrscheinlich außerdem eine ausgebildete Maskirovka-Attentäterin.« Während der Vorstellung hatte er dem Lauf der Pistole gestattet, etwas seitwärts zu driften, und nun korrigierte er sich hastig und richtete die Waffe wieder auf Smithson, bevor er weitersprach. »Es war kein Zufall, daß Ihre Lanciers die Grenze gerade zu diesem Zeitpunkt und mit diesem Ziel überschritten haben. Die Zhong-shao hatte Befehl, den Zwischenfall zu arrangieren.«

»Stimmt das?« fragte Doles leise.

Daqing nickte ihm mit aufrechter Haltung und hocherhobenen Hauptes zu. »Nà shì duì«, bestätigte sie in fehlerfreiem Mandarin. »So ist es, Warner.«

Der Knopf auf Tormanos Schreibtisch rief den Posten zurück, der mit angelegtem Gewehr in den Raum trat. Tormano legte die Nakajima auf den Schreibtisch und lehnte sich entspannt zurück. »Sie sehen, Major Doles, der Zwischenfall läßt sich ohne weiteres als Intrige meines Neffen darstellen. Bei Zhong-shao Daqings Verratsprozeß...«

Weiter kam er nicht. Daqing sah die Waffe in ihrer Reichweite und ergriff die sich bietende Gelegenheit. Ein hoher Tritt schlug den Gewehrlauf des Postens weg, dann hechtete sie in der Drehung nach der Pistole auf Tormanos Schreibtisch. Sie riß die Nakajima hoch und richtete sie nicht auf ihren Bewacher, sondern auf Tormano Liao, offensichtlich entschlossen, den älteren Liao mit ins Grab zu nehmen. Ihr einziger Fehler bestand darin, ihren ehemaligen Stellvertreter zu ignorieren.

Doles schlug einmal mit Aleisha Liaos Schwert zu. Und ein zweites Mal.

Das nächste, woran Doles sich erinnerte, war Tormanos Hand auf seiner Schulter. Die Nakajima-Laserpistole lag wieder auf dem Schreibtisch, vom Mandrinn aus der Hand Daqings gezogen. Auf der Metalloberfläche stand eine Blutpfütze – Tormano hatte die handgewobene Schreibtischauflage beiseite gezogen –, und der Wachtposten stand über der Leiche.

»Ist wahrscheinlich besser so«, meinte Tormano Liao. »Ein Prozeß hätte häßlich werden können.« Er steuerte Doles zur Tür.

* * *

Tormano Liao kehrte an seinen Schreibtisch zurück, nachdem er Major Doles persönlich zur Rampe des Landungsschiffs begleitet hatte. Die Leiche war inzwischen beseitigt und das Büro gesäubert worden. Er bemerkte ein paar Blutspritzer am Rand des Schreibtischs, in der Nähe der Nakajima, und nahm sich vor, den Verantwortlichen für diese Nachlässigkeit zu degradieren. Er erwartete erstklassige Leistungen von allen, die das Privileg hatten, ihm zu dienen.

Trotzdem, alles scheint glatt zu laufen, entschied er. *Die Blackwind-Lanciers werden mein sein... das ganze Regiment, nicht nur dieses eine Bataillon. Und wenn Doles nach dem heutigen Tag noch nicht mein ist, kann es zumindest nicht mehr lange dauern.*

Trotzdem *hatte* es während des Gesprächs einen unangenehmen Moment gegeben, als Doles eine zufällige Bemerkung fast in eine Richtung gesteuert hätte, die Tormano lieber nicht verfolgt sah. Die Lanciers würden Freies Capella eine gewisse Legitimität in der

Konföderation Capella verschaffen, das entsprach der Wahrheit. Und Tormano war ganz sicher niemand, der einen sich bietenden Vorteil ausschlug. Aber es stimmte ebenso, daß sie ihm im St. Ives-Pakt noch weit mehr Legitimität verschafften. *Irgend jemand wird diesen Krieg verlieren. Irgendwo könnte ein capellanischer Thron herrenlos werden. Das kann nur ein Dummkopf ignorieren.*

Er nahm die Laserpistole vom Schreibtisch, zog die leere Batterie heraus und lud eine frische nach, bevor er die Waffe weglegte. *Ich bin schließlich nicht dumm.*

5

Palast des Himmels,
Zi-jin Cheng (Verbotene Stadt), Sian
Kommunalität Sian, Konföderation Capella

28. März 3062

Sun-Tzu sank tiefer in den Thron des Himmels, jenes von kunstvollen Schnitzereien verzierte hölzerne Artefakt, das als Sitz der Macht in der Konföderation Capella diente, als könne ihm der gesteigerte Körperkontakt gesteigerte Kontrolle liefern. In einer nahen Kohlepfanne brannte Sandelholzweihrauch, dessen gewöhnlich beruhigender Duft ihm heute jedoch keine Hilfe war. In seinem Innern wüteten Zorn und Enttäuschung, die Anspannung in allen Muskeln drängte ihn, etwas zu tun, irgend etwas, um die sich stauende Energie abzubauen.

Der Drang, um sich zu schlagen, wurde immer stärker, und die ständige Präsenz Romano Liaos in seinen Gedanken steigerte ihn noch zusätzlich. Es kostete Sun-Tzu äußerste Anstrengung, ihn zu unterdrücken und den vor ihm Versammelten ein ruhiges Bild zu zeigen. Sein Mißfallen äußerte er nur, natürlich genug, in einem Stirnrunzeln, und er schaffte es, in einem Schauspiel in Wahrheit ganz und gar nicht empfundener Leichtigkeit mit den Fingern der rechten Hand auf der Armlehne zu trommeln.

Heute begleitete Sascha Wanli, die Direktorin seines Geheimdienstes Maskirovka, Talon Zahn. Ion Rush war nicht anwesend, da er in der Festung Haus Imarras auf Sian zu tun hatte. *Das ist mir auch ganz recht so. Ich ziehe es vor, wenn er und Kali sich nicht begegnen.* Sun-Tzus Schwester hatte sich diesmal entschieden teilzunehmen. Sie blieb an den in Bronze gefaßten Türen des Thronsaals stehen, wo die Todeskommando-Wachen des Kanzlers gestanden hatten, bevor er sie zu Beginn der Besprechung entlassen hatte. Ihr aschgraues Gewand machte sie in den hellen Schatten fast unsichtbar. Sun-Tzu war sich sicher, daß ihre Wahl dieser Position eine tiefe religiöse Bedeutung hatte, war aber nicht in der Lage, sie zu erkennen. *Von meinem Standpunkt aus gesehen um so besser. An dem Tag, an dem ich Kali verstehe, habe ich wirklich Grund, mir Sorgen zu machen.*

»Nein, Zahn«, erklärte er schließlich mit fester, entschiedener Stimme. »Ich werde keine Reduktion der Kräfte in den Chaos-Marken autorisieren. Das sind capellanische Systeme. Sie gehören in die Konföderation.«

»Vielleicht aber eine zeitweilige Reduktion, mein Kanzler?« fragte Sascha. Es wäre leicht gefallen, die ältliche Frau mit dem metallischgrauen Haar und der kleinen Statur zu unterschätzen, wären da nicht ihre Augen gewesen. Sechsundvierzig Jahre in der Maskirovka hatten ihre Spuren hinterlassen, jedes Leben aus ihnen gesogen und zwei dunkle, diamantharte Bohrwerkzeuge daraus gemacht. »Nur lange genug, um festzustellen, wer die Widerstandsbewegungen unterstützt.«

Obwohl Sun-Tzu in der Regel ein Gefühl des Mißtrauens zwischen seinen Chefberatern förderte, um sie zum Wettstreit gegeneinander anzustacheln und selbst die winzige Chance eines Verrats noch weiter zu minimieren, überraschte ihn Saschas Unterstützung für Talon Zahn nicht. *Sie braucht alle Unterstützung, die sie finden kann, bis es ihr gelungen ist, ihre Glaubwürdigkeit wiederherzustellen.*

»Das ist die Aufgabe der Maskirovka«, erinnerte Sun-Tzu sie. »Sie steht in keinerlei Beziehung zum Capellanischen Heer.« Er musterte sie kühl. »Nach all den Fehlern und Enttäuschungen, die sich die Mask in den letzten anderthalb Jahren geleistet hat, hätte ich gedacht, daß Sie inzwischen Fortschritte vorzuweisen hätten.«

Saschas harte Augen senkten sich zu Boden. Niemand widersprach dem Kanzler, nicht im Palast des Himmels. »Ich werde meine… unsere Anstrengungen verdoppeln.«

In der folgenden Gesprächspause warf Sun-Tzu schnell einen Blick hinüber zum Eingang, wo Kali noch immer zuhörte und scheinbar gelangweilt mit einer langen Strähne ihres rotbraunen Haars spielte. Einer der Fehler, den sich Saschas Leute geleistet hatten, hatte in der ungenügenden Bewachung seiner Schwester bestanden. Eine beiläufige Bemerkung in einer früheren Besprechung wie dieser hatte sie zu einem Bombenanschlag auf Ion Rush veranlaßt. *Ich habe keinen Bedarf nach einer weiteren irrwitzigen Einmischung Kalis.*

Zahn trat einen halben Schritt vor und distanzierte sich damit körperlich von den Fehlschlägen der Maskirovka und insbesondere von Sascha Wanli. Er hatte die Warnung offenbar verstanden, auch wenn er seine Bitte weiter ausführte. »Die Überfälle Eures Cousins führen entlang der St.-Ives-Front zu wachsenden Schwierigkeiten, Licht der Weisheit. Und bei seinem letzten Überfall auf Sarna entkam er durch eine…« Er stockte und überlegte sich offensichtlich neu, was er sagen wollte. »…durch ein *Zögern* der Souveränitätsmiliz, ihn anzugreifen, ohne einen Kratzer.«

Talon Zahn machte bei seinen Berichten keine Fehler. Er wollte Sun-Tzus Aufmerksamkeit auf die Schwierigkeiten lenken, die sich in der Souveränität Sarna zusammenbrauten. Die sarnsche Regierung kooperierte nur mit der Konföderation, weil Sun-Tzu ihre Nahrungsversorgung kontrollierte. *Mit anderen Worten, die Sarner haben Kai gestattet, die Besatzungstruppen der Konföderation ungehindert zu dezimieren, in der Hoffnung, daß er uns genug Schwierigkeiten macht, um ihnen die Rückkehr zur völligen Unabhängigkeit zu ermöglichen.*

»Kai Allard-Liao muß aufgehalten werden, mein Kanzler.« Zahn verschränkte die Hände im Rücken. »Bis das geschehen ist, wird im St.-Ives-Konflikt kein größerer Fortschritt möglich sein.«

Sun-Tzu hatte Mühe, die Beherrschung nicht zu verlieren. Als er seinem General antwortete, war seine Stimme nicht mehr als ein Flüstern, das nur sehr allmählich lauter wurde. »Es ist die Pflicht des Souveräns, über Ziel und Zeitpunkt des Angriffs zu entscheiden und dann auf die Bedürfnisse seiner Generäle zu reagieren«, zitierte er frei aus der *Kunst des Krieges*. »Es ist die Pflicht des Generals, anzugreifen und Schlachten zu gewinnen, sofern der Souverän ihn nicht behindert. Ich habe Ihnen alles gegeben, was Sie verlangt haben, und Sie haben mir garantiert, daß es ausreichen würde, den Pakt *und* die Chaos-Marken zu unterwerfen. Und wenn Kai Allard-Liao hier auf Sian angreifen würde, Sang-Jiang-jun Zahn, würde ich von Ihnen erwarten, ihn zurückzuwerfen, ohne einen einzigen Soldaten über die Truppen hinaus zu verlangen, die Sie bereits erhalten haben.« Sun-Tzu beugte sich auf dem Thron vor und spießte seinen General mit stählernem Blick auf. »Ist... das... klar?« fragte er, und jedes einzelne Wort knallte wie ein Peitschenhieb.

Niemand im Thronsaal konnte Sun-Tzus Wut überhören, obwohl er seine Stimme zu keiner Zeit über die Lautstärke eines gewöhnlichen Gesprächs hinaus erhob. Sun-Tzu kümmerte sich nicht einmal darum, wie Kali reagierte. Hätte sie eine Pistole gezogen und Zahn auf der Stelle erschossen, wäre ihm das egal gewesen.

Zum ersten Mal überhaupt glaubte Sun-Tzu, in Talon Zahns Augen eine Spur von Furcht zu erkennen. Eine Furcht ganz ähnlich der, an die sich Sun-Tzu aus der Zeit in der Gesellschaft seiner Mutter erinnerte.

»Ja, Himmlische Weisheit«, antwortete der General ruhig, wie auf die beiläufigste aller Fragen.

* * *

Am Schreibtisch seines Privatbüros gab Sun-Tzu vor, sich unter den Händen seiner Verlobten Isis Marik zu entspannen. Obwohl ihr Vater Thomas Marik, der Generalhauptmann der Liga Freier Welten, ihren Hochzeitstag ständig weiter hinausschob, war Sun-Tzus Verlobung mit Iris nie mehr als ein politischer Schachzug gewesen. Trotzdem versuchte sie selbst im zehnten Jahr ihrer Verlobungszeit noch immer, ihn zu gewinnen. Jetzt stand Isis hinter ihm, knetete seine Schultern und bearbeitete geduldig die verknoteten Muskelstränge. Die Massage linderte sein körperliches Unbehagen, konnte Sun-Tzus inneren Frieden aber nicht wiederherstellen.

»Ich habe die Beherrschung verloren«, gab er auf ihre Frage zu. Daran, daß sie ihre Massage unbeirrt fortsetzte und auch nicht sofort nachfragte, erkannte er, daß sie bereits mit Talon Zahn oder Sascha Wanli gesprochen hatte. Nachdem sie in Hustaing in jenem ersten Zwischenfall, den Sun-Tzu dazu benutzt hatte, den Konflikt auszulösen, zwischen die Fronten geraten war, hatte er ihrer Bitte nachgegeben und ihr den Kontakt mit seinen Beratern gestattet. Es war trotz allem eine kluge Entscheidung gewesen, denn Isis hatte in der Vergangenheit bewiesen, daß sie über einen soliden Verstand verfügte und häufig Lösungen oder Gefahren erkannte, die Sun-Tzu übersehen hatte.

»So etwas kommt vor«, meinte sie schließlich in

einem Tonfall, der locker genug war, ihre Besorgnis erkennen zu lassen.

Sun-Tzu schüttelte den Kopf. »Nicht bei mir.« *Ich kann es mir nicht erlauben, die Kontrolle zu verlieren. Niemals.* In diesen Tagen lauerte Romano zu dicht unter der Oberfläche. *Siehst du das nicht?*

Sie hörte auf, seine Schultern zu massieren, trat um ihn herum und setzte sich halb auf eine Ecke des Schreibtischs. Sie hatte das kastanienbraune Haar mit einer Spange nach hinten gezogen und trug ein Seidenkleid, wie es auf Sian zur Zeit hochmodern war. »Und was hast du mit Kai vor?«

Ihn umbringen, wenn ich kann, erwiderte Sun-Tzu in Gedanken. Und das waren *nicht* die Worte seiner Mutter, auch wenn sie ihnen ohne Zweifel zugestimmt hätte. Solange er lebte, würde Kai die größte Gefahr für seine Stellung als Kanzler bleiben, trotz all seiner Versicherungen, keinerlei Interesse am Thron des Himmels zu haben. *Oder ihn kaltstellen, wenn das nicht möglich ist.*

»Mir wird etwas einfallen«, war alles, was er sagte. *Wenn ich die Kontrolle darüber wiedererlangen will, wie dieser Krieg sich entwickelt, muß mir etwas einfallen.*

Isis lächelte ermutigend, dann sagte sie zögernd: »Ich habe heute von meinem Vater gehört.« Lange Pause. »Er und seine Frau lassen dich grüßen.«

Was seit langem so ziemlich das einzige ist, das ich von Ihnen erwarten kann. »Hat er auf meine Anfrage nach Unterstützung bei der Rückeroberung der Chaos-Marken geantwortet?« fragte er und verzichtete bewußt auf die üblichen Höflichkeiten. Ein paar Regimenter, die aus der Liga Freier Welten in die Marken vorstießen, war alles, was nötig gewesen wäre, um diesen festgefahrenen Feldzug wieder flottzumachen.

Isis verzog über seine ungewöhnlich offene Art das Gesicht, schüttelte dann aber den Kopf. »Nicht direkt.

Aber er hat meiner Bitte, unserer Bitte, Sian zu besuchen zugestimmt.«

Sun-Tzu wußte es besser. Isis hoffte, ihr Vater würde bei einem formellen Staatsbesuch in der Konföderation gezwungen sein, endlich ihrer Heirat zuzustimmen. Thomas Marik zögerte sie seit Jahren hinaus und fand immer neue Entschuldigungen, um zu verhindern, daß Sun-Tzu auf die Thronfolgeliste der Liga kam. Dann hatte seine Gefährtin Sherryl Halas ihm einen Erben geboren und nach ihrer Heirat einen zweiten. Thomas brauchte keine Entschuldigungen mehr, aber trotzdem war kein Hochzeitstermin abzusehen.

»Hat er einen Zeitpunkt für seinen Besuch angegeben?« fragte er und täuschte eine Mischung aus Interesse und Begeisterung vor.

»Das werden wir in der weiteren Korrespondenz ausmachen«, antwortete Isis. »Aber wir dürften spätestens in einem Monat einen Termin haben. Juni, hoffe ich.«

Sun-Tzu bemerkte die leise Enttäuschung, die zum Schluß in ihre Stimme trat. Sie glaubte selbst nicht daran. Und warum auch? Thomas war so mit seiner neuen Familie beschäftigt, daß er ihr kaum noch gestattete, nach Hause zu kommen. *Er wird wieder absagen,* dachte Sun-Tzu.

Dann sprach er es aus, hatte die Scharade plötzlich satt, die sie seit Jahren aufrechterhielten. *Meine Nachfragen, Thomas' Versprechungen und Isis, die versucht, irgendwo dazwischen zu existieren, weil ihr nichts anderes geblieben ist.*

In Isis' Augen trat ein wütendes Funkeln über seinen offenen Verstoß gegen die Regeln ihres kleinen Dreierspiels. »Vielleicht nicht«, antwortete sie in einem Versuch, die Maskerade wieder aufzurichten.

Sun-Tzu stand auf, beugte sich vor, um ihr einen

Kuß auf die Stirn zu hauchen und log mit trauriger Stimme: »Es spielt keine Rolle.« Er zog sich zurück. »Es ist schon spät. Wenn du möchtest, bleib, und wir reden morgen früh weiter.«

Möglicherweise hatte er das sogar ernst gemeint. Aber auf dem Weg hinaus fiel sein Blick auf den neben der Tür eingerahmten Sinnspruch, die mit leichtem Pinselstrich kunstvoll auf strahlend weißes Papier gezeichneten Ideogramme. Er hatte ihn selbst als Erinnerung dort aufgehängt. *Ich ziehe erst in den Krieg, wenn ich bereit bin.* Angesichts der jüngsten Richtungslosigkeit seiner militärischen Anstrengungen empfand er ihn als blanken Hohn.

Wenn Sun-Tzu am nächsten Morgen über irgendetwas reden würde, dann darüber, wie er den Krieg gegen St. Ives wieder unter seine Kontrolle bringen konnte.

6

Hsao-qing-Ebene, Layting, St. Loris
Herzogtum St. Loris, St. Ives-Pakt

3. April 3062

Autokanonenfeuer fraß sich keine fünf Meter vor dem Cockpit des *Spuk* in den weichen Boden. Als er nach oben blickte, sah Aris Sung durch das Kanzeldach die schillernden Laserimpulse der in heftigem Schußwechsel verkeilten BattleMechs. *Ty Wu Nons erster Fehler bestand darin, Cassandra Allard-Liao zu unterschätzen,* dachte er. Er schüttelte die Nachwirkungen des Sturzes ab und arbeitete mit Pedalen und Steuerknüppeln daran, den Mech wieder aufzurichten.

Drei Wochen dauerten die Kämpfe auf St. Loris inzwischen, und Haus Hiritsu und die Panzerbrigade hatten Elemente der St.-Loris-Heimatmiliz und Chorsachows Kosaken allmählich immer weiter zurückgedrängt. Die 2. St.-Ives-Lanciers waren bei der ganzen Operation aber verdächtigerweise nicht aufzufinden gewesen. Durch die solide Operationsbasis der Konföderation auf der Inselnation Pardray und dem zu weitflächigen – als daß die Paktkräfte den Kontinent hätten ganz abdecken können – Festlandgebiet Laytings war es zu großen Gebietsgewinnen gekommen. Aber jeder Quadratmeter dieses Territoriums mußte bewacht werden, und jetzt hatten Cassandras 2. St.-Ives-Lanciers in einem Flankenangriff tief in das capellanisch kontrollierte Gebiet in den Kampf eingegriffen. Zwei Kompanien HausKrieger und zwei weitere der kürzlich eingetroffenen 3. Konföderations-Reservekavallerie sahen sich plötzlich einem Bataillon der St.-Ives-Lanciers gegenüber, das von zwei Heimatmilizkompanien unterstützt wurde.

Alles Capellaner, dachte Aris, und bei dem Gedanken zogen sich seine Eingeweide zusammen.

In der Saunahitze des Cockpits wischte er sich eine schweißnasse Hand an der äußeren Stoffschicht der Kühlweste ab, bevor er sie wieder um den Steuerknüppel legte. Er richtete den *Spuk* wieder auf und zog ihn dann rückwärts in eine dichte Baumgruppe aus Zedern und Tannen, um einem ihn verfolgenden Strom leichter Autokanonengranaten zu entgehen. Blutrote Energiepfeile knatterten aus seinen Impulslasern und in einen *Pegasus*-Schwebepanzer, der sich zu nahe heranwagte. Die gebündelte Lichtenergie fraß sich in die Panzerung des Fahrzeugs und versprühte geschmolzenes Metall. Dann sah Aris den *Cestus* wieder. Das gedrungene Profil und die sauberen Linien seiner Konstruktion waren in dem Gewirr aus Mechs und Panzern, die aus Norden vorrückten, unverwechselbar. *Cassandra, und wenn sie fällt, fallen die Lanciers mit ihr.*

»*Ostscout*-Alarm«, hämmerte eine in der Enge des Neurohelms laut hallende Stimme in seine Ohren. »Springe, Aris!«

Aris löste die Sprungdüsen aus und riß seinen *Spuk* auf Feuersäulen aus supererhitztem Plasma senkrecht in die Höhe. Er reagierte, ohne sich den Bruchteil einer Sekunde Zeit zu nehmen, der nötig gewesen wäre, sich auf der eigenen Sichtprojektion zu vergewissern, sogar noch bevor er die Stimme seiner Stellvertreterin Paizhang Raven Clearwaters erkannt hatte, einer Lanzenführerin seiner Kompanie. Der *Ostscout*, eine mit einem ZES-Markierungslaser bestückte Heimatmilizmaschine, war durch eine schmale Schlucht im Osten in die Hiritsu-Linien vorgedrungen. Ein ZES-bestückter Mech war in der Lage, massiven Artilleriebeschuß zu dirigieren und stellte eine ernstzunehmende Gefahr dar. Aris hätte das Ausweichmanöver ausgelöst, gleichgültig, von wo die Warnung ihn erreicht haben würde. Jedenfalls versuchte er sich das einzureden, auch wenn ihm die Entschuldigung selbst reichlich fadenscheinig erschien, nachdem er nun zum dritten Mal einer Konfrontation mit Cassandra Allard-Liao ausgewichen war.

Er nahm Kurs auf eine andere Baumgruppe, mußte aber feststellen, daß er es nicht bis dorthin schaffen würde. Deshalb beendete er den Sprung vorher, um hinter einem Hügel abzutauchen. Vom Scheitelpunkt der Flugbahn aus sah er Raven Clearwaters *Hurone* von hinten gegen den ZES-bestückten *Ostscout* vorrücken, vor dem sie Aris gewarnt hatte. Sie nahm die Miliz-Maschine mit PPK und Gaussgeschütz unter Beschuß, aber der leichte Mech wich ihr aus und rannte die Hiritsu-Linie hinab davon.

Zhang-si Sainz kam in seinem *Cataphract* nicht schnell genug weg und wurde von zwei Artilleriesalven erwischt. Rund um seinen schweren Mech schien der Boden zu explodieren. Der *Cataphract* ging unter einem direkten Artillerietreffer, der seine rechte Rumpfseite aufriß und die dort eingelagerte Autokanonenmunition zur Detonation brachte zu Boden, während die zweite Granatensalve das rechte Mechbein abriß. Der *Ostscout* rannte zurück in den Schutz der eigenen Linien. Der Pilot schien keine Lust zu haben, einen zweiten Versuch zu riskieren, außerdem hatte er ja schon einen Mech zur Strecke gebracht, der das Doppelte seiner eigenen Maschine wog.

Eine neue Hitzewelle schlug durch das Cockpit des *Spuk,* als Aris landete, und die Abwärme des im Innern des Fusionsreaktors auf Sonnenhitze aufgeheizten Sprungdüsenplasmas trieb die Wärmeanzeige tief in den roten Bereich. Mit fünfundfünfzig Tonnen Masse verließ der *Spuk* sich für das Überleben auf dem Schlachtfeld mehr auf seine Beweglichkeit als auf die Schutzwirkung seiner Panzerung. Aris rang keuchend nach Sauerstoff. Die Luft in der Kanzel war kaum noch atembar. Er wußte, daß er zuviel sprang, aber trotzdem hatte er die Düsen bei jeder sich bietenden Gelegenheit eingesetzt, um die Waffen nicht abfeuern zu müssen. Er konnte sich nicht länger etwas vormachen, nicht, nachdem er einen seiner Krieger in einem Bombardement hatte fallen sehen, das für ihn bestimmt gewesen war.

Aris konnte sich nicht erinnern, wann er zum erstenmal diesen Widerwillen bemerkt hatte, auf Pakt-Krieger zu feuern. Möglicherweise hatte er schon auf Hustaing gegen die Blackwind-Lanciers erste Anzeichen davon gespürt, später auf Denbar aber ganz sicher. Aber der entscheidende Auslöser waren die Schlachtfelder Nashuars gewesen, Gefechte ganz ähnlich wie dieses, ohne Gnade ausgetragen, in denen beide Seiten darum kämpften, ihre Quote an capellanischem Blut einzutreiben. Und allzu oft waren Zivilisten in ihr Kreuzfeuer geraten.

Ich bin ein HausKrieger! Meine Pflicht ist es, dem Willen des Shiao-zhang zu dienen, der seinerseits die Befehle des Kanzlers ausführt. Spielt es eine Rolle, daß meine Gegner – meine Feinde – ehemalige Bürger der Konföderation sind?

Es hätte keine Rolle spielen dürfen, aber es spielte eine. *Weil sie bald wieder Konföderationsbürger sein werden. Und wenn es in diesem Krieg nicht darum geht, die capellanische Nation wiederzuvereinen, worum geht es dann?* Aris konnte sich nur in einem Punkt sicher sein: Es war nicht an ihm, Kanzler Liaos Handlungsweise zu hinterfragen. *Ich brauche nicht zu verstehen, warum. Ich brauche nur zu handeln!*

Der Befehl gellte durch Aris' Gedanken, und augenblicklich warf er den *Spuk* in einen Galopp und rannte aus der Deckung des Hügels. Es war, als wäre er in einen chaotischen Flußlauf gesprungen, mit Strudeln aus Qualm und Explosionen, die wie aufgewühltes Weißwasser um ihn herum brodelten. Aris schluckte schwer in der trockenen, metallischen Luft der Kanzel und setzte seinen besten Befehlston auf.

»Clearwater und McDaniels, bringen Sie Ihre Lanzen stafettenartig vor. Erste Lanze zu mir.« Er drehte hart nach links ab, um einem brennenden *Victor* auszuweichen und entkam damit gleichzeitig zwei PPK-Blitzen, die vergeblich nach dem *Spuk* griffen. »Wir schlagen eine Bresche in die Pakt-Linie, und die Reservekavallerie hält sie offen.«

Die improvisierte Strategie schien zu funktionieren. Die Schlacht hatte sich zu einem Schußwechsel auf mittlere Distanz entwickelt, und die Pakt-Kräfte schienen auf einen Sturmangriff schlecht vorbereitet. Aris führte seine Einheiten gegen die Sektion der Linien, in der die Heimatmiliz an die vordere Flanke der St.-Ives-Lanciers stieß, in der Hoffnung, die natürlichen Differenzen zwischen den Einheiten auszunutzen. Trotzdem konnte er ein Zusammenzukken nicht unterdrücken, als er mitansehen mußte, wie Raven Clearwaters Gausskugeln den Kopf eines Pakt-*Helios* zertrümmerten und ein weiterer Pakt-Pilot zu Tode kam.

Dann sah er den *Cestus*, und alle anderen Überlegungen wurden unwichtig.

Unter dem Eindruck der zusammenbrechenden linken Flanke hatte Majorin Cassandra Allard-Liao offenbar Elemente vom gegenüberliegenden Flügel abgezogen, um der Bedrohung zu begegnen. Shiao-zhang Ty Wu Non, dessen überschwere Kompanie diesen Teil des Schlachtfelds durch brutale Gewalt und die großen Panzerreserven seiner Maschinen gehalten hatte, stieß jetzt ebenfalls vor, wenn auch sehr viel langsamer. Die durch die geringere Geschwindigkeit seines

Yu Huang und einiger anderer Modelle aufgehaltene Einheit fiel weiter hinter Aris' Kompanie und die Reservekavallerie zurück, die hinter seinem Sturmangriff nach vorne preschte.

Jetzt zeigte die konzentrierte Feuerkraft der St.-Ives-Lanciers ihre Auswirkungen bei dem Kriegerhaus. Richard Smiths *Donner* ging unter einem Bombardement von Raketen zu Boden. Ravens *Hurone* geriet unter einem Feuersturm von Lasern und Autokanonen ins Stolpern, blieb aber auf den Beinen, auch wenn sie effektiv zum Stehen gebracht worden war und die Panzerung ihres Kampfkolosses mehr Erinnerung als Fakt war. Und Cassandras Gaussgeschütz richtete für sich genommen schon eine erstaunliche Verwüstung an, riß ganze Mecharme weg und brach durch Rumpfpanzerungen und darunterliegende Stützstreben. Ein *Regulator*-Schwebepanzer wurde an der Schürze getroffen, und die Kugel zertrümmerte die darunterliegenden Hubpropeller. Der Panzer verlor sein tragendes Luftkissen, krachte mit über hundert Stundenkilometern auf den Boden und löste sich in einer von Erdklumpen und Staubwolken begleiteten Rutschpartie in seine Einzelteile auf. Auch Aris' *Spuk* bekam einen Treffer ab. Die nur als silbriger Lichtreflex auf dem Sichtschirm aufzuckende Kugel schlug voll in die Brustpartie der stahlblauen Maschine. Der letzte Rest ihrer Panzerung regnete zerborsten zu Boden, als die Kugel vom Gyroskopgehäuse abprallte und den *Spuk* schwer ins Taumeln brachte. Zum zweiten Mal in ebensovielen Minuten krachte Aris in seiner Maschine zu Boden.

Er wurde so hart zurück gegen die Liege und vor in die Gurte geschleudert, daß Aris fast ohnmächtig geworden wäre. Er klammerte sich mit schierer, grimmiger Entschlossenheit an sein Bewußtsein und hebelte sich mit den Mecharmen des *Spuk* hoch. Eine kurze Sekunde glaubte er, die Maschine hätte sich um die eigene Achse gedreht, als die Sichtprojektion einige Mechs der 3. Reservekavallerie vor seiner Position zeigte. Dann erkannte er, daß sie zwischen seiner Kompanie und den St.-Ives-Lanciers standen und ungedeckt vorstürmten. Trotz der Resthitze in der Pilotenkanzel lief ihm ein eisiger Schauer den Rücken hinab, und er brachte den *Spuk* feuernd wieder auf die Beine.

Von Haus Hiritsus Vormarsch gedeckt, war es der Reservekavallerie gelungen, nahezu unverletzt zu bleiben. Jetzt warf sich eine halbe Kompanie aus sechs leichten bis mittelschweren BattleMechs, sämtlich ältere, aber trotzdem tödliche Modelle, ohne Rücksicht auf ihre eigene Sicherheit nach vorne und versuchte sich zu Cassandras *Cestus* durchzukämpfen.

Aris wußte nicht, wer diesen Angriff leitete, deshalb brüllte er nur ins Mikro: »3. Reservekavallerie, abbrechen. Zurück!«

Aber die leichteren Maschinen waren zu schnell. Es war schon zu spät, als sein Befehl kam, und das wußte er auch. Heimatmiliz- und Lancier-Mechs schlossen sie ein, schnitten die Reservekavalleristen ab und verhinderten einen Durchbruch der Krieger unter Aris' Befehl, denen jetzt für einen erneuten Angriff die Masse fehlte. Ty Wu Non befahl Aris und seine Leute zurück.

Vier der Reservekavalleristen schafften es, Cassandras *Cestus* auf kurze Distanz zu stellen. Aber während sie auf sich allein gestellt waren, hatte Cassandra die Feuerkraft einer ganzen Kompanie zur Verfügung. Und die Majorin zögerte nicht, sie einzusetzen. Die Lanciers brachten in einem wilden Feuerwechsel alle vier Mechs zur Strecke, und Aris unterbrach seinen Rückzug lange genug, um nachzusehen, ob die kleine Einheit es geschafft hatte, die Pakt-Kommandeurin auszuschalten. Aber der *Cestus* regte sich, kam wieder auf die Beine und ragte Sekunden später hoch über den Wracks der capellanischen Mechs auf.

Aris schlug mit der Faust auf die Armstütze der Pilotenliege. Er war wütend und verzweifelt, hätte aber nicht erklären können, warum. Weil sie aus der Formation ausgebrochen und umsonst gestorben waren, oder weil sie ihm den Sturmlauf gestohlen und ihn daran gehindert hatten, das selbst zu tun? Er wußte es nicht. Die Gefühle und Gedanken, die ihn zu diesem Angriff bewegt hatten, waren verblaßt und verflüchtigt. Es gab keine Antwort, außer der, daß noch mehr Krieger gefallen waren, und er ihnen den Weg in den Tod gezeigt hatte.

»Alle Einheiten, Rückzug«, ordnete Ty Wu Non über die allgemeine Frequenz an. »Sammeln an der Dorfgrenze von Chingda-sun.« Die Lichter auf der Kommkonsole des Spuks veränderten sich und zeigten an, daß der Haus-Meister mit den Pai-zhangs reden wollte. »Ich will heute keine Krieger mehr ihren hoffnungslosen Kampf suchen sehen. Behaltet die Reservekavallerie im Auge.«

Reicht es wirklich, die Reservekavallerie im Auge zu behalten? fragte sich Aris. Der Gedanke löste eine Welle der Unsicherheit aus, und er rang mit seinen Gefühlen. *Ist das wirklich das Ende, nach dem ich suche?*

7

Hai Fen-ling, Provinz Xin Singapur, Indicass Xin-Sheng-Kommunalität, Konföderation Capella

10. April 3062

Sang-shao Ni Tehn Dho setzte sich müde auf den Fuß seines *Victor*, während die Junior-Offiziere der Hustaing-Rabauken sich wie nach jedem Gefecht darum kümmerten, die Schäden ihrer Einheiten festzustellen und den Wert des Bergungsguts abzuschätzen. Der überschwere Mech mit seinen achtzig Tonnen Gewicht ragte über ihm auf, und sein Kopf stieß bis in das Blätterdach des Schwarzwalds hoch. Sonnenlicht filterte durch den Baldachin aus wuchtigen Ästen und breiten Blättern herab, ein grünes Leuchten, durch das gelegentlich ein einzelner Strahl aus reinem Sonnenlicht brach. Ein grüner Schleier lag über der ganzen Szenerie. *Ganz Liao*, dachte der ältliche Regimentskommandeur und lehnte sich mit dem Rücken an den Knöchel des Kampfkolosses.

Er hatte sich an eine Seite des Schlachtfelds zurückgezogen, in der Hoffnung, den Schatten eines vom Gefecht unbeschädigten Baums zu genießen… ein Versprechen auf bessere Zeiten. Jetzt, außerhalb des Cockpits, stellte er fest, daß auch die Eiche, neben der er seinen Mech abgestellt hatte, ein paar Autokanonentreffer abbekommen hatte. Die Granaten hatten einen Teil der unteren Äste weggesprengt. Außerdem trug der leichte Wind, der aus der Richtung des Schlachtfelds herüberwehte, ihm den Geruch verbrannter Vegetation zu. *Nicht so angenehm, wie ich es erhofft hatte, aber immer noch besser, als ich hätte erwarten dürfen.* Über ihm knallte und sang das abkühlende Metall der Kampfmaschine, und auch seine Glieder knirschten und knackten wie aus Protest gegen die Belastung, der sie in den letzten Monaten ausgesetzt worden waren.

Doh schloß die Augen und machte ihnen leere Versprechungen, daß sie bald genug Ruhe bekämen.

Ewige Ruhe, würde mich nicht wundern.

»Sang-shao?« unterbrach eine Stimme seine Muße, eine junge, kräftige, eifrige Stimme.

Doh kämpfte die Verärgerung nieder. Er wollte dem Krieger dessen Jugend nicht zum Vorwurf machen. Schon gar nicht diesem, der zu den besseren seiner Leute gehörte. Er öffnete ein Auge und musterte Sao-shao Daniel Evans. Der Anführer der inoffiziell als die Arkadenranger bekannten Kompanie der Rabauken war ein Streber, der den übrigen Kompaniechefs in der Regel ständig einen Schritt voraus war.

»Was gibt es, Sao-shao?«

»Ich habe meine Bewertung fertig«, erwiderte Evans mit neutraler Stimme, aber in seinen Augen glänzte der Stolz. »Die Ranger haben natürlich keinen BattleMech verloren, und wir sind unter Berücksichtigung von Panzerung, Wärmetauschern und einzelnen zerstörten Waffen nur sechzehn Prozent unter Soll-Leistung.«

»Und was machen Ihre Leute jetzt?« fragte Doh, obwohl er wußte, daß ihm die Antwort nicht gefallen würde. Er wußte aber auch, daß er es wahrscheinlich durchgehen ließe.

Wenigstens war Evans so höflich zu zögern. »Sie malen die letzten Punkte auf ihre Maschinen.«

Doh verkniff sich ein Stöhnen, dann rieb er sich mit beiden Händen das Gesicht. Die Arkadenranger hatten ihre Existenz als Lanze aus Studenten einer Hochschule Hustaings begonnen, deren Hauptqualifikation im regelmäßigen Besuch einer örtlichen Spielhalle bestanden hatte, die vereinfachte BattleMechsimulatoren anbot. Überraschenderweise hatte sich die leichtfertige Art, mit der sie den Mechkampf als Spiel behandelten, zu ihrem Vorteil ausgewirkt. Sie vergaben sogar nach einem komplexen Regelsystem, das Sang-shao Doh längst aufgegeben hatte verstehen zu wollen ›Punkte‹ für jeden Kampf. Er hatte ihnen Evans als Kommandeur zugeteilt, in der Hoffnung, er könnte sie zähmen. Statt dessen hatten sie ihn bekehrt.

Hauptsache, es funktioniert, beruhigte Doh sich. »Wie viele Abschüsse haben Ihre Krieger erzielt, Danny?« fragte er.

»Sechs«, antwortete Evans wie aus der Pistole geschossen. »Zwei Panzer verschrottet und vier Mechs, drei davon mit gutem Bergungswert.«

Nicht schlecht, alles in allem. »Und wie viele Punkte haben Sie selbst verdient?« Doh lehnte sich mit mildem Interesse vor.

»Sechshundertfünfundsiebzig. Ich habe...« Evans unterbrach sich und wurde rot, dann sprach er mit einem Schulterzucken weiter. »Für den *Vedette*-Panzer habe ich nur die halbe Punktzahl bekommen, weil ich keine Munition mehr hatte.«

Diese Burschen werden endlich lernen müssen, daß wir hier nicht in der Spielhalle sind. Doh hatte gehofft, ein Jahr im Kampfeinsatz auf Denbar hätte dieses Problem lösen können. Und wenn schon das nicht, dann die letzten Monate gegen die Überreste der Indicass-Heimatmiliz und die Legers. *Aber von Anfang an hatten nur ein paar von ihnen überhaupt einen militärischen Hintergrund. Schließlich sind sie aus Universitäten und kleinen Hochschulen rekrutiert oder aus der Reserve der Planetaren Hustaing-Miliz gezogen worden. Und es spielt keine Rolle, wieviel Gefechtszeit sie hinter sich bringen, solange sie besser werden.*

Mit sechzig Jahren hatte Doh das alles schon aus erster Hand kennengelernt. Die Verluste des 4. Nachfolgekrieges und das Verlangen danach, sie wettzumachen, loderten in seinem Innern. *Aber soll ich diesen Kindern eine derartige Erfahrung wirklich wünschen, nur um ihnen etwas mehr Disziplin und einen Sinn für die Würde des Capellanischen Heers beizubringen?*

Doh lehnte sich zurück und versuchte, seine Rükkenschmerzen zu ignorieren. »Danke, Danny. Grüßen Sie Ihre...« Fast hätte er gesagt ›Ihre Kinder‹. »...Ihre Krieger von mir. Wegtreten.« Dann schloß er die Augen wieder. *Würde ich ihnen eine derartige Erfahrung wirklich wünschen?*

Glücklicherweise brauchte diese Frage keine Antwort. Noch nicht.

* * *

Hazlet, Nashuar
Herzogtum St. Ives, St. Ives-Pakt

Hazlets kleines Militärkrankenhaus war überfüllt, und die Heimatmiliz hatte ihre ernsteren Fälle ins Immergrün-Gedächtnishospital im Stadtinnern verlegt. Maurice Fitzgerald hatte eine Stunde Zeit bis zu Nevarrs Tagesbesprechung und war gekommen, um den jüngsten Neuzugang zu besuchen.

Selbst vor der weißen Bettwäsche wirkte David Sherman bleich. In den Krankenzimmern war der in den Korridoren hängende beißende Geruch nach Desinfektionsmitteln besonders stark. Fitz rieb sich die Nase und sah den Hauch eines Lächelns auf dem Gesicht seines alten Lanzenkameraden.

»He, Schleicher«, begrüßte ihn der Patient mit dem Spitznamen, den sich Fitzgerald als Lance Sergeant im Panzercorps der Heimatmiliz verdient hatte.

Ein Spitzname, den die ganze Lanze übernommen hatte. Das war nach seinem Scheitern bei dem Versuch gewesen, ein MechKrieger zu werden, aber noch bevor der damalige Kapitän Nevarr ihm eine neue Position angeboten hatte. Er konnte sich gut daran erinnern, wie nervös er gewesen war, die Verantwortung für drei andere Leben übernehmen zu müssen. Besonders nach dem Desaster bei der Mech-Kriegerausbildung. Das war alles noch kein Jahr her. Es fiel ihm schwer, es zu glauben. »Hallo, David«, grüßte er zurück.

»Ich schätze, wenn du hier bist, haben wir gewonnen, ja?« Der dunkelhaarige Mann war erst neunundzwanzig, aber die Linien unter seinen Augen und die Schwere seiner Stimme hätten zu jemand sehr viel älterem gepaßt. »Ich bin vor dem Ende gegangen. Tut mir leid.«

Fitz zwang sich zu einem Lächeln, so schwer es ihm auch fiel. Wie so vieles in diesen Tagen. Er war einfach zu erschöpft. »Ich weiß nicht, ob ich das einen Sieg nennen würde«, meinte er und erinnerte sich an die ausgebrannten Ruinen der Häuser von Yei Hou, eines Dorfs nördlich von Hazlet. Er fühlte neuen Haß auf den Panzerkommandeur der Nachtreiter in sich aufsteigen, der die Kurzstreckenlafette seines *Pegasus* mit Infernoraketen geladen hatte. Ein Fehlschuß hatte genügt, um das ganze Dorf in Flammen aufgehen zu lassen.

»Hab davon gehört«, sagte sein Freund leise und verzog das Gesicht, als habe er Schmerzen. »Muß schlimm gewesen sein. Da war ich wohl schon im Rettungshubschrauber.«

Fitzgerald setzte sich auf die Bettkante und war sich sehr bewußt, wieviel Platz er hatte. *Der Krieg holt sich seinen Zoll von den Soldaten genau wie vom Pakt, Stück für Stück. Letztes Jahr hat David mit seinem Bein bezahlt. Warum mußte er sich unbedingt weiterverpflichten?*

»Na ja, wir haben sie wieder mal aus der Ebene gehalten. Vielleicht hilft's«, bot er seinem Kameraden an.

»Wir haben bei Hazlet eine Linie gezogen, und die Cavalry scheint bereit, das zu akzeptieren. Tut mir leid um deinen Arm.« Das war sie, die Entschuldigung, wegen der er gekommen war, mitten im Gespräch eingeworfen, als versuche er, sie zu verstecken.

»Was ist das? Ein Mechjockey, der Mitleid mit einem Blechbüchsenfahrer hat?« Diesmal gelang David ein echtes Lächeln. Die Aufmerksamkeit seines alten Kommandeurs ging ihm sichtlich nahe. »Da gegen hätte ich Wetten abgeschlossen.«

Fitzgerald wußte Davids Versuch zu schätzen, die Stimmung zu heben, aber das änderte nichts an der Tatsache, daß er sich diesmal noch verantwortlicher fühlte als sonst. *Ich habe Nevarrs Angebot, MechKrieger zu werden, erst angenommen, als meine Panzerlanze auseinandergefallen war. Hätte ich gewußt, daß David nach seiner ersten Operation zurückkommen würde, hätte ich… was?* Was hätte er tatsächlich tun können? Er war in der Hoffnung MechKrieger geworden, einen größeren Unterschied im Kampf Nashuars gegen die Konföderation bewirken zu können. *Nein, ich wollte den* entscheidenden *Unterschied bewirken. Habe ich immer noch nicht begriffen, daß es so etwas nicht gibt? Jedenfalls nicht in diesem Krieg.*

Etwas von Fitz' Selbstvorwürfen mußte sich auf seinem Gesicht wiedergespiegelt haben. »Mach es dir deswegen nicht selber schwer, Fitz«, meinte David. »Wir wissen alle, was da draußen vorgeht. Teufel, ich hätte nach der letzten Verletzung aussteigen können. Aber ich habe mich dagegen entschieden.« Er sah seinem alten Kommandeur in die Augen. »*Ich* habe mich dagegen entschieden«, wiederholte er.

Fitz nickte. Das wußte er, aber er verstand es nicht. »Warum?« fragte er.

David atmete laut aus. »Weil ich mich an der Konföderation rächen wollte.« Plötzlich klang er klein und schwach. »Nicht für Nashuar oder den Pakt, sondern für das, was sie mir angetan hat.« Er lachte, und in seinem Blick tanzte eine Spur von Wahnsinn. »Weißt du, was wirklich komisch ist? Als das hier losging, hatte ich gar nichts gegen die Rückkehr der Konföderation. Aber die letzten sechs Monate...« Er sank in die Kissen zurück und wirkte sehr verletzlich. »Es war mir egal, wer mir in den Weg kam.«

Fitzgerald wußte nicht, was er sagen sollte. Dieser Krieg hatte seinen Sinn verloren. Konnte sich irgend jemand erinnern, wann genau sie die Kontrolle über ihn verloren hatten? Er schüttelte den Kopf, im gleichen Maße vor Bedauern für David wie als Antwort auf seine eigene Frage.

»Es spielt keine Rolle«, sagte David. Er warf einen Blick zur Uhr. »Nevarrs Tagesbesprechung muß gleich anfangen. Du solltest dich lieber auf den Weg machen.«

Fitzgerald stand auf und schenkte seinem alten Lanzenkameraden noch ein aufmunterndes Kopfnicken. »Es spielt eine Rolle«, erklärte er und versuchte, seinem Freund etwas Trost zu spenden. »Es war dir nicht so gleichgültig wie manchem anderen. Nicht so wie dem Schlächter, der Yei Hou angezündet hat.«

David zuckte zusammen, und auf seinen Zügen stand der Schmerz. Fitz wußte, daß es nichts mehr zu sagen gab, und drehte sich um. Seine Hand lag schon auf dem Türgriff, als David noch etwas sagte.

»He, Fitz.« David sah ihn nicht an, sondern starrte mit schmerzlichem Ausdruck an die Decke. Ein paar lange Sekunden verstrichen. Er weinte. »Das ist nicht so komisch. Aber die Wahrheit ist, daß ich gestern auch Infernos geladen hatte.« Davids Blick zuckte kurz zu Fitz herüber, dann drehte er sich weg. »Ich habe nur keine Gelegenheit bekommen, sie abzufeuern.«

Er hätte noch eine Stunde bleiben können, aber Fitzgerald bezweifelte, daß ihm irgend etwas eingefallen wäre, was er darauf hätte antworten können. Ohne ein weiteres Wort verließ er das Zimmer und schloß leise die Tür hinter sich.

8

Palast des Himmels,
Zi-jin Cheng (Verbotene Stadt), Sian
Kommunalität Sian, Konföderation Capella

14. April 3062

Isis Marik fand den Thronsaal ihres Verlobten etwas spartanisch, aber das paßte zu Sun-Tzus Persönlichkeit. *Alles hier hat seinen Zweck, nichts dient nur der Schau.*

Die Wände dekorierten ein paar kunstvoll ausgeführte einfache Kohlezeichnungen von des Kanzlers eigener Hand. Aber das wußten nur wenige. Eine alte chinesische Rüstung stand in der Nähe der Empore, möglicherweise, um Sun-Tzu an seine asiatische Abstammung zu erinnern. Aus den Nán-Bei-Cháo-Dynastien, hatte er ihr erklärt, als sie die Rüstung einmal bewundert hatte. Natürlich hatte er ihr im Lauf der Jahre eine Menge Dinge erklärt, nicht immer wahrheitsgemäß. Ein dicker roter Teppich zog sich von der Empore zu den in Bronze eingefaßten Türen. Seit seiner Amtszeit als Erster Lord des Sternenbunds war der Läufer mit Goldfäden durchwirkt. *Gold, die ausschließlich den alten chinesischen Kaisern vorbehaltene Farbe.*

Der Thron des Himmels selbst war ein atemberaubendes Kunstwerk. Er war komplett handgeschnitzt, aus Mahagoni. Die rotbraune Maserung des Holzes kündete von Kraft und Charakter. *Obwohl dieses Versprechen bis zu Sun-Tzu ziemlich einseitig charakterbetont war.* Die obere Hälfte der Rückenlehne stellte den chinesischen Tierkreis dar, eine weitere Verbindung zum chinesischen Erbe Haus Liaos und eine Erinnerung an das vielfältige Wesen der Menschheit.

Und auf dem Thron des Himmels saß Sun-Tzu Liao, Kanzler der Konföderation Capella.

Isis nickte förmlich. Sie hatte von der jüngsten Audienz Talon Zahns und Sascha Wanlis gehört und wollte ihn nicht gegen sich aufbringen. Nicht, daß sie Angst vor ihm gehabt hätte. Isis war in der Lage, hinter seine Abstammung von der wahnsinnigen Romano und deren Maskirovka-Gefährten Tsen Shang zu blicken. Aber sie wollte ihm *helfen*, und wenn ihr das gelingen sollte, mußte er sie heute als seine Verbündete erkennen und durfte keine Gegnerin in ihr sehen. *Er hat so viel erreicht, und gemeinsam können wir noch so viel mehr leisten. Wenn er mir zuhört.*

In Sun-Tzus jadegrünen Augen leuchtete Interesse auf, als sie sich näherte, aber natürlich wollte er, daß sie das sah. Traditionsgemäß durfte sie nichts sagen, bis er sie ansprach, und es gehörte reichlich Wagemut dazu, im Palast des Himmels mit Traditionen zu brechen. Aber heute kam es zu keinen Wortgefechten. Sun-Tzu kam ohne Umschweife auf den Punkt zu sprechen, um den *ihre* Gedanken kreisten, als könne er in ihrem Geist lesen.

»Ich soll mich aus den Chaos-Marken zurückziehen«, erklärte er ohne Vorrede. »Meine Kräfte gegen den Pakt konzentrieren, um diesen Konflikt schnell zu beenden.«

»Ich weiß, Liebster. Ich habe Talon Zahn gesprochen.« Isis achtete darauf, ihre Stimme ruhig und ermutigend zu halten. »Ich wünschte, ich könnte helfen.«

Sun-Tzu nickte. »Hat er dir auch erzählt, daß nach Erkenntnissen der Maskirovka zumindest ein Teil des Widerstands in den Chaos-Marken von Blakes-Wort-Fraktionen geschürt wird? Zum Teil sogar von konkurrierenden Fraktionen?«

»Ja. Er sagte, man könne nicht sicher sein, wieviel davon bewußt gegen dich gerichtet ist und wieviel nur Nebenwirkung eines Stellvertreterkrieges um die Macht bei Blakes Wort ist.«

Sun-Tzu lehnte sich tiefer in seinen Thron zurück. »Dann sag mir, was ich tun soll, Isis.« Er beobachtete sie aufmerksam. »Deiner Meinung nach?«

Ist das eine neue Prüfung, oder fragt er mich ernsthaft um Rat? So oder so machte es für ihre Antwort keinen Unterschied. »Schließe Frieden mit deiner Tante Candace oder schreibe die Chaos-Marken für ein paar weitere Jahre ab.«

»Nach deiner Erfahrung auf Hustaing – kannst du Frieden mit meiner Tante empfehlen? Nach dem Verlust so vieler capellanischer Leben seither?«

Isis hatte keinen Bedarf danach, an die Zeit erinnert zu werden, die sie inmitten der Kämpfe auf Hustaing zugebracht hatte. Mehrmals wäre sie fast in Gefangenschaft geraten oder getötet worden. Außerdem hatte dieser Konflikt die Invasion des Pakts erst möglich gemacht. *Aber meine Gefährdung dort hat auch mir neue Türen geöffnet und mir gestattet, aktiver in die Politik der Konföderation einzugreifen. Daher muß ich ihm vernünftige, unvoreingenommene Ratschläge geben.* »Es scheint nur diese beiden Möglichkeiten zu geben.«

»Immer nur zwei Möglichkeiten«, gab Sun-Tzu mit harter, gnadenloser Stimme zurück. »Immer existieren nur Kapitulation oder Kompromiß für die Konföderation. Chesterton aufgeben. Tikonov aufgeben. St. Ives aufgeben. Die Konföderation als Kriegstreiber beschimpfen lassen, wenn sie um ihr bloßes Überleben kämpft. Kleinstaaten der Chaos-Marken als legitime Nationen anerkennen, statt der Konföderation zu gestatten, zurückzuholen, was ihr rechtmäßig gehört.« Er hob die rechte Hand von der Armlehne des Thronsessels und ballte sie zur Faust. »Damit ist es vorbei«, versprach er.

»Aber sobald du einen dieser beiden Konflikte löst«, insistierte Isis, »löst sich der ganze Knoten.« Sie kam näher, und ein flehentlicher Ton trat in ihre Stimme. »Denke daran, welchen Eindruck du bei den anderen Fürsten der Inneren Sphäre machen würdest. Bei deinem Volk.« *Bei mir*, fügte sie in Gedanken hinzu.

Sun-Tzu blinzelte sie verwirrt an. »Welchen Eindruck ich machen würde?« Er legte den Kopf auf die Seite, dann wiederholte er: »Welchen Eindruck ich machen würde«, wie, um die Formulierung auszuprobieren. »Was ist mit der Konföderation?«

»Deine Konföderation siegt, wenn du siegst.« Isis hoffte, er mißverstehe sie nicht so, daß sie ihm damit zur Fügsamkeit raten wollte. »Du warst der starke Führer, den dein Volk brauchte. Du hast ihnen jemanden gegeben, dem es folgen und an den es glauben konnte.«

»Um mich ist es hier nie gegangen«, stellte Sun-Tzu mit entschiedener Miene fest. »Mein Volk mußte lernen, an sich selbst zu glauben, an die Konföderation. Nicht an mich. *Das* hat es von Anfang an getan.«

Er stand auf und kam die Stufen der Empore herab auf sie zu. Auf sein Gesicht trat ein melancholischer, fast bedauernder Ausdruck. Er streckte die Hand aus. Die Fingernägel der letzten drei Finger an jeder Hand waren in einer Mode, die er von seinem Vater übernommen hatte, einige Zentimeter lang, zusätzlich mit Karbonfasern verstärkt und rasiermesserscharf. Eine potentiell tödliche Mode. Jetzt strich er mit der Rückseite der langen Fingernägel der rechten Hand sanft über ihre Wange.

»Lebwohl, Isis«, sagte er leise. »Geh nach Hause.«

Die plötzliche Verabschiedung verwirrte sie. Sie wollte seine Hand packen, aber er zog sie fort. »Na gut«, meinte sie. »Ich kehre heute nacht in meine Residenz zurück. Aber bitte überlege dir…«

»Nicht in deine Residenz«, unterbrach Sun-Tzu, und seine Stimme verlor ihre Sanftheit. »Geh nach Hause. Zurück in die Liga. Du wirst hier nie heimisch werden. Nie wissen, was es bedeutet, ein Capellaner zu sein.« Er schüttelte den Kopf. »Sag deinem Vater, er hat unser Spiel gewonnen.«

Isis wich unter den leisen – und doch herben – Worten einen Schritt zurück. »Hier geht es nicht um Politik, Sun-Tzu.«

Er lachte, aber es lag kein Humor darin. »Wenn es nicht um Politik ginge, hätte ich deinen Vater schon längst wegen der zehnjährigen Verlobungszeit zur Rede gestellt.«

»Ist es das, worüber du wütend bist? Die Heirat? Alles oder nichts?« Mit wilden Gesten versuchte Isis, die Eiseskälte zu vertreiben, die sich in ihrer Magengrube ausbreitete. »Dann bring deinen Priester oder Zen-Mönch oder wen auch immer her, und wir werden ohne die Zustimmung meines Vaters heiraten. Die Konföderation ist mein Zuhause.«

»Wäre die Konföderation dein Zuhause«, erklärte Sun-Tzu, und eine mitleidige und zugleich harte Note klang in seinen Worten mit, »bräuchtest du nicht zu fragen, wer uns verheiraten soll.«

Von plötzlicher Verzweiflung erfaßt, konnte Isis kaum noch atmen. *Das geschieht nicht wirklich. Er ist wütend und verwirrt, aber er kann nicht meinen, was er da sagt.* »Du willst unsere Verlobung lösen, weil ich dich in deinem Reich an erster Stelle sehe? Weil meine Gefühle…«

Wieder unterbrach er sie. »Nichts kommt vor der Konföderation«, brüllte er fast.

In all ihrer Zeit auf Sian hatte Isis Sun-Tzu nie so unverhüllt zornig gesehen.

»Nicht ich, nicht meine Gefühle und sicher nicht die einer Außenstehenden«, sprach er weiter. »Würde die Konföderation dadurch stärker werden, ich würde nicht zögern, mein Leben zu opfern, oder deines, oder das aller Menschen auf Sian, solange der Gewinn es rechtfertigte.«

»Was verlangst du von mir?« fragte sie, beinahe in einem Flüstern, weil sie ihrer eigenen Stimme nicht traute.

»Habe ich das nicht deutlich gemacht?« fragte Sun-Tzu in ruhigerem Ton – aber dessen völlige Neutralität machte seinen Zorn noch immer deutlich. »Ich verlange von dir, daß du aus meinem Palast verschwindest, von meiner Welt und aus *meiner* Konföderation.« Er deutete zur Tür und marschierte los, ohne nachzusehen, ob sie folgte. »Ich werde deinem Landungsschiff die Freigabe zum Sprungpunkt geben und deinem Sprungschiff eine Zerstörereskorte bis zur Grenze.«

Der Saal drehte sich sekundenlang vor ihren Augen. »Aber wohin soll ich denn?« Isis dachte daran, wie distanziert ihr Vater in den letzten Jahren geworden war. »Ich kann nicht zurück in die Liga Freier Welten.«

Sun-Tzu blieb an der Tür stehen und drehte sich um. Sein Gesicht war völlig ausdruckslos. Das war schlimmer als Wut, Haß oder Mitleid. Es sagte ihr, daß sie ihm nichts bedeute. »Dann fliege nach New Avalon und ärgere Katrina. Oder versuche es im Draconis-Kombinat… Victor hat dort ein Exil gefunden.«

Isis fühlte ihre Welt zusammenbrechen, über sich einstürzen. Nichts mehr erschien ihr echt, am wenigsten die Gefühle, die sie für diesen Mann empfunden zu haben geglaubt hatte. *Wofür ich zehn Jahre gearbeitet habe, fünf davon hier auf Sian. Alles verloren. Aber die Konföderation ist meine Heimat geworden, soweit ich überhaupt eine habe.* Sie hatte noch keinen Schritt getan, und so weiträumig war der Thronsaal nicht, aber trotzdem schien Sun-Tzu Kilometer entfernt.

Schick mich nicht weg, bettelte sie stumm. »Sun-Tzu, tu das nicht. Ich kann dir und deinem Reich noch nützlich sein.«

Sun-Tzu drehte sich um und griff nach der Türklinke. »Dein Nutzen für mein Reich endete«, stellte er leise und grausam fest, »an dem Tag, an dem du Hustaing lebend verlassen hast.«

9

Kosakenposten 6, Layting, St. Loris
Herzogtum St. Loris, St. Ives-Pakt

22. April 3062

Cassandra Allard-Liao schirmte ihre Augen gegen die Vormittagssonne ab und ließ den Blick über die Karte Laytings schweifen, die Tamas Rubinsky vor seinem Zelt auf einem großen Tisch ausgebreitet hatte. Große stählerne Gewichte in der Form von Pferdeköpfen, die an riesige Springer eines Schachspiels erinnerten, hielten die Karte an den Kanten fest. Die morgendliche Kälte verzog sich endlich, und nach einem letzten Schluck stellte sie die Tasse Tee, die sie von Tamas erhalten hatte, der die wärmende Wirkung noch mit einem Schuß Alkohol verstärkt hatte, bedauernd beiseite, in gebührendem Abstand von der Karte.

»Du hast dich für die östliche Route entschieden?« fragte Tamas, als er an den Tisch zurückkehrte und Cassandras letzte Änderungen sah.

Über die Kartenoberfläche waren kleine Miniaturen verteilt, um die BattleMechtruppen beider Seiten darzustellen. Silberne Figuren repräsentierten Kompanien, goldene Bataillone. Cassandra streckte die Hand aus und versetzte die Figur für das 1. Bataillon ihrer Lanciers. Dann musterte sie die geringfügige Veränderung ihres Angriffsplans mit kritischem Blick.

Sie nickte zögernd. »Ich denke schon. Der Weg ist länger, aber so gelange ich voll in den Rücken der Konföderationslinien, wo ich den größten Schaden anrichten kann.«

Sie sah hoch und bemerkte, daß Tamas zwei Teller mit Zimtplätzchen hielt. Sie lächelte dankbar. Er hatte das robuste gute Aussehen und den slawischen

Akzent seines Vaters geerbt, und sie fand beides sehr attraktiv. Außerdem hatte Tamas mit seinem Vater Marko, dem Kommandeur der Leichten Reiter, des 2. Regiments der Söldnereinheit Chorsachows Kosaken, dessen einladende Gastfreundlichkeit außerhalb der Schlacht gemein. *Die Kosaken kämpfen um jeden Aspekt des Lebens, werfen sich mit ganzer Energie in die Schlacht, nehmen sich aber auch die Zeit, sich daran zu erinnern, wofür sie überhaupt kämpfen. Sie wissen, wann sie aufhören und einfach genießen müssen.*

»Du hast meine Gedanken gelesen«, stieß Cassandra dankbar aus und nahm Tamas einen der Teller ab. *Echtes Porzellan*, stellte sie fest. *Mitten in einer Kampfzone.* Das Zimtplätzchen war warm, und die scharfen Gewürze trieben ihr fast die Tränen in die Augen. *Ich weiß nicht, wie er das schafft, aber ich hoffe, er macht so weiter.*

Tamas wartete, bis Cassandra mehrere Bissen auf ihrer Zunge hatte zergehen lassen, dann griff er nach den Figuren und bewegte alle capellanischen Einheiten mehrere hundert Kilometer in Richtung ihrer eigenen hinteren Stellungen zurück. Er grinste. »Und was macht das aus deiner Planung?«

Cassandra runzelte die Stirn, wischte sich etwas Zuckerglasur vom Mund und stellte den Teller beiseite. »Ich habe mehr Vertrauen in unseren Nachrichtendienst.« Sie studierte die neue Aufgabe, die Tamas ihr gestellt hatte. *Gut, aber was, wenn ihre Frontlinie nicht so weit vor Pardray steht, wie wir annehmen?* »Das wäre so schlimm auch nicht. Ich habe Spielraum. Schlimmstensfalls müßte ich mich dadurch ein paar Stunden früher zurückziehen.«

Tamas nickte. »So sehe ich es auch«, meinte er und nahm ein paar kleinere Änderungen an der Karte vor. »Dein Plan wirkt sehr solide.«

Tamas hatte den silbernen *Vollstrecker*, der seine

Kompanie der Leichten Reiter darstellte, dichter an die Frontlinien und in die östliche Flanke von Little Richards Panzerbrigade verschoben. *Wo er die Möglichkeit hat durchzustoßen, um mich zu unterstützen, solange die Panzerbrigade sich nicht mit einem ganzen Bataillon auf ihn stürzt.* Sie streckte die Hand aus und warf den *Vollstrecker* mit einem leichten Schnipps um. »Mit etwas Glück kann ich ihre Nachschublinien durchtrennen und sie weit zurückwerfen.«

Tamas blickte stirnrunzelnd auf die Karte und seine umgeworfene Figur und nickte. »Ganz ähnlich dem, was dein Bruder an der St.-Ives-Front macht.«

»Kai hat das richtige Konzept«, bestätigte Cassandra. »Aus der Defensive können wir diesen Krieg nicht gewinnen.« Sie seufzte ernüchtert. »Und um der Wahrheit die Ehre zu geben, Tamas: Ich bin es müde, immer nur zu reagieren statt zu handeln.«

»Du hoffst hier an der Teng-Front dasselbe zu erreichen wie Kai Allard-Liao?«

Cassandra zuckte die Achseln, obwohl sie genau wußte, daß sie damit niemanden täuschen konnte. Sie nahm eine neue Figur auf, ein Konföderations-Landungsschiff, und rollte es in ihrer Hand, um irgendwie den Frust abzubauen, der sich in ihr aufgestaut hatte. *Kai operiert in der Konföderation! Mich hält Mutter hier an der Teng-Front in einer Pattsituation fest.* In ihrem Innersten wußte Cassandra wohl, wie unfair sie damit war. Ihr Bruder hatte sich als weitaus besserer General bewiesen, als sie es jemals geschafft hatte. Bis jetzt. *Ich spiele vielleicht nicht in Kais Liga – wer kann das schon? –, aber ich weiß, daß ich zu mehr fähig bin.* »Ich hätte nichts dagegen«, gab sie schließlich zu und hörte selbst den wehmütigen Ton aus ihrer Stimme heraus.

Tamas' lautes, kehliges Lachen riß sie aus ihrem Anfall von Melancholie. »Du wirst Sun-Tzu noch früh genug Alpträume schenken, Cassandra.«

Sie hatte schon in mehreren Systemen an der Seite der Kosaken gekämpft und gelernt, sich von deren grobschlächtigem Humor nicht beleidigen zu lassen. *Und solange du mitlachst, lacht dich keiner aus.* Sie grinste und schaffte sogar ein paar kurze Lachgeräusche, auch wenn sie ihr mehr Mühe machten als Tamas. »Komm«, erwiderte sie und rächte sich, indem sie seinen Akzent übertrieben nachahmte. »Wir gehen Nachschub kontrollieren. Machen sicher ist genug.«

Sie stellte das Konföderations-Landungsschiff auf die Karte, nahm Tamas beim Ellbogen und zog ihn davon.

Hinter ihr auf dem Kartentisch ragte das capellanische Schiff gefährlich nahe an ihren 2. St.-Ives-Lanciers auf.

* * *

Qining-Hochebene, Provinz Qining, Indicass
Xin-Sheng-Kommunalität, Konföderation Capella

Im Schatten eines Landungsschiffs der *Overlord*-Klasse, eines einsamen Monuments von der Größe eines riesigen Wolkenkratzers in der Mitte der Qining-Hochebene des Planeten Indicass, blinzelte Major Warner Doles kaum, als ein Infanterie-Trupp die beiden Leichensäcke in seiner Nähe ablegte. Er überwachte weiter das Einschiffen des Bergeguts. Zwei BattleMechs der Blackwind-Lanciers wuchteten einen weitgehend intakten *JägerMech* die Landungsschiffsrampe hoch, gefolgt von einem dritten, der die Überreste des abgerissenen Mechbeins der capellanischen Maschine trug. Zweihundertfünfzig Meter entfernt schlachtete ein Techteam das Wrack eines *Cataphract* aus, und weit dahinter suchte Doles' spärliches Infanteriekontingent die Hochebene weiter nach dem vermißten Piloten der Hustaing-Rabauken ab.

Falls sie den MechKrieger fanden, gab Doles ihm eine 50:50-Chance, vor Erreichen des Basislagers einem tödlichen ›Unfall‹ zum Opfer zu fallen. Die Nachricht von Smithsons Tod und ihrer *möglichen* Agententätigkeit für die Konföderation – Doles hatte es wenigstens geschafft, es auf ein Gerücht zu beschränken –, hatte seine Krieger dermaßen in Rage gebracht, daß er sie kaum noch unter Kontrolle hielt.

»Warum habe ich dann keine Raumgardisten von Bord des Landungsschiffs angefordert?« fragte er sich selbst, und seine eigene Stimme klang fremd in seinen Ohren. Er wußte die Antwort. *Weil er sich dazu mit* ihm *hätte auseinandersetzen müssen.*

Doles fuhr sich mit den Fingern durch den braunen Bürstenhaarschnitt. Er glaubte nicht daran, daß er die Konfrontation mit den Hustaing-Rabauken hier auf Indicass dem Schicksal zu verdanken hatte. Die Konfrontation mit der Einheit, die Sun-Tzu Liao mit der Ausrüstung aufgebaut hatte, die er den Blackwind-Lanciers gestohlen hatte. Der Einheit, die geholfen hatte, Denbar zu erobern, seit der ersten Besiedlung der Heimatwelt ihres Bataillons.

Nein, nicht dem Schicksal. Mandrinn Tormano Liao.

Bis jetzt schien die Großzügigkeit des Mandrinns keine Grenzen zu kennen. Proviant und Nachschub. Neue Krieger und ein paar neue Mechs. *Sogar ein Landungsschiff!* Doles sah an der riesigen Flanke des Schiffes empor und hatte zwiespältige Gefühle, als er das blaue Axtblatt der Blackwind-Lanciers neben dem goldenen Drachen der Bewegung Freies Capella sah. *Weiß ich überhaupt noch, wie ich zu irgend etwas stehe?* Es hatte sichtliche Vorteile, mit Tormano Liao in Verbindung zu stehen. *Und er hat uns einen neuen Schlag gegen die Hustaing-Rabauken ermöglicht, aber was wird uns das kosten, wenn er die Rechnung präsentiert?* Diese Frage kümmerte ihn weit weniger, als es seiner Überzeugung nach hätte der Fall sein müssen.

Aber andererseits gab es eine ganze Reihe von Dingen, die ihn nicht mehr sonderlich berührten. Er hatte die beiden Leichensäcke nicht vergessen, konnte aber kaum Interesse an ihnen aufbringen. *Einer meiner Lanciers, der* Cataphract-*Pilot, und ein Hustaing-Rabauke. Auge um Auge.* Und während die Rabauken-Lanze den *Cataphract* verschrottet hatte, war es seinen Leuten gelungen, den *JägerMech* und die Überreste eines ausgeweideten *Hurone* zu erbeuten. *Also haben wir gewonnen, richtig?*

»Major Doles, Sir.« Ein junger Kadett in makelloser elfenbein-goldener Borduniform sprang von der Rampe.

Der junge Mann sah gut aus, mit ausgeprägt asiatischen Zügen, dunklen Mandelaugen und einer angenehmen Hautfarbe. Alles Qualitäten, auf die Tormano Liao bei Mitgliedern der Bewegung Freies Capella Wert zu legen schien. Rekrutierungsplakatmaterial, wie alle, mit denen sich der Mandrinn umgab. *Schlau,* dachte Doles. Obwohl nur ein kleiner Prozentsatz der Bevölkerung der Konföderation Capella asiatischer Abstammung war, blieb deren Nationalkultur durch die jahrhundertealte Herrschaft Haus Liaos und die Amtssprache Mandarin stark asiatisch geprägt, und es ließ sich nicht leugnen, daß man Asiaten mit den Herrschern des capellanischen Raums assoziierte. *Und dann sind da noch die Blackwind-Lanciers. Kaum ein Asiate in der ganzen Einheit… aber wir haben andere Vorzüge.*

Der Kadett hielt ihm einen Compblock hin. »Die Nachricht ist über offene Frequenz eingetroffen, Sir. Vom Kommandeur der Hustaing-Rabauken, an den Kommandeur der Blackwind-Lanciers.«

»Hat der Mandrinn sie schon gesehen?« fragte

Doles und verschränkte die Arme vor der breiten Brust.

Die Miene des jungen Offiziers blieb absolut neutral. »Sie ist an Sie adressiert, Major.«

Also hat Tormano sie gesehen. Und? Doles schüttelte den Kopf. »Fassen Sie den Text bitte zusammen.«

Mit einem kurzen Schulterzucken ließ der Kadett die Hand mit dem Compblock wieder sinken. »Die Hustaing-Rabauken begrüßen die Blackwind-Lanciers auf Indicass und laden Sie ein, die rechtmäßige Herrschaft Kanzler Sun-Tzu Liaos zu akzeptieren. Ungeachtet Ihrer Antwort bitten Sie außerdem um die Herausgabe der Leiche ihres Kriegers zur Rückführung nach Hustaing.«

Doles nickte. *Der Rest der Rabauken-Lanze ist zur Basis zurückgekehrt, und die Tatsache, daß sie keinen Gefangenen erwähnen, bedeutet, daß der dritte MechKrieger von einem seiner Kameraden aufgenommen wurde.*

»Lassen Sie die Suchaktion abbrechen«, befahl er. Er wußte zwar, daß der Kadett ihm eigentlich nicht unterstand, ging aber davon aus, daß die niederen Offiziersränge der Bewegung Freies Capella vom Mandrinn zur Kooperation angewiesen waren. »Und schikken Sie eine Nachricht an die Basis. Lager abbrechen und zur Verlegung vorbereiten.« *Wenn wir so dicht an den Hustaing-Rabauken kampieren, daß unsere Routinepatrouillen aufeinanderstoßen, sollten wir uns etwas mehr Atemraum verschaffen.*

Aber nicht für lange, dachte er, halb resigniert, halb als Versprechen an seine Einheit. Er wanderte davon, blieb aber stehen, als der Kadett sich räusperte.

»Sir. Irgendeine Antwort bezüglich des Toten?«

»Lassen Sie ihn hier liegen. Sie werden unsere Flugroute zurückverfolgen und ihn abholen. Dann können Sie ihn nach Hustaing schicken, oder wohin sie sonst wollen.« Er sah hinüber zu den beiden Plastiksäcken, suchte in seinem Innern nach einem Funken des Bedauerns und fand nur Taubheit. »Ich werde ein paar Lanciers abstellen, die unseren Mann beisetzen.«

Seine Blackwind-Lanciers hatten keine Heimatwelt mehr. *Wo immer sie bei der Verteidigung des Pakts fallen, der Boden wird gut genug für ihr Begräbnis sein müssen.*

Er ist ja offensichtlich gut genug, um dafür zu sterben.

10

Jeilong, Indicass
Xin-Sheng-Kommunalität, Konföderation Capella

24. April 3062

Treyhang Liao blieb im Eingang des Arbeitszimmers stehen und bedankte sich bei Warner Doles für die Begleitung. »Es war mir ein Vergnügen, Major«, log er und reichte ihm die Hand. Bis jetzt hatte ihn Indicass nicht beeindrucken können. Treyhang zuckte unter dem schraubstockartigen Griff des breitschultrigen Offiziers nicht gerade zusammen, aber hinterher legte er heimlich die linke Hand über seine Rechte und massierte sie, um die Durchblutung anzuregen. »Wenn Sie es jemals in der Saison an Marlettes Riviera schaffen, müssen Sie mich besuchen kommen. Ich verspreche Ihnen, Sie werden es nie vergessen.«

Der Major blickte kurz in das Arbeitszimmer, ein kurzes Zucken seiner Augen, das Treyhang in dem ansonsten absolut unbewegten Pokergesicht nicht entgehen konnte. »Danke, Sir.«

War der Blick eine Warnung oder ein Zeichen von Unsicherheit? Wahrscheinlich wußte der Major das selbst nicht. *Der Ärmste. Mein Vater hat ihn völlig verwirrt.* Er trat zur Seite und zupfte die Rossinijacke und die Krawatte gerade, während Doles das Zimmer verließ und die Tür hinter sich schloß. Dann drehte er sich, immer noch mit einer Hand an einem Manschettenknopf zupfend, langsam zu dem Mann um, der im Innern des Zimmers wartete. Er wußte genau, wie er wirkte, und setzte genau den richtigen Ausdruck weltgewandter Nonchalance ein, der seinen Gastgeber besonders irritieren mußte.

»Hallo, Tormano«, sagte er ruhig. Es war eine Begrüßung unter Gleichgestellten, nicht mehr. Und keineswegs angemessenes Hàn-yu.

Tormano verbarg seine Verärgerung gut, aber nicht gut genug für Treyhang. »Ni hao«, erwiderte er förmlicher und fügte mit deutlicher Betonung hinzu: »Sohn.«

Der ältere Liao hatte sich für dieses Gespräch sichtbar leger gekleidet und statt einen seiner normalerweise bevorzugten maßgeschneiderten Seidenanzüge einen grauen Kaschmirpullover und dunkle Hosen gewählt. Gewöhnlich legte Tormano äußersten Wert auf sein Aussehen und zeichnete sich durch extreme Eitelkeit aus. Aber dem Vergleich mit den hübschen asiatischen Zügen und der offensichtlichen Jugend seines Sohnes setzte er sich nicht aus.

Treyhang ließ sich in einen bequemen Ledersessel vor dem Schreibtisch seines Vaters sinken. *Die zweite Geige zu spielen ist einfach nicht sein Stil.*

»Wie geht es deiner Mutter?« fragte Tormano nach kurzem Schweigen.

»Du meinst: deiner Frau?« Treyhang strich eine Falte im Ärmel seines 5000-Credit-Anzugs glatt. »Es geht ihr gut. Ich habe sie in meiner Villa in Monaco Neuf komfortabel untergebracht, damit sie dort ihren Lebensabend verbringen kann. Ohne dich.«

Falls diese offene Zurückweisung Tormano traf, ließ er es sich nicht anmerken. Statt dessen betrachtete er seinen ihm entfremdeten Sohn mit einem traurigen, beinahe mitleidigen Lächeln. Treyhang konnte auf Tormanos Zustimmung zu seinem Lebensstil, den Partys, Spielen und Gesellschaftsereignissen, gerne verzichten, aber diese Gleichgültigkeit seiner Mutter gegenüber verärgerte ihn. Er kämpfte gegen den Drang an, aufzustehen und zu gehen, Indicass und was sein Vater auch immer an wahnwitzigen Plänen ausgebrütet hatte, hinter sich zu lassen.

Nur der bloße Schatten familiären Pflichtgefühls

hielt ihn zurück. Das hatte ihn auch hierher gebracht, sogar mitten in eine Kampfzone, nachdem er die seltene Bitte seines Vaters erhalten hatte, ihn zu einem Gespräch aufzusuchen. Treyhang gestattete der Wut zu verblassen, weil er sich weigerte, Tormano bei dem Spiel, das zwischen ihnen bereits seinen Anfang genommen hatte, einen so schnellen Vorteil zu liefern.

»Hübsch hier«, bemerkte er gelassen und sah sich im offensichtlichen Prunk des Zimmers um, statt auf den Grund seines Besuches einzugehen. Dickgepolsterte Ledergarnitur. Antiker Schreibtisch, dazu passende Regale. Eine großzügige Sammlung klassischer Literatur. Nach seinem kurzen Spaziergang durch das Haus zu urteilen – beinahe konnte man es eine Residenz nennen –, war die Ausstattung dieses Zimmers wohl keine Ausnahme.

Sein Vater zuckte leichthin die Schultern, wie um anzudeuten, daß es ohne Bedeutung war. »Es wurde mir für die Dauer meines Aufenthalts auf Indicass von einem dankbaren Patrioten zur Verfügung gestellt. Unterstützung für die Bewegung.«

»Wohnte ich hier, würdest du es als Vorteilsnahme bezeichnen«, erinnerte Treyhang seinen Vater an ein Gespräch, das sie Jahre zuvor nicht beendet hatten. »Ich würde sagen, daß ich mein Auskommen heutzutage mehr aus eigener Tasche bestreite als du.«

Das saß. Tormano hatte die Höflichkeit, zumindest zu versuchen, den Eindruck zu erwecken, als bedauerte er die harten Worte, die sein Sohn ihn nicht vergessen ließ. Das Bedauern hielt ganze sechs Sekunden an.

»Ich will dich zurück zu Freies Capella holen«, erklärte Tormano, ohne lange darum herumzureden, warum er seinen Sohn hergerufen hatte.

Treyhang lachte einmal kurz und schallend. Sein Vater war ein ganz ordentlicher Spieler, aber er neigte zur Ungeduld. »Da mußt du dir schon etwas Besseres einfallen lassen«, sagte er und ließ Tormano für seine Ungeduld bezahlen.

Der nickte. »Na gut. Ich *brauche* dich in der Bewegung. Freies Capella braucht einen starken Erben in meinem Rücken. Es steht zuviel auf dem Spiel, als daß ich es mir erlauben könnte, potentielle Probleme zu übersehen. Ich kann mir keine Fehler leisten.«

Wie den, als du versucht hast, Kai zu erpressen, damit er Freies Capella übernimmt, und statt dessen zusehen mußtest, wie er dir die Bewegung abgenommen und in einen Wohltätigkeitsverein verwandelt hat? O, muß das geschmerzt haben. »Weißt du, wie lange es her ist, seit ich im Cockpit eines BattleMechs gesessen habe?« fragte er und bereitete damit eine höfliche, aber entschiedene Weigerung vor.

»Ich bezweifle, daß du auf deiner Rundreise durch die Badeorte und Kreuzfahrtschiffe von zweiundzwanzig Systemen viel Gelegenheit dazu hattest.« Tormano lächelte dünn. »O ja, Trey. Ich habe dich beobachten lassen... sehr genau beobachten. Ich kenne deinen Geldwert wahrscheinlich besser als du, und ich gebe zu, daß ich beeindruckt bin. Du hast das alles ohne fremde Hilfe erreicht.« Er setzte ein sichtlich falsches Lächeln auf. »Schön für dich.« Dann wurde er wieder ernst. »Aber ich bin nicht auf der Suche nach einem weiteren Kampfhund.« Sein Blick zuckte unwillkürlich zur Tür des Arbeitszimmers, wahrscheinlich, ohne daß sich Tormano dessen bewußt wurde. »Davon habe ich reichlich. Ich brauche einen Fahnenjunker. Eine Person, um die sich Freies Capella sammeln kann. Ein Versprechen für die Zukunft.«

Nach deiner Herrschaft, setzte Treyhang hinzu, der seit langem Übung darin hatte, die Rhetorik der Bewegung Freies Capella auf ihren Kern zu reduzieren. Sein Vater gab sich Mühe, aber hinter Tormanos Worten spürte Treyhang eine gewisse Verzweiflung. »Das ist deine letzte Chance, nicht wahr?«

Auf gewisse Weise machte es Sinn. Tikonov, die Allianzen der Chaos-Marken, Konföderation gegen Pakt: Wann war damit zu rechnen, daß der gesamte capellanische Raum je wieder eine solche Umbruchsituation durchleben würde? Das Spielbrett lag im Chaos, und geschickt geführt, konnte eine einzelne Figur das ganze Brett säubern. *Oder zumindest einige andere Figuren bedrohen.*

»Ich biete dir eine Chance, das zu tun, was dir am meisten liegt«, sagte Tormano. »Das, was du am besten kannst. Als Frontmann aufzutreten, im Rampenlicht zu stehen. Ein paar Siegesparaden anzuführen. Fürsten die Hände zu schütteln. Dich zu *produzieren*.«

Das klang verlockend. Treyhang ertappte sich dabei, wie er die Finger der rechten Hand aneinander rieb, eine seiner vielsagendsten Gesten. Ja, es war verlockend, aber war der Gewinn den Eintrittspreis wert? »Wie lange?«

Tormano verschwendete keine Zeit mit Begründungen. »Sechs Monate«, stellte er geschäftsmäßig fest.

Der junge Mann lachte auf. »Ernsthaft. Ich würde *die* Saison auf Marlette verpassen, während der Solaris-Sommerkämpfe, und außerdem bin ich für die Solarjacht-Vorläufe '62 angemeldet.«

»Drei Monate.« Das Angebot kam ebenso schnell und entschieden wie das vorherige. Sein Vater war offensichtlich darauf vorbereitet gewesen, sein erstes Angebot zu halbieren.

Das war beinahe denkbar. *Es dauert schon zwei Wochen, bis ich einen Rückflug von diesem Felsbrocken bekomme.* Aber wenn er annahm, würde er zusätzlich zu der Reisezeit drei weitere Monate gesellschaftlichen Lebens versäumen. Er lehnte sich in die Lederpolster zurück, um nachzudenken.

Ob er wirklich an die Sache glaubte oder nicht, war ohne Belang. Seiner ehrlichen Überzeugung nach hatte Freies Capella unter Kais Führung mehr erreicht. Aber gleichgültig, ob ihm das behagte oder nicht, jetzt war Tormano wieder am Ruder. *Das soll nicht heißen, daß er nicht auch Gutes bewirken könnte, während er seine Macht vergrößert, und wenn es unbeabsichtigt geschieht.* Irgend jemand mußte regieren, und in der Vergangenheit hatten ganz sicher schon unfähigere Kandidaten den Thron bestiegen. Worauf es schließlich ankam, war der Lohn, und Tormano bot Treyhang an, ihn in der Währung seiner Wahl zu entlohnen.

Und will ich wirklich gegen ihn wetten? Trotz persönlicher Animositäten zwischen Vater und Sohn war sich Treyhang durchaus bewußt, daß Tormano ein Überlebenskünstler war. »Zwei Monate«, meinte er schließlich.

Tormano überlegte kurz, dann nickte er. »In Ordnung, Trey. Zwei Monate.«

Treyhang lächelte. Eine gewisse Zeit in Lohn und Brot konnte Geldgebern gegenüber nie schaden, und die Holovidbilder würden sich gut in der Kurzbiographie machen, die man bei den kommenden Solarjachtrennen zeigte. *Mit etwas Glück kann ich daraus bei meinem nächsten Aufenthalt auf Solaris VII sogar noch ein paar Einladungen schlagen.*

Außerdem, was konnte in zwei Monaten schon passieren?

11

Chingda-sun-Gemeinde, Layting, St. Loris
Herzogtum St. Loris, St. Ives-Pakt

29. April 3062

Aris Sung saß auf dem polierten Teakholzboden der Großen Halle, umgeben von anderen Mitgliedern Kriegerhaus Hiritsus. Er hielt eine kleine Reisschale in der rechten Hand und Eßstäbchen in der anderen. Seine um ihn herum ausgebreitete Seidenrobe bauschte sich hinter ihm gegen eine massive Holzsäule, eine von fünfen, auf denen das unverkleidete Dach ruhte. Die letzten beiden Wochen waren besonders hektisch gewesen. Der MechKrieger fühlte sich müde und ausgelaugt. Alles in ihm drängte ihn, sich zurückzulehnen und den Halt der Säule anzunehmen. Aber er widerstand, und seine Konzentration wechselte zwischen Aufmerksamkeit für den momentanen Redner und der Frage, wie Shiao-zhang Ty Wu Non immer wieder so perfekte Umgebungen für die Versammlungen Haus Hiritsus fand.

Die Ching-da-Gemeinde auf St. Loris erinnerte Aris an den Badeort T'ao-shui auf Nashuar. Aber während man dort aus rein kommerziellen Beweggründen auf chinesische Architektur und Landschaftsgestaltung zurückgegriffen hatte, hatte sich diese Gemeinde voll und ganz der chinesischen Kultur verschrieben. Die Lehren Meister Kung-fu-tzus – der hier niemals Konfuzius genannt wurde – halfen den Gemeindemitgliedern, ihr Leben zu organisieren. Seine Philosophie vermittelte ihnen Geduld, Höflichkeit und einen Sinn für das Angemessene. Sie lebten sehr einfach, arbeiteten auf den umliegenden Bauernhöfen oder verkauften die Erzeugnisse ihrer Handwerkskunst in den Dörfern der Region. Die Häuser waren klein, aber ausreichend, und ihre schrägen Dächer und spitz zulaufenden Ecken erinnerten an die Sòng-Periode. Das Gelände wirkte weniger sorgfältig gepflegt, aber die Große Halle des Gemeindezentrums war ein architektonisches Prunkstück, deren offener Boden groß genug war, um eine Versammlung des gesamten Kriegerhauses zu gestatten.

Die Philosophien Meister Kungs stellen auch einen zentralen Pfeiler der Lehren Haus Hiritsus dar. Warum habe ich trotzdem den Eindruck, daß uns dieser Halt abhanden gekommen ist? Sein Blick wanderte durch den Saal, über die mehr als zweihundert Krieger, die sich zu einer formellen Anhörung ihrer Beschwerden, Vorschläge und Ratschläge versammelt hatten. Es war Tradition des Hauses, Probleme, persönlicher ebenso wie militärischer Natur, in der *Familie* zu diskutieren. Heute drehten sich die Gespräche um den Konflikt auf St. Loris, und abgesehen von zwei MechKrieger-Lanzen und einem Infanteriezug, die durch das Gelände patrouillierten, war das ganze Haus zusammengekommen. Zu viele dieser Gesichter vermischten sich in Aris' Gedanken mit den Erinnerungen an Pakt-Soldaten und -Zivilisten, asiatisch oder nicht.

Liegt es an ihnen oder an mir?

»Warum stellen wir nicht ein paar Lanzen für unabhängige Vorstöße frei?« fragte Jené Silvers die Hausversammlung und kam damit nach mehreren Minuten, in denen sie sich darüber ausgelassen hatte, wie der Versuch, den Planeten zu erobern, fehlgeschlagen war, endlich zum Punkt. Aris beugte sich vor und registrierte heimlich die Reaktion der Krieger in seiner Nähe. Jené war eine Pai-zhang in Shiao-zhang Nons Mechkompanie, und damit hatte ihre Meinung beinahe das Gewicht eines Kompanieführers wie Aris oder sogar das des dienstältesten Lien-zhang James.

Er bemerkte zustimmendes Kopfnicken von mehreren Seiten.

»Oder Jägertrupps«, fuhr sie fort und deutete in Richtung der ihr am nächsten sitzenden Infanteristen. »Ich bin sicher, daß wir unter unseren Vettern auf dem Schlachtfeld zahlreiche Freiwillige finden würden.« Wieder Kopfnicken.

Attentätertrupps. Aris unterdrückte ein Stirnrunzeln. In seinen Jahren als Infanterist war er selbst in den entsprechenden Taktiken ausgebildet worden. Aber sie jetzt einzusetzen, und zwar gegen Opfer, die ihr gemeinsames capellanisches Erbe teilten, erschien ihm falsch. *Oder spricht da der MechKrieger in mir, der die angebliche Eleganz der Kampfkolosse vorzieht?*

Zwei Infanteriezugführer standen auf, einer eine Hauskriegerveteranin von mittelmäßiger Leistung, der andere Li Wynn, der erst vor kurzem zum Paizhang befördert worden war. Die Rangordnung war eindeutig, aber zugleich hatte Ty Wu Nons formelle Anerkennung des adoptierten Kriegers durch dessen Beförderung die Bedeutung des jungen Mannes erheblich erhöht. Auf Hustaing hatte Li Wynn Isis Marik davor gerettet, in die Hände des Feindes zu fallen, möglicherweise sogar vor dem Tod. In einem Kriegerhaus sprach Leistung eine deutliche Sprache. Hätte Li Wynn gewollt, hätte er wahrscheinlich als erster das Wort ergreifen können. Aber er nickte der dienstälteren Offizierin höflich zu und nahm wieder Platz, und Aris gestattete sich einen gewissen Stolz auf die Höflichkeit seines Schützlings. *In mancher Hinsicht ist er ein vorbildhafter Rekrut.*

»Für meine Truppen gesprochen«, setzte die Veteranin an, »kann ich sagen, daß wir allzeit bereit für Kommandounternehmen sind. Allermindestens würde es helfen, den Widerstand zu brechen, wenn die Kommandeurin der St.-Ives-Lanciers und möglicherweise Colonel Marko Rubinsky eliminiert würden.«

Aris bemerkte, daß die Infanteristin sich weigerte, Cassandra Allard-Liao beim Namen zu nennen. *Die politischen Implikationen sind schon schlimm genug, allein durch die Andeutung, daß es legitim sein könnte, sie umzubringen.* Aris hatte ernste Zweifel daran, daß ihr Tod die St.-Ives-Lanciers demoralisieren würde. Es könnte sie sogar zu noch größerem Fanatismus aufstacheln. Schlimmer noch, ein solches Vorgehen lief Gefahr, ihren Bruder auf den Plan zu rufen. Er hatte keine Angst vor Kai Allard-Liao, aber einen Krieger von solchen Fähigkeiten nicht zu respektieren, hätte er für eine besondere Dummheit gehalten. *Wir wollen unseren Sieg beschleunigen, nicht das Chaos noch vergrößern.*

Als die Infanterieoffizierin sich wieder setzte, wartete alles auf Li Wynns Beitrag. Er stand auf und zupfte am Saum seiner Uniformjacke, um sie geradezuziehen.

»Ich finde, Pai-zhang Silvers' Vorschlag geht noch nicht weit genug«, erklärte er und bezog sich auf seinen Vorredner. Er sprach langsam und überlegte sich seine Worte offensichtlich sorgfältig, um seinen üblichen Straßenslangtonfall zu unterdrücken. »Es ist nicht nur die Stärke des militärischen Widerstands, die den Vormarsch der Konföderation aufhält, sondern auch ziviler Widerstand. Als Sprecher eines Zugs, der eine Menge Städte und Dörfer auf unserem Weg gesichert hat, kann ich Ihnen sagen, daß diese ebenfalls ein Schlachtfeld sind. Ich habe Männer in Unruhen verloren, an Scharfschützen und durch Vergiftung. Es macht mich krank, daß solchen Hunden erlaubt wird, wahre Bürger der Konföderation zu unterdrücken, wie wir sie in Pardray verlassen haben und wie wir sie hier in Chingda-sun gefunden haben.«

Es war ein Fehler, die Regierung Pardrays in Verbindung mit dieser Gemeinde zu bringen, dachte Aris, der Li Wynns Argumentation in Gedanken kritisierte. Die Menschen von Chingda-sun hätten Pakt-Kräfte ebenso gastfreundlich aufgenommen, und es war falsch, ihre friedliche Neutralität als Ausdruck von Konföderationsfreundlichkeit auszulegen. Aber der größte Teil des Kriegerhauses schien von einer Art Kampflust ergriffen zu sein. *Die Kriegerhäuser sind kein unmittelbarer Teil des Konföderationsmilitärs. Wir sind eine separate Institution und dienen dem Kanzler durch den Willen der Haus-Meister.* Falls Aris etwas gegen diesen Gedanken sagen wollte, war das die Öffnung, die es möglich machte.

Die Reisschale war bereits halbwegs in Mundhöhe, bevor Aris sich darüber klar wurde, daß er sich zu drücken versuchte. Mal wieder.

»Und wie sähe deine Lösung aus, Li Wynn?« fragte er, bevor er es sich wieder ausreden konnte. Er stellte die Reisschale beiseite, legte die Hände auf die Oberschenkel und sah zu seinem Schützling hinüber. Als Li Wynns Sifu konnte Aris ihn unterbrechen, ohne unhöflich oder respektlos zu erscheinen. *Solange ich daraus eine Frage mache, die sein Verständnis der Hausphilosophie betrifft.* »Schlägst du unserem Shiao-zhang vor, unsere Krieger gegen Zivilisten einzusetzen? Gegen Menschen, die man als Konföderationsbürger betrachten kann, wenn auch fehlgeleitete? Sicherlich verbietet der Lorix-Orden weitere solcher Greuel?«

Die Ideale des vierhundert Jahre zuvor in der Konföderation gegründeten quasi-religiösen Lorix-Ordens fanden sich mehr oder weniger exakt in den Grundregeln aller Kriegerhäuser. Die Interpretation Hiritsus war recht locker, aber sie lieferte Aris die Berechtigung für seinen Zwischenruf.

Und wie er gehofft hatte, ging Li Wynn in die Falle, die sein Mentor ihm gestellt hatte. »Wer sich der Konföderation widersetzt, ist unser Feind. Und als Feinde des Hauses...«

»Maße dir nicht an, für Shiao-zhang Ty Wu Non zu sprechen«, schnitt Aris ihm das Wort ab. Li setzte zu einer Erwiderung an, und Aris beugte sich vor, bereit, ihm mit einer herberen Zurechtweisung über den Mund zu fahren. *Ich habe gesagt, die man als Konföderationsbürger ›betrachten kann‹. Li wollte zwar seine Meinung zum Ausdruck bringen, aber er hat sie falsch formuliert.* »Bitte nimm wieder Platz, Li Wynn.« Aris' Stimme war sanft, als mache er seinem Schützling nur einen Vorschlag, aber der hatte das Gewicht eines Befehls.

Ihm war klar, daß jemand den hingeworfenen Fehdehandschuh aufnehmen würde. Wahrscheinlich ein Infanterist, weil diese mehr Kontakt zur Zivilbevölkerung hatten. Aber daß Jené Silvers augenblicklich aufsprang, überraschte ihn doch etwas.

»Sind *Sie*, Lien Sung, dann der Meinung, daß Shiao-zhang Non die Feindseligkeit der Pakt-Bürger nicht als Gefahr für unsere Mission einschätzen sollte?« Der legalistische Ton der Frage ließ erkennen, daß sie erwartete, Aris in einem Widerspruch zwischen Logik und Loyalität zu fangen.

Aber so leicht ließ Aris sich nicht erwischen. Er stand auf, um ihr auf gleicher Ebene zu begegnen, und war sich dabei durchaus bewußt, daß der Kontrast zwischen seiner legeren Kleidung und ihrer Felduniform sie in den Augen der anderen Hausmitglieder zu Vertretern der Zivilbevölkerung und des Militärs machte. »Soweit ich weiß«, antwortete er gelassen, »hat unser Haus-Meister sich zu dieser Frage noch nicht offiziell geäußert.« *Weil ihn bis jetzt niemand dazu gezwungen hat.* Er wählte seine nächsten Worte mit äußerster Vorsicht, denn ihm war klar, daß er sich auf trügerischem Boden bewegte. »Ich wage jedoch zu hoffen, daß der Wille unseres Shiao-zhang niemals den Grundlagen seines eigenen Hauses widerspräche.«

Tiefe Stille legte sich über den Saal. Es war eine Sache, unter dem Deckmantel einer Meinungsäußerung Vorschläge zu machen, aber eine ganz andere, auch nur *anzudeuten*, der Haus-Meister könne irgend jemand anderem als allein dem Kanzler der Konföderation verpflichtet sein. Theoretisch hatte das Hausoberhaupt jedes Recht, die formellen Eide abzuschaffen und neu zu formulieren. Aris bezweifelte allerdings, daß irgendein Haus eine derartige Umorganisation überleben würde... obwohl, Haus Imarra möglicherweise schon. Aber das änderte nichts daran, daß die Herausforderung gestellt war. *Wenn das keine persönliche Stellungnahme Ty Wu Nons erfordert, weiß ich nicht, was.*

Ty Wu Non teilte Aris' schlanke Statur, aber nicht die Körpergröße des jüngeren Kriegers. Trotzdem konnte kein Zweifel an der in vier Jahren als Haus-Meister erworbenen Aura der Autorität bestehen, die ihn umgab, als er sich jetzt geschmeidig von seinem Platz erhob. Auch er trug legere Haus-Kleidung, und die breitschultrige Seidenrobe war von so dunklem Grün, daß sie im gedämpften Licht des Saals fast schwarz wirkte. Aris hoffte, daß die Wahl seiner Kleidung kein Zufall war. Der wachsende Anteil von Uniformträgern bei den Hausversammlungen erschien Aris nur als eines der Anzeichen für ein Haus, das seine Richtung verloren hatte, auch wenn es keine Vorschriften gab, die dagegen sprachen.

Der Shiao-zhang bedeutete Jené Silvers mit einem Kopfnicken, sich wieder zu setzen. Er musterte Aris mehrere Minuten mit ruhigem Blick, wie, um die Absichten des jüngeren Mannes einzuschätzen. Niemand sprach. Nur das gelegentliche Rascheln von Seide oder das Knirschen eines Fußbodenbretts, wenn jemand das Gewicht verlagerte, unterbrach die Stille. Nons dunkle Augen verengten sich leicht zu einer Maske der Neutralität, als er schließlich sprach, beinahe, als wolle er alles bis auf seine tatsächlichen Worte verstecken. »Manchmal verlangt die Lage von uns eine schwierige Entscheidung, Aris Sung. Opfer sind nötig.«

Und manchmal sind sie es nicht, wollte Aris erwidern, verkniff es sich aber. Ty Wu Non war kein Vorgesetzter, der Aufmüpfigkeit zu schätzen wußte. *Er gibt mir eine Chance zu antworten, was meine Besorgnis rechtfertigt, wenn auch nicht meine Schlußfolgerungen. Jetzt muß ich beweisen, daß ich recht habe, oder zumindest ein weiteres Nachdenken über diese Angelegenheit erzwingen.* So oder so lief er Gefahr, sich einer Bestrafung auszusetzen, aber das kümmerte ihn nicht mehr.

Aris nickte, als habe er Worte großer Weisheit vernommen. »Starke Worte«, erkannte er an. Er runzelte nachdenklich die Stirn. »Vertraute Worte.«

Der Haus-Meister hätte das Gespräch an diesem Punkt beenden und Aris' Kommentar als Zeichen der Unterwerfung deuten können. Trotz Nons Versuch, seine Gedanken zu verbergen, bemerkte Aris in der Anspannung seiner Gesichts- und Schultermuskulatur ein kurzes Zucken, das er als inneren Zwiespalt auslegte. »Vertraut?« fragte Ty Wu Non schließlich und ging damit auf Aris' Vorstoß ein. »Ich kann mich nicht entsinnen, sie bereits einmal benutzt zu haben.«

»Hmm?« Aris täuschte ein paar Sekunden unschuldige Verwirrung vor. »O nein, Ihr habt sie auch nicht benutzt, Shiao-zhang Non. Ich glaube mich nur an eine ähnliche Argumentation eines Bürgers der Konföderation in der Vergangenheit zu erinnern, bei der Verteidigung einer der Säuberungen Romano Liaos.« Aris schüttelte leicht den Kopf, ohne den Blickkontakt zu brechen. »Vielleicht irre ich mich.«

Diesmal wagte niemand, sich auch nur zu bewegen. Ohne Zweifel rechnete eine ganze Reihe der Versammelten innerhalb der nächsten Minuten mit Aris' Ende. *Eine versteckte Beleidigung des Meisters meines Hauses und des Kanzlers, und beides innerhalb einer Stunde. Er hätte sicherlich das Recht, mich zum Tode zu verurteilen.* Aber Aris konnte nicht länger mit geschlossenen Augen durch diesen Konflikt wandern, seiner selbst nicht mehr sicher. *Wenn der Shiao-zhang mich verurteilt, werde ich das akzeptieren. Es mag das Ende meines Daseins als Krieger sein, aber ich werde es hinnehmen.*

Ty Wu Nons Miene verdüsterte sich, und alle im Saal konnten seine Verärgerung erkennen. Dann hellte sie sich wieder auf, als würde eine Lawine langsam zurück den Berg hinauf rollen. »Vielleicht.« Seine Stimme war ruhig und kraftvoll. »Wir sollten uns das eine Weile durch den Kopf gehen lassen. Wegtreten.« Sein Blick strich über die Versammlung und machte deutlich, daß diese Anordnung für alle galt.

Als Aris den Saal verließ, umgeben von Kriegern, die sich in seiner Gegenwart plötzlich unbehaglich fühlten, schmiedete er Pläne. Taten, erinnerte er sich, sprechen lauter als Worte. Der Haus-Meister hatte ihm einen Aufschub gewährt und die zurückhaltende Erlaubnis, seine Überlegungen weiterzuverfolgen. Manche seiner Kameraden würden schwer zu überzeugen sein, aber er hoffte, daß andere den wahren Kern seiner Herausforderung erkannten. Die Zeit würde es weisen. *Wenn wir diese Zeit haben. Wenn ich uns die Zeit verschaffen kann.*

Aris schwor sich, das zu tun. Er würde die Antwort auf seine Frage finden.

Liegt es an mir oder an den anderen?

12

Palast des Himmels,
Zi-jin Cheng (Verbotene Stadt), Sian
Kommunalität Sian, Konföderation Capella

2. *Mai 3062*

Sun-Tzu Liao studierte die Hologrammkarte in der Strategischen Kommandozentrale, und Romanos Geist sah ihm über die Schulter, während Sang-Jiang-jun Talon Zahn die letzten Truppenbewegungen erklärte und Ion Rush die beiden Junioroffiziere an den Steuerkonsolen kontrollierte. Sascha Wanli stand schweigend daneben, war aber sichtlich bereit, auf Fragen zu antworten, falls das notwendig wurde. Sun-Tzu spürte die aufmerksame Gegenwart seiner Mutter und erinnerte sich daran, wie konzentriert – besessen? – sie Militärfragen behandelt hatte.

Er hatte heute auf die traditionelle Seidenrobe des Kanzlers verzichtet und trug statt dessen ein schwarzes Seidenhemd und eine weite, offene rote Jacke. Auf beiden Jackenärmeln wechselten sich in Goldfaden gestickte Jianschwerter und Sonnen ab. In keinem Reich war es leicht, mit Traditionen zu brechen, und die Tage, an denen Sun-Tzu auf Sian auf seine Amtsrobe verzichten konnte, waren selten. Heute hatte er die subplanetare Kommandozentrale bis auf zwei Konsolen für seine drei wichtigsten Berater und sich als deren Schüler räumen lassen. Er repräsentierte zwar immer noch Haus Liao, aber angesichts der jüngsten Spannungen in seiner Beziehung zu Zahn hielt er es für besser, auf die Äußerlichkeiten seines Amtes zu verzichten.

»Und die Canopischen Füsiliere wurden nach Zweitversuch verlegt«, beendete der General seine Vorstellung der neuen Garnisonsstellungen entlang der Grenze zwischen der Konföderation und der Liga Freier Welten. »Damit sind sie auch in Position, um unsere ›Beobachter‹ auf Styk zu entsetzen.«

Isis Mariks Verabschiedung brachte das erwartete Ergebnis: Thomas rasselte mit dem Säbel und hatte Truppenbewegungen entlang der Grenze eingeleitet. »Wo ist ihr Sprungschiff jetzt?« fragte Sun-Tzu.

»Necromo«, antwortete Zahn auf der Stelle, ohne nachfragen zu müssen, wen er mit ›ihr‹ meinte. »Ich habe das Kriegsschiff *Elias Jung* angewiesen, dort auf Station zu bleiben, bis ihr Schiff aufgeladen ist. Sobald sie den Konföderationsraum verlassen hat, nimmt die *Elias Jung* für einen kurzen Streifenflug Kurs auf die Xin-Sheng-Kommunalität.«

Ion Rush sah herüber. »Falls Thomas Marik etwas plant, wird es passieren, nachdem sie über die Grenze in Sicherheit ist.«

Sun-Tzu strich sich mit der Rückseite der langen Fingernägel seiner linken Hand die Wange hinab und überlegte. Er dachte an die von Verfolgungswahn geprägte Reaktion, die seine Mutter auf weitreichende Truppenbewegungen entlang der Grenze gezeigt hätte, dann verwarf er sie. »Er plant nichts«, stellte er entschieden fest und unterdrückte Romanos drohenden Zwischenruf, bevor der ihn ablenken konnte. »Isis hat nicht einmal versucht, in die Liga zurückzukehren. Thomas fehlt die treibende Kraft für einen Konflikt.« Er sah zu Sascha Wanli. »Außerdem versichert mir die Maskirovka, daß es zu keinen der für eine Großoffensive erforderlichen Nachschubbewegungen gekommen ist.«

»Ich weise nur ungern darauf hin«, meinte Talon Zahn in respektvollem Ton, aber ohne ein echtes Anzeichen von Zögern, »daß die Verstärkung der Garnisonen entlang unserer Grenze zur Liga Freier Welten uns die Einheiten gekostet hat, auf die wir uns verlassen hatten, um Kai Allard-Liao von Vorstößen ins tiefere Innere der Konföderation abzuhalten.«

Sun-Tzu lächelte dünn. Er befaßte sich nur selten direkt mit den Einzelheiten des Krieges, die er gewöhnlich Talon Zahn und Ion Rush überließ. Aber die Lösung für das Problem Kai war mehr politischer als kriegerischer Natur. »Verstärken Sie Sarna mit einem zusätzlichen Regiment Beobachter«, befahl er. »Wenn nötig, ziehen Sie es von Styk ab. *Bitten* Sie gleichzeitig um die Verlegung des Akademiekaders der Kriegsakademie Sarna nach Capella für Garnisonsaufgaben.«

Ion Rush und Talon Zahn sahen einander an. Zahn ergriff das Wort für beide. »Wir haben dem Sarna-Kader nicht mehr gestattet, den Planeten zu verlassen, seit wir die Souveränitäts-Agrarwelt Kaifeng unter unsere Kontrolle gebracht haben. Was läßt Euch glauben, daß man Eurer Bitte nach dem Mangel an Kooperation bei Kais letztem Überfall nachkommt?« Er blickte auf die Karte. »Capella ist eine wichtige Welt. Euer Vetter wird in Versuchung geraten.«

Sun-Tzu nickte. »Unglücklicherweise werden Transportprobleme die Versorgung Sarnas mit Nahrungsmitteln von Kaifeng verzögern. Etwa zeitgleich mit dem Eintreffen des Sarna-Kaders auf Capella werden dessen Angehörige ausgesprochen hungrig werden. Der Kader wird gegen Kai kämpfen, auch wenn ich sicher bin, daß der etwas anderes erwartet.«

»Mach dir keine Gedanken wegen Kai Allard-Liao«, meinte eine neue Stimme aus den tiefen Schatten des Raums, eine tödlich süße Stimme. Kali trat in den schummrigen Lichtschein der beiden aktiven Computerkonsolen, und ihr dunkelrotes Kleid wirkte auf Sun-Tzu, als hätte es die Farbe eingetrockneten Blutes. Sie trat um eine der Konsolen, hielt aber kurz an, bevor sie ins helle Licht trat. »Er wird bald andere Sorgen haben.«

Sun-Tzu erinnerte sich an Romanos Liebe zu Kali und die blinde, beinahe hündische Verehrung seiner Schwester für ihre Mutter. Selbst jetzt spürte er, wie die gespenstische Erinnerung seiner Mutter sich für sie erwärmte. *Kali mag wahnsinnig sein, aber an ihren Fähigkeiten oder ihren Möglichkeiten kann kein Zweifel bestehen. Vielleicht weiß sie etwas.* »Wovon redest du, Kali?«

Seine Schwester faltete die Hände und senkte sie auf Höhe ihrer schlanken Taille. Ihr rotbraunes Haar fiel ungebändigt über ihre Schultern, offen, aber geschmeidig, und ihre Augen zeigten zwei dunkle Schlitze in einem bleichen Gesicht. »Die Konföderation hat Freunde, lieber Bruder, Apostel, die unsere manifeste Berufung erkennen. Die Zeichen haben eine Abrechnung vorhergesagt, und durch mich kommt diese jetzt zu unserer Rettung.« Sie setzte ein strahlendes Lächeln auf. »In einer Woche wird es keine Liao-Verräter mehr geben. In einem Monat werde ich den Konflikt mit St. Ives beendet haben. Die endgültige Antwort auf unsere Gebete.«

Hat sie etwa die Meuchelmörder ihres Thugee-Kults auf Candace und deren Kinder gehetzt? Eine Knochenhand legte sich um Sun-Tzus Eingeweide. Thugees waren weder für sonderliches Feingefühl noch für ihre geistige Stabilität bekannt. Und sie beteten seine Schwester als fleischgewordene Göttin des Todes an. Wenn auch nur einer dieser Attentäter Erfolg hatte, würde ihr Einsatz offenkundig werden. Die Folgen daraus konnten katastrophale Ausmaße annehmen.

Außer sie haben alle Erfolg, flüsterte Romanos Geist ihm ein.

Sun-Tzus unheilvolle Vorahnung wurde noch stärker. »Was? Was hast du getan, Kali?« Seine Stimme war kaum ein Flüstern zu nennen, ließ aber sonst nichts von seinem Gefühlszustand erkennen. Dann fragte er, in dem Versuch, nicht drohend, sondern beruhigend zu klingen: »Wie sieht deine endgültige Lösung für unsere Schwierigkeiten aus?«

Für den Bruchteil einer Sekunde zuckte ein Ausdruck der Verwirrung über Kalis strenge Züge, als könne sie nicht verstehen, warum ihr Bruder diese Frage stellte, und weshalb er die Antwort nicht bereits kannte. Dann klarte ihre Miene auf und wurde zu einem Bild der Selbstsicherheit. »Die Wei-Lösung«, erklärte sie leichthin.

Ein tödlich kalter Schauder rann Sun-Tzus Rückgrat hinab, und in seinen Ohren hallte Romanos gespenstisches Lachen. »Bei allen alten und neuen Göttern, nein!« Er war überzeugter Atheist, aber die Worte kamen über seine Lippen, bevor er es merkte. Er zwang sich unter Mühen, eine Maske aufzusetzen, die den Ausdruck des Schockes einfror, aber darüber hinaus nichts offenbarte. »Du hast das Nervengas von Wei in deinen Besitz gebracht und in die Hände deiner religiösen Fanatiker gelegt?«

In Kalis Augen blitzte nackter Zorn auf. »Meiner *Gläubigen*«, verbesserte sie. Aber neben der Aussicht auf einen Massenmord konnte die Wut auf ihren Bruder scheinbar nicht lange bestehen. Schon verblaßte die Verärgerung auf ihrem Gesicht und machte einer messianischen Miene und dazu passenden Stimme Platz. »*Unserer* Agenten göttliche Vergeltung.«

Eine alte Erinnerung stieg in ihm auf. Romano Liao, die ihre Familie in den Thronsaal zitierte und eine stilisierte Version des 4. Nachfolgekrieges mitteilte. Von Candace Liao und Justin Allard. Von dem Attentäter, den sie ausgeschickt hatte, um beide zu töten. Sun-Tzu erinnerte sich an denselben selbstgerechten Tonfall, denselben Wahnsinn in den leuchtenden Augen, den er jetzt bei Kali wahrnahm. *Sie ist wirklich die Toch-*

ter unserer Mutter. Romanos Geist lächelte und nickte zufrieden.

»Sie hat es tatsächlich getan«, sagte er, wie in einem Schwebezustand, und er fühlte seine schützende Maske zerbrechen. Er sah hinüber zu Talon Zahn und Ion Rush, die mit entsetztem Gesicht zurückstarrten. Wie ein Mann blickten die beiden obersten Militärs der Konföderation zu Sascha Wanli, dann wandten sie sich hastig ab. *Sie wissen, daß sie in das Gesicht einer Toten blicken. Und Sascha weiß es auch.* Die Gesundheit der alten Geheimdienstdirektorin war noch nie vom Besten gewesen und hatte durch Jahrzehnte der Schwierigkeiten noch gelitten. Jetzt schien sie jeden Augenblick tot umfallen zu können, als ihr letztes Versagen ihr bewußt wurde. Sie war aschfahl, das Gesicht eingefallen, und sie stand offensichtlich ebenso unter Schock wie die anderen.

»Wieviel?« fragte Sun-Tzu und drehte sich wieder zu seiner Schwester um. »Wieviel Nervengas?«

»Genug, um den Krieg zu gewinnen«, versprach sie und legte den Schock ihres Bruders sichtlich als Zustimmung aus. »Vierzehn Kanister«, erklärte sie stolz. »Sauber verteilt.«

Sun-Tzu sah zu Sascha Wanli. Die Lippen der alten Frau bewegten sich, als sie in Gedanken rechnete. Nach ein paar Sekunden sagte sie: »Wenn es so eingesetzt wird, daß es die größtmögliche Wirkung erzielt, was voraussetzen würde, daß es in kleine Dosen aufgeteilt und dann über großen Bevölkerungszentren in die Atmosphäre freigesetzt wird …« Sie flüsterte ein paar Berechnungen, dann schluckte sie hart. »Genug, um über fünf Millionen Menschen zu töten.«

Fünf Millionen! Romano war beeindruckt. Sun-Tzu konnte es nicht glauben. »Genug für die schlimmste Greueltat seit dem Kentaresmassaker«, sagte er mit vor Schock tonloser Stimme. »Genug, um die Auslöschung von Turtle Bay im Vergleich wie einen Landungsschiffabsturz aussehen zu lassen, und die hat die Nebelparder ihren Clan gekostet.« Die Erkenntnis traf ihn wie ein Gaussgeschoß, und beinahe wäre er heulend zusammengebrochen. Nie in seinem Leben hatte er eine solche Furcht empfunden wie in diesem Augenblick, und er wußte, daß er sie nur unvollkommen verbergen konnte.

»Sie werden die Konföderation zerfetzen«, stellte er fest, seine Stimme monoton wie die einer Maschine. »Alle anderen Großen Häuser werden über uns herfallen. Ihre Völker werden ihnen keine andere Wahl lassen. Sie werden nach unserem Blut schreien.«

»Dazu wird es nicht kommen, Sun-Tzu.« Kali trat vor, auch wenn sie immer noch nicht ganz ins hellste Licht trat. Ihre Augen blieben dunkle Flecken. »Es kann nicht dazu kommen«, versprach sie.

Der Kanzler der Konföderation blickte sie ruhig an, vor Schock wie betäubt. »Warum nicht?«

»Die Zeichen stehen zu günstig«, antwortete sie mit der Überzeugung der Fanatikerin. »Warum glaubst du, habe ich so lange gewartet? Entweder kann es nicht geschehen, oder es existiert eine andere Option, die du auch finden wirst. Die Konföderation wird überleben und stärker sein als je zuvor.«

Sun-Tzu ging zu Ion Rush hinüber und zog die Diànya-Laserpistole aus dem Holster des Imarra-Meisters. Rush blieb so bewegungslos wie eine Statue, als der Kanzler ihn entwaffnete. Der drehte sich zu Kali um, den Lauf der Laserpistole neben sich zu Boden gerichtet. Er spürte Romanos Genugtuung über Kalis Vorgehen und deren Konflikt mit seinem Wunsch, um sich zu schlagen. Er erhaschte einen Blick auf den Wahnsinn, der Mutter und Tochter verband.

»Wann?« fragte er nur, kaum hörbar, in der verzweifelten Hoffnung, daß es noch einen Weg geben könnte, die Katastrophe zu verhindern. »Wann beginnen die Anschläge?«

Kali lächelte. Es war schmerzhaft offensichtlich, daß sie die drohende Haltung ihres Bruders überhaupt nicht bemerkte. »Du brauchst dir keine Sorgen zu machen, Sun-Tzu. Meine Leute sind seit Wochen an Ort und Stelle und warten auf die Zeichen. Die erste Welle beginnt pünktlich. Heute.«

Fast hätte Sun-Tzu sie erschossen. Er hob die Laserpistole, richtete sie auf seine Schwester, und die Wut, die ihm von der geisterhaften Präsenz seiner Mutter bei diesem Gedanken entgegenschlug, trieb ihn fast dazu abzudrücken, nur um es ihr zu zeigen. Und gleich daneben stand Sascha Wanli, so nahe. Was sie betraf, war Romano einverstanden, weil sie Wanli für deren frühere Fehler haßte.

Kali starrte mit leerem Blick geradeaus. Sie schien die Waffe gar nicht zu bemerken, ging völlig in ihren Visionen auf. Sascha wurde bleich, versuchte aber nicht auszuweichen, sondern akzeptierte ihr Urteil. Der Laser schwenkte zwischen ihnen hin und her, zeigte auf Kali, dann auf Sascha. Sun-Tzus Finger spannte sich um den Abzug, aber er konnte sich nicht entscheiden, wen er töten sollte. *Alle. Keine.* Kali, Sascha, Zahn, Rush, sicher die beiden Junioroffiziere, die das Geschehen von ihren Konsolen aus in stummem Entsetzen verfolgten. Sun-Tzu sah sich selbst die Pistolenbatterie in einer Salve tödlicher Schüsse völlig entladen, sah sich den Abzug durchziehen, bis die Waffe nichts mehr hergab.

Und wie würde ich mich darin von Romano unterscheiden? fragte er sich, und die Frage holte ihn vom drohenden Abgrund zurück. *Wie oft bin ich zu weit gegangen? Wie oft hat sie mit dem Gedanken gespielt, meinem Vater, dem Chef der Maskirovka, den Befehl zu erteilen, mich zu töten? Und wie oft hat sie es befohlen, um dann von Tsen Shang wieder umgestimmt zu werden?*

Sun-Tzu senkte die Pistole. Seine Hand bebte. *Ich bin nicht meine Mutter. Zu ihr hätte es gepaßt, aus Wut oder Verzweiflung den Abzug durchzuziehen, aber nicht zu mir.* In seinem Innern tobte noch immer der Drang, eine oder beide der Frauen zu töten, und er ballte die linke Hand zur Faust, bis die rasiermesserscharfen Kanten seiner Fingernägel seine eigene Haut zerschnitten. *Ich werde nicht wie meine Mutter werden,* schwor er sich.

Er reichte Ion Rush die Waffe.

»Kali«, sagte er zu seiner Schwester. Er hatte seine Stimme wieder besser unter Kontrolle und schlug einen ernsten Ton an. »Wir müssen das alles für die Nachwelt festhalten. Die Namen der Agenten, dieser Helden der Konföderation. Daten, Uhrzeiten und Ziele ihrer Angriffe. Sascha, nehmen Sie Kali mit in Ihr Büro und helfen Sie ihr, sich zu erinnern.«

Sascha Wanli war sichtlich überrascht, daß sie die Zentrale lebenden Fußes verlassen durfte. Sie trat hastig zu Kali und bat sie in den Lift. Mit überlegenem Lächeln folgte Romanos Tochter ihr. Sun-Tzu wartete, bis beide fort waren, und versuchte Romanos stetes Flüstern, *Zu spät, zu spät, zu spät,* zu ignorieren.

»Diese Nervengasanschläge müssen aufgehalten werden, koste es, was es wolle. Ich werde vor nichts zurückschrecken, um Kali die Informationen zu entreißen, aber ich bin mir sicher, daß sie viel zu weggetreten ist, um auf den Schwachsinn mit den ›Helden der Konföderation‹ nicht hereinzufallen.«

Er legte die Hände aneinander, Fingerspitzen an Fingerspitzen, und beugte mehrere Sekunden den Kopf, um nachzudenken. Ein einzelner Schweißtropfen fiel von seiner Stirn und lief an den Fingern herab, um sich mit dem Blut zu vermischen, das von seiner linken Hand tropfte. »Zahn, ziehen Sie von der Front ab, was immer nötig ist, aber fangen Sie sie ab. Ion, Sie setzen sich mit Candace in Verbindung. Teilen Sie ihr alles mit – alles –, was Sascha über die Thugees und deren Angriffe auf Ziele des Paktes aus Kali herauslockt.« Beide Männer nickten.

»Wir können alle nur hoffen, daß es uns gelingt, diesen Wahnsinn zu stoppen, bevor es zu spät ist.« Er wirbelte auf dem Absatz herum und marschierte zum Aufzug. Romanos höhnisches Lachen trieb ihn aus dem Saal.

* * *

Gunming, Indicass
Xin-Sheng-Kommunalität, Konföderation Capella

Die Sonne Indicass' strahlte aus klarem Himmel herab. Nicht eine Wolke war zu erkennen, die deren Wärme oder auch nur einen Bruchteil des saphirblauen Himmels hätte verdecken können. *Ein gutes Omen*, entschied Tormano, *für den, der an so etwas glaubt.* Tormano Liao stand im Schatten eines Zelttuchbaldachins neben Gunmings Gouverneur und wartete geduldig darauf, daß der an einen Troll erinnernde Mann seine Eröffnungsrede beendete. Er warf einen kurzen Blick zurück zur Kompanieformation der Blackwind-Lancier-BattleMechs am Ostrand des städtischen Parkgeländes und zu den *Helios* seines Sohns an ihrer Spitze. *Ich habe dir versprochen, daß du dich produzieren darfst, Treyhang, aber erst nach mir. Immer erst nach mir.*

Eine Menschenmenge hatte sich versammelt, um Tormanos Empfang durch Gouverneur Siddara zu sehen, einen niederen Adligen, dessen Besitz große Gebiete umfaßte, die derzeit von Konföderationskräften gehalten wurden. Tormano, der von den handverlesenen Spitzenkräften seiner Gefolgsleute aus der Bewegung Freies Capella auf Indicass flankiert wurde und sich der ringsum aufgebauten Holovidkameras äußerst bewußt war, lächelte als Antwort auf die Dankbarkeit des Gouverneurs für die Befreiung Gunmings. *In* meiner *kurzen Ansprache werde ich mir* deine *offene Unterstützung für Freies Capella sichern. Dann noch ein paar kurze Worte, und ich rufe Treyhang herunter. Mein Sohn, der aus einem BattleMech steigt, um an die Seite seines siegreichen Vaters zu treten. Das bringt Schlagzeilen.*

Noch während Tormano den Höhepunkt seiner Rede plante, verdarben Warnrufe den Augenblick.

Ein Schweber raste über das offene Gelände. Er zog Teile des Maschendrahtzauns hinter sich her, der den Park begrenzte. Seine Propeller kreischten furchtbar, ein Zeichen für Beschädigungen beim Durchbrechen des Zauns. Ein Loch in der Gummischürze ließ den Wagen nach links wegdriften, und der Fahrer mußte den Kurs ständig korrigieren, zusätzlich zu den wiederholten Ausweichmanövern, um den vereinzelten Schüssen der am Zaun postierten Wachen zu entgehen.

Die Menge wurde unruhig. Wegen der Schüsse ergriff ein Teil die Flucht, aber die meisten Zuschauer blieben, wo sie waren, und unterhielten sich erregt mit ihren Nachbarn. *Vieh,* dachte Tormano. Während Gouverneur Siddara widersprüchliche Befehle bellte und um Hilfe rief, hielt der ältere Liao unbeirrt die Stellung – für die Kameras. Der Kurs des Luftkissenwagens führte momentan am Baldachin vorbei, und außerdem: Was war schon ein einzelner Schweber gegen eine Kompanie BattleMechs?

»Treyhang soll den Wagen stoppen, bevor er die Menge erreicht«, meinte Tormano ruhig zu einem seiner Adjutanten, dessen Funkgerät auf die Kommfrequenzen der BattleMechs eingestellt war. Aber als er sah, wie jemand im Innern des Schwebers plötzlich ein Metallrohr aus dem geöffneten Schiebedach stieß, zuckte er doch zusammen. Ein Raketenwerfer! Hatte er zu lange gewartet?

Die Rakete schoß auf einer von dichtem Rauch umwogten Flammenzunge aus dem Abschußrohr in die Luft. Aus den Fenstern des Schwebers wallte noch mehr Qualm. Der Abschuß der Rakete hatte die Fahrzeugkabine vollständig eingenebelt. Ebenso wie der größte Teil der Menge verfolgte Tormano den kurzen Flug der Rakete senkrecht nach oben, bis sie weit über dem Gelände detonierte. Als er den Blick wieder senkte, sah er gerade noch, wie die grünschillernde Lichtlanze aus Treyhangs mittelschwerem Laser den ungepanzerten Wagen aufspießte und in einem Feuerball auseinanderriß.

Raketen und BattleMechwaffen. Jetzt ergriff die Menge die Flucht, obwohl die Gefahr vorüber war. Zu viel Aufregung. Tormano ignorierte sie. Diese Unterbrechung konnte sich als hervorragende Publicity erweisen. Seine Augen tränten, und ein plötzliches Stechen in der Kehle ließ ihn husten. *Rauch von dem brennenden Schweber.* Er trat aus dem Schatten des Baldachins, um seinen Sohn aus dem Cockpit des *Helios* zu rufen.

Er kam nicht weit.

Der Schmerz traf ihn zuerst im Unterleib und riß ihm die Beine weg. Er brach zusammen. Sein Rückgrat schien in Flammen zu stehen. Seine Muskeln verknoteten sich. Seine Augen brannten. Die Umgebung verschwamm vor seinen Augen. Dann sah er gar nichts mehr. Mit jedem Atemzug schien geschmolzener Stahl seine Lungen zu füllen. Seine Ohren nahmen nur noch erstickte Schreie wahr. Auch Tormano wollte schreien, aber er konnte es nicht. Er keuchte, hustete. Seine Kehle war voller Flüssigkeit. Er konnte nicht atmen, aber der Mangel an Sauerstoff brachte die Schmerzen nicht zum Erliegen. Sein Herz hämmerte außer Kontrolle in der Brust, und es war der Schmerz der Herzrhythmusstörung, die seine Gedanken gerade lange genug klärte, um ihn erkennen zu lassen, daß er starb.

Nach mir, Treyhang. Immer erst nach mir. Sein letzter zusammenhängender Gedanke, bevor das Chaos Mandrinn Tormano Liaos Geist umschloß und ihm für die letzten Sekunden seines Daseins gnädigen Wahnsinn bescherte.

13

Landungsschiff *Todesblüte*,
an einem Piratensprungpunkt im Taga-System
Xin-Sheng-Kommunalität, Konföderation Capella

2. Mai 3062

Petir Andreiwitsch schwamm in der Schwerelosigkeit des gut ausgestatteten Starthangars des Landungsschiffes der *Union*-Klasse durch die Luft und schloß die Startvorbereitungen des hundert Jahre alten Luft/Raumjägers ab. *Ein letzter Flug,* versprach er dem *Luzifer* wortlos, packte eine Strebe und zog sich mit festem Griff auf den Schottboden. *Ein vergifteter Dolchstoß tief ins Herz des St. Ives-Pakts.*

Die erste vom Sprungschiff *You-dú Xin-zàng* übertragene Sprungwarnung war bereits verklungen. Nach dem nächsten Warnsignal würden sie aus dem System Tagas an einen sorgfältig berechneten Piratenpunkt springen, der sie in minimaler Distanz über Tiantan zurück in den Normalraum trüge, der planetaren Hauptstadt St. Ives' und des ganzen Paktes. Petir hatte sich gegen erfahrene Brüder des Thugeekults die Ehre erkämpft, diesen Flug steuern zu dürfen. *Die Göttin lächelt mir zu. Sie weiß, ich werde sie nicht enttäuschen.*

Er stieß sich von der Strebe ab und trieb zum Bug des Luft/Raumjägers, wo er einen neuen Halt fand. Er schaute in die täuschend friedliche Dunkelheit der vorderen Raketenabschußrohre und legte die Hand auf die kühle Metallhaut des Jägers. *Eine Rakete, von der Göttin gesegnet. Mehr braucht es nicht, um Candace Liaos unselige Tyrannei zu beenden.*

Das Landungsschiff *Todesblüte* würde vom Sprungschiff abkoppeln und Kurs auf St. Ives nehmen. An einem bestimmten Punkt der Flugbahn würde sein einsamer Jäger aus dem Hangar preschen und Kurs nicht nur auf Tian-tan nehmen, sondern gezielt auf das Präsidentenpalais. *Wir werden vielleicht nicht wieder aufsteigen, aber das ist Karma, und in diesem Leben – oder dem nächsten – wird die Göttin mich belohnen.*

Petir glitt hinüber zur Cockpitleiter und hob sich in die Pilotenkanzel. Während er sich anschnallte, drang die zweite Warnung aus den Hangarlautsprechern, drei gellende Alarmtöne, die den Sprung ins System von St. Ives ankündigten. Er hatte sich entschieden, den Sprung in seinem Luft/Raumjäger zu erleben. Er konnte bereits spüren, wie das Raumschiff, mit dem die *Todesblüte* im Augenblick vereinigt war, seine Energien abstrahlte, obwohl ihm zugleich klar war, wie lächerlich das war.

Der Kearny-Fuchida-Antrieb eines Sprungschiffs gab seine gespeicherte Triebwerksenergie in einem gewaltigen Stoß frei, der das Raum-Zeit-Gefüge des Einsteinkontinuums aufriß und das Sprungschiff mitsamt seinen Landungsschiffpassagieren bis zu dreißig Lichtjahre weit schleuderte. Die Auswirkungen der Schwerkraftsenke eines Sonnensystems erforderten in der Regel, daß Absprung ebenso wie Ankunft weit außerhalb der Ekliptik stattfanden, üblicherweise an den Zenith- und Nadirsprungpunkten über dem Nord- bzw. Südpol der Sonne. Piratensprungpunkte, Koordinaten innerhalb eines Systems, an denen sich konkurrierende Schwerkrafteffekte gegenseitig aufhoben, erforderten genauere Berechnungen, erlaubten es aber, die Flugzeiten zu den bewohnten Planeten dramatisch zu verkürzen. *Die Bresche in St. Ives' Panzer*, dachte Petir. *Wir werden materialisieren, wenn sein Mond nahezu senkrecht über Tian-tan steht. Eine Mondfinsternis. Welch besseres Omen kann es für die treuen Diener der dunklen Göttin geben?*

Und dann geschah es. Die *You-dú Xin-zàng* sprang.

Petir erlebte den Hyperraumsprung immer als eine Sache von Sekunden, auch wenn er für andere Passagiere einige Minuten dauern konnte. Jeder Mensch erlebte die Erfahrung der Transition anders, und selbst für ein und dieselbe Person konnten zwei separate Sprünge sich völlig verschieden darstellen. Sie konnten kurz oder ausgedehnt sein, sie konnten Übelkeit hervorrufen, gelegentlich kaltes Entsetzen. Niemand verstand wirklich, warum. Petir pflegte, wenn das Gespräch darauf kam, den traditionellen Pilotenaberglauben zu vertreten, daß diese Erlebnisse ein kurzes Aufblitzen von Wahnvorstellungen bedeuteten, wenn der Verstand versuchte, mit dem Konzept fertig zu werden, daß er im realen Raum-Zeit-Kontinuum nicht existierte. Aber nach überstandenem Sprung dankte er jedesmal der Göttin für die sichere Reise und sonnte sich im Ruhm der Menschheit, der es gelungen war, über die Naturgesetze zu triumphieren.

Nur wollte es diesmal nicht dazu kommen.

Das physische Universum schien sich in eine vierte Dimension zu dehnen. Alles verzerrte sich, als es vor ihm auf einen unendlich weit entfernten Horizont zuwirbelte, nur um zurück in eine nahezu perfekte Ansicht der Realität zurückzuwirbeln, bevor der ganze Prozeß noch einmal begann. Sein Geist schrie, grell und schmerzhaft. Noch nie hatte ein Hyperraumsprung ihn so ganz und gar mit Schrecken erfüllt. Und gerade, als er die äußerste Schwelle geistiger Gesundheit überschritten zu haben schien, dehnte sich das Universum in eine andere Richtung und zog ihn mit ins Chaos. Plötzlich hatten alle Farben einen eigenen Geruch, und er konnte seinen Aufschrei als dunklen Schatten sehen, der sich wie ein Mantel um ihn legte. Er kämpfte gegen ihn an, grub die Fingernägel in seinen Aufschrei und spürte, wie der seine Hände verbrannte.

Der Sprung muß vorbei sein, stellte ein winziger Rest rationalen Denkens fest, der im Mahlstrom seines Geistes beinahe unterging. *Er ist vorbei, denn ich kann denken und mich bewegen. Ich hänge nicht zwischen den Sekunden fest.* Er versuchte die Augen zu schließen, aber die Dunkelheit war noch entsetzlicher als die verzerrte Wirklichkeit. Petir schluchzte.

Der Luzifer, erinnerte er sich. *Die Göttin.* Nichts, was seine Augen sahen, ergab einen Sinn. Er biß sich in die Unterlippe und versuchte, sich auf den Schmerz zu konzentrieren. Er identifizierte etwas, möglicherweise die Tragfläche des Luft/Raumjägers, aber der Geruch geölten Metalls behinderte seine Sicht. Er versuchte, sich in diese Richtung zu krallen, konnte sich aber nicht bewegen. Ein dunkles, bitteres Aroma hielt ihn fest, lag um seine Schultern und quer über seinem Schoß. *Meine Gurte. Ich bin schon angeschnallt.*

Aber nach dieser bestandenen Herausforderung folgte sofort die nächste – denn er versuchte, die Kontrollen zu identifizieren. Vor ihm breitete sich die Konsole aus, eine grenzenlose Weite gebirgigen Geländes, überzogen von graskaltem Stahl. *Eine Prüfung. Sie stellt mich auf die Probe.* Auf dem Gipfel des Berges konnte er gerade noch die Göttin erkennen, die auf ihn wartete.

Wild auf seiner Lippe kauend, machte Petir sich an den langen Aufstieg.

* * *

Landungsschiff *Todesblüte*, im St.-Ives-System
Herzogtum St. Ives, St. Ives-Pakt

So klein sie war, mußte Lieutenant General Simone Devon sich noch verdrehen, um durch eine verzerrte Luke in den Verbindungskorridor der *Todesblüte* zu gelangen. Die Schwerelosigkeit machte es einfacher, als es ihr unter Schub in ihrem Raumanzug möglich gewesen wäre. Die metallene Schottwand hatte sich weit ausgebeult, die Stützstreben waren vorbogen wie Kaugummi. Es war erstaunlich, daß irgendein Teil des Schiffes noch luftdicht war. Zwischen ihren Versuchen, mit den Verwundeten zu sprechen, hielt sie das Visier des Raumhelms sicher geschlossen.

Devon hatte sich zufällig auf der Brücke der *Carthage* aufgehalten, ihres im Anflug auf St. Ives befindlichen Landungsschiffes, als der Näherungsalarm angesprochen hatte. Da sie keine Kontrollkonsole zu beobachten hatte, war ihr erster Blick zum Hauptschirm gezuckt, auf dem kurz zuvor noch die Weltkugel von St. Ives allmählich größer geworden war. Jetzt trieb ein zerschmettertes Schiffswrack voraus im Raum, ein in einer Wolke von Trümmern treibender zerfetzter Raumschiffsleichnam, vor der Nachtseite des Planeten kaum zu erkennen.

»Sprungschiffalarm«, hatte jemand gerufen. »Alarmstart der Jäger!«

»Befehl zurück«, hatte Devon angeordnet und war dichter vor den Sichtschirm getreten. »Mein Gott, seht euch das an. Es ist ein Trümmerhaufen.« Sie hatte sich zum Kapitän des Schiffes umgesehen. »Rettungsboote und Bergungsmannschaften bereitmachen.«

Jemand hatte etwas von Kaifeng gemurmelt, der Agrarwelt der Souveränität Sarna, die von den Capellanern mit Hilfe einer fingierten Sprungschiffhavarie überfallen worden war. Sie hatte den Kopf geschüttelt. Das Sprungschiff dort draußen war in drei Teile zerrissen. Die Hälfte seines Antriebs war verschwunden. Und – was sie niemals freiwillig irgend jemandem gegenüber eingestehen würde – sie hatte geglaubt, gerade eine große Sektion des Wracks wieder ins Nichts verschwinden gesehen zu haben. *Eine Illusion,* hatte sie sich beruhigt. *Immerhin sehen wir das alles nur unter etwas Sternenlicht.*

Simones Rettungsboot hatte sie zur *Todesblüte* getragen, deren Name unmittelbar unter dem Wappen der Konföderation Capella in chinesischen Ideogrammen auf den Rumpf gemalt war. Das Schiff trieb mit den Resten des zertrümmerten Dockkragens abseits des Sprungschiffs und schien in besserem Zustand als dieses. Wenn es überhaupt Überlebende gab, hatte sie gedacht, dann sicher hier.

Es gab tatsächlich Überlebende, wenn man sie so nennen durfte.

Die Notschotten hatten die Hüllenbrüche abgeriegelt und vielen Besatzungsmitgliedern ein Überleben ermöglicht. Einige hatten nach dem Fehlsprung Selbstmord begangen. Ein Crewmann hatte sich selbst die Augen ausgestochen und heulte unablässig, bis er betäubt wurde. Viele andere waren katatonisch, aber ein paar wüteten wahnwitzig oder plapperten in seliger Gelassenheit völlig unverständliches Kauderwelsch. Nur die wenigsten verfügten noch über die nötige Geistesgegenwart, um sich in der Schwerelosigkeit zu bewegen, und keiner von ihnen besaß die Kraft, sich zu widersetzen. Die Raumgardisten in ihrer Begleitung halfen, die Verwundeten zu den Rettungsbooten zu schaffen. Simone Devon gab die Hoffnung allmählich auf, jemanden zu finden, der Fragen beantworten konnte. *Es würde mir schon genügen herauszufinden, von wo das Schiff abgesprungen ist, auch wenn es sicher besser wäre zu erfahren, was aus der militärischen Ausrüstung geworden ist, die ein capellanisches Militärschiff bei einem Sprung nach St. Ives mitgeführt haben müßte.*

Fast hätte sie den Jägerhangar ignoriert, als sie in dem engen Raum niemanden hilflos umhertreiben sah. Keiner, der schrie oder schluchzte. Dann drang das Bild zu ihr durch, und sie steckte noch einmal den Kopf um die Ecke. Da saß jemand ruhig im offenen

Cockpit eines alten *Luzifer*. Simone winkte den Gardisten, ihr zu folgen und führte sie durch die Luke, über einen Riß im Schottboden, der drei Decks tief reichte. Vier von ihnen schwebten hoch und hielten sich am Rand des offenen Cockpits fest.

Der Pilot trug einen Raumanzug, aber keinen Helm, und starrte aus leeren Augen auf seine Instrumente. Stumme Tränen strömten über sein Gesicht und vermischten sich mit dem Blut seiner zerfleischten Unterlippe. Eine Hand war um die untere Hälfte des Steuerknüppels gelegt, und die Finger arbeiteten sich millimeterweise aufwärts. Die andere Hand hielt er ausgestreckt über einer Schalterreihe, als hätte er sie vergessen.

»Können Sie mich verstehen?« fragte Simone. Im Innern des Helms klang ihre Stimme sehr laut, aber sie wußte aus Erfahrung, wie gedämpft sie nach außen dringen würde. Sie fragte noch einmal, lauter.

Keine Antwort. Sie griff ins Cockpit und faßte die freie Hand des Mannes. Auf ihre Berührung hin weiteten sich dessen Augen, und die Tränen strömten heftiger. Sie öffnete den Helm.

»Können Sie mich verstehen?« fragte sie wieder. »Wir wollen Ihnen helfen.« Nichts. »Schaffen wir ihn hier raus«, sagte sie, und mehrere Hände machten sich an den Gurten zu schaffen, während andere an den Armen des Piloten zogen. Der Mann schrie auf und schlug krampfhaft mit dem linken Arm um sich, ohne daß seine Rechte den Steuerknüppel losließ.

In den letzten Sekunden ihres Lebens konnte Lieutenant General Simone Devon sich nur fragen, was die Konföderation mit einem Landungsschiff der *Union*-Klasse und einem einzigen Luft/Raumjäger zu erreichen hoffte.

* * *

Das Cockpit füllte sich mit bunten Klängen, dann fühlte Petir Andreiwitsch die kalte Berührung der Göttin. *Noch nicht*, flehte er. *Nicht jetzt, da ich so kurz davor bin.* Dann schwamm ein halbes Dutzend Arme durch die verzerrte Welt, als seine Göttin ihn zu sich holte. Er schlug um sich, bettelte um einen Augenblick mehr Zeit. Die Hangartore blieben verschlossen, der Jäger eine süßduftende Kälte, aber seine Belohnung war ihm für das Abfeuern der gesegneten Rakete versprochen. Er fühlte eine eisige Kante durch den Handschuh und konzentrierte sich darauf, den Befehl an seine Hand zu schicken. *Die Sicherheitsabdeckung hochklappen und feuern. Die Sicherheitsabdeckung hochklappen. Hochklappen! Feuer!*

Ein sauerorangefarbenes Donnern göttlicher Gnade schlug über ihm zusammen und badete sein Gesicht in roter Wärme. Die vielen Arme gaben ihn frei und gestatteten ihm, seinen Sieg zu genießen. Dann fühlte er die dunkle Göttin körperlich in sich eindringen, ihm die Kontrolle über seine Muskeln und Sinne nehmen. Die Dunkelheit schloß sich um ihn, aber diesmal hatte Petir Andreiwitsch keine Angst. Er war gesegnet.

14

Overlake-Krankenhaus, Hunan, St. Loris
Herzogtum St. Loris, St. Ives-Pakt

6. Mai 3062

Die Hände ohnmächtig zu Fäusten geballt, deren Nägel sich in ihre Handflächen gruben, starrte Cassandra Allard-Liao durch die Glaswand in die Intensivstation des Overlake-Krankenhauses. Eine der Schwestern hatte die Vorhänge weit genug geöffnet, um ihr den Blick auf Tamas Rubinsky zu ermöglichen, dessen bleiches, eingefallenes Gesicht unter den Schläuchen des Beatmungsgeräts kaum zu sehen war. Zwei Ärzte standen am Fuß des Bettes und unterhielten sich. Cassandra hätte sie lieber mehr tun und weniger reden sehen, aber gleichzeitig wußte sie, daß man hier alles Menschenmögliche für Tamas tat. Hunans größtes Krankenhaus gehörte zu den besten Einrichtungen auf ganz St. Loris für die Behandlung von Chemieunfällen. Jetzt war es eines der Hauptbehandlungszentren für die wenigen Überlebenden der Nervengasanschläge.

Was wäre ohne Tamas aus mir geworden?

Cassandra hielt sich durch pure Entschlossenheit auf den Beinen. Ihre Kraft war durch die Anstrengungen der letzten zwei Wochen und die letzten vierundzwanzig durchwachten Stunden längst erschöpft. Sie trug noch immer den Overall, den sie für den Landungsschiffsflug über Kühlweste und Shorts gezogen hatte, weigerte sich aber zu gehen, solange sie nichts Verbindlicheres über Tamas' Zustand zu hören bekam als: »Wir tun, was wir können.« Kaffee half nicht mehr, nicht einmal die bittere, schlammige Brühe, die ihr ein Notfall-Assistenzarzt brachte.

Sie hatte das Angebot ausgeschlagen, sich in einem freien Zimmer hinzulegen, und als ein besorgter Arzt versucht hatte, sie zu zwingen, hatte sie ihren Familiennamen ins Spiel gebracht. Es war eine der seltenen Gelegenheiten, bei denen sie je versucht hatte, nur durch das Glück ihrer Geburt etwas zu erreichen, aber hier betrachtete sie es als gerechtfertigt.

Deshalb drehte sie sich gar nicht erst um, als sie wieder jemanden neben sich spürte, sondern fertigte ihn nur mit einem knappen »Danke, mir geht es gut« ab.

»Ich würde es mir nicht herausnehmen, Ihnen zu widersprechen«, antwortete eine Stimme, deren slawischer Akzent ihr vertraut war. »Aber Sie gestatten, daß ich Ihnen Gesellschaft leiste?«

Cassandra riß überrascht den Kopf herum. »Colonel Rubinsky.« Sie stockte, wußte nicht, was sie sagen sollte. »Was geschehen ist, tut mir so leid, Colonel. Und für alles, was das wert ist: Ich bin Ihnen für Tamas' Tapferkeit dankbar.«

Trotz seiner neunundfünfzig Jahre hatte Marko Rubinsky eine beeindruckende militärische Haltung. Er stand mit im Rücken verschränkten Händen so gerade vor ihr, als habe er einen Stahlträger als Rückgrat. Stahlgraues Haar und ein kurzgestutzter Bart rahmten Züge von demselben robust guten Aussehen ein, das auch sein Sohn teilte. »Als die Nachricht von den Anschlägen kam – St. Ives, Indicass –, hat Tamas seine Kompanie genommen und sich zu Ihnen auf den Weg gemacht. Nichts hätte ihn aufhalten können.«

Keinerlei Anzeichen für eine Zustimmung oder Ablehnung des Colonels. Eine einfache Tatsachenfeststellung mußte genügen, das Heldentum seines Sohnes zu fassen, in der üblichen geradlinigen Art der Kosaken. Cassandra entschied sich, das als Zeichen zu deuten, daß der Colonel ihren Dank angenommen hatte.

»Wie ist es geschehen?« fragte Rubinsky, bevor sie ihm noch einmal dafür danken konnte, was sein Sohn getan hatte.

Wo sollte sie anfangen? Cassandra schaute zurück auf die Intensivstation zu Tamas, dann trat sie einen Schritt beiseite, damit auch sein Vater etwas sehen konnte. »Das Lancier-Bataillon teilte sich am Tag Neun wie geplant in Kompanien auf, um die jeweiligen Einzelziele zu verfolgen. Am Tag Elf, am zweiten Mai, wurde meine BefehlsKompanie nach Sichtung eines capellanischen Landungsschiffes von schweren Störsendungen betroffen. Ich ging davon aus, daß eine Panzerbrigade-Kompanie Jagd auf uns machte. Da unsere Planung keine schweren Gefechte vorsah, wichen wir aus, konnten den Störsendungen aber nicht entkommen. Der Gegner verfolgte uns. Wir fingen nur Bruchstücke vereinzelter Nachrichten auf, nicht genug, um irgendeinen Sinn zu erfassen. Gestern holten sie uns ein.«

Rubinsky nickte. »Das war, nachdem Sie Tamas begegnet waren, da?«

»Ja, ich fing verstümmelte Funksprüche auf der Privatfrequenz auf, die wir uns reserviert hatten – so wußte ich, daß er in der Nähe war. Dann hat meine ScoutLanze ihn und seine Kompanie südlich von uns auf einem Bergkamm gesichtet. Das konföderierte Landungsschiff erwischte uns, als wir zueinander aufschließen wollten und landete genau zwischen uns.«

Die Erinnerung an die darauffolgenden Minuten ließ Cassandra beben. Sie preßte die Fäuste auf das Glas und fühlte dessen Kälte an den Fingerknöcheln. »Es kam zu einem Schußwechsel mit dem Landungsschiff, mit Tamas auf der einen Seite und meiner Kompanie auf der anderen. Ich habe die Raketen explodieren sehen, vier Stück, alle hoch in der Luft. Ich wartete immer noch darauf, daß die *Union* ihre Mechhangars öffnete, aber die Schotts blieben hermetisch versiegelt. Dann stieg Tamas aus. Er hatte versucht, mich über Funk zu erreichen, aber so dicht an dem Landungsschiff hatte er keine Chance. Also löste er die Rettungsautomatik seines *Vollstrecker* aus, ließ sich vom Schleudersitz hochtragen und segelte dann an seinem Gleitschirm über das Landungsschiff in meinen Sichtbereich. Er trug einen Ganzkörperschutzanzug und fummelte an der Gesichtsmaske herum.« Sie schüttelte den Kopf. »Ich kann mir das nur so erklären, daß die Maske beim Ausstieg verrutscht ist.«

Weiter gab es eigentlich nichts zu sagen. »Er muß mitten durch die Nervengaswolke geflogen sein, und es ist genug durchgekommen, um ihn hier landen zu lassen.« Sie nickte in Richtung des Intensivstationsbetts und drehte sich dann zu Tamas' Vater um. Es war nicht nötig zu erwähnen, daß sie die Botschaft verstanden und ihre Leute sofort angewiesen hatte, die Mechs luftdicht zu versiegeln und sich zurückzuziehen. Die Panik, die in ihr aufgestiegen war, und dann die hoffnungslose Wut, als zwei ihrer vordersten Krieger zu langsam reagiert hatten. All das war entweder auch ungesagt klar, oder aber es konnte warten. Der Mann dort im Krankenbett war Marko Rubinskys Sohn.

Der Kommandeur der Leichten Reiter zeigte keinerlei Emotion. Keine Trauer, kein Bedauern. Aber sein eiskalter Blick versprach Vergeltung, und darin war sich Cassandra mit ihm einig.

»Tamas ist ein zäher Bursche«, sagte er nur. »Er wird durchkommen.« Dann nickte er in Richtung der Glaswand. »Sie scheinen fertig zu sein.«

Im Innern der Station hatten die Ärzte anscheinend eine Entscheidung gefällt. Der ältere der beiden kam heraus, während sein Kollege sämtliche Apparaturen noch einmal überprüfte. Der Arzt schloß leise die Tür der Intensivstation hinter sich und kam zu Cassandra und Rubinsky herüber.

»Mandrissa Allard-Liao?« sagte er, und es war erkennbar mehr eine Anrede als eine Frage nach ihrer Identität. »Ich bin Doktor Halburren.« Er warf Marko Rubinsky einen Blick zu. »Sie interessieren sich auch für den Zustand von Tamas Rubinsky?«

Cassandra bemerkte die ungekämmten Haare und Bartstoppeln des Arztes. Die dunklen Ringe unter den geröteten Augen. *Er hat seit dem Beginn der Anschläge vor vier Tagen wahrscheinlich mehr schwere Fälle behandelt als im ganzen vorigen Jahr.*

Sie nickte. »Das ist Tamas' Vater. Colonel Marko Rubinsky.« Sie sah den Colonel an, dann stellte sie die Frage, die ihnen beiden auf dem Herzen lag. »Wird er überleben?«

»Mit ziemlicher Sicherheit«, antwortete der Arzt sofort, obwohl er, wie die meisten MedTechs, mit denen Cassandra je in Kontakt gekommen war, seine Aussage augenblicklich relativierte. »Vorausgesetzt, es treten keine weiteren Komplikationen auf.«

Zum ersten Mal in vierundzwanzig Stunden wagte Cassandra es, erleichtert aufzuatmen. Tamas war der unmittelbaren Gefahr entkommen... wahrscheinlich. Dann fragte Colonel Rubinsky: »Wird er wieder einen Mech steuern können?«

Falls der Arzt diese Frage als kalt oder gefühllos empfand, ließ er es sich zumindest nicht anmerken. Cassandra für ihren Teil verstand sie sehr gut. Sie wußte genau, daß Tamas sie selbst stellen würde, sobald er wieder genug bei Kräften war, um zu sprechen. Für manche MechKrieger war diese Frage wichtiger als die erste. *Das hieße, einem Adler mitzuteilen, daß er nie mehr zwischen den Wolken segeln kann.*

Diesmal zögerte der Arzt. »Er hat durch die ätzende Wirkung des Gases eine beträchtliche Menge Lungengewebe verloren, und es läßt sich noch nicht feststellen, ob das Gas dauerhafte neurale Auswirkungen hatte.«

Aber er wird überleben ... müßte überleben. Das war zumindest etwas. »Danke«, entließ sie den Arzt für sie beide. Nachdem er gegangen war, meinte sie: »Ich lasse Sie mit Tamas allein, Marko. Ich brauche Schlaf.« *Aber ich komme wieder,* versprach sie Tamas.

Und dann die Abrechnung. *Kali, Sun-Tzu ... diesmal ist die Konföderation zu weit gegangen. Ich fange mit den capellanischen Truppen auf St. Loris an, und wenn sie in die Flucht geschlagen sind, werde ich den Krieg zu ihnen tragen. Mutter wird die Notwendigkeit einsehen, und wenn nicht von selbst, dann überzeuge ich sie davon. So oder so werde ich die Lücke im Panzer der Konföderation finden, und ich werde nicht ruhen, bis meine Lanciers auf Sian stehen.*

Was auch immer dazu nötig ist, ich werde *meinen Vetter stellen.*

* * *

Chiang-Ho-Delta, Provinz Xi'an, Indicass
Xin-Sheng-Kommunalität, Konföderation Capella

Warner Doles watete in seinem *Imperator* aus dem Wasser des Gansu. Er befand sich am Kopfende des riesigen Deltas, das in den Nordwestarm des großen Binnenmeeres strömte. Als letzter Blackwind-Lancier, der das Nordufer erreichte, drehte er um und übernahm die Spitzenposition der neuen Verteidigungsformation. Brillante Strahlbahnen aus kohärentem Licht in den verschiedensten Farben zuckten vom gegenüberliegenden Ufer herüber, wo sich zwei Drittel der Hustaing-Rabauken zu einer zerfaserten Schlachtreihe aufgestellt hatten. *Zahlen, Ni Tehn Dho. Das einzige, was du uns über hast, sind Zahlen.*

Eine *Schlange* watete mehrere Meter in den Fluß, gefolgt von einigen anderen Kampfmaschinen der Konföderationskräfte. Ihre Autokanone feuerte über die spiegelnde Wasseroberfläche und schlug eine abgehackte Einschußspur in die Panzerung eines Lancier-*Kosak*. »Feuer frei auf die *Schlange*«, befahl Doles, entschlossen, den feindlichen Krieger für seine Waghalsigkeit bezahlen zu lassen.

Energiewaffen und Salven von AK-Granaten jagten auf den unglückseligen capellanischen Kampfkoloß zu und verwüsteten seine obere Rumpfhälfte. Doles sah mindestens einen guten Treffer gegen das Cockpit und hoffte auf einen Panzerdurchschuß. Er hoffte vergebens. Der Pilot der *Schlange* erkannte seine hoffnungslose Position und wählte statt eines langsamen Rückzugs durch die Fluten einen schnelleren Abgang. Er löste die im Torso montierten Sprungdüsen seines Mechs aus und schoß aus der tödlichen Umarmung des Flusses in den Himmel davon.

Noch zwei Kompanien, dachte Doles, *und ich könnte das Südufer zurückerobern und die Rabauken zurück in die Provinz Qining treiben.* Inzwischen wußte er, was er von den Hustaing-Rabauken zu erwarten hatte. Sie waren enthusiastisch und ganz sicher mutig genug, aber sie besaßen keinen Sinn für Ordnung. *Ich könnte sie zersplittern und häppchenweise vernichten. Wo sind die restlichen Kräfte von Freies Capella?* fragte er sich. Dabei wußte er in Wahrheit genau, wo sie waren. In irgendwelchen Verstecken. Auf der Flucht.

Tot.

Der Anschlag, der Tormano Liao das Leben gekostet und die Bewegung Freies Capella um ihre Führungsspitze gebracht hatte, war nicht der letzte Nervengasangriff gewesen. Ein fehlgeschlagener Attentatsversuch hatte Doles selbst gegolten. Durch einen panischen Funkspruch hatten die Blackwind-Lanciers von einem erfolgreichen Nervengaseinsatz gegen Brevet-Oberst Emanual und die BefehlsLanze der Janitscharen erfahren, einer neueren Pakt-Einheit, die erst kürzlich nach Indicass verlegt worden war, um den Platz der toten Legers einzunehmen. *Kali hat also keinen allzu großen Vorrat an Nervengas ausgegraben. Ihre Meuchelmörder schlagen gegen die militärische Führung des Paktes zu.*

Aber dessen ungeachtet starben reichlich Unschuldige. Der Anschlag gegen Tormano und Gouverneur Siddara hatte auch über dreihundert Zivilisten im Publikum das Leben gekostet. ComStar-Übertragungen von St. Ives meldeten, daß Herzogin Liao einen zweiten Anschlag auf Tian-tan überlebt hatte, warnten aber zugleich vor weiteren drohenden Nervengasanschlägen der inzwischen als ›Schwarzer Lenz‹ bezeichneten Serie. Widerwillig war auch Sun-Tzu Liao ein Dank für die Freigabe der Informationen ausgesprochen worden, die ohne Zweifel Tausende, wenn nicht Millionen Leben gerettet hatten. Doles hätte speien mögen, selbst aus zweiter Hand war der Geschmack dieses Dankes noch zu bitter.

Er befahl einen taktischen Rückzug vom Flußufer nach Norden und Westen. Mit etwas Glück konnten die Lanciers die Hustaing-Rabauken im weitläufigen Flußdelta abschütteln. Jetzt wurde es Zeit, sich auf ihre Flucht zu konzentrieren. Aber so sehr er es auch versuchte, er konnte die Gedanken an die politische Dimension der Lage nicht abschütteln. Die Fingerknöchel seiner Hände standen schon weiß hervor, aber der Griff um die Steuerknüppel verstärkte sich noch, als er versuchte, sich selbst davon zu überzeugen, daß Sun-Tzu tatsächlich nichts mit den Nervengasanschlägen zu tun gehabt hatte.

Es gelang ihm nicht. *Das kaufe ich ihm einfach nicht ab. Kann sein, daß es Kalis Eiferer sind, die das Gas einsetzen, aber Sun-Tzu profitiert davon.* Die Pakt-Einheiten wurden durch die Notwendigkeit gebremst, sich gegen mögliche Gasangriffe zu schützen, während die vor derartigen Attacken sicheren Konföderationstruppen vorrückten.

Warum mußten Kalis Fanatiker ausgerechnet den Anschlag auf Isis Marik vergeigen? Doles unterdrückte eine kurze Gewissensregung dieses Gedankens wegen. Hätten sie den Anschlag auch nur halbwegs erfolgreich durchgeführt, hätte eine Chance bestanden, daß Thomas Marik die Seite des Pakts ergriffen und den Ex-Verlobten seiner Tochter niedergewalzt hätte. Statt dessen hatte allen Berichten zufolge ein capellanisches Kriegsschiff den Befehl erhalten, das Thugee-Sprungschiff unmittelbar nach der Rematerialisierung im Necromo-System ohne vorherige Warnung zu vernichten.

Und so war Sun-Tzu dieser Falle entkommen. Es würde andere geben. Doles konnte sogar hoffen, ihm selbst eine zu stellen. Vergeltung für Hustaing und Denbar, Smithson und Tormano. *Der Mandrinn hatte mir versprochen, ich würde die Gelegenheit bekommen, einen Unterschied zu machen, und ich habe vor, ihn darauf festzunageln. Auch der Tod entbindet ihn nicht von seinem Versprechen.*

15

Bruchfeldebene, Layting, St. Loris
Herzogtum St. Loris, St. Ives-Pakt

18. Mai 3062

Die Sonne St. Loris' hing am westlichen Horizont tief über den Duguanbergen, färbte den Himmel rot und orange, und brachte ein paar vereinzelte Wolken zum Glühen. Aris Sung, der die nächste Gefangeneneskorte zum Austauschplatz brachte, schenkte dem Naturschauspiel nur einen kurzen Moment Aufmerksamkeit und hoffte, daß es sich nicht als unheilvolles Omen entpuppte. *Das ist wirklich der letzte Ort, an dem irgend etwas schiefgehen darf.*

Am Südrand des weiten Graslands, exakt einen Kilometer entfernt, hielt Shiao-zhang Ty Wu Non seine BattleMechkompanie gegen eine entsprechende Anzahl von St.-Ives-Lanciers in Reserve, die sich einen Kilometer nördlich zu einer Schlachtreihe formiert hatten. Zwischen den beiden Linien leitete Aris Sung mit einem einzelnen Zug Hiritsu-Hausinfanteristen den Gefangenenaustausch und fühlte sich dabei wie eine Zielscheibe auf dem Schießstand. Während er auf die Stellungen der St.-Loris-Heimatmiliz zu marschierte, bedauerte er einen Augenblick lang die Entscheidung, ihnen fast das Doppelte an Truppen zuzugestehen. *Jeder von uns mag zwei von ihnen wert sein, aber es ist trotzdem kein angenehmes Gefühl, ins Fadenkreuz so vieler Sturmgewehre zu laufen.*

Der Befehl über BattleMechs hat mich weich werden lassen, nahm Aris sich zusammen. *Dieser Einsatz hier im Feld heute ist eine notwendige Erinnerung.*

Ursprünglich hatte Ty Wu Non vorgeschlagen, Li Wynn sollte den Gefangenenaustausch überwachen. Aris hatte seinem Schützling in seiner Eigenschaft als dessen Sifu einen anderen Auftrag erteilt und den Befehl über den Austausch selbst übernommen. Er hatte diesen Austausch arrangiert, um seinen Schwur umzusetzen, an einer Verringerung der blindwütigen Gewalt zu arbeiten, die beide Seiten in diesem Konflikt an den Tag legten. Falls irgend etwas dabei schiefging, verdiente er es, die vollen Konsequenzen zu tragen. Außerdem legte Li Wynn in jüngster Zeit eine Haltung an den Tag, die ihn nicht gerade für eine diplomatische Mission geeignet erscheinen ließ. Dieser Gefangenenaustausch, so hoffte Aris, sollte der nächste Schritt bei dem Versuch sein, eine Eskalation des Konflikts auf St. Loris in eine ganz und gar unkontrollierte Vernichtungsschlacht zu verhindern. *Die Nervengasanschläge haben die Spannungen bis an den Zerreißpunkt erhöht, auch wenn sie fast alle abgewendet werden konnten. Das hier muß gelingen.*

Aris hielt den Infanteriezug am vereinbarten Punkt an und wartete auf die Paktsoldaten, die mit ihren nächsten fünf Gefangenen die letzten zehn Meter zurücklegten. Aris erkannte Jasmine Troy unter den Gefangenen, eine seiner MechKriegerinnen. Das Bein provisorisch eingegipst. Bleich, mit etwas eingefallenem Gesicht. *Viele der Gefangenen zeigen ähnliche Spuren der Vernachlässigung,* dachte Aris. *Aber sie sind gesund und kommen nach Hause. Dies ist nicht der Zeitpunkt, sich deswegen zu ereifern.* Er war so mit dem Auftauchen einer seiner vermißten Kriegerinnen beschäftigt, daß er die Pakt-Kriegerin, die kurz vor Erreichen des Austauschpunktes die Eskorte verließ, fast übersehen hätte.

»Sie, Kapitän. Sind Sie Aris Sung?«

Fast hätte er die Frage ignoriert, überzeugt, daß die bewußte Anrede mit einer Rangbezeichnung der Vor-Xin-Sheng-Ära – und dazu noch der regulären Armee – eine bewußte Beleidigung darstellte. *Die Re-*

geln dieses Austausches erfordern keine Unterhaltung. Sie bringen je fünf Gefangene an den Übergabepunkt, und wir tun das gleiche. Nicht mehr. Aber ein verstohlener Blick auf die aufmüpfige Kriegerin, während er sich schon abwandte, ließ ihn noch in der Bewegung innehalten. Aris verbarg seine Überraschung und nickte ihr kurz zu.

»Majorin Allard-Liao«, begrüßte er sie. »Ich hatte nicht erwartet, Ihnen hier zu begegnen.«

Sie ignorierte selbst die einfachsten Höflichkeitsregeln. »Ich wollte den Konföderationskrieger mit soviel Qiú sehen, daß er an einem Tag mit drei Schwarzer-Lenz-Anschlägen einen Gefangenenaustausch vorschlägt.« Ihr Ton war grob und feindselig und ließ keinerlei Vergebung erwarten.

Aris spürte die wachsende Anspannung unter seinen Infanteristen, als diese Cassandra Allard-Liaos herausfordernden Tonfall hörten. *Mehr als einer von ihnen überlegt sich, ob es den Zorn Ty Wu Nons wert ist, sie zu erschießen.* Der Shiao-zhang hatte sicheres Geleit garantiert, und unter den meisten Umständen hätte das auch genügt. Aber Aris wußte aus eigener Erfahrung, daß manche Krieger zu weit getrieben werden konnten.

»Operation weiterführen«, sagte er knapp und vertraute darauf, daß Ban-zhang Chess den Austausch überwachte. Cassandra gegenüber zuckte er nur die Schultern. »Wir koordinieren unser Vorgehen nicht mit verbrecherischen Thugee-Fanatikern«, stellte er mit leiser, ruhiger Stimme fest. Er ging zwar nicht davon aus, daß sie ihm das geglaubt hätte, aber die Nervengasanschläge widerten ihn an. Er fand sie erbärmlich. Ein Anzeichen des Verlustes an Moral, der auf beiden Seiten dieses Krieges stattfand, den auszutragen Aris' Pflicht war. Daß ihn das in Konflikt mit seiner Nation, *mit seinem Haus* brachte, war etwas, das sich nicht mehr vermeiden ließ. Die öffentliche und wütende Verurteilung Kali Liaos durch ihren Bruder, den Kanzler, für diese Anschläge konnte Aris' Glauben an die Konföderation nur teilweise wiederherstellen. *Jetzt ist es an mir, den Glauben in das Haus wiederherzustellen.*

Aber dessen ungeachtet hatte er keine Absicht, sich in eine Debatte über die Lage verwickeln zu lassen. *Shiao-zhang Non hat mich nicht hierher geschickt, um zu diskutieren.* »Wollen wir weitermachen?« fragte er. »Das freie Geleit gilt *offiziell* nur noch eine Stunde.«

»Ich habe mir die Zahlen angesehen«, stellte Cassandra ohne erkennbare Eile fest. »Wir scheinen zwölf gefangene Krieger mehr als Sie zu haben. In der Hauptsache pardraysche Heimatmiliz. Zum Teil mit Bedarf an medizinischer Versorgung.«

»Sie können sie zum Schluß bringen«, meinte Aris leichthin, obwohl er ahnte, was kam. »Oder Ihre Gruppen auf sieben aufstocken.«

Cassandra schüttelte den Kopf. Der Blick ihrer haselnußbraunen Augen ließ Aris keine Sekunde los. Eine warme Brise strich über das Grasland und zupfte an ihrem dunklen Haar. »Ich sehe keine Veranlassung, sie ohne Gegenleistung zu übergeben. Das war in unserer Vereinbarung nicht vorgesehen.«

Aris verschränkte die Arme vor der hageren Brust und versuchte, eine entspannte Haltung vorzutäuschen, die er ganz und gar nicht fühlte. Aber er mußte alles daransetzen, die Infanteristen, die sie umgaben, ruhig zu halten. »Beide Seiten sind übereingekommen, alle Gefangenen auszutauschen, die wir zur Zeit besitzen. Es gibt keinerlei Übereinkünfte über einen teilweisen Austausch.«

»Dann schließen wir die jetzt«, erwiderte sie. »Ich verlange für jeden zusätzlichen Gefangenen, den wir herausgeben, einen Rückzug Ihrer Truppen um zehn Kilometer von den derzeitigen Frontlinien.« Sie lächelte düster. »Oder ist es Ihnen lieber, wenn Ihre Verbündeten in Pardray den Eindruck bekommen, daß ihre Landsleute nicht wichtig genug sind, um sie zu verhandeln?«

»Zum T'ai Shan mit ihr«, spie einer der Hausinfanteristen unter Bezug auf einen Han-Gott der Unterwelt.

Aris konnte es sich nicht erlauben, sich zu seinen Truppen umzudrehen. Er konnte nur darauf hoffen, daß ihr Training sich gegen die Herausforderung der Majorin durchsetzte. »Nehmen Sie sie zurück«, meinte er und deutete auf die capellanischen Gefangenen, die Cassandra mitgebracht hatte, einschließlich seiner Kameradin. »Alle, wenn Sie wollen. Und wir nehmen unsere Gefangenen wieder zurück.« Er zuckte die Schultern. »Oder wenn Ihnen das lieber ist, können wir einfach die Gefangenen behalten, die wir noch haben, einschließlich mehrerer MechKrieger Ihrer St.-Ives-Lanciers.« Er spießte sie mit eisigem Blick auf, und seine Muskeln spannten sich in Erwartung ihrer Reaktion. »Und vielleicht behandeln wir Ihre Krieger dann mit derselben *Aufmerksamkeit*, mit der Sie die unseren offenbar behandelt haben.«

Derartige Anschuldigungen waren ganz offenbar das letzte gewesen, was Cassandra zu hören erwartet hatte. »Sie arroganter Wang ba dan«, schrie Sie ihn an. »Bevor ich meine Krieger noch eine Stunde in den Händen der Konföderation leiden lasse, schicke ich Ihnen gleich hier meine Truppen auf den Hals!«

Aris wartete nur darauf, daß einer der Soldaten auf einer der beiden Seiten den Waffenstillstand brach. Er war sich sicher, daß Cassandras Wutausbruch wie ein Funke im Pulverfaß wirken mußte. Nach zwei unglaublich langen und schmerzhaften Pulsschlägen erwiderte er: »Das könnten Sie tun. Aber bevor Sie den Befehl dazu geben, sollten Sie bedenken, daß die Truppen hinter uns Befehl haben, alle verbliebenen Gefangenen zu töten, bevor ein Schuß in Ihre Richtung gefeuert wird. Sie hätten keine Chance. Und angesichts der Tatsache, daß alle Leute in meinem Zug hier Jagd auf Sie machen würden, Majorin Allard-Liao, würden Sie das Blutbad ganz sicher auch nicht überleben.«

»Ebensowenig wie Sie, Sung.«

»Ich bin sicher, Haus Hiritsu würde auch nach meinem Verlust ebenso gut kämpfen wie vorher«, stellte Aris mit gebotener Bescheidenheit fest und entfernte sich damit nicht einmal allzu weit von seiner tatsächlichen Einschätzung. »Können Sie dasselbe von Ihren St.-Ives-Lanciers behaupten? Oder davon, was Ihre Familie davon hielte, wenn Sie Ihr Leben auf so dumme Weise wegwürfen?« Er gab ihr Gelegenheit, den Tatsachen ins Auge zu sehen. Der Tatsache, daß Cassandra sehr viel mehr zu verlieren hatte als er.

»Bastard«, beschimpfte sie ihn.

»Sie können von mir denken, was Sie wollen«, erklärte Aris gelassen und fühlte, wie die tödliche Anspannung sich löste. »Ich werde tun, was immer nötig ist, um meinen Eid auf Haus Hiritsu zu halten.«

»Wir schicken unsere Gefangenen in Siebenergruppen«, knurrte Cassandra zähneknirschend. »Aber wir werden sehr genau auf die Uhrzeit achten, das verspreche ich Ihnen.« Sie drehte um und stampfte wütend davon.

Aris Sung sah ihr nach. *Soviel zu meiner Geste guten Willens,* dachte er. Dann verdrängte er den Gedanken augenblicklich. *HausKrieger geben nicht auf. Ich werde es wieder versuchen.*

Es kann noch nicht zu spät sein.

* * *

Pai-zhang Li Wynn überwachte in einem Ganzkörperschutzanzug für den chemischen Kriegseinsatz, genaugenommen einem ›Raumanzug‹ für Schwerkraftoperationen, die Säuberungsarbeiten seines Zugs. Ein Teil seiner Leute trug Leichen zur Verbrennung. Andere entfernten mit einer stark alkalischen Reinigungsflüssigkeit die Giftrückstände. Li Wynn sah ihnen zu und nickte beifällig.

Ruanns Raumhafen war der jüngste Schauplatz eines Thugee-Nervengasanschlags auf St. Loris. Der Anschlag hatte zum Teil Erfolg gehabt, und im schwachen Licht der Dämmerung wirkte das Gelände nicht anders als jedes Schlachtfeld, das Li je gesehen hatte. Überall auf dem Asphalt lagen Leichen herum, Gesichter und Kleidung blutverschmiert. Viele hielten noch Handwaffen in den Armen. Die Waffen gehörten zu den verschiedensten Typen, und es war keinerlei echte Organisation zu erkennen, aber ihre Effektivität zeigte sich in zwei zertrümmerten Líu-yán-Schwebelastern, von deren brennenden Wracks noch immer öligschwarze Rauchsäulen in den von der langsam untergehenden Sonne rotgefärbten Himmel stiegen.

Diese Leute sind gestorben, als sie Kosaken verteidigt haben. Sie haben den Söldnern die Zeit erkauft, vor dem Angriff zu fliehen und nach Norden auszuweichen. Li stieß eine der Leichen mit dem Stiefel an. *Geschieht ihnen recht,* entschied er. *In der Konföderation ist kein Platz für solche verräterischen Hunde, die lieber Söldnerdreck beschützen, als dem Ruf ihres capellanischen Erbes zu folgen.* Li trat fester zu und war Aris Sung dankbar für den Auftrag.

Als er erfahren hatte, daß Aris ihn zur Überwachung der Dekontamination vom Gefangenenaustausch abgezogen hatte, war in Li einen Augenblick die Wut auf seinen Sifu aufgestiegen. *Warum schickt er mich hierher, fort vom Rest des Hauses, wenn nicht als erneute Strafe?* Seit der Haus-Versammlung und Aris' öffentlicher Zurechtweisung Li Wynns hatte der junge Krieger alles getan, um seinem Mentor aus dem Weg zu gehen. Besser das, als sich den Zweifeln zu stellen, die ihm im Hinblick auf Aris inzwischen kamen.

Li war einer der wenigen, die von der Wahrheit über Aris' Aktionen bei der Einnahme Kaifengs durch Haus Hiritsu wußten. Er wußte, daß der junge Mech-Krieger das Opfer einer subversiven Bewegung innerhalb Haus Hiritsus geworden war und durch seine Intelligenz und etwas vom Glück des Tapferen lange genug überlebt hatte, um schließlich den Krebs zu besiegen, der drohte, sein Haus von innen heraus zu zerfressen. Und dieser Aris Sung mahnte jetzt zu Vorsicht und Selbstbeschränkung? Forderte Shiao-zhang Non offen heraus und rügte implizit sogar den Kanzler? Li Wynn hatte seine Zweifel für sich behalten, die Augen offengehalten und gewartet.

Anscheinend waren seine Sorgen unbegründet gewesen. Hier hatte Aris ihm einen Gefallen getan. *Wer will schon den ganzen Tag unter sicherem Geleit verbringen und Gefangene austauschen?* Hier war der wirkliche Krieg zu finden. Rings um ihn herum, ein glorreiches Zeugnis der absoluten Macht Kanzler Sun-Tzu Liaos. Der Kanzler mochte sich vor den politischen Folgen schützen, indem er seine Schwester Kali vorschob, aber Li Wynn glaubte nicht daran, daß jemals irgend etwas auf Sian – oder, was das betraf, irgendwo in der ganzen Konföderation Capella – geschehen konnte, ohne daß Sun-Tzu Liao darüber informiert war.

Wenn Aris mich hierher geschickt hat, damit ich lerne, damit ich verstehe, dann ist sicher das der Grund. Sein Atem hallte in der sterilen Enge des Schutzanzugs in Li Wynns Ohren, als er den Blick über das kalte Totenfeld schwenkte und seine Leute arbeiten sah. Der rotorangefarbene Himmel hing schwer über ihnen, verdunkelt von schwarzem Qualm. *Wie die Spiegelung einer in Flammen aufgehenden Welt.* Li Wynn empfand das als äußerst passend.

Brennen soll er, dachte er und nickte in stummem Beifall für das Omen der Natur. *Der ganze St. Ives-Pakt, brennen soll er.*

16

Hondah-Raumhafen, Hazlet, Nashuar
Herzogtum St. Ives, St. Ives-Pakt

22. Mai 3062

Der Rauch von einem Dutzend Feuer hing wie ein schwarzes Leichentuch über dem nördlichen Stadtrand der planetaren Hauptstadt. In Richtung des Raumhafens dünnte er aus, schwängerte die Luft aber noch immer mit dem Geruch brennender Wohn- und Geschäftshäuser. Der Himmel leuchtete orangerot. Das Gellen ferner Sirenen kündete davon, daß die Feuerwehren noch immer im Kampf standen, auch wenn die Funkberichte den Eindruck vermittelten, daß sie allmählich auch die letzten Brandherde unter Kontrolle brachten.

»Es ist nur Sachschaden«, murmelte Maurice Fitzgerald hauptsächlich zu sich selbst und stellte sein Ende der Trage ab. »Inzwischen ist niemand mehr am Leben, den man retten könnte.«

Danielle Singh, die das andere Ende der Trage hielt, verzog bei dieser Bemerkung das Gesicht. »Es hätte viel schlimmer sein können, Maurice.« Sie warf einen Blick zum Triagebereich und seufzte. »Aber es hätte auch viel besser sein können.«

Die Hilfsanstrengungen für diesen neuesten Anschlag des Schwarzen Lenz waren auf dem Südabschnitt des Raumhafens konzentriert. Die Nähe zum Katastrophengebiet und der weite, offene Raum waren dabei nur von sekundärer Bedeutung – verglichen mit der Ankunft Kuan Yin Allard-Liaos und dem jüngsten Versuch der Mandrissa, den belagerten Welten des Paktes humanitäre Hilfe zu leisten. Kuan Yins drei Landungsschiffe, ein *Overlord* und zwei Schiffe der *Union*-Klasse, waren zu einer Dreiecksformation aufgestellt, in der Triage und medizinische Behandlung zwei Ecken belegten, während die dritte sich langsam mit dem ausgeschifften Nachschub füllte. Der Triagebereich wurde von Rauchopfern wie dem einen der beiden MechKrieger beherrscht, die sie gerade von den ständig eintreffenden Krankenwagen abgeholt hatten. Sie kamen aus Gebieten, die an die Anschlagszonen angrenzten. Die wenigen Überlebenden aus den in Flammen stehenden Vierteln, denen es auf wunderbare Weise gelungen war, dem Nervengas und den Brandstiftungen zu entgehen, waren längst behandelt und in besser ausgestattete Krankenhäuser evakuiert worden. Fitzgerald würde die offenen Brandwunden und weißen Augen nie vergessen, die das ätzende Gas seinen Opfern beschert hatte, und dabei wußte er sehr gut, daß dies im Vergleich zu den inneren Verletzungen nur Lappalien waren.

Danielle zitterte. Möglicherweise erinnerte sie sich an denselben Anblick. »Wir können dem lieben Gott danken, daß sie Brevet-Oberst Nevarr nicht erwischt haben.«

Das konnte Fitzgerald nur mit stummem Kopfnicken bestätigen, aber es war ein bittersüßer Trost. Nach diesem letzten Thugee-Anschlag war Major Nevarr, der Kommandeur der Nashuar-Heimatmiliz, zum höchstrangigen Paktoffizier des Planeten aufgestiegen. Senioroberst Trahn Soo Lee, Nashuars Militärkoordinator, hatte sich zusammen mit Oberst Leonard Perrin, dem Kommandeur der Blackwind-Lanciers, der mit seinem 1. Bataillon auf dem Planeten eingetroffen war, im Zentrum des Anschlags befunden. Generalhauptmann Seiser, der Kommandeur der 7. VerCom-RKG, in der Stadt, um sich mit Senioroberst Lee abzusprechen, war Berichten zufolge bei einem der Brandanschläge ums Leben gekommen. »Hätten die

Nachtreiter heute abend angegriffen, hätten sie die Stadt eingenommen.«

»Allem Anschein nach hat McCarron's Cavalry sich zurückgezogen«, stellte Danielle fest und trat beiseite, als eine Krankenschwester den neuen Patienten in Empfang nahm. »Wahrscheinlich auf Befehl von oben. Sun-Tzu Liao versucht, seine Truppen aus jedem Zusammenhang mit den Thugee-Anschlägen herauszuhalten.« Ihre Züge verhärteten sich, und Fitz bemerkte die Schärfe ihrer Stimme. »Nicht, daß ihm das etwas nützen wird.«

Fitzgerald behielt seine Ansicht für sich. Er wußte, daß die Nachtreiter auf Wei die Opfer des ersten Nervengasangriffs geworden waren. Möglicherweise machte ihnen der Einsatz dieses Mittels für die Konföderation zu schaffen. Irgendwie enthielt dieser Gedanke eine innere Wahrheit, auf dieselbe Weise, in der er das bisherige gnadenlose Vorgehen der Nachtreiter auf Nashuar erklärte. Aber ihr Zögern, jetzt zuzuschlagen, würde ihnen keine Sympathien einbringen. Der Konflikt auf Nashuar war längst zum Selbstläufer geworden. Die größere politische Lage schien keine weitere Bedeutung mehr zu besitzen. Die Kämpfe würden weitergehen, dessen war Fitz sich sicher. Und ohne Zweifel würde es schlimmer werden als je zuvor.

Wenn es hier noch irgendeine Möglichkeit gab, einen Unterschied zu machen, dann sah er sie nicht.

* * *

Palastanlage, Tian-tan, St. Ives
Herzogtum St. Ives, St. Ives-Pakt

Präsidentin Candace Liao blickte aus einem Fenster im zweiten Stock ihres Palais hinaus auf den Tumult am weit entfernten Haupttor. Soldaten in Schutzanzügen bewegten sich zögernd um das Wrack des *Savannah Master*, der durch das Tor auf das Palastgelände gebrochen war, nur um Sekunden später von einem patrouillierenden *Helios* zerrissen zu werden. Das Eintreffen eines Entgiftungsteams bestätigte ihre Einschätzung, bevor der Bote eintraf, der sich sicher schon auf dem Weg zu ihr befand. *Ein neuer Thugee-Angriff.*

Candace legte die Arme um ihre Taille und umfaßte mit den Händen die Ellbogen, um das Beben zu unterdrücken, das sie in sich aufwallen fühlte. Es war kein Zeichen der Angst. Nach vierundsiebzig Lebensjahren hatte sie keine Angst mehr vor dem Tod, nicht einmal, wenn er sich so grausam zeigte wie durch das Wei-Nervengas. Ihre frühe Laufbahn als MechKriegerin in den Diensten der Konföderation Capella hatte sie gegen derartige Ängste weitgehend immunisiert, und der Tag, an dem sie ihren St. Ives-Pakt offiziell aus der Konföderation gelöst hatte, war die letzte Feuerprobe gewesen. Später hatte sie das Attentat überlebt, dem ihr Ehemann zum Opfer gefallen war, und sie hatte ihn gerächt, indem sie eigenhändig ihre Schwester Romano tötete, die es befohlen hatte. Im letzten Monat war sie trotz fünf – inzwischen sechs – Thugee-Anschlägen in der Palastanlage geblieben, statt sich in ein geheimes Versteck zu flüchten.

Nein, es war nicht Angst, die ihre Hände zu verraten drohten, sondern Wut.

Über zehntausend Tote durch Nervengasanschläge. Indicass verloren, und die Rückschläge auf Taga und Nashuar drohten auch dort eine Niederlage unvermeidbar zu machen. Cassandra war auf St. Loris nur durch das beinahe selbstmörderische Opfer des jungen Tamas Rubinsky dem Tod entgangen. Simone Devon, eine unschätzbare Hilfe und gute Freundin, hatte weniger Glück gehabt. Sie hatte den Preis bezahlt, den Candace zweifelsohne hätte bezahlen müssen, wäre das Schicksal ihr nicht in Form eines fehlgeschlagenen Piratenpunktsprungs zu Hilfe gekommen. Tormano war tot, sein Sohn vermißt. Das zu glauben fiel ihr besonders schwer. Ihr Bruder war immer ein Überlebenskünstler gewesen, und doch war gerade er das erste Opfer in Kalis wahngeborenem Massaker geworden. Kali, die Todesgöttin. Sie war wahrhaft Romanos Tochter.

Und eine Frau, deren Leben ich vor zehn Jahren in meiner Hand gehalten habe, als ich sie und Sun-Tzu von meiner Rache für Justins Tod ausnahm. Was habe ich ihm damals gesagt? ›Durch Kampf wirst du stärker, und es ist mir lieber, wenn du dir deine Gegner in deinem eigenen Reich suchst statt außerhalb.‹ Candace erinnerte sich, wie zufrieden sie damals gewesen war. *Aber Sun-Tzu hat sich meinen Pakt trotzdem zum Gegner gewählt. Und Kalis Wahnsinn, mit dem ich gehofft hatte, meinen Neffen zu behindern, verfolgt jetzt mich.*

Tausende Tote. Nur durch Sun-Tzu war die Liste der Opfer nicht in die Hunderttausende gestiegen. Mit den Informationen, die er über Ion Rush geliefert hatte, war es gelungen, viele der Anschläge zu verhindern oder zumindest deren Folgen zu mildern. Aber auch das machte sie wütend, die Ungerechtigkeit des Schicksals, dadurch noch in der Schuld ihres Neffen zu stehen. Es wäre so leicht gewesen, ihn zu beschuldigen, sein sofortiges Handeln und das Drängen auf Kalis Verurteilung abzutun. *Wie es mein Volk bereits getan hat.* Aber das wäre eine Ungerechtigkeit gewesen, die Romanos oder ihrer beider Vater Maximilians würdig gewesen wäre. Dabei hätte ihr die Wut die Zunge geführt.

Candace Liao war zu erfahren, um ihr Urteilsvermögen von Wut trüben zu lassen, und ganz sicher ließ sie es sich nicht anmerken, wenn ihre Selbstsicherheit Risse bekam. »Die Bevölkerung von St. Ives braucht

Stabilität und Stärke«, stellte sie laut fest. Und Stabilität hatte sie ihr sicher gegeben, drei Jahrzehnte, erkauft durch die Desertion aus der Konföderation. *Jetzt muß ich stark sein, weil mir meine Nation keine Stärke mehr geben kann.*

Caroline Sengs düstere Vorhersage zwei Monate zuvor, daß der Pakt kaum noch Zeit hatte, eine auf Dauer tragbare Gegenwehr zu organisieren, wurde mit jedem Wochenbericht realer. Mit seinem Feldzug quer durch die Konföderation hatte Kai ihnen Erleichterung gebracht. Sun-Tzus Verlust der sicheren Grenze zur Liga Freier Welten war eine noch größere Hilfe gewesen, weil er Truppen hatte abziehen müssen, um die gegenspinwärtige Grenze der Konföderation zu sichern. Und die Pakttruppen kämpften inzwischen mit fanatischer Entschlossenheit, forderten Vergeltung in Form capellanischer Leben. Aber in der logistischen und Nachschubstruktur der Paktstreitkräfte wurden die Bruchstellen immer deutlicher, und es konnte nicht mehr lange dauern, bis sie sich auf die Leistungen an der Front auswirkten.

Die letzte noch so geringe Chance auf eine Versöhnung, auf irgendeine friedliche Lösung, war zusammen mit Tormano gestorben. Und mit jedem Paktbürger, der bei einem Thugee-Anschlag ums Leben gekommen war. Und gleichgültig, welchen Vorteil es für den Pakt brachte, es war unmöglich geworden, auch nur eine Welt aufzugeben, wie Seng es vorgeschlagen hatte. Jetzt konnte ihr Volk nichts außer einem Sieg mehr akzeptieren, einen unmöglich zu erringenden Sieg. Nicht, bis sein Zorn ausgebrannt war. Und so würde der Krieg also weitergehen, über Tage, Wochen, Monate, erkauft mit Leben, die Kali sich anrechnen konnte, obwohl sie nicht unter den Anschlägen ihrer Thugee-Jünger endeten. Es gab keine andere Möglichkeit.

»Verdammt sollst du sein, Sun-Tzu«, stieß sie aus und gestattete sich die kurze Erleichterung, die ihr das Fluchen auf ihren Neffen bescherte. *Verflucht sollst du sein, dafür, daß du Kali nicht im Zaum gehalten hast und mich dadurch zu dieser Entscheidung zwingst. Zwischen uns werden wir den Pakt zermalmen, bis dir der Preis zu hoch wird, den wir fordern, oder bis nichts mehr bleibt, was du beanspruchen könntest, außer einem Trümmerfeld. Unser* hoffnungsloser Kampf. *Unsere letzte Schlacht.*

Möglicherweise ist das die einzige Lösung, die uns bleibt.

17

Palast des Himmels,
Zi-jin Cheng (Verbotene Stadt), Sian
Kommunalität Sian, Konföderation Capella

4. Juni 3062

Sun-Tzu Liao vermied es, sich auf den Thron des Himmels zu setzen. Er wanderte langsam am Rand der Empore entlang und täuschte tiefe Nachdenklichkeit vor, während Talon Zahn und Ion Rush ihren Bericht über die jüngste Lage vortrugen. Sein Geist schwamm durch einen Ozean des Chaos, kämpfte gegen die Erinnerung an Romano Liao und versuchte zugleich, die verschiedenen Handlungsstränge zu entwirren, die er in den letzten anderthalb Jahren gewoben hatte. Außerdem war er immer noch besorgt über Sascha Wanlis Verschwinden aus dem Palast und – wie es schien – von Sian. Dieses Wandern war das einzige, was er sich erlauben konnte – was er sich zu erlauben bereit war –, um die aufgestaute Anspannung abzubauen.

In den letzten Wochen seit Kalis Ankündigung war ihm aufgefallen, daß Sascha ihre Pflichten nur noch mechanisch absolviert hatte. Sie hatte eine Haltung gedrückter Ergebenheit an den Tag gelegt, wenn sie vor ihren Fürsten zitiert worden war, so, als hätte sie jedesmal erwartet, ein Erschießungskommando im Thronsaal aufmarschiert zu sehen. Es störte ihn wahrscheinlich mehr, als es ihm hätte ausmachen sollen, daß eine seiner engsten Ratgeberinnen ihn immer noch im selben Licht sah wie seine Mutter, selbst nach einem so offensichtlichen Beispiel ihrer Verschiedenheit. Romano Liao hätte Sascha auf der Stelle erschossen. Und auch wenn Sun-Tzu ihren Tod jederzeit hätte anordnen können, und durchaus auch regelmäßig mit dem Gedanken gespielt hatte, blieb die Tatsache bestehen, daß er seine Entscheidung getroffen hatte und auch dabei geblieben wäre. Trotz aller Erinnerungen an Romano, die ihn weiter plagten, mit deren Haß auf Sascha für ihre Fehlschläge und ihre Schwäche.

Echte Schwäche oder vorgetäuschte?

Innerhalb einer Nacht war Sascha Wanli, die Direktorin der Maskirovka, einfach verschwunden. Es gab keinerlei Hinweis darauf, daß sie den Palast verlassen hatte, aber es bestand natürlich die Möglichkeit, daß sie einen Geheimgang entdeckt hatte, von dem der Kanzler nichts ahnte. Aber anschließend keinerlei Kontakt mit der Maskirovka und eine perfekte Umgehung aller Versuche des Geheimdienstes, sie aufzuspüren? Das sah nicht nach der Arbeit einer gebrochenen alten Frau aus. Das verriet Vorbereitung und Entschlossenheit. *Und wenn mich Sascha so leicht im Stich lassen kann, wie weit kann ich dann meinen anderen Beratern trauen?*

»Unsere letzten Berichte«, berichtete Talon Zahn gerade, »zeigen Kai Allard-Liao bei fünfzig Prozent Materialstärke und etwa achtzig Prozent Personal. Seine Verluste auf Capella waren die schwersten, die er bis jetzt erlitten hat.«

Sun-Tzu verzog das Gesicht. »Aber nicht so schwer, daß er nicht hätte entkommen können«, stellte er in scharfem Ton fest. Die Falle auf Capella hatte sich um seinen Vetter geschlossen, aber dann hatten die 1. St.-Ives-Lanciers sie zerschlagen und sich einen Fluchtweg freigekämpft. »Nach Ihren Schätzungen hat das Sarna-Regiment achtzig Prozent Material und sechzig Prozent Personal verloren.« Die lange Pause, bis Sun-Tzu antwortete, warnte ihn, daß er einen Fehler begangen hatte.

»Kai hat die Mechfabriken angegriffen«, stellte Zahn in neutralem Tonfall fest und vermied es, seinen Kanzler ausdrücklich zu verbessern. »Dabei hat er denselben Widerstand erwartet, den ihm der Sarna-Kader bei der vorherigen Begegnung geboten hatte, und er hat dafür bezahlt. Sein Gewinn auf Capella ist ein Pyrrhussieg. Die Lanciers sind gezwungen, sich in befreundetes Gebiet zurückzuziehen, um ihre Verluste auszugleichen. Und Eure Herrschaft über die Souveränität Sarna ist nach der Zerschlagung ihres besten Mechregiments noch sicherer als zuvor, mein Kanzler.« Seine dunklen Augen verengten sich. »Die Falle war nie darauf ausgelegt, Euren Vetter gefangenzunehmen.«

Kais militärischer Sieg im Austausch gegen einen noch wertvolleren politischen. Tatsächlich war genau das der Plan gewesen. Sun-Tzu blieb stehen und setzte sich ruhig auf den Thron des Himmels. Ein unverzeihlicher Disziplinbruch seinerseits, aber Zahn brauchte sicher keinen zusätzlichen Grund, an seinem Herrn und Meister zu zweifeln.

»Sang-Jiang-jun Zahn«, meinte Sun-Tzu mit leiser Stimme und eisigem Blick. »Ist es wirklich zu viel von meinen Streitkräften verlangt, die in sie gesetzten Erwartungen *gelegentlich* zu übertreffen?«

Zahn, der die Erinnerung daran deutlich verstand, daß er es nicht geschafft hatte, seine eigenen Vorhersagen zum St.-Ives-Konflikt und die Operation gegen die Chaos-Marken einzuhalten, nahm Haltung an. »Nein, mein Kanzler«, antwortete er.

Sun-Tzu nahm die Antwort mit einem gnädigen Nicken entgegen, aber innerlich bedauerte er die unnötige Rüge. »Haben Sie auch etwas Positives zu berichten?« fragte er und gab Zahn die Chance, sich zu bewähren.

Der Seniorgeneral enttäuschte ihn nicht. »Wir wissen jetzt, von wo aus Kuan Yin operiert«, stellte er mit so ruhiger Gewißheit fest, daß Sun-Tzu ihm augenblicklich glaubte.

So sehr Cassandras entschlossene Verteidigung der Teng-Front auch den Interessen der Konföderation schadete, gelegentlich erschien Kuan Yins Allgegenwart Sun-Tzu noch gefährlicher. Sie schien überall zu sein, humanitäre Hilfe zu verteilen und sich die Dankbarkeit der Paktbevölkerung zu erwerben, und was noch wichtiger war, sie hinderte Sun-Tzu daran, sich mit denselben Mitteln eben diese Dankbarkeit für die Konföderation zu sichern.

»Von wo?« fragte er und kniff erwartungsvoll die Augen zusammen. In seinem Geist konnte er Romano Liao sehen, die gierig auf diese Information lauerte, und dieses eine Mal gestattete er sich, ebenso zu reagieren. Wenn er Kuan Yin aus dem Weg räumen konnte…

Zahn nickte Ion Rush zu und übergab das Gespräch an den Shiao-zhang Haus Imarras. »Kittery«, erklärte der gleichmütig und nannte den Namen eines Planeten im Vereinigten Commonwealth im Ausläufer des Steiner-Davion-Raums zwischen den beiden Armen des St. Ives-Paktes.

Kittery? Eine VerCom-Welt? »Sind Sie sicher?« fragte Sun-Tzu nach.

»Ihre Reiserouten haben sie verraten«, erklärte Zahn. »Hin und her zwischen den St.-Ives- und Teng-Fronten, ohne eine Sichtung unterwegs. Das hieß, sie mußte entweder durch den VerCom-Raum oder durch unbewohnte Systeme springen. Die Geschwindigkeit, mit der sie die Flugstrecken bewältigt hat, sprach für das Commonwealth.«

»Sie benutzt die dortigen Ladestationen«, vermutete Sun-Tzu.

Zahn und Rush nickten beide. »Die Hustaing-Rabauken haben einen Teil der Vorräte erbeutet, die sie auf Indicass ausgeschifft hat«, erklärte Rush. »Wir haben die Herstellercodes der meisten Ausrüstungsteile nach Kittery zurückverfolgen können.«

Wo ich nichts gegen sie unternehmen kann, ohne mir Katrina zum Feind zu machen. Ein eisiger Schock zuckte durch Sun-Tzus Eingeweide, auch wenn er sich nichts anmerken ließ. *Ein Glück, daß sie das nicht vor Kalis Amoklauf herausgefunden haben.* Ein Nervengasanschlag auf dem Boden einer Welt des Vereinigten Commonwealth hätte das Ende der Konföderation bedeuten können. Trotzdem war es ernüchternd, nichts unternehmen zu können. Er versuchte, die Einflüsterungen seiner Mutter zu ignorieren, die ihn aufhetzte, Kittery trotzdem anzugreifen. »Was ist mit den Gasanschlägen?« fragte er, von dem Gedanken an Kalis Wahnsinnsunternehmen an dieses Problem erinnert.

»Nur zwei in den letzten Tagen«, antwortete Zahn. »Der Thugee-Kult scheint sich endlich verausgabt zu haben.«

Sun-Tzu nickte. »Schadensbegrenzung?«

Diese Frage galt dem Oberhaupt Haus Imarras. Den vergangenen Monat über hatte Ion Rush in Vorbereitung der bevorstehenden Entlassung Sascha Wanlis eng mit der Maskirovka zusammengearbeitet. Nach deren Verschwinden hatte er die vorläufige Leitung der Organisation auf Sian übernommen. »Eure schnelle Aufdeckung der Angriffe und die Auslieferung Kalis an ein Kriegsverbrechertribunal auf Atreus hat Euch auf Distanz zu den Greueltaten gebracht und die Auswirkungen auf die Konföderation begrenzt.«

Sun-Tzu nahm es mit knappem Nicken auf. »Luthien wäre meiner Ansicht nach eine bessere Wahl gewesen. Das gibt Thomas freie Hand, der Konföderation zu schaden.« *Ich hätte damit rechnen müssen. Thomas bereitet sich darauf vor, der nächste Erste Lord des Sternenbunds zu werden, also beantragt er natürlich dieses Richteramt. Außerdem ist Atreus für die betroffenen Parteien günstiger gelegen.*

Rush hielt Sun-Tzus Blick ohne Zaudern stand.

»Theodore Kurita *hat* als Erster Lord Eure Bitte unterstützt, Naomi Centrella in das Tribunal aufzunehmen«, erinnerte er den Kanzler.

»Ein gutes Indiz dafür, daß der Sternenbund die Konföderation nicht rundweg verurteilen wird«, pflichtete Sun-Tzu ihm bei. Obwohl diese Möglichkeit durchaus noch bestand, falls sich das Verfahren ungünstig entwickelte. »Naomi wird unsere Interessen vertreten«, erklärte er, obwohl es ihm Unbehagen bereitete, so viel Gewicht auf ein Ereignis zu legen, über das er keine Kontrolle hatte.

Zahns unglückliche Miene zeigte, daß der ranghöchste General der Konföderation ebensowenig davon hielt, so entscheidend vom Verhalten der Magestrix abhängig zu sein. Sun-Tzu spürte auch die Verärgerung seiner Mutter, allerdings konnte er sich nicht sicher sein, ob die dem Verfahren gegen ihre Tochter galt oder Sun-Tzus Bereitschaft, sich von einer Peripheriefürstin vertreten zu lassen. *Beides*, entschied er. »Wir müssen zeigen, daß wir an einem gerechten Urteil interessiert sind«, fühlte er sich genötigt, seinen Entschluß zu erklären. »Eine Direktvertretung der Konföderation wäre mit Sicherheit abgewiesen worden.«

Ion Rush sah den Kanzler nur gelassen an und akzeptierte dessen Erklärung. Talon Zahns Unbehagen schien jedoch eine andere Ursache zu haben. »Ich bezweifle, daß es irgendeinen Unterschied gemacht hätte, wäre das Vereinigte Commonwealth nicht gerade selbst in erheblichen Schwierigkeiten. Katrina hätte die Gelegenheit genutzt, ihre ganze Nation gegen Euch zu mobilisieren.«

Und unvoreingenommen betrachtet hätte Sun-Tzu ihr das nicht übelnehmen können. Das Timing wäre perfekt gewesen. Eine humanitäre Entschuldigung für eine Invasion, während der überwiegende Teil der gegnerischen Streitkräfte anderweitig gebunden ist.

Katrina Steiner-Davions Armeen hätten sein kleineres Reich ein für allemal überrollt, ohne Rücksicht auf ihr lockeres Bündnis. Zum Glück für die Konföderation hatte Katrina erheblich mehr Schwierigkeiten damit, zwei Nationen zu regieren, als sie wahrscheinlich erwartet hatte.

»Wie sieht unsere militärische Lage aus?« fragte er.

»Täuschend gut«, stellte Zahn so geradeheraus wie immer fest. »Jedenfalls wenn man sich auf unsere jüngsten Erfolge verläßt. Die Wirkung des Schwarzer-Lenz-Schocks auf die Defensivkapazitäten des St. Ives-Pakts haben uns ungeheure Gewinne ermöglicht, nicht zuletzt die vollständige Kontrolle über Indicass. Aber alle unsere Einheiten erleiden schwere Verluste, und die Paktbevölkerung läßt sich immer schwieriger kontrollieren. Die Rebellenaktivität nimmt zu.« Er machte eine dramatische Pause. »Die Todeswache ist auf eine Minute fünfundvierzig Sekunden gesunken.«

»Wissen Sie, was uns fehlt?« fragte Sun-Tzu, offensichtlich rhetorisch. »Ein Ziel.« Die Antwort spiegelte das Chaos in seinem Geist ebenso wider wie das in seinem Reich. »Im letzten Jahr haben wir unser Ziel aus den Augen verloren, und unsere Regimenter sind in einem Krieg um seiner selbst willen gefangen.« Seine jadegrünen Augen zogen die Blicke seiner beiden Berater an. »Wir müssen die Legitimität unserer Herrschaft beweisen.«

Zahn runzelte fragend die Stirn. »Haben wir das nicht bereits getan? Indem wir uns im Pakt etabliert und deutlich gemacht haben, daß in einigen Systemen der Wunsch nach der Rückkehr in die Konföderation besteht?«

»Das genügt nicht«, erwiderte Sun-Tzu mit einem leichten Kopfschütteln. »Wir brauchen mehr. Etwas Symbolisches, das beide Seiten des St.-Ives-Konflikts anerkennen müssen.«

Ion Rush beugte sich vor, ein Berg von einen Mann, der nach einer Richtung suchte, in die er fallen konnte: »Habt Ihr einen Vorschlag, mein Kanzler?«

Sun-Tzu nickte. Vor seinem inneren Auge sah er den Faden, der die Knoten lösen konnte. *So viele fehlgeschlagene Versuche,* erinnerte er sich. *Aber damit könnte es gelingen.* Er fuhr mit der Kante eines einzelnen langen Fingernagels über die Armstütze des Thronsessels, und die rasiermesserscharfe Schneide zog eine dünne Spur in das dunkle Holz. Ein Weg durch dunkle Schatten.

Als er weitersprach, war es auf Englisch, und er zitierte in melodischem Flüsterton einen alten Scherzreim: »As I was walking to St. Ives…«

18

Shi-gao-Einöde, Distrikt Henan, Ambergrist
Herzogtum St. Loris, St. Ives-Pakt

9. Juni 3062

Abgesehen von Kakteen und Krüppelbüschen existierte in der Shi-gao-Einöde Ambergrists kaum Leben. Steile Felsformationen zerteilten den Horizont. Am verwaschen blauen Himmel zog ein einzelner Jäger der Hustaing-Rabauken tief über das Schlachtfeld und nahm Kurs auf die von einem brennenden *Drillson*-Schwebepanzer aufsteigende Rauchfahne. Zwei *Vedettes* rollten an ihrem zerschossenen Kameraden vorbei, gefolgt von einem *Victor* und einem *Rabe*.

Der *Rabe* und die *Vedettes* stürzten sich in ein ausgetrocknetes Flußbett, in der Hoffnung, einen schnelleren Weg für die Verfolgung der flüchtenden Kompanie Freies-Capella-Truppen zu finden. Sang-shao Ni Tehn Dho steuerte seinen *Victor* einen flachen Berghang hinauf und nutzte dabei aus, was das Ödland an spärlicher Deckung zu bieten hatte. Unter den riesigen Metallfüßen der achtzig Tonnen schweren Kampfmaschine zerbarsten Fels und Kies, Abfall der größeren Klippen, zu Pulvergestein. Auf der Kuppe des Hangs überraschte er einen Freies-Capella-*Totschläger*, dessen Pilot sich den falschen Moment ausgesucht hatte, um hinter einem Felsvorsprung aufzutauchen. Er zog das Fadenkreuz über den Sichtschirm, bis es den flüchtenden Kampfkoloß aufspießte. Sein Gaussgeschütz schleuderte eine silbrig funkelnde Kanonenkugel über die kurze Entfernung, die den *Totschläger* hoch am rechten Mechbein traf. Zusätzlich senkten sich vier Kurzstreckenraketen auf Rauch- und Feuerzungen auf die angeschlagene Maschine. Drei von ihnen detonierten auf dem breiten Mechtorso, die vierte sprengte große Splitter aus einer nahen Felsformation.

Der Pilot des *Totschläger* hielt den mittelschweren Mech aufrecht und hätte es möglicherweise geschafft, in ein flaches Tal zu entkommen, wäre nicht plötzlich ein anderer Hustaing-Rabauke vor ihm aufgetaucht und hätte ihm den Weg abgeschnitten. Der neue BattleMech, ein älteres Modell vom Typ *Greif*, war dem *Totschläger* an Feuerkraft ebenbürtiger. Aber statt sich auf einen Schußwechsel einzulassen, wirbelte der herum und zurück in Dohs Schußfeld.

Der *Greif* seinerseits drehte dem *Totschläger* den Rücken zu und feuerte auf eine Feindmaschine tiefer im Tal, die Doh nicht sehen konnte.

»Der gehört Ihnen, Sang-shao«, klang eine Stimme im Kommset von Dohs Neurohelm auf. Sie gehörte Si-ben-bing Taho, einem der jüngsten Neuzugänge der Arkadenranger.

Doh feuerte eine Breitseite ab und öffnete einen Funkkanal zu Taho. »Wenn du das nächste Mal einen freien Schuß in den Rücken eines Gegners bekommst, dann nutze ihn«, befahl er, während seine Laser weitere Breschen in den Rumpf des unglücklichen *Totschläger* brannten und ein zweiter Gausstreffer das Bein komplett abriß. Ein Zittern lief durch den *Victor*, als die leichte Autokanone seines Gegners sich in die linke Flanke der schwereren Maschine fraß, aber das Gyroskop des Kampfkolosses war dieser Belastung leicht gewachsen. »In einer solchen Situation kehrt man dem Gegner nicht den Rücken zu und bietet ihm dieselbe Einladung.«

Ein Krachen in Dohs Ohren kündete von einer Unterbrechung der Verbindung, was in diesem Labyrinth aus ausgetrockneten Flußbetten, Klippen und Tälern schon auf Distanzen von nicht mehr als fünfhundert Metern geschehen konnte. »Diesen Treffer stecke ich ein, Sang-shao.« Das war die Stimme von Sao-shao Evans, Tahos Kommandeur. »Ich habe sein Feuer hier herunter gezogen, um mir beim Abschuß eines hübschen neuen *Kosak* zu helfen. Die FreiCaps stecken immer nur für einen kurzen Moment den Kopf aus dem Loch, und ich wollte sichergehen, daß wir ihn erwischen. Außerdem erwarten wir einfach nicht, daß Sie unsere Hilfe brauchen«, schloß Evans, und selbst die schlechte Funkverbindung konnte den Humor in seiner Stimme nicht verbergen.

Der Kommandeur der Hustaing-Rabauken nahm das versteckte Kompliment mit einem Zähneknirschen entgegen. Das Schlachtfeld ist nicht der Ort für Belehrungen oder Predigten, erinnerte er sich, sondern für harschere Lektionen. Aber im Stillen versprach er Evans eine gehörige Standpauke, wenn dieses Gebiet erst sicher war. Nicht, daß er sich davon viel versprochen hätte.

Es fiel schwer, gegen den Erfolg anzureden.

Die desorganisierten und nachschublosen Freies-Capella-Truppen auf Indicass waren in die Flucht geschlagen, und jetzt kämpften Dohs Hustaing-Rabauken um Ambergrist. Die Rabauken waren von ihrem Sieg in Hochstimmung versetzt worden. Solche Gelegenheiten waren selten in der Geschichte des Capellanischen Heers, aber nicht völlig unbekannt, und er wollte seinem Regiment den Augenblick nicht trüben.

Unglücklicherweise gingen seine Kinder-Krieger viel zu nachlässig mit seinen Ratschlägen um. Sie gingen weiter Risiken ein, die einen Krieger gewöhnlich schnell zum Entrechteten gemacht hätten. Aber spielte das eine Rolle, solange sie damit noch Erfolg hatten? Wenn die FreiCaps jemals Zeit bekamen, zu erkennen, wie waghalsig Dohs Leute agierten, konnten sie deren Siege sicherlich sehr viel kostspieliger machen. Der Trick bestand darin, das Regiment auf den Moment vorzubereiten, von dem an ihr Widerstand zäher wurde.

Zumindest war das die Lehre, die der Sang-shao aus seiner langen Karriere gezogen hatte, eine harte Lektion aus den dunkleren Tagen der Konföderation. Aber trotz des holprigen, unorthodoxen Starts der Einheit hatten die Hustaing-Rabauken noch keine wirkliche Niederlage erfahren. Keine stahlharte, knochenbrechende Niederlage, die neuen Rekruten den Irrglauben austrieb, unsterblich zu sein.

Ni Tehn Dho konnte nur hoffen, daß seine Rabauken sie nie erleben würden, um ihrer selbst und des größeren Ruhms der Konföderation willen; aber er hielt die Wahrscheinlichkeit, daß sich diese Hoffnung erfüllte, für mehr als gering. Der Krieg hatte seine Zyklen, wie alles im Leben. *Wenn unsere Zeit gekommen ist, kann nichts die Katastrophe aufhalten.*

Ich kann nur hoffen, dann noch hier zu sein, um beim Aufsammeln der Scherben zu helfen.

* * *

Treyhang Liao haßte Ambergrist. Kein Gesellschaftsleben, das der Erwähnung wert gewesen wäre, keine guten Urlaubsziele, keine großen Sportereignisse. Dieser Planet besaß absolut nichts, was ihn den Besuch wert gemacht hätte. Auf seinen Reisen hatte er niemals irgend jemanden eine Saison auf Ambergrist erwähnen hören, und jetzt wußte er auch, warum nicht. Er kippte mit geübter Drehung aus dem Handgelenk seinen Gibson, so daß die winzige Zwiebel im Glas blieb, während die Flüssigkeit sich einen warmen Weg durch seinen Hals bahnte. *Na, wenigstens produziert dieser Dreckball einen trinkbaren Wermut.*

Indem er sich auf die Bewegung Freies Capella berufen hatte, war Treyhang zum zeitweiligen Besitzer eines Landguts weitab des Kampfgeschehens geworden. Auf dem vertrauten Weg vom Sessel zur Bar des Arbeitszimmers kam er an etwas anderem vorüber, das er beinahe schon zum Mobiliar zählen konnte. »Wollen Sie wirklich nichts zu trinken, Major?«

Warner Doles stand kurz davor, zu einem weiteren Punkt auf Treyhangs Haßliste zu werden. Beide Männer waren auf Ambergrist, weil die Bewegung Freies Capella überall auf dem Planeten Anhänger hatte und nach der Flucht von Indicass alle Sprungschiffe Kurs hierher genommen hatten. Zunächst hatte Treyhang die Gesellschaft des Lancier-Offiziers begrüßt, weil es ihn störte, wie die übrigen Soldaten des Freien Capella ihn anhimmelten, genau wie sie zuvor… andere angehimmelt hatten. Treyhang war ein Genußmensch und legte großen Wert auf Anerkennung in den richtigen Kreisen, aber Speichellecker gingen ihm auf die Nerven.

Der Major irritierte ihn allerdings auf eine andere Weise. Der hünenhafte Offizier der Blackwind-Lanciers entspannte sich keinen Augenblick auch nur andeutungsweise und starrte Treyhang an, als schulde der junge Liao ihm eine Art persönlichen Gefallen. Zugleich benahm er sich, als könne nichts ihn berühren. Selbst jetzt, als Doles an der Wand lehnte, konnte Treyhang nicht sicher sagen, wer sich dabei auf wen stützte.

Doles wartete, bis Treyhang die Flasche zum Eingießen angesetzt hatte, dann bemerkte er: »Ihr Vater hat Pflaumenwein vorgezogen.«

Treyhang zuckte so heftig zusammen, daß er sich Gin über die Manschetten kippte. Er stellte die Flasche mit zittriger Hand zurück. »Bastard.« Doles tat die Beschimpfung mit einem Schulterzucken ab.

Treyhang versuchte, nicht an Tormano oder an dessen letzte Sekunden zu denken. Doles' letzte Bemerkung verärgerte ihn dermaßen, daß er sich kurz mit dem Gedanken trug, ihm einen Fausthieb zu versetzen, und nur die Tatsache, daß Doles zehn Zentimeter größer und zwanzig Kilo schwerer war als er, hielt ihn davon ab. Statt dessen leerte er seinen Drink. »Ich weiß wohl, daß meine Gesellschaft erfrischend ist, Doles, aber was genau erwarten Sie eigentlich von mir?«

»Einhundert Tonnen Munition und das Doppelte an Panzerung, für den Anfang.«

Treyhang klopfte die Taschen seines Anzugs ab und gab vor zu suchen, schüttelte dann den Kopf und fischte eine frische Zwiebel aus dem Glas auf der Bar.

Der Offizier war sichtlich nicht in der Stimmung, sich damit zufriedenzugeben. »Freies Capella fällt auseinander, Trey. Auf anderen Welten mag es weniger schlimm stehen, aber diese Leute waren bei Tormano, als es geschehen ist. Sie sind versprengt und werden einzeln abgeschlachtet. Der Traum Ihres Vaters stirbt da draußen einen langsamen Tod, Mann um Mann.«

Treyhang nippte an seinem Drink und schüttelte den Kopf. »Es ist nicht mein Traum.« Er legte den Kopf zur Seite und musterte Doles wie ein abstraktes Gemälde. »Und Ihr Traum auch nicht, nicht wirklich. Als ich Sie getroffen habe, hätte ich C-Noten gegen Solaris-Skrip gewettet, daß Sie in die Bewegung shanghait worden sind. Was tun Sie noch hier?«

»Ich habe ein Geschäft mit Tormano gemacht«, erwiderte Doles auf der Stelle. »Was ist Ihre Entschuldigung?«

Treyhang setzte eine bewußt neutrale Miene auf und nahm noch einen Schluck aus seinem Glas. Er war ein viel zu erfahrener Spieler, um Doles erkennen zu lassen, daß der einen Treffer gelandet hatte. Aber die Tatsache blieb bestehen, daß er keine Entschuldigung hatte. »Ich habe meine eigenen Ziele«, erwiderte er unbestimmt.

Doles warf einen Blick auf den Gibson. »Das sehe ich.« Dann musterte er Treyhang von oben bis unten, wie jemand, der ohne großes Interesse ein Rennpferd abschätzt. »Sieht aus, als machten Sie Fortschritte.«

Treyhang reckte sich in verwundeter Eitelkeit. »Was soll das denn heißen?«

»Haben Sie sich mal angesehen?« fragte Doles. Er trat heran und packte den Ellbogen des jungen Liao mit schraubstockartigem Griff, um ihn dann zu einem Wandspiegel zu dirigieren.

Treyhang, dem nichts anderes übrigblieb, als hinzusehen, bemerkte zuerst den zerknautschten Anzug, der auf manchen Planeten einen kleinen Wagen wert gewesen wäre. Eine nachlässig geknotete Krawatte und ein dunkler Fleck auf dem Anzug – von dem Gin, den er gerade verschüttet hatte. Struppiges Haar. Dunkle Ringe um die Augen. Und er brauchte eine Rasur.

»Ich hab schon Schlimmeres gesehen«, stellte er fest. »Vielleicht ein wenig zerknautscht.« Er zog mit geübter Hand die Krawatte gerade und strich sich anschließend das Haar glatt. »Mit dem richtigen Coiffeur und ein wenig Anstrengung könnte ich diesen Look zur neuesten Mode machen.«

»Tormano hat mir mitgeteilt, daß Sie ihm zwei Monate versprochen haben«, erklärte Doles offen. »Zahlen Sie Ihre Schulden grundsätzlich nicht, Trey?«

Treyhang zuckte sichtlich zusammen. Das war ein Schlag unter die Gürtellinie. Er fragte sich, woher Doles von der Vereinbarung wußte, aber wahrscheinlich war das ein Teil von Tormanos Plänen gewesen, seinen Thronfolger in der Nähe zu behalten. *Du hast deinen Teil der Vereinbarung nicht erfüllt*, dachte er mit wildem Zorn, ohne sich ganz sicher zu sein, worüber genau er sich ärgerte, oder sogar, welche Vereinbarung er damit meinte. »Wozu brauchen Sie mich?« fragte er und zerrte den Arm aus Doles' Griff. »Sie wissen doch, was Sie wollen. Ziehen Sie ab und tun Sie's.«

Doles' Blick bohrte sich in Treyhang wie Zwillingslaserstrahlen. »Das ist unmöglich, solange Sie hier sind. Eine Kooperation ist unmöglich ohne zentrale Autoritätsfigur, und solange Tormanos Sohn auf dem Planeten ist, wird niemand meiner Führung vertrauen. Man erwartet von Ihnen, daß Sie die Entscheidungen treffen.«

Die Worte seines Gegenübers entfachten einen kleinen Funken im Innern der Leere, die Treyhang in seiner selbstgewählten Isolation gehegt hatte. Er erstickte ihn mit den Erinnerungen an seinen abwesenden Vater.

»Dann irrt man sich«, erklärte er tonlos und wandte sich ab, um Doles im Spiegel zu beobachten.

Den Ausdruck auf dem Gesicht des Lanciers war Treyhang wirklich nicht gewohnt. Mitleid. »Sieht ganz so aus. Man hat sie wohl mit einem Liao verwechselt.« Mit einem leichten Schulterzucken kehrte der Hüne Treyhang den Rücken zu und verließ das Zimmer.

Allein gelassen verbrachte Treyhang Liao einige Minuten damit, sein Gesicht zu studieren. Er schüttete den Inhalt seines Glases über den Spiegel, und seine Reflexion verschwamm in der Flüssigkeit. Als sie an dem Glas herablief, sah er ein blasses Spiegelbild Tormanos, der ihn mit der geisterhaften Andeutung eines Lächelns um die Mundwinkel anstarrte.

»Na schön, Vater«, flüsterte er. »Du hast gewonnen.«

19

Bruchfeldplateau, Layting, St. Loris
Herzogtum St. Loris, St. Ives-Pakt

11. Juni 3062

Cassandra Allard-Liao stützte Tamas Rubinsky mit einer Hand am Arm und achtete darauf, daß er sich dem Klippenrand nicht zu weit näherte. Von ihrer jetzigen Stellung aus hatten sie bereits eine annehmbare Sicht auf die Landungsschiffe Kriegerhaus Hiritsus. Die vier runden Schiffsrümpfe ragten in acht Kilometer Entfernung hoch über der von hohem, fahlgelbem Gras und vereinzelten Ginstergestrüppen bedeckten Ebene auf. Man hätte sie fast für Gebäude halten können, die von Riesenhand mitten in die Bruchfeldebene von St. Loris versetzt worden waren. Der *Overlord* erreichte vierzig Stockwerke.

»Glaubst du, sie fliegen wirklich ab?« fragte sie, mehr um die Spannung zu brechen und Tamas' drükkendes Schweigen zu beenden, als aus echtem Bedarf an Information. Tief in ihrem Innern war Cassandra sicher, daß das Kriegerhaus St. Loris tatsächlich den Rücken kehrte, auch wenn sie zur Zeit nicht erkennen konnte, zu welchem unheiligen Zweck.

Tamas atmete tief ein. Durch den Schaden an seiner Lunge, die ihm nur noch wenig Sauerstoff liefern konnte, war das nötig, wenn er sprechen wollte. »Konföderation kann sich nicht leisten, für Unwichtiges Kampfschiffeskorte zu stellen«, sagte er. Seine Stimme war schwach, vermittelte aber noch immer eine Spur ihrer früheren Kraft. »Haus Daidachi steht immer noch am Nadirpunkt?«

»Laut den letzten Berichten, ja.« Cassandra schirmte die Augen vor der Mittagssonne ab. »Die Ladestation hält sie unter Beobachtung.«

Der Söldner nickte. Die simple Geste wirkte durch das Zittern seiner Muskeln plötzlich grotesk verzerrt. »Da. Dann fliegen sie ab.« Er hob mit beiden Händen das Fernglas, um sich die Raumschiffe näher anzusehen. Cassandra trug einen Feldstecher derselben Marke um den Hals. Seine Hände zitterten. Unter ihrer auf seinem Oberarm ruhenden Hand fühlte Cassandra die Muskeln tanzen, als Tamas darum kämpfte, das Fernglas ruhig zu halten.

Sie nahm ihre Hand weg und gestattete ihm bei seinem Ringen mit den Nachwirkungen des Schwarzer-Lenz-Gifts etwas Privatsphäre. Sie bewunderte Tamas' Willensstärke, auch wenn sie sich gerade fragte, ob die Dickköpfigkeit, die er von seinem Vater geerbt hatte, diesmal nicht eher schadete. Er hatte sich kaum von der Lungenentzündung erholt, die als Folge der Verätzung aufgetreten war, und litt immer noch unter leichten neuralen Schäden, die sich in verminderter Muskelkontrolle äußerten.

Cassandra fand, daß er ins Krankenhaus gehörte, aber Tamas hatte sich geweigert, noch länger dort zu bleiben. Er hatte ihr erklärt: »Bewegung wird mir besser bekommen, als im Krankenbett zu vegetieren.« Er wirkte tatsächlich gesünder. Seine Haut hatte etwas Farbe zurückgewonnen, und in seiner Felduniform – statt einem dünnen Krankenhemd – schien er erheblich beeindruckender. Aber Cassandra wußte, daß es nicht die Felduniform war, um die es ihm ging, sondern Gefechtskleidung, wie sie selbst sie trug: Kühlweste, Shorts und Gefechtsstiefel.

MechKrieger-Montur.

Nach der Entlassung aus dem Krankenhaus hatte ihn sein erster Weg zu den Mechhangars und seinem *Vollstrecker* geführt. Der BattleMech hatte nur schwerfällig auf Tamas' Steuersignale reagiert, und eine durch die Nervenschäden hervorgerufene Veränderung seiner

Hirnwellenmuster hatte die Steuerung über den Neurohelm nicht nur gebremst, sondern dem jungen MechKrieger auch Kopfschmerzen von einer stechenden Intensität eingetragen, die ihn fast in den Wahnsinn getrieben hatten. Degenerative Feedbackanomalie lautete der Fachausdruck für diese Symptome. Sie waren dank verbesserter Neurosignalschaltkreise seltener geworden, konnten aber nach Gefechtsverletzungen immer noch auftreten. Meistens war eine Schädelverletzung die Ursache, aber das von Wei stammende Nervengas hatte eine ganz ähnliche Wirkung. »Geduld«, hatte der Arzt ihn ermahnt, der die DFA festgestellt hatte. »Sie müssen Geduld haben.«

Doch seine Augen hatten ihn verraten, und Cassandra war sicher, daß Tamas die Wahrheit ebenso darin gelesen hatte wie sie. Es war gut möglich, daß er nie wieder einen Mech steuern würde. Schon die Erinnerung an diesen Augenblick genügte, daß Cassandra sich schüttelte. *Das hätte ich sein können.*

»Da fliegen sie«, sagte Tamas und senkte sein Fernglas. Unter dem *Overlord* stieg eine Rauchwolke auf, als Flammenzungen aus den riesigen Triebwerksdüsen schlugen und den Boden verbrannten. Dann löste sich der Wolkenkratzer auf einer Feuersäule von der Oberfläche St. Loris'. Die beiden kleineren Schiffe der *Union*-Klasse folgten in perfektem Synchronstart, und als letztes Schiff hob der *Sucher*-Infanterietransporter ab.

Die vier Schiffe nahmen eine lockere Rautenformation ein, während sie ins All stiegen. Der *Overlord* drehte sich, und das Konföderationswappen auf seinem Rumpf kam in Sicht. Selbst auf diese Entfernung konnte Cassandra das Damdao erkennen, das aus dem fünfzig Meter hoch auf den schlachtschiffgrauen Rumpf gemalten, auf der Spitze stehenden Dreieck ragte. Das mußte die *Dainwu* sein, Ty Wu Nons Flaggschiff. Sie fragte sich kurz, in welchem der beiden kleineren *Union*-Schiffe wohl Aris Sung mitflog, dann strich sie ihn aus ihren Gedanken.

Auf Nimmerwiedersehen, verabschiedete sie die Haus-Krieger. Sie bedauerte nur, daß der Abflug Haus Hiritsus nicht in größerem Maße auf die Leistungen ihrer Lanciers und der Leichten Reiter zurückging, aber wenigstens waren sie fort.

»So, Haus Hiritsu hat St. Loris verlassen«, stellte Tamas fest, als hätte er Cassandras Gedanken gelesen. Er ließ das Fernglas langsam zurück auf seine Brust sinken. »Zwei Kriegerhäuser mit Zerstörereskorte. Spica?« fragte er mit Blick auf das nächstgelegene Paktsystem, dessen Siedlungswelt sich der Pakt mit dem Vereinigten Commonwealth teilte. »Oder Tantara?«

Cassandra hatte sich dieselbe Frage gestellt. »Das Kriegsschiff würde einen Sinn ergeben, wenn sie beim Angriff auf Spica mit VerCom-Gegenwehr rechnen.« Sie seufzte. »Aber auch für Tantara, weil es tief im Paktraum liegt und uns als Logistikzentrum für die Teng-Front dient.« Sie kaute nachdenklich auf der Unterlippe. Dann schüttelte sie den Kopf. *Sun-Tzus Pläne erraten zu wollen, ist, als würde man versuchen, Ordnung aus Chaos zu erzielen. Er hat es sogar geschafft, Kai eine Falle zu stellen, was eine gehörige Leistung ist.* »Mit einem Doppelsprung können sie von hier aus jedes System des St. Ives-Paktes angreifen. Wir werden früh genug erfahren, wo sie zuschlagen.«

»Früher als uns lieb ist«, stimmte Tamas zu, und seine Worte spiegelten Cassandras Gedanken wider. Er drehte sich mit undurchschaubarer Miene zu ihr um. »Du verläßt uns?«

Nach kurzem Zögern nickte Cassandra. »Ja. Das 1. Regiment der Kosaken kehrt nach St. Loris zurück, und damit seid ihr der Panzerbrigade gewachsen.

Der Nachrichtendienst hält es für unwahrscheinlich, daß das 151. Geschwader sich weit über die Grenzen Pardrays hinauswagt. Wir sind zur Überholung nach Tantara beordert und dann nach Ambergrist, wo wir gehörig einstecken müssen.« Letzteres hatte sie eigentlich für sich behalten wollen, weil es zu verbittert klang. Sie wußte wohl, daß sie in Tamas' Nähe zu entspannt war. *Aber bei den Göttern, ich brauche hier draußen jemanden, der mich bei Verstand hält.* Und bis sie jetzt gerade zugegeben hatte, daß sie abflog, war ihr nicht klar geworden, wie sehr sie ihn vermissen würde.

Ihre offensichtliche Niedergeschlagenheit rang Tamas ein dünnes, humorloses Lächeln ab. »Immer noch müde, immer nur zu reagieren?« fragte er.

Sie nickte. »Mehr denn je«, gab sie zu. »Jetzt, da Kai nach der Schlacht um Capella nach Hause humpelt, müssen wir eine neue Offensive gegen den Konföderationsraum ankurbeln. Kalis Todesherrschaft hat die Anstrengungen auf beiden Seiten dieses Krieges zurückgeworfen.« Sie bedauerte ihre Bemerkung kurz, als Tamas zusammenzuckte, aber dann sprach sie weiter: »Und jetzt liegt es daran, wer die Initiative zurückgewinnt.«

Unwillkürlich schauten sie beide nach oben, den hellen, kleiner werdenden Lichtpunkten nach, die Haus Hiritsus Landungsschiffe auf dem Weg zu einem Kriegsschiff der Konföderation Capella ausmachten. Keiner von ihnen sprach es aus.

»Du hast an der Teng-Front Wunder vollbracht, Cassandra«, sagte Tamas nach einem tiefen Atemzug. »Falls du vergißt.«

Cassandra konnte an dem stärker werdenden slawischen Akzent und daran, wie er unwichtige Satzteile verschluckte, erkennen, wie sehr ihn das Gespräch erschöpfte. Sie versuchte, sein Lob abzuwehren, ihm Gelegenheit zur Erholung zu geben, aber Tamas schüttelte den Kopf. »Ohne dich wären auf Indicass viele Leichte Reiter gefallen. Wir vergessen das nicht. So wenig wie andere, denen du hilfst.« Er machte eine Pause, um mehrere Male tief einzuatmen. Ein leichtes Röcheln ließ die Anstrengung erkennen, die es ihn kostete. »Du hast viel gutes...« Er stockte, suchte erkennbar nach dem richtigen Wort. »...viel gutes Karma aufgebaut. Du wirst deinen Wunsch bekommen.«

Cassandra wußte Tamas' Anstrengung zu schätzen, auch wenn sie nicht viel dazu beitrug, die Sorge zu vertreiben, die ihr deutliches Magengrimmen verursachte. »Dann wünsche ich mir einen Angriff auf Sian.« Jetzt seufzte sie. »Irgendwann. Aber erst einmal heißt es Tantara und dann Ambergrist.«

Tamas nickte. »Wenn du in Offensive gehst, komm mich erst abholen«, sagte er.

Sie blinzelte überrascht. »Dich abholen?« fragte sie.

»Mich und meine Kompanie. Du brauchst manchmal einen Aufpasser.« Tamas' Ton klang locker, aber sein Gesicht war ernst. »Sind wir einig, Cassandra Allard-Liao?«

Noch ein Jahr zuvor – noch einen Monat zuvor – hätte Cassandra die Andeutung, daß sie nicht selbst auf sich aufpassen konnte, möglicherweise als Beleidigung aufgefaßt. Allermindestens hätte sie das Gespräch auf ein anderes, lockereres Thema gelenkt. Aber Tamas hatte sich das Recht, sie auf ihre Schwächen anzusprechen, mehr als verdient, und sie wollte seine Sorge um ihr Wohlergehen nicht leichtfertig abtun.

»Wir sind uns einig, Tamas Rubinsky«, erklärte sie förmlich und mit leichter Verneigung.

Bei ihren Worten verrutschte Tamas' ernste Maske etwas. »Gut. Nun gehen wir zu deinem Mech. Ich habe Flasche und Gläser dort.«

Von seinem Akzent und der eigenen Müdigkeit benebelt brauchte Cassandra mehrere Sekunden, um zu verstehen, was er gesagt hatte. »Du hast was?«

»Wodka«, erklärte Tamas. »Und zwei Gläser. Versteckt in *Cestus*. Bei Leichten Reitern, wir trinken auf Versprechen. Du erinnerst dich.«

Cassandra hätte nicht sagen können, warum sie über seine Vorbereitungen hätte überrascht sein sollen. Genau diese Aufmerksamkeit war sie von Tamas Rubinsky gewohnt. »Ich erinnere mich«, stellte sie fest. »Dankbar.« Sie deutete zur Baumlinie und reichte ihm den Arm. *Wenn schon nichts anderes*, ermahnte sie sich, *dann nimm wenigstens diese Lektion von den Kosaken an und lerne, den Augenblick mit einem Freund zu genießen. Laß die Sorgen von Morgen für Morgen.*

Ein guter Rat, wenn es ihr nur gelungen wäre, die nagenden Zweifel zu verdrängen, die sie weiter plagten.

Ein letzter Blick nach oben, aber von Haus Hiritsu war nichts mehr zu sehen.

STURMREITER

Dein Ziel muß es sein, Alles-unter-dem-Himmel intakt zu erobern. Dann sind deine Truppen nicht erschöpft, und dein Sieg ist vollkommen. Das ist die Kunst der offensiven Strategie.

– Sun Tzu, *Die Kunst des Krieges*

Falls es unmöglich erscheint, die militärischen Vorteile zu erringen, die zuvor so offensichtlich schienen, muß sich ein Herrscher zwei schweren Fragen stellen, wenn er nicht auf Dauer seine Ruhe verlieren will. Was ist das Ziel? Ist es den zu zahlenden Preis wert?

Was mich betrifft, ich kann beide beantworten und schlafe daher tief und fest.

– Sun-Tzu Liao, Tagebucheintrag
vom 8. Oktober 3062, Sian

20

Matawan Flats, Distrikt Jersey, Nashuar
Xin-Sheng-Kommunalität, Konföderation Capella

19. Juni 3062

Die Luft flimmerte in der Hitze der unerbittlich auf das Schlachtfeld herabstrahlenden Sonne Nashuars, und die Außentemperaturen stiegen auf kaum erträgliche vierzig Grad Celsius. Bei den noch höheren Temperaturen in den Cockpits der Kampfkolosse und Kabinen der Gefechtsfahrzeuge wähnten sich die MechKrieger und Panzerbesatzungen im Glutofen. Azurblaues Partikelfeuer peitschte zwischen den Mechs hin und zurück und ebenso häufig in den Boden. Allein diese Fehlschüsse schleuderten schon mehr elektrische Energie auf Nashuar hinab als das schlimmste Gewitter des Planeten seit Menschengedenken.

Autokanonensalven krachten durch die Luft, und die von Raketen hinterlassenen Rauchschwaden drifteten langsam im Wind. Laserfeuer in brillanten Edelsteinfarben verblaßte im hellen Schein der Sonne. An verschiedenen Stellen tobten unkontrollierte Brände. Die von der jüngsten Hitzewelle in diesem Teil Nashuars zundertrocken gebackenen Bäume und Büsche wurden von verfehlten Energiewaffenschüssen nur allzu leicht entzündet. Rauchschleier verbargen große Teile des Schlachtfelds.

Es war das größte Gefecht, an dem Subcommander Maurice Fitzgerald je teilgenommen hatte. Und wie er es einige Wochen zuvor vorausgesagt hatte, tobte der Kampf auch nach dem Ende der Schwarzer-Lenz-Anschläge ungebremst weiter. Fitz erinnerte sich daran, mit welcher Zuversicht Brevet-Oberst Nevarr die Vorbesprechung für die heutige Schlacht geleitet hatte, in die neben Nashuars Heimatmiliz-Bataillon die Überreste der Blackwind-Lanciers auf dem Planeten und zwei von der 7. Regimentskampfgruppe übriggebliebene Bataillone gezogen worden waren. Alles in allem mehr als ein Regiment an BattleMechs, unterstützt von halb so viel Panzern und Infanterie. Sicherlich genug, um die zwei verbliebenen Bataillone der Nachtreiter zu besiegen, wäre der gegnerische Kommandeur nicht auf einen ähnlichen Plan verfallen und hätte zwei weitere Mechbataillone eines vor kurzem eingetroffenen canopischen Regiments mit in den Kampf geführt. Über zwanzigtausend Tonnen Kampfmaschinen. Über tausend Krieger. Nashuar würde an diesem Tag einen Blut- und Sachzoll von vier Nationen fordern.

Fitzgerald löste eine Breitseite seines *Men Shen* aus, eines neuen capellanischen OmniMechs, den die Heimatmiliz eine Woche zuvor von den Nachtreitern erbeutet hatte. Es war eine bemerkenswerte Verbesserung gegenüber seinem alten *Totschläger*. Drei der vier mittelschweren Impulslaser schleuderten smaragdgrüne Lichtpfeile an der linken Rumpfseite eines canopischen *Marshal* hinab, während die LSR-Lafette an der Oberseite des waagerecht zwischen den Vogelbeinen des avoiden Omnis hängenden Mechrumpfs eine volle Salve von fünfzehn Raketen in die breite Brustpartie der Feindmaschine setzte. Der canopische Kampfkoloß wankte unter den Einschlägen, hielt sich aber aufrecht. Mit deutlich im roten Gefahrenbereich liegender Innentemperatur jagte Fitz den *Men Shen* in die relative Sicherheit eines nahen Wäldchens, das bis jetzt noch nicht in Flammen aufgegangen war. Das Antwortfeuer des *Marshal* verfolgte ihn auf dem ganzen Weg. Der schwere Laser schnitt tief in seinen rechten Mecharm, und zwei Raketen schlugen in den hinteren Torso ein, als er gerade die Baumlinie erreichte.

»Fitz, ihr zieht zu weit nach Osten.« Obwohl Danielle Singhs Stimme blechern und tonlos klang, konnte die Übertragung ihre Besorgnis nicht völlig verschleiern. »Bring deine Lanze zurück.«

Schweiß brannte in Fitz' Augen und auf seinen Lippen. Er nahm ein paar schnelle, keuchende Atemzüge der erstickend heißen Kanzelluft, dann öffnete er einen Antwortkanal zu Danielle. »Sag das den Blackwind-Lanciers.« Die Lanciers hatten den Auftrag, die östliche Flanke zu halten, und Fitz' Lanze war das Anschlußglied zwischen ihnen und der Heimatmiliz in der Mitte der Schlachtlinie. »Sie sind nach Nordosten vorgestoßen, an dem brennenden Erlenwäldchen vorbei. Meine Flanke ist ungeschützt.«

Wie um seine Besorgnis zu bestätigen, stürzte zweihundert Meter entfernt ein Luft/Raumjäger in einem Wirbelsturm aus Plasmafeuer und Qualm aus dem Himmel, begrub fast einen *Galleon*-Panzer der Heimatmiliz unter sich und flog dann in einem Inferno auseinander, das seine Trümmer weit über das Schlachtfeld verstreute. Ein Opfer des Kampfes um die Luftüberlegenheit, der sich weit über ihren Köpfen abspielte.

»Ich muß wissen, ob wir es uns leisten können, diese Flanke zu ignorieren.« Er preßte den Satz hastig ins Mikro und hechelte verzweifelt nach dem spärlichen Sauerstoff der auf kaum noch atembare Temperaturen aufgeheizten Cockpitluft. *Und dabei läuft der* Men Shen *noch relativ kühl*, dachte er, und bedauerte Danielle in ihrem aus dem VerCom stammenden *JägerMech III*.

»Verstanden. Ich überprüfe es«, kam die Antwort.

Inzwischen hatte die canopische MechKriegerin den Fehler begangen, Fitzgerald in Richtung Waldgrenze zu folgen. Der Standardreaktor ihres Mechs war der Leistung des Extraleicht-Reaktors und der Myomerakzelerator-Signalcodierung im Innern des *Men Shen* nicht gewachsen. Als die beiden anderen noch kampffähigen Mechs in Fitz' Lanze heraneilten, um das Gelände zu sichern, das er bei seinem Manöver freigegeben hatte, bekamen alle drei den auf offenem Gelände deckungslosen Peripherie-Mech ins Visier und eröffneten das Feuer.

Ein von überlegenem Feindfeuer zur Strecke gebrachter BattleMech starb in den seltensten Fällen leise. Der *Marshal* verlor sein linkes Bein an eine PPK und mehrere mittelschwere Laser. Die Energiestrahlen anderer Lichtgeschütze bohrten sich in seine linke Rumpfseite, durchstießen die Panzerung und brachten die eingelagerte MG-Munition zur Detonation. Die daraus resultierende Explosion schlug durch das Torsoinnere der Maschine. Das war das Todesurteil für jeden Kampfkoloß, aber die Pilotin hätte selbst das noch überleben können, wären Fitz' Raketen und eine letzte Laserstrahlbahn nicht in den Kopf des mittelschweren Mechs eingeschlagen und hätten ihn enthauptet.

Fitzgerald wandte den Blick von den Todeszuckungen des *Marshal* ab. *Das war eine Hinrichtung,* dachte er, *nichts anderes. Die Kriegerin hatte keine Chance.* Daß die canopische Pilotin ein Feind gewesen war, kam ihm gar nicht in den Sinn. Er erinnerte sich an einen Gedanken, den er vor einigen Monaten gehabt hatte, vor dem Schwarzen Lenz: Daß es die Pflicht eines MechKriegers war, den Schrecken des Krieges zu begrenzen, nicht, ihn noch zu vergrößern. Aber, zum Teufel, dazu brauchte es zwei.

»Fitz.« Danielles körperlose Stimme unterbrach seine kurze Trauer. »Wir bekommen keinen störungsfreien Kontakt zu den Lanciers«, stellte sie – hektisch vor Sorge – fest. »Nevarr befürchtet, daß sie zerschlagen worden sind. Er verlegt den ganzen Kampf nach Osten.

Geh mit deiner Lanze auf Erkundung. Finde heraus, ob es noch etwas zu retten gibt.«

Die Gefühle für die tote Canopierin wurden von der Gefahr einer Panik an seiner unmittelbaren Flanke weggewischt.

»Einsatz Zwo und Vier«, rief er seine verbliebenen Lanzenkameraden. »Mitkommen, Höchstgeschwindigkeit.« Er aktivierte die MASC seines *Men Shen* und rannte mit mehr als hundertzwanzig Stundenkilometern los, umging den brennenden Wald in einem weiten Bogen und führte seine Lanze geradewegs durch den Rauchvorhang.

Nicht, daß er eine derartige Geschwindigkeit lange hätte durchhalten können. Das nur für kurze Sprints ausgelegte MASC-System konnte den Mech bei übertriebenem Einsatz bewegungsunfähig machen. Fitzgerald schaltete die Codierung deshalb kurz darauf wieder an und reduzierte seine Geschwindigkeit auf neunzig Stundenkilometer, um die Schaltkreise nicht zu überlasten. Er erreichte den letzten Hügelkamm knappe fünfhundert Meter vor dem Rest der Lanze und verschaffte sich dadurch ein paar zusätzliche Sekunden, um die Verwüstung zu betrachten, die sich vor ihm über das flache Tal erstreckte. Die Beagle-Sonde des *Men Shen* registrierte das Geschehen mit brutaler Deutlichkeit.

Mehr als zwei Dutzend Mechs lagen verstreut wie die vergessenen Spielsachen eines riesigen Kleinkinds herum. Er erkannte Einheitsabzeichen der Blackwind-Lanciers und des Nachtreiter-Regiments von McCarron's Armored Cavalry. Obwohl er bei den Kämpfen auf Nashar schon andere solche Mordäcker gesehen hatte, war dieser von außergewöhnlicher Brutalität gekennzeichnet. An manchen Stellen lagen die Mechwracks übereinander gestapelt, wo spätere Opfer gefallen waren, während sie versucht hatten, über die abgeschossenen Maschinen ihrer Kameraden zu steigen.

Zwei Maschinen waren noch aktiv: Ein überschwerer Nachtreiter-Mech, der versuchte, einem mittelschweren *Steppenwolf* zu helfen, der sich nur noch hüpfend fortbewegen konnte, weil er das linke Bein verloren hatte. Als Fitz erschien, trat der überschwere *Yu Huang* zwischen seinen beschädigten Kameraden und Fitz' *Men Shen*. Angesichts der schwer mitgenommenen Panzerung des Cavalry-Mechs wäre das Gefecht ausgeglichen gewesen. Dann erreichten auch Fitz' Lanzenkameraden die Kuppe, und das Kräfteverhältnis verschob sich dramatisch zugunsten des Paktes.

Zumindest wäre das so gewesen, hätte die Erinnerung an den zerschmetterten *Marshal* Fitzgerald nicht noch immer zu schaffen gemacht.

Er öffnete den Privatkanal seiner Lanze, weil ihm recht klar war, was Danielle oder Nevarr von seinem Plan gehalten hätten. »Der gehört mir«, bellte er. »Niemand mischt sich ein.« Mit diesen Worten trieb er den *Men Shen* mit Höchstgeschwindigkeit den Hang hinab.

Möglicherweise aus Überraschung über die Geschwindigkeit des *Men Shen* oder die Idee eines Zweikampfs mit einem Kampfkoloß von nur grob dem halben Gewicht seiner Maschine hielt der *Yu-Huang*-Pilot für entscheidende Sekunden seine Position, während Fitz heranstürmte. Die Grundzüge des Gefechts waren einfach. Auf größere Entfernung konnte der *Yu Huang* Fitz zerfetzen. Über kürzere Distanz waren dessen Chancen besser, aber nicht entscheidend. Der Hauptvorteil des *Men Shen* war seine Schnelligkeit bei freizügigem Einsatz der MASC. Der *Yu Huang* brauchte nur auf ein paar gute Treffer zu hoffen.

Fitz tanzte mit seinem Mech um den schwereren *Yu Huang*, reizte seine neue Maschine voll aus und lernte

Seiten an ihr kennen, von denen er bis dahin nichts geahnt hatte. Der auf dem erfolgreichen *Rabe* basierende Mech war außergewöhnlich gut ausbalanciert und konnte mit geradezu traumhafter Sicherheit innerhalb des Schußwinkels seines Gegners wenden und so verhindern, daß der Cavalry-Pilot die riesige Autokanone des *Yu Huang* zur Anwendung brachte.

Er lernte allerdings auch etwas über seinen überschweren Gegner, nämlich, daß es nahezu unmöglich war, einen toten Winkel an ihm zu finden, und er bezahlte teuer für diese Lektion. Während seine mittelschweren Impulslaser sich über die verbliebene Panzerung des Nachtreiter-Mechs hermachten, erwiderten die PPK und mittelschweren Laser in dessen rechtem Arm die Verwüstung mit Zins und Zinseszins. In Splittern, Brocken und zerschmolzenen Metallkeramikrinnsalen fiel Panzerung auf beiden Seiten zu Boden. Im Innern seiner Pilotenkanzel war Fitz' Körper von der rapide ansteigenden Hitze schweißgebadet.

Daß sein Gegner es ihm nicht leicht machen würde, war von Beginn an klar gewesen. Der capellanische Krieger hatte bereits das Schlachtinferno überlebt, das dieses Tal verwüstet hatte, und die Konföderation hätte eine ihrer neuesten und robustesten Mechkonstruktionen sicher keinem unerfahrenen Piloten anvertraut. Fitz hätte darauf wetten mögen, daß sein Gegner mindestens ein Kompaniechef war, vielleicht sogar der Bataillonskommandeur. Aber wie gut der andere Pilot tatsächlich war, erkannte er einen Augenblick später, als der *Yu Huang* eine geneigte Torsodrehung ausführte, die weit über das normal mögliche Maß hinausging. Der Nachtreiter-MechKrieger setzte alle Waffen seines beträchtlichen Arsenals ein. Die Kaliber-12cm-Mündung der LB-X-Autokanone hustete eine Bündelmunitionssalve aus, deren Geschosse die

Panzerung von der rechten Rumpfseite des *Men Shen* schmirgelten.

Einige der Miniaturgeschosse prallten vom Kanzeldach des BattleMechs ab, und Fitz wurde wiederholt in die Gurte geschleudert. Wenigstens ein Geschoß schlug durch eine Bresche in seiner Mechpanzerung und beschädigte die Reaktorabschirmung. Eine zusätzliche Hitzewelle schlug durch den *Men Shen*. Fitzgerald schüttelte die Schäden ab, brachte die Maschine dichter heran und konzentrierte sein Antwortfeuer auf die schwer beschädigte rechte Rumpfseite des *Yu Huang*. Seine Laser badeten Arm und Bein des Nachtreiter-Mechs in smaragdgrünen Lichtpfeilen. Dann zog Fitz die Lehre daraus, daß er den schlechteren Part dieses Schlagabtausches erwischt hatte, aktivierte die MASC und hetzte zu einer der wenigen Baumgruppen, die von den vorhergehenden Kämpfen noch nicht in Feuerholz verwandelt worden war.

Erst in der Sicherheit des Waldes bemerkte Fitzgerald die schwerfälligen Bewegungen des *Yu Huang*. Er wußte nicht, ob es ein Ergebnis seiner Laserattakken, der Torsoüberdrehung des überschweren Mechs oder vielleicht beides gemeinsam war, aber der *Yu Huang* humpelte mit blockiertem Hüftgelenk über das Gelände. Damit war seine ohnehin nicht weltbewegende Geschwindigkeit noch einmal halbiert, und der Nachtreiter-Pilot trug verständlicherweise kein großes Verlangen zur Schau, seinen vernichtenden Feuerschlag von kurz zuvor zu wiederholen.

In der schalen, erdrückend heißen Kabinenluft laut keuchend, Schultern und Brustkorb von den Haltegurten blau und grün, saß Fitzgerald auf der Pilotenliege, beobachtete, wie die Temperaturanzeige allmählich sank und wartete auf den nächsten Zug seines Gegners.

Aber der kam nicht.

Fitz' Ortung kreischte warnend, als auf der Sichtprojektion vier neue Feindsymbole erschienen. Eine schwere Nachtreiter-Lanze kam über den nördlichen Hügelkamm ins Tal und formierte sich sofort um den *Yu Huang*. Solange er noch die Chance dazu hatte, öffnete Fitzgerald seine Privatverbindung zu Danielle Singh. »Fitzgerald an Commander Singh«, flüsterte er, als habe er Angst, die Nachtreiter könnten ihn hören.

»Ich höre, Maurice.« Danielle klang erschöpft, vermutlich vom Kampf gegen die Backofentemperaturen im Innern ihres Mechs. »Hast du die Lanciers gefunden?«

»Das habe ich«, erwiderte Fitz, und seine Stimme wurde kräftiger, als die Bordtemperatur in den gelben Warnbereich sank. Daß seine Cockpitsysteme die von Mittagshitze und Waffenfeuer aufgeheizte Außenluft in die Kanzel saugten, klang zwar theoretisch alles andere als erfrischend, aber es war nachgerade ein frischer Wind in einem über dreiundvierzig Grad heißen Cockpit. »Die Blackwind-Lanciers sind, soweit sich das feststellen läßt, zerschlagen. Wie viele der Krieger überlebt haben, läßt sich zur Zeit nicht sagen. Sie dürften sich verstecken.« Er starrte auf das beeindrukkende Arsenal von Kampfkolossen, das sich im Talbecken formierte. »Wenn sie klug sind.«

»Warum?« fragte Danielle nach, möglicherweise auf die implizite Drohung in seiner Meldung hin. »Wie ist dein Status?«

Die fünf Nachtreiter stellten sich zu einer Schlachtreihe zwischen Fitzgerald und ihrem beschädigten Kameraden auf.

»Status *extrem* gefährdet«, antwortete Fitz. »Bitte warten.«

Er schloß die Verbindung, schätzte seine Lage ab und bereitete sich auf Flucht oder Kampf vor. Seine Rückzugslinie war alles andere als vielversprechend.

Sie bot den Nachtreiter-Mechs mit ihren Langstrekkenwaffen zu viel Zeit, ihn abzuschießen. Er konnte sich auch nicht allzuviel Zeit dadurch erkaufen, daß er seine Lanzenkameraden in das Gefecht zog, denn deren leichtere Maschinen waren einer derartigen Ansammlung von Panzerung und Waffen kaum gewachsen. *Ich habe dir eine gerechte Chance gegeben*, sprach Fitz den Piloten des *Yu Huang* in Gedanken an. *Ich nehme nicht an, daß du mir diesen Gefallen ebenfalls erweist?*

Die Nachtreiter taten sogar noch mehr. Offensichtlich auf ein Funkzeichen hin drehten zwei der Neuankömmlinge ab, um dem einbeinigen *Steppenwolf* zu helfen. Die drei anderen zogen sich vorsichtig zurück, wobei sie die beschädigte Hüfte des *Yu Huang* aufhielt. Der kommandierende Offizier hatte entweder keine Lust, zwei schwer beschädigte Maschinen zu riskieren, oder – falls es sich bei ihm um den *Yu-Huang*-Piloten handelte – konnte es sein, daß er Fitzgeralds Geste des Respekts erwiderte.

Und *möglicherweise* hatte Fitz gerade einen vielversprechenden Hinweis darauf erhalten, daß die Nachtreiter trotz ihrer brutalen Vorgehensweise in der Lage waren, Vernunft zu zeigen.

Maurice Fitzgerald schloß gerne und häufig Wetten ab, und in aller Regel verzichtete er darauf, sich dabei religiöse Rückendeckung zu besorgen. Aber heute erwischte er sich bei einem kurzen Stoßgebet mit der Bitte, daß sich sein Erlebnis als gutes Omen erweisen möge. *Wenn dem so ist, müssen wir jetzt nur noch darauf aufbauen.*

Er hätte nicht ahnen können, wie bald ihn dies verfolgen sollte.

21

Raumhafen Bào-feng, Wuhan, Ambergrist
Herzogtum St. Loris, St. Ives-Pakt

24. Juni 3062

Überall in dem großen Raum waren Mitglieder der Bewegung Freies Capella damit beschäftigt, Schreibtische und Konsolen in konzentrischen Kreisen anzuordnen oder große Karten der verschiedenen Distrikte Ambergrists an den Wänden aufzuhängen. Einige arbeiteten daran, die alten Fluglotsenkontrollgeräte wegzuschaffen, die hier im Nebenflügel der Raumhafen-Verwaltungszentrale von Báo-feng eingemottet worden waren. Im Zentrum des Raums, innerhalb eines von elfenbeinfarbenen Seilen abgetrennten Bereichs, malten zwei Frauen gewissenhaft das Wappen der Bewegung auf den Boden: einen schützend um eine Planetenkugel gewundenen asiatischen Drachen in Gold und Elfenbein mit Sternenaugen. Das Gemurmel eines Dutzends verschiedener Gespräche füllte den Saal, und allen gemeinsam war die greifbare Erwartung, die durch die gesteigerte Aktivität der letzten Tage geweckt worden war.

Major Warner Doles stand ein gutes Stück neben dem Haupteingang, mit dem Rücken an eine bereits mit einer Planetenkarte tapezierte Wand gelehnt. Er betrachtete Treyhang Liaos Kommandozentrale mit einem vorsichtig zustimmenden Nicken. Die Wahl von Wuhans Raumhafen machte strategischen Sinn. Es war der größte Raumhafen Ambergrists und eignete sich gut als Nachschubzentrum und Aufmarschgelände für Truppen. Von hier aus führte ein kurzer Landungsschiffsflug geradewegs zu den vorderen Linien der Konföderationstruppen. Doch Doles war sicher, daß das weniger geplant als zufällig war. Und nur eine Stunde in einem schnellen Schweber entfernt lag die planetare Hauptstadt, wo die wenigen Adligen zu finden waren, die diese Welt besaß.

Das – dessen war sich Doles sicher – wußte Treyhang Liao bestimmt nur zu genau.

Wenn man vom Liao spricht... Treyhang betrat den Saal mit einem selbstbewußten Gang, den Doles seit Indicass nicht mehr an ihm gesehen hatte. Seit Tormanos Tod nicht. Seine sanften blauen Augen zuckten durch den Saal. Ihre Farbe und asiatische Neigung erinnerten Doles stark an den unergründlichen Blick einer Siamkatze. Der Major stählte sich für die Begegnung, nahm Haltung an und verschränkte die Hände fest im Rücken. Er wollte etwas von Treyhang Liao, aber es würde ihm wenig nutzen, sollte er versuchen, es seinem kleineren Gegenüber mit körperlicher Gewalt abzupressen.

Doles' Statur und die purpurrote Farbe seiner Paktuniform machten ihn für Treyhang unübersehbar. Das Seidencape der makellosen elfenbeinfarbenen Ausgehuniform Liaos bauschte sich leicht, als er herüber kam. »Haben Sie mich gesucht, Major?«

»Ich wollte nachsehen, wie sich die Dinge entwickeln«, stellte Doles mit vorgetäuschter Leichtigkeit fest, um sich nicht einfangen zu lassen. Schwer angetrunken und depressiv war Treyhang ein leichter Gegner gewesen. Aber Warner hatte nicht vergessen, daß Trey bei klarem Verstand Tormano Liao gewachsen gewesen war. »Es sieht alles sehr ordentlich aus«, stellte er fest und ließ den Blick durch den Saal schweifen. »Strategische Karten als sofort verfügbares Referenzmaterial an den Wänden.« Er deutete auf das Dreierarrangement aus konzentrischen Kreisen der Schreibtische und Konsolen. »Das richtet alle in der Zentrale auf die Mitte des Raums aus, wo Sie wahrscheinlich sitzen werden.«

Treyhang lächelte. »Außerdem liefert es mir eine informelle Möglichkeit der Beförderung und Bestrafung, indem ich Leute als Belohnung näher ans Zentrum setze.«

Doles nickte. »Bei den Blackwind-Lanciers versetzen wir Krieger für außergewöhnliche Leistungen zu angesehenen Einheiten, in der Regel in die Befehlslanzen.« Es war ein nicht allzu subtiler Versuch, das Gespräch auf den Status seines Bataillons zu lenken.

Eine Taktik, die Treyhang geschickt abblockte. »Das Prinzip ist dasselbe«, bestätigte er, und seine blauen Augen blieben unergründlich. Er nickte in Richtung eines der speichenartig durch die Tischreihen führenden Gänge und winkte Doles, ihn zu begleiten. »Ich brauchte Hilfe bei der Organisation der oberen Ränge des Freien Capella«, stellte er fest und senkte die Stimme, um das Gespräch vertraulicher zu machen. »Wir haben hier einige gute Leute, und die Bewegung kann es sich nicht leisten, Ressourcen brachliegen zu lassen.«

Sie traten beiseite, um zwei Männer vorbeizulassen, die eine wuchtige Radarkonsole auf einen Karren hievten und in Richtung Ausgang rollten. »Aber gute Ausrüstung scheinen Sie sehr wohl zu verschwenden«, erklärte Doles. *Und gute Krieger, die untätig herumsitzen und auf Material warten.* Das sprach er nicht aus, aber Treyhang mußte seine versteckte Zurechtweisung inzwischen sicher bemerkt haben.

»Alles zu seiner Zeit, Major«, antwortete Liao, eine Platitüde, die sich auf die verschiedensten Arten auslegen ließ. »Und alles an seinem Ort.« Die Implikationen *dieser* Äußerung gefielen Warner Doles ganz und gar nicht, und er verzog das Gesicht auf eine Weise, die Treyhang kaum mißverstehen konnte.

Aber der Liao zuckte unbekümmert die Schultern. »Ein örtlicher Mandrinn, Erbadel, nicht allzu bekannt, aber mit gewissem Einfluß auf Ambergrist, hat mir geholfen, neue Ausrüstung für meine Kommandozentrale zu beschaffen.«

»Einschließlich der neuen Uniformen?« fragte Doles, und seine Stimme verriet eine Spur von Verärgerung. Daß seine Lanciers Däumchen drehten, während sie auf Panzerung und Munition warteten, und Treyhang seine Zeit damit verschwendete, neue Uniformen für die Bewegung Freies Capella anzuschaffen, brachte ihn zur Weißglut. Um so mehr, als er Doles' eigene Anstrengungen inzwischen nicht mehr nur zu ignorieren, sondern aktiv zu behindern schien.

»Die alten Uniformen waren unpassend«, erläuterte Treyhang. »Die Farbgebung in Elfenbein und Gold war eine kalkulierte Beleidigung Sun-Tzus – von Tormanos Seite.«

Doles schnaubte verächtlich. »Und jetzt haben Sie Elfenbein und Braun«, stellte er fest. Er weigerte sich, auch nur das geringste Interesse erkennen zu lassen. Doles war äußerst stolz auf sein capellanisches Erbe, aber er mußte zugeben, von den Feinheiten der Han-Politik nicht allzuviel zu spüren. Er hatte trotzdem den Eindruck, daß Treyhang seine Neugierde irgendwie erahnte. Sie blieben vor den Sperrseilen stehen und betrachteten die beiden Malerinnen bei der Arbeit am Wappen der Bewegung. Sein Begleiter zog den Augenblick erkennbar in die Länge.

»Im alten China war Gold dem Kaiser allein vorbehalten«, erklärte Liao schließlich. »Indem er diese Farbe für Freies Capella wählte, erhob Tormano symbolisch Anspruch auf den Thron der Konföderation Capella.«

»Aber Sie haben die Farben des Wappens der Bewegung behalten«, erwiderte Doles und deutete auf das fast fertige Bodengemälde. »Es ist unverändert.«

»Es gibt zwei Unterschiede. Den ersten können Sie

mit den Augen nicht erkennen.« Treyhang erklärte es ihm. »Ich habe das Wappen umbenannt. Tormano nannte es *Die Herausforderung*. Jetzt heißt es *Das Versprechen*. Und der Planet in den Windungen des Drachen war ursprünglich Sian.«

Ein kurzer Blick nach unten, und Doles erkannte die Form der Kontinente. »Indicass«, stellte er fest.

»Indicass«, bestätigte Liao leise. »Die Welt, auf der Tormano...« Er stockte. »... Auf der *mein Vater* fiel. *Das Versprechen* ist meine Botschaft an Sun-Tzu, daß es der Bewegung Freies Capella nicht länger um den Thron des Himmels geht, sondern um den Schutz des capellanischen Volkes. Das Gold im Wappen ist eine Erinnerung, daß das auch sein *Versprechen* sein sollte.«

Erfinderisch, entschied Doles. *Sogar beeindruckend, falls Sun-Tzu die Botschaft versteht.* Aber ebenso schnell verwarf er die Idee. »Scheint mir eine Menge verschwendeter Zeit und Mühe zu sein. Symbole werden diesen Krieg nicht entscheiden. Soldaten könnten das, *wenn* man ihnen erlaubte zu kämpfen.«

Treyhang stützte den linken Ellbogen auf die rechte Hand und klopfte sich langsam mit dem linken Zeigefinger ans Kinn. Der musternde Blick, mit dem er Warner Doles betrachtete, erinnerte den Major an einen Schachmeister, den er einmal beobachtet hatte. Beim Studium des nächsten Zuges. Beim Abschätzen des Werts einer Figur.

»Führung kann viele Formen annehmen«, sagte Treyhang mit neutraler Stimme, die nichts von dem verriet, was in ihm vorging. »Mein Vater hat Freies Capella jahrelang von seinem Landgut auf Solaris VII aus geleitet. Ich sehe keine Veranlassung, den Kämpfen näher zu kommen, als ich bereits bin. Und wenn ich soweit bin, stehen mir Leute wie Sie zur Verfügung.«

»Und wann kann ich kämpfen?«

»Wenn *ich* soweit bin«, wiederholte Treyhang. »Bis dahin dürfen Sie mir ruhig glauben, daß Sie keinen Nachschub auftreiben werden, also finden Sie eine andere Methode, sich die Zeit zu vertreiben.«

Hinter dem Rücken ballte Doles wütend die Fäuste. Eine Behinderung zu vermuten war eine Sache, aber eine ganz andere, sie ins Gesicht bestätigt zu bekommen. »Sie haben kein Interesse an einer Vergeltung für den Tod Ihres Vaters, habe ich recht?« fragte er, nur um Treyhang zu verletzen.

Der Siamkatzenblick blieb ungerührt. »Die Hustaing-Rabauken haben Tormano nicht getötet. Und wenn sein Tod gesühnt wird, dann am ehesten durch das Kriegsverbrechertribunal, das nächsten Monat auf Atreus zusammentritt.« Seine Augen verengten sich, als er zu Doles hochsah. Er blickte ihm geradewegs in die Augen. »Ich weiß, weshalb ich kämpfe, Major Doles. Sie auch?«

Ja, antwortete Doles sofort, aber nur in Gedanken. Dann: *Ich glaube schon,* als Zweifel in ihm aufstiegen, die Treyhang mit seinem ruhigen, aber nachdrücklichen Angriff auf Doles' Zorn ausgelöst hatte. *Er spielt mit mir,* machte er sich klar. *So wie Tormano mit Smithson gespielt hat.* Wieder schlug Doles um sich, ohne Plan oder Logik, getrieben nur von dem Bedürfnis, Schmerz zu verursachen. »Wäre es mein Vater gewesen, würde ich irgendeine persönliche Vergeltung suchen.«

Treyhang grinste humorlos. Seine Augen wirkten stechend. Warner konnte fast hören, wie sein Gegenüber in Gedanken ›Schach‹ rief. »Es sind reaktionäre Gedanken wie dieser, die es Sun-Tzus Agentin möglich gemacht haben, Sie zu manipulieren«, stellte er mit harter Stimme fest. »Und das hat Ihre Lanciers auf Hustaing entehrt.«

Mit einem lauten Aufschrei schlug Doles blind vor

Wut zu. Eine große Faust kam in einem wilden Schwinger hinter seinem Rücken vor und schoß auf Treyhang Liaos stolzes Gesicht zu. Nur hielt Treyhang nicht still, sondern duckte sich mühelos weg. Doles konnte sich nicht entsinnen, daß ihm schon jemals ein Gegner so leicht entkommen war, und das half ihm mehr als alles andere, den blindwütigen Zorn zu erkennen, der ihn in den Klauen hatte. Er nahm sich mühsam zusammen, nachdem er es geschafft hatte, die gespannte Aufmerksamkeit des gesamten Saals auf seine Konfrontation mit Treyhang Liao zu ziehen.

»Das hat zur Vernichtung des 1. Bataillons der Blackwind-Lanciers auf Nashuar geführt«, erklärte Treyhang leise. Seine ruhige Versicherung traf Doles härter, als es jeder Schlag des kleineren Mannes gekonnt hätte.

Doles vergaß den Rest des Saals. Er wußte nicht mehr, was er sagen oder tun sollte, stand in stummem Schock nur da.

»Oberst Leo Perrin wurde bei einem Nervengasanschlag getötet«, fuhr Treyhang fort. »Daraufhin verließen die Lanciers während einer Schlacht die Formation und versuchten, sich an McCarron's Armored Cavalry zu rächen.« Er machte eine Pause, damit Doles die Information verarbeiten und seine eigenen Schlüsse zum Ergebnis dieser Aktion ziehen konnte. »Der Bericht traf heute ein.«

»Das tut mir leid«, entgegnete Doles mechanisch. Der Schock verhinderte jede gefühlsmäßige Reaktion.

»Was?« fragte Treyhang, der die fehlende Emotion bemerkte. »Daß er tot ist, oder daß Sie keine Gelegenheit hatten, ihn eigenhändig niederzustrecken, wie Sie es mit Smithson getan haben?«

Wieder loderte die Wut in Doles auf, dieselbe Wut, die er während der panischen Flucht auf Indicass – und seither hier auf Ambergrist – gefühlt hatte. Aber jetzt erkannte er sie und weigerte sich, ihr nachzugeben. Allein schon deshalb, weil er Trey die Genugtuung nicht gönnte.

Liao nickte zufrieden über Doles zurückgewonnene Selbstbeherrschung. »Ich habe mir seit unserem letzten kleinen Gespräch Ihre Vorgeschichte angesehen, Warner. Habe mit einigen Ihrer Freunde gesprochen. Ihre komplette Personalakte von St. Ives angefordert. Stellen Sie sich meine Genugtuung vor, als ich entdeckt habe, daß ich Ihnen den *Gefallen* zurückzahlen kann, den Sie mir erwiesen haben.«

Doles Wut trieb ihn, aus dem Saal zu stürmen, aber sein Stolz ließ ihn nicht gehen. Er wollte mehr hören. Er wollte Treyhang den Hals umdrehen. »Welchen Gefallen?« fragte er schließlich.

Treyhang schüttelte nur den Kopf. »Nein. Ich sollte es Ihnen nicht zu einfach machen. Diese Frage dürfen Sie selbst beantworten.« Er zuckte desinteressiert die Schultern. »Aber warten Sie nicht zu lange«, setzte er hinzu, drehte Doles den Rücken zu und ging zur Tür. »Denn bis Sie es tun, zu *meiner* Zufriedenheit tun, ist für Sie kein Platz in Freies Capella.«

22

Palast des Himmels,
Zi-jin Cheng (Verbotene Stadt), Sian
Kommunalität Sian, Konföderation Capella

2. *Juli 3062*

Sun-Tzu nickte Talon Zahn zu, als er die Diskette in einen versteckten Eingabeschlitz schob und das in den Schreibtisch seines Privatbüros eingebaute Wiedergabegerät startete. Sie studierten beide das Videobild Katrina Steiner-Davions, während sie die Botschaft mit ihren üblichen verlogenen Freundlichkeiten einleitete. Der in die Glasoberfläche des Schreibtischs eingelassene Schirm gab das Holovidbild nur zweidimensional wieder und beraubte Katrinas Bild zahlreicher Details, die von der Holokamera sicher aufgezeichnet worden waren. Fahle Haut, streng nach hinten gekämmtes goldenes Haar, eisblaue Augen. Selbst unter den besten Umständen empfand Sun-Tzu ihre Schönheit als zu kalt und spartanisch. Er hätte sich die Botschaft ganz ohne Bild angehört, wenn nicht die Möglichkeit bestanden hätte, daß sie in einer unbedachten Muskelzuckung oder einer beiläufigen Geste etwas von ihren Gedanken verriet.

Das hätte auch Romanos Wut dämpfen können. Er erinnerte sich nur zu gut an die fast gewalttätige Abneigung seiner Mutter gegen alles, was in irgendeinem Zusammenhang mit Haus Davion stand. Und Katrina gehörte zur *Brut Davions*, wie Romano die Kinder Hanses und Melissas in ihren freundlicheren Momenten genannt hatte. Er trank einen letzten Schluck Wein, wünschte sich, damit die Erinnerung an Romano ertränken zu können, die ihn immer noch verfolgte. Dann stellte er das Glas beiseite und konzentrierte sich auf die Botschaft.

»Was George Hasek in der Mark Capella tut«, sagte Katrina, »ist für mich im Augenblick nicht von Interesse. Wenn er den Wunsch verspürt, das *Privat*vermögen seiner Familie in einer internen capellanischen Angelegenheit zu verschwenden, ist das seine Sache. Und nachdem ich Candace Liao Zuflucht auf New Avalon versprochen habe, sollte sie vom Thron Ihres Reiches zurücktreten wollen, kann und werde ich Herzog Hasek sicher nicht dafür zur Rechenschaft ziehen, daß er Kuan Yin eine Operationsbasis für ihre humanitären Hilfsaktionen zur Verfügung stellt.« Katrina unterbrach sich, um ihren nächsten Worten mehr Gewicht zu verleihen. »Und Sie werden das auch nicht tun!« erklärte sie.

Sun-Tzu klopfte mit den drei verlängerten Fingernägeln seiner linken Hand hart auf den Schreibtisch. Zahn sollte seine Verärgerung erkennen. *Als nächstes wird sie mit gewaltsamen Gegenmaßnahmen drohen, sollte ich versuchen, die Grenzen von 3025 zu überschreiten, auf die wir uns geeinigt haben, und dann wird sie auf die Kämpfe in Tikonov zu sprechen kommen.*

»Daß ich so lange Zeit nicht gegen die Unruhen in der alten Tikonov-Region vorgegangen bin, sollten Sie nicht als Zeichen mangelnder Entschlußkraft fehlinterpretieren«, fuhr sie gelassen fort. Eine freundliche Umschreibung der Tatsache, daß sie die Unruhen dazu benutzt hatte, die Regentin Victors vom Thron zu hebeln und sich das Reich ihres Bruders unter den Nagel zu reißen, während er außerhalb der Inneren Sphäre beschäftigt war, dachte Sun-Tzu, obwohl er ihr kaum etwas übelnehmen konnte, was Victor Steiner-Davion so schwächte. »Hätte ich weniger Zutrauen in die Fähigkeiten der neuorganisierten Bewegung Freies Capella Treyhang Liaos, die von Ihrer Zhanzheng-deguang-inspirierten Bewegung Freies Tikonov angezettelten Kämpfe zu beenden, könnte ich mich gezwungen sehen, diese Angelegenheit selbst in die Hand zu nehmen. Aber ich *werde* Sie mit Sicherheit zur Rechenschaft ziehen, sollten Sie Herzog Hasek auch nur mit Vergeltungsmaßnahmen gegen, auf oder um Kittery drohen.« Katrinas blaue Augen funkelten gefährlich und ließen für den Bruchteil einer Sekunde das Raubtier erkennen, das sich hinter ihrer sanften Fassade verbarg.

Na schön, ich werde den Befehl zurücknehmen. Romanos Geist wütete tief in Sun-Tzus Gedanken gegen ein Schicksal, das es ihr unmöglich machte, Katrina die Luft abzuschnüren.

Katrina lehnte sich zurück. Sie war jetzt ruhiger, und ihre Stimme war von einer Süße, die dem, der sie kannte, kalte Schauer über den Rücken jagte. »Der Schwarze Lenz könnte immer noch zum Todesschrei ihrer Konföderation werden, Sun-Tzu Liao.«

Sie verabschiedete sich mit einem formellen Nicken, das auf Sun-Tzu weniger königlich als trotzig wirkte; dann wurde ihr Bild vom Sonnenfaustemblem des Vereinigten Commonwealth ersetzt. Er mußte leise lachen, als er es sah. *Sie wünscht sich nur, ihre beiden Reiche könnten sich unter diesem Wappen vereinen.* Die Sonnenfaust verblaßte und verschwand schließlich völlig im schwarzen Hintergrund – in Sun-Tzus Augen ein symbolträchtiges Ende.

Der Kanzler lehnte sich in seinem Ledersessel zurück und schloß die Augen, um das Video im Geist zu rekapitulieren. Der süße Duft von Sandelholz trieb aus dem Weihrauchbecken herüber, und er hörte das leise Schaben, mit dem Talon Zahn auf seinem Stuhl das Gewicht verlagerte. »Kommentar?« fragte er mit einer Gelassenheit, die er in Wahrheit ganz und gar nicht fühlte.

»Es entsprach nicht ganz Katrinas üblichem Stil«, kam Zahn ohne Umschweife zur Sache. »Kaum undeutliche Versprechungen oder versteckte Drohungen.

Man könnte es eher ein reichlich offenes Ultimatum nennen.«

Sun-Tzu stimmte ihm zu. »Was sich woraus erklärt?«

Hier zögerte Zahn kurz. Was nur fair war, da er seine Erfahrung weitesten Teils in militärischer Strategie und Taktik gewonnen hatte, und nicht in der politischen Arena. »Ich würde vermuten, daß die Unruhen in lyranischen und VerCom-Systemen, von denen wir gehört haben, ernster sind als man uns glauben machen will. Sicher durch die Probleme, die Arthur und Victor ihr machen.«

Arthur Steiner-Davion war in Sun-Tzus Augen ein aufmüpfiger Bengel, der versuchte, sich einen Namen zu machen. Aber Victor... »Victor ist durch seine bloße Existenz ein Problem für Katrina.« Fast hätte Sun-Tzu Victor dafür verzeihen können, daß er noch lebte. Überrascht machte er sich klar, daß er seit Monaten nicht mehr ernsthaft an Victor Steiner-Davion gedacht hatte. *Daran könnte ich mich gewöhnen.*

»Unglücklicherweise«, fuhr der Kanzler fort und gestattete seiner Stimme ein gewisses Maß an Niedergeschlagenheit, als er die Augen wieder öffnete und Zahn fixierte, »plant Katrina, George Hasek eine ähnliche Rolle bei meinen Bemühungen in der Xin-Sheng-Kommunalität zu gestatten. Privatvermögen«, höhnte er. »Er schiebt Candace VerCom-Staatsmittel zu, einschließlich des militärischen Nachschubs.« *Und ich hatte gehofft, meine Schwierigkeiten mit den Haseks hätten mit dem Tod von Georges Vater Morgan ein Ende gefunden.* »Katrina benötigt einen anhaltenden Konflikt in St. Ives, um die Mark Capella von sich abzulenken und meine Konföderation auf Dauer zu binden.« Es wäre Sun-Tzu leichter gefallen, diese Taktik zu bewundern, wenn sie sich nicht so unmittelbar gegen seine Absichten gerichtet hätte.

»Nicht auf Dauer, mein Kanzler.« Zahn beugte sich vor. In seinen dunklen Augen stand der Hunger nach einer endgültigen Lösung des St. Ives-Konflikts. Sun-Tzu konnte den Eifer seines Seniorgenerals deutlich erkennen, ebenso wie dessen Entschlossenheit. »Ich habe bereits Einheiten für die erste Angriffswelle eingeteilt«, informierte der Sang-Jiang-jun seinen Herrn. »Es kann gelingen.«

Es muß gelingen, beendete Sun-Tzu den Satz für ihn, und hörte die darin enthaltene Warnung sehr wohl heraus, selbst wenn Zahn sie möglicherweise gar nicht gemeint hatte. »Die Eroberung von St. Ives wird unseren Kräften neuen Schwung geben und unsere legitimen Ansprüche in den Augen des capellanischen Volkes bestätigen. Des *ganzen* capellanischen Volkes.« Er fühlte Romanos Einfluß, der sich der Überlegenheit der Konföderation über das Reich ihrer Schwester gewiß war und einen völligen Zusammenbruch des Paktes prophezeite. »Es *könnte* sogar den St.-Ives-Paktstreitkräften den Kampfwillen rauben.«

Talon Zahn nickte. »Der Fall von St. Ives könnte sicher ein Fanal für uns werden.«

»Aber?« fragte Sun-Tzu, der das Zögern in seiner Stimme bemerkte. Er hatte die jüngsten Verlustmeldungen aus den Chaos-Marken und die Einschätzungen der Aktionen Cassandra Allard-Liaos an der Teng-Front gesehen. Er hatte diesen Augenblick erwartet. »Sie haben eine Bitte?«

Zahn erhob sich von seinem Platz und nahm vor seinem Kanzler Haltung an. Er zupfte kurz am Saum seiner Uniformjacke, um den bestmöglichen militärischen Eindruck zu machen, und nickte. »Sechs zusätzliche Regimenter«, sagte er.

Sun-Tzu bremste seine Wut. Die Antwort brannte wie Säure auf seiner Zunge. In den Tagen seiner Mutter hätte der Strategische Militärdirektor den Befehl der Kanzlerin mit einem simplen Kopfnicken bestätigt. *Wie es sein sollte,* flüsterte Romano ihm aus den Tiefen seines Geistes ein. Sun-Tzu würgte die Stimme brutal ab. *Sascha Wanli habe ich verloren. Sie hat sich in irgendein Loch verkrochen, wo, weiß ich nicht. Ion Rush ist seit der Explosion und den Operationen danach auch nicht mehr derselbe. Ich kann es mir nicht leisten, Talon Zahn gegen mich aufzubringen.* Die Situation verlangte Geduld und Vernunft. Sun-Tzu zapfte seine Reserven an. »Setzen Sie die Regimenter ein, mit denen wir versucht haben, Kai aufzuhalten«, erklärte er ruhig. »Während der Schlacht um St. Ives brauchen wir die Front nur zu halten.«

»Diese Regimenter setze ich bereits ein, mein Kanzler«, erwiderte Zahn. »Sie wurden zurück in die Souveränität Sarna, die Kommunalität Styk und die Chaos-Marken verlegt. Eines von ihnen steht auf einer rebellierenden Welt der Umstrittenen Territorien im Kampf. Um unsere Verpflichtungen dem Magistrat Canopus gegenüber zu erfüllen, mußte ich Truppen zur Peripherie verlegen.« Seine Stimme wurde härter. »Welches dieser Gebiete darf ich riskieren, um St. Ives zu nehmen?«

Romanos Flüstern lenkte Sun-Tzu wieder ab. Sie drängte ihn, Zahn für dessen Aufmüpfigkeit zu bestrafen. »Sie können es auch ohne sie schaffen«, erklärte er.

Zahn neigte in respektvollem Widerspruch den Kopf. »Ihr sagt mir, was Ihr wollt, mein Kanzler. Ich informiere Euch darüber, was ich brauche. Die Konföderation ist seit Ilsa Liaos 2828er-Offensive im 2. Nachfolgekrieg keinen Konflikt von der Größenordnung des St.-Ives-Krieges mehr angegangen, und diesmal operieren wir unter der Konföderation von außen auferlegten Einschränkungen. Blakes Wort in den Chaos-Marken. Die erneute Sicherung der Marik-Grenze. SBVS- und

ComStar-Einmischung, einschließlich Novakatzen-Einheiten unter der Sternenbund-Fahne. Die erste Angriffswelle gegen St. Ives ist sehr viel schwächer ausgefallen, als mir nach den Einschätzungen dessen lieb wäre, was der Pakt uns entgegenwerfen kann, aber es wird reichen, einen soliden Brückenkopf zu etablieren.«

»Einen Brückenkopf?« Sun-Tzu erkannte, daß Zahn ihn bewußt zu reizen versuchte. Der Sang-Jiang-jun ging an die Grenzen der Freiheiten, die der Kanzler seinem Militärischen Direktor zugestand. »Sie werden eine erheblich bessere Leistung bringen«, erklärte er in ruhigem Gesprächston, hielt seinen Zorn zurück und kanalisierte ihn in gesteigerte Konzentration.

Zahn war noch nicht fertig. »Hanse Davion hat uns im 4. Nachfolgekrieg gezeigt, daß eine dreifache Übermacht die besten Siegeschancen bringt.«

Lektionen von den Davions? Das reichte, um Romanos Geist zu einer wilden Furie werden zu lassen. »Versuchen Sie herauszufinden, wie weit Sie mich treiben können, Zahn?«

Der Sang-Jiang-jun zuckte angesichts der Kälte in Sun-Tzus Stimme zusammen. »Nein, mein Kanzler. Aber ich *versuche,* Alles-unter-dem-Himmel intakt zu erobern«, antwortete er mit einem wörtlichen Zitat aus der Kunst des Krieges.

Während Zahn mit einem weiteren Widerspruch eine augenblickliche Bestrafung riskiert hätte, gestattete die historische Bezugnahme Sun-Tzu, die Lage in ihrer Gesamtheit zu sehen. *St. Ives muß fallen. Nichts anderes ist momentan von annähernd ähnlicher Bedeutung.* Zähneknirschend fragte er: »Sechs Regimenter?«

Zahn nickte, dann zögerte er. »Sieben, wenn ich mich um die sich auf Milos entwickelnden Probleme kümmern soll.«

Die Leichte Eridani-Reiterei auf der ersten Welt, deren

Bevölkerung die Rückkehr in die Konföderation offen begrüßt hat. Das trägt Victors Handschrift, auch wenn ich nicht weiß, wie er das geschafft hat. »Ziehen Sie unsere Garnisonen von Menke und Rollis ab«, knurrte er mit unüberhörbarer Verbitterung. »Und das halbe neue Regiment auf Victoria.« *Das* war eine riskante Entscheidung, weil er damit einen Überfall auf den Standort der neuesten Mechfabriken der Konföderation geradezu herausforderte. »Ziehen Sie sie für eine zweite Angriffswelle zusammen.«

Talon Zahn nickte, wenn auch mit einem Stirnrunzeln. »Einverstanden. Aber das läßt unsere Peripheriegrenze zum Commonwealth und zum Tauruskonkordat gefährlich schwach zurück«, stellte er fest. »Grover Shraplen aus dem Konkordat ist erst nächsten Monat fällig. Seid Ihr Euch seiner Unterstützung so sicher?«

»Nein«, gestand Sun-Tzu ein und sah keine Veranlassung, seine Besorgnis vor seinem höchstrangigen Offizier zu verbergen. Es war besser, wenn sie beide auf die Gefahr eines Verrats von dieser Seite vorbereitet waren. Romanos Geist stimmte ihm zu. »Ich sollte also besser überzeugend sein, wenn er kommt, na duì ma? Außerdem habe ich ihm eine Eskorte von zwei Regimentern bis Castrovia zugestanden. Die bekommen Sie auch«, versprach er.

»Und die Eridani?« fragte Zahn zögernd.

»Lordoberst Baxter kann eines seiner Regimenter in Marsch setzen, um die neue Domäne der Cavalry zu schützen«, entschied Sun-Tzu. »Sie sind jetzt Bürger der Konföderation. Sie können die Risiken mittragen.« Er entließ Zahn mit einer Kopfbewegung, lehnte sich in den Sessel zurück und faltete die Finger auf der Brust. *So sei es denn,* dachte er. Mehr gab es nicht zu tun.

Das stimmt nicht ganz, erinnerte ihn eine geisterhafte

Stimme. *Eine Sache war da noch. Armeen marschieren unter der Führung des Generals, aber immer auf den direkten Befehl ihres Lehnsherren.*

»Zahn«, stoppte Sun-Tzu den Sang-Jiang-jun an der Tür. »Sie sagten, die erste Angriffswelle stünde bereit?«

Der oberste Militärführer der Konföderation Capella nahm wieder Haltung an und erwartete den mit Sicherheit kommenden Befehl. »Ja, mein Kanzler.«

Sun-Tzu schloß die Augen und suchte ein letztes Mal nach Schwachstellen in der Planung. Er ging ein weit größeres Risiko ein, als ihm lieb war, aber in diesem späten Stadium des Spiels schien die einzige andere Option die Aufgabe der ganzen Operation. Und das war absolut unannehmbar.

»Setzen Sie sie in Marsch«, befahl er.

23

**Scottsdale Wash, Provinz 'Zona, St. Ives
Herzogtum St. Ives, St. Ives-Pakt**

4.Juli 3062

Lien-zhang Aris Sung setzte seinen *Spuk* zwischen einigen Sträuchern auf. Es war hauptsächlich Gewohnheit, die ihn hierher gelenkt hatte, da er sich von den Krüppelbäumen und trockenen Sträuchern des Scottsdale Wash keine nennenswerte Deckung versprechen konnte. Er senkte den schweren Impulslaser über einen *Totschläger* der St.-Ives-Heimatmiliz am Rand seiner effektiven Reichweite und löste eine Salve rubinroter Lichtpfeile aus. Der Schwarm rotglänzender Lichtbolzen stach in die rechte Schulter des Mechs und schleuderte orangerot glühende Klumpen zerschmolzener Metallkeramik über den Wüstenboden.

Die Ebene südöstlich der Wüstenstadt Scottsdale war typisch für verödete Flutebenen. Die Büsche und kläglich verwachsenen Lärchen waren alle nach Südwest geneigt, durch jahrelange Springfluten im Winter und Frühjahr geprägt, die von der Bai-se-shan-Hochebene im Nordosten herabschossen. Das Land war flach wie ein Brett, unterbrochen nur von vereinzelten niedrigen Felsauswüchsen und engen, vom Wasser ausgehöhlten Flutrinnen, in denen sich bestenfalls Infanterie verstecken konnte. Ein Schlachtfeld wie ein Schießstand. Die offene Weite des Landes kam Haus Hiritsus Versuch entgegen, einen Brükkenkopf auf St. Ives zu etablieren. Sie forderte eine einfache Taktik, die sich weniger auf Glück als auf Können stützte und gestattete eine schnelle Entdekkung anrückender Feinde.

Anrückender Gegner, verbesserte Aris sich reuig. Wenn es irgendwo nötig war, bei der Definition dieses

Konflikts Sorgfalt zu zeigen, dann dürfte es hier auf St. Ives sein.

Auch ohne Ortungseinsatz sah Aris den *Totschläger* und zwei andere Heimatmiliz-Mechs anrücken. Die stahlblaue Lackierung seines *Spuk* machte die Maschine vor dem Hintergrund der blassen Wüste und dem tiefen Horizont zu einem erstklassigen Ziel. Aber offenbar war es zu schwer für die MechKrieger der Heimatmiliz, den *Spuk* über einen Zweihundert-Meter-Sprung zu verfolgen. Eine einzelne Salve aus fünf Langstreckenraketen hinterließ ein paar Krater in der linken Torsopanzerung. Ein von rechts angerückter *Galleon*-Panzer hatte mehr Erfolg und traf mit zwei mittelschweren Lasern die Brustpartie des Mechs. Aber der Panzer bezahlte für seine ungedeckte Position, als ihn zwei *Transit*-Luft/Raumjäger des zur Unterstützung eingesetzten 33. Geschwaders in einem Hochgeschwindigkeitsvorbeiflug unter Beschuß nahmen. Sie hinterließen ein ausgebranntes Wrack. Das Panzerfahrzeug war weit aufgerissen und ausgeweidet.

»Bewegung«, rief Lien-zhang Jason James über die Frequenz, die den Kompaniechefs vorbehalten war. »Ihre Schlachtreihe könnte sich drehen.«

Seit Ty Wu Non durch einen Cockpitbruch ausgefallen war, leitete James die Schlacht. Aris konnte den *Jinggau* des leitenden Lien-zhang auf dem Sichtschirm erkennen. Die gedrungene, breitschultrige Silhouette war leicht zu identifizieren. Es schien ein schlechtes Vorzeichen zu sein, daß Shiao-zhang Non schon so früh beim Abwurf auf St. Ives ausgefallen war, aber die MedTechs versprachen, ihn innerhalb weniger Stunden aus dem OP und bei Bewußtsein zu haben.

Aris wechselte ein paar Schüsse mit dem *Totschläger* und erzielte im Austausch für einen PPK-Treffer, der ins rechte Bein des *Spuk* schlug, einen weiteren Treffer mit seinem schweren Impulslaser. *In der Zwischenzeit haben wir eine Schlacht zu gewinnen.*

»Ma de dan«, fluchte James. »Sie schwenken wieder nach Norden.«

Was sonst, erwiderte Sung stumm. Auf seiner Sichtprojektion drehte sich die Formation des zurückweichenden Heimatmilizbataillons weiter. Bis nach Scottsdale. Er beschleunigte den *Spuk* auf Laufgeschwindigkeit und bewegte sich an der Hiritsu-Front entlang, während ein *Ti T'sang* seine alte Position einnahm und den *Totschläger* mit seinem Nahkampfbeil bedrohte. Der Heimatmilizionär entschied sich klugerweise für den besseren Teil der Tapferkeit und wich zurück.

Li Wynn, wo steckst du? Aris gab ein paar Impulslaserpfeile auf einen *Greif* der Heimatmiliz ab, der sich zu weit aus der Deckung seiner Kameraden gewagt hatte. »Wenn sie es bis hinter die Befestigungen der Stadt schaffen, haben wir sie verloren«, erinnerte er James. Und das hätte Ty Wu Nons Strategie unterminiert, die vorsah, daß Haus Hiritsu und ein Bataillon von Isharas Grenadieren sich Scottsdale, die Schlüsselposition der Provinz 'Zona, als Operationsbasis sicherten. Und in Aris' Augen wäre es noch schlimmer gekommen. Gelang es dem Heimatmilizbataillon, sich in Scottsdale einzubunkern, würde Haus Hirutsu irgendwann gezwungen sein, sie auszuräuchern. Das würde einen hohen Blutzoll auf beiden Seiten und von den capellanischen Einwohnern Scottsdales fordern, deren einziges Verbrechen darin bestand, bei der Rückkehr der Konföderation in der falschen Stadt zu wohnen. *Das können wir nicht zulassen. Ich werde das nicht zulassen.*

Noch immer schwelte der persönliche Konflikt in Aris Sungs Seele, der sich auf Hustaing entwickelt hatte und auf St. Loris ausgebrochen war. Und nicht nur in ihm, wie er aus der Verwandlung verschiedener Hausmitglieder ersah, seit sie von St. Loris abgezogen worden waren. Hier auf St. Ives führte Aris seinen Endkampf um Anerkennung: Anerkennung seiner eigenen Kämpfernatur und der jüngsten, widersprüchlichen Interpretationen der Hiritsu-Philosophie.

Aber nach Ty Wu Nons Ausfall verlangte die Tradition zu einem Zeitpunkt, an dem ganz eindeutig Flexibilität gefordert war, die strikte Einhaltung der durch den Shiao-zhang aufgestellten Gefechtsplanung. Die meisten Kriegerhäuser operierten unter streng formellen Gefechtsvorschriften, und niemand wagte es, sie zu brechen oder auch nur leicht zu beugen. Nicht einmal ein Sieg garantierte mildernde Umstände für die Beurteilung der darin inbegriffenen Respektlosigkeit. Aber es war möglich, wie Aris aus eigener Erfahrung wußte. Wie immer war auch dies eine Frage der Interpretation.

Lien-zhang James schien es ähnlich zu sehen. »Können wir die Grenadiere rechtzeitig hier runterholen, bevor die Heimatmilizeinheiten Scottsdale erreichen?« fragte er, sichtlich auf der Suche nach einer Alternative.

Aris schüttelte den Kopf. Er war zu sehr mit dem Kampf gegen den *Greif* beschäftigt, um eine Antwort zu geben, lieferte sie sich aber in Gedanken. Der Verlust der Panzerung über den Munitionslagern im linken Torso ließ den plötzlich ängstlich gewordenen *Greif*-Piloten eiligst Kurs auf die Heimatmilizlinien und die Sicherheit der Gruppe nehmen. Er schaffte es nicht. Raven Clearwater führte ihre Lanze nach vorne und deckte den fünfundfünfzig Tonnen schweren Kampfkoloß mit Langstrecken-Energiewaffen ein, bis die PPK eines ihrer Lanzenkameraden durch die Panzerbresche schlug und die Munitionsvorräte zur Detonation brachte. Ein älteres Modell, stellte Aris mit Bedauern für den gegnerischen Piloten fest, als der Mangel an CASE-Schutzvorrichtungen der Munitionsexplosion gestattete, den ganzen Rumpf von innen heraus zu verzehren.

»Unmöglich«, erwiderte er endlich, froh über eine Ablenkung von den Todeszuckungen des Pakt-Mechs. »Nach den letzten Meldungen stehen sie oben in der Nähe des Plateaus in heftigem Gefecht mit Elementen der Füsiliere.« Er zog sich zurück, als eine *Vedette*-Lanze einen Vorstoß aus der Heimatmilizlinie unternahm. »Außerdem ist es zu weit.«

Mit enttäuschter Stimme fragte James: »Irgendwelche Vorschläge?«

Aris überprüfte die Position seiner Kompanie auf der Sichtprojektion und hätte dadurch fast die Explosion verpaßt, die nur als plötzlicher Schmutz- und Pflanzengeysir an den Füßen eines entfernten Heimatmiliz-*JägerMech* erkennbar war. Das sah nach – eine zweite, lautlose Schmutzfontäne, unter der die untere Rumpfhälfte eines neueren *Kosak* verschwand, unterbrach seinen Gedanken – einer Minendetonation aus.

Als der Rückzug der Heimatmiliz verwirrt zum Stehen kam, öffnete Aris die Verbindung zu Lien-zhang James. »Da haben Sie Ihre Antwort«, meinte er.

Aus der Deckung der schmalen Flußrinnen vor der Heimatmiliz sprangen zwei Infanterietrupps und attackierten die ihnen am nächsten stehenden BattleMechs, ein Zug mit Kletterstangen und Bündelladungen, der andere mit Sprungtornistern. Die Überraschung war so groß, daß nur ein einziger Heimatmiliz-Mech einen Schuß abfeuerte, bevor die Infanteristen wieder in Deckung waren, und der ging weit daneben.

»Infanterie?« James' Verwirrung hielt nicht lange an, als er sich die nächste Position ins Gedächtnis rief, von der aus die Truppen gekommen sein konnten.

»Shiao-zhang Non hat Li Wynn an unserer Nordflanke postiert«, stellte er mit plötzlichem Unbehagen fest. »Diese beiden Züge sollen die Stadtgrenzen von Scottsdale bewachen.«

Aris hielt sich zurück und gestattete seiner Kompanie einen kleinen Vorsprung, während er sich um den Senior-Kompanieführer kümmerte, dessen *Jinggau* ebenfalls zurückblieb. »Genau das tun sie auch, Jason«, sagte er vorsichtig und hoffte darauf, daß die Verwendung des Vornamens ihm einen Moment der Aufmerksamkeit sicherte. »Sie bewachen Scottsdale gegen die Heimatmiliz. Und sie stehen nördlich unserer Position. Unsere Linien haben sich nur so gedreht, daß eine Flankeneinheit jetzt unmittelbar voraus steht.« *Arbeite mit, Jason. Wir brauchen das.* »Willst du diese Schlacht jetzt aufhalten, um dich darüber zu beschweren?«

James' tonloses »Nein« versprach wenig Entgegenkommen und sicher keine Unterstützung, aber es ließ die Lage offen. Für's erste.

Das ist ein Anfang, dachte Aris. *Und so früh in der Schlacht um St. Ives nehme ich, was ich kriegen kann.*

* * *

Pai-zhang Li Wynn hatte die Autorität seines neuen Kommandos genossen, wenn auch nicht seinen Auftrag. Daß er den Befehl über zwei Züge Hiritsu-Infanterie erhalten hatte, demonstrierte Ty Wu Nons Vertrauen in ihn, und Li war sicher, daß es eine Vorbereitung für die nächste Beförderung zum Lien-zhang war, zum Kompanieführer. Daß er dabei keine Gelegenheit zum Kampf erhielt, keine Chance, die Feinde des Kanzlers niederzustrecken, reduzierte die damit verbundene Ehre nur ein wenig. An diesem glorreichen Tag der Rückkehr der Konföderation auf die Verräterwelt St. Ives war Li Wynn bereit, großzügig zu sein.

Jedenfalls bis ihn Aris' Ruf in die Schlacht erreichte.

»Shiao-zhang Nons BattleMech ist ausgefallen, und er ist verletzt«, hatte Aris seinem Schützling über die abhörsichere Verbindung erklärt. »Aber er wird es überleben, und wir gehen weiter nach seinem ursprünglichen Gefechtsplan vor.«

Bis ins Innerste aufgewühlt von heiligem Zorn schwor Li Wynn der St.-Ives-Heimatmiliz augenblicklich blutige Rache. Diese Verräter wagten es, den Meister Haus Hiritsus zu berühren? Auf den Schlachtfeldern von St. Ives würde es keinen Kompromiß geben. Li Wynn dürstete nach der Schlacht und dem Ruhm, den er für sich und sein Haus erringen würde.

Aris kam ihm dabei entgegen. »Li, deine Leute müssen eine vorgezogene Flankenposition beziehen. Schätzungsweise bei Kartenquadrat Einundzwanzig Schrägstrich Elf.«

War das eine Andeutung von Zögern, von Zweifel in Aris' Stimme? Wegen der verzerrenden Wirkung der Funkübertragung konnte Li sich nicht sicher sein.

»Ihr werdet weiter alle von Scottsdale ausgehenden Aktivitäten überwachen und melden«, fuhr Aris fort, »und gleichzeitig alle Heimatmilizkräfte daran hindern, sich in Richtung Stadt zurückzuziehen. Ich übermittle dir die begrenzte taktische Freigabe, deine Truppen dazu nach Bedarf zu postieren.« Eine kurze Pause, dann: »Li, wir verlassen uns darauf, daß ihr niemanden durchlaßt.«

Damit war jeder Zweifel weggewischt. Mehr brauchte nicht gesagt zu werden. Li Wynn würde sein Haus nicht im Stich lassen. Er hoffte nur, daß die Heimatmiliz tatsächlich versuchte, Scottsdale zu erreichen. Li kam gar nicht auf die Idee, seine Befehle bestätigen zu lassen. Natürlich hatte Aris Sung mit Ty Wu Non gesprochen, und die Anweisungen kamen unmittelbar vom Shiao-zhang. Aris hatte es doch beinahe selbst gesagt.

Sich dem Rückzug der Heimatmiliz in den Weg zu stellen, war nicht weiter schwer gewesen. Sie hatten praktisch im letzten Augenblick ein Dutzend Vibrabomben plaziert. Li verließ sich auf die typische Blindheit von MechKriegern, die häufig genug alles ignorierten, was keine zehn Meter hoch und von einer Masse war, die in Tonnen gemessen werden mußte.

Die beiden ersten Trupps sprangen aus der Dekkung, um die im Minenfeld beschädigten Mechs anzugreifen. Der *Kosak* blieb einbeinig auf dem Wüstenboden liegend zurück. Der etwas zähere *JägerMech* humpelte davon, aber sein Pilot hatte sichtlich die Lust verloren. Li grinste triumphierend und bereitete eine letzte Überraschung für die Pakt-Hunde vor.

Die Taktik war eine Lektion, die er unter der Leitung seines Sifu Aris Sung gelernt hatte. Eskalation der Bedrohung. Erst die Minen, von denen er nur eine minimale Anzahl besaß, aber das konnte die Heimatmiliz nicht wissen. Dann die Angriffe der Mechabwehrtruppen. Und schließlich... Li Wynn aktivierte mit einem Fingerdruck sein Kehlkopfmikrophon.

»*Fa Shih*, Angriffsziel *Cataphract*. Er wagt sich zu weit nach Norden.« Der *Cataphract* war ein altes Markenzeichen des capellanischen Militärs, und Wynn wollte ihn aus den Reihen der Pakt-Truppen entfernen. Sie verdienten ihn nicht.

»Angriff«, befahl er ohne besondere Betonung.

Das über einem speziell für die gepanzerten Infanteristen erweiterten Graben liegende Tarnnetz wurde zurückgezogen, und vier Krieger in den neuen Krötenpanzern der Konföderation sprangen heraus und auf den schweren BattleMech zu. *Fa Shih*, die taoistischen *Meister der Methoden*, kehrten in neuer Inkarnation zurück, um dem Volk den *Weg* zu weisen.

Li lachte, als der *Cataphract*, dessen Pilot vom plötzlichen Auftauchen der Kröteninfanterie sichtlich geschockt war, ins Stolpern geriet. Mehr als diese vier Kröten hatte er nicht, aber auch hier galt wie schon bei den Minen: Konnte die Heimatmiliz dieses Risiko eingehen?

Der *Cataphract* versuchte die Angreifer abzuschütteln, aber die flinken Gefechtspanzerträger wichen seinen schwerfälligen Abwehrversuchen mit Leichtigkeit aus. Sie rissen an seiner Panzerung, schlugen tiefe Breschen hinein und feuerten mit den leichten Lasern im rechten Arm der Krötenrüstung ins Innere des Kampfkolosses. Als der schwere Mech die Flucht ergriff, holte Li noch einmal zwei Mechabwehrtrupps aus der Deckung, von deren einem ein erfolgreicher Schlag gegen eines der Mechkniegelenke gelang. Die ungepanzerten Infanteristen verschwanden wieder in der Deckung, während die Kröten den *Cataphract* auch nicht freigaben, als er zu Boden ging. Li Wynn empfand die Erschütterung, mit der die siebzig Tonnen schwere Kampfmaschine aufschlug, als zutiefst befriedigendes Erlebnis.

Er tippte wieder auf das Kehlkopfmikro. »Macht ihn fertig«, ordnete er sanft mit freundlicher Stimme an. Die *Fa Shih* drängten sich um das Cockpit des *Cataphract* und rissen das Ferroglaskanzeldach weg, um den Piloten ins Visier zu bekommen. Dann verschwanden auch sie in einem ihrer vorbereiteten Verstecke.

Das genügte, um die Heimatmiliz zu überzeugen, daß sie keinen Bedarf nach weiterem Kontakt mit der Hiritsu-Infanterie verspürte. Die Milizionäre drehten nach Westen ab, und als die Mecheinheiten des Kriegerhauses herumschwenkten, um an das von ihrer Infanterie gehaltene Gelände aufzuschließen, driftete die Heimatmiliz weiter nach Süden, bis sie sich senkrecht zu ihrem ursprünglichen Rückzugskurs bewegte.

Li Wynn stieg aus seinem eigenen Versteck und wanderte zum Wrack des *Cataphract* hinüber, um sich die Arbeit der *Fa Shih* an dessen Cockpit anzusehen. Beeindruckend, wenn auch etwas blutrünstig. Li zuckte ungerührt die Achseln.

Wie auch immer es geschah, die Konföderation würde St. Ives erobern. Und Li Wynn würde seinen Teil zu dieser Invasion beitragen, und sich seinen Platz in Haus Hiritsu und der Konföderation Capella verdienen. *Sein, was ich bin,* dachte er in Abwandlung eines Hauswahlspruchs, *und alles werden, was ich werden kann.*

Was konnte es in seinem Leben mehr geben?

24

Palastanlage, Tian-tan, St. Ives
Herzogtum St. Ives, St. Ives-Pakt

12. Juli 3062

Herzogin Candace Liao stand im Zentrum der Strategischen Zentrale der Palastanlage und gab vor, einen der großen Wandflachbildschirme zu betrachten, die ringsum montiert waren. Unbewegt, die Hände in einer einstudierten Pose eleganter Kraft vor dem Körper verschränkt, hätte sie aus Marmor gehauen sein können, wäre da nicht die Wildheit gewesen, die ihre grauen Augen selbst im Alter von vierundsiebzig Jahren noch zum Leuchten brachte. Sie trug ein elfenbeinfarbenes Seidenkleid im Han-Stil, mit breiten Ärmeln und leicht unregelmäßigem Saum, passend zu dem dünnen Seidenschal – in Blau und Rot gesäumt –, den sie locker um den Hals trug. Es waren die Farben von Kais Cenotaph-Stall auf Solaris VII, eine Tatsache, die ihrem ›Gast‹ sicher nicht entgangen war.

Als Candace sich das letzte Mal mit zwei anderen Frauen in der Strategischen Zentrale Tian-tans befunden hatte, um das Schicksal ihrer kleinen Nation zu besprechen, war eine von ihnen ihre Verbindungsoffizierin aus dem Vereinigten Commonwealth gewesen, Lieutenant General Simone Devon. Simone war eines der ersten Opfer der Anschläge des Schwarzen Lenz geworden und bei einem Nervengasangriff gestorben, dessen geplantes Ziel Candace gewesen war. Candace erinnerte sich mit melancholischer Zuneigung an die schmächtige blonde Kriegerin und vermißte ihre Hingabe ebenso wie das unheimliche Gedächtnis für Details, dem die Herzogin schnell gelernt hatte, völlig zu vertrauen. Eine wertvolle Hilfe für den Pakt und eine geschätzte Freundin.

Sascha Wanli war ein kläglicher Ersatz.

»Ihre Informationen haben sich bei dem Versuch, weitere Fortschritte der Konföderation auf St. Ives zu verhindern, als bemerkenswert unnütz erwiesen.« Senioroberst Caroline Seng, die dritte Person in dieser Gesprächsrunde, ging wie vorher ausgemacht zum Angriff über. Falls Wanli feindselig oder zu defensiv wurde, konnte Candace an der Seite ihrer Beraterin eingreifen und die übergelaufene Maskirovka-Direktorin zur Ordnung rufen.

Aber Sascha Wanli zuckte nur gelangweilt die Schultern. »Ich habe Ihnen alle mir zur Verfügung stehenden Informationen geliefert, die einen Bezug auf den Angriff gegen den Planeten St. Ives haben *konnten*«, stellte sie mit ans Künstliche grenzender Tonlosigkeit fest. »Ich hatte keinen Zugriff auf strategische oder taktische Planungen, nur die Informationen, die ich sammeln konnte, bevor ich...« Sie stockte und wählte ihre nächsten Worte mit Sorgfalt aus. »...Sian verließ. Falls Sie nicht in der Lage sind, daraus die nötigen Schlüsse zu ziehen, Caroline Seng, schlage ich vor, Sie arrangieren die Desertion Sang-Jiang-jun Zahns.«

Diese Attacke machte Seng sprachlos, während Candace in einer leichten Warnung an die Überläuferin die Stirn runzelte. Sascha Wanli mochte nach einer zerbrechlichen alten Dame aussehen, aber ihre Augen ließen erkennen, daß sie weit mehr war. *Fenster zur Seele, und Saschas diamantharter Blick ist Warnung genug, sie nicht zu unterschätzen.*

»Wir arrangieren keine Desertionen«, stellte Candace fest, kam Sengs wütender Antwort zuvor und brachte die Konversation zurück auf die Notwendigkeit weiterer nützlicher Informationen. »Wie Sie sich erinnern werden, haben Sie uns angesprochen.« *Und ich muß zugeben, nach dem, was Sie uns erzählt haben, hatten Sie allen Grund, um Ihr Leben zu fürchten. Aber das heißt nicht, daß ich es Ihnen hier leicht machen werde, weder jetzt noch irgendwann in der Zukunft.* »Mein Schutz gilt nur, solange Sie für den Pakt von Nutzen sind.«

»Wo dong le«, stellte Sascha mit höflichem Ernst fest. Ich verstehe. »Wären Ihnen die Namen capellanischer Maulwürfe in Ihren Streitkräften eine Hilfe?« fragte sie. Dann hob sie relativierend die Hand und setzte hinzu: »Der Maulwürfe, von denen ich weiß, heißt das. Natürlich beschränkt sich das in einigen Fällen auf Codename und Einheit, aber das wäre für Ihren Geheimdienst zumindest ein Ansatz.«

Candace nickte hoheitsvoll, es war nicht mehr als die Andeutung einer Bewegung. »Das wäre ein sehr schöner Anfang«, sagte sie und spielte damit die Bedeutung dieses Aufdeckungserfolges automatisch herunter. »Bitte bereiten Sie eine Liste vor. Heute noch.«

Ihr Tonfall gab zu erkennen, daß Wanli entlassen war, und die ehemalige capellanische Geheimdienstchefin verabschiedete sich mit einer Verbeugung. Ihre beiden Begleiter warteten an der Tür. Keiner der beiden war bewaffnet, aber beide hatten erhebliche Erfahrung in verschiedenen Kampfsportarten. Candace dachte nicht daran, Sascha die Chance zu geben, an eine Waffe zu kommen. *Mein Tod könnte ihr das Wohlwollen meines Neffen wiederbeschaffen, auch wenn ich das bezweifle. Jetzt nicht mehr. Einen Fehler mag Sun-Tzu ihr verzeihen, aber niemals einen Verrat.*

»Nun?« fragte sie, als sich die Türen hinter Sascha Wanli geschlossen hatten.

Seng brauchte eine Weile, um sich in den Griff zu bekommen. »Sie hat es geschafft, mich zu provozieren«, stellte sie dann fest. »Entschuldigung.«

Candace kannte Caroline Seng lange genug, um Halbwahrheiten und Ausflüchte zu durchschauen. »Sie hat dich schon provoziert, bevor sie auch nur ein

Wort sagte«, widersprach sie, wenn auch in freundlichem Ton.

Die ranghöchste Oberste des Pakts nickte. »Ich finde ihre Gegenwart auf St. Ives beleidigend, Candace.« Es kam nur selten vor, daß Caroline ihre Präsidentin mit Vornamen ansprach, und wenn es vorkam, so wie jetzt, war es ein sicheres Zeichen ihrer Erregung. »Die Maskirovka-Direktorin aufzunehmen...« Sie rieb sich die Hände, als wollte sie sich waschen. »Ehrlich gesagt finde ich, das würde besser zu Sun-Tzu passen als zu dir.«

»Sun-Tzus Lage ist nicht verzweifelt genug, als daß er eine derartige Hilfe benötigen würde«, erwiderte Candace Liao ruhig. »Unsere schon.« Täglich trafen neue Beweise für Carolines düstere Voraussagen vom bevorstehenden militärischen Zusammenbruch des Paktes ein. Der Widerstand gegen einen mächtigeren Angreifer, und das zudem noch in einem Zwei-Fronten-Krieg, zwang die kleinere der beiden capellanischen Nationen langsam aber sicher in die Knie. Nur der fanatische Kampfgeist, mit dem ihr Militär angesichts einer überwältigenden Übermacht den Kampf weiterführte, und der zivile Widerstand der Paktbevölkerung hatte das Schicksal, das Caroline schon vor Monaten angekündigt hatte, verzögern können. Aber das reichte nicht aus, das Problem zu lösen.

Der Widerstand eines *Teils* der Paktbevölkerung.

»Wanli hatte recht«, erklärte Candace. »Wir hätten uns die Daten genauer ansehen sollen. Wir wußten, daß Maskirovka-Agenten daran arbeiteten, Teile des Pakts für die Rückkehr in die Konföderation Capella vorzubereiten. Besonders nach Milos, den Desertionen auf Denbar und Pardray auf St. Loris.« Sie schüttelte den Kopf. »Die ganze Zeit direkt vor unserer Nase.« Sie deutete auf den Schirm, der die Eroberungen der Konföderationstruppen auswies. »Xi'an, Scottsdale,

Petrejwisk«, zählte sie die Namen der drei Provinzhauptstädte auf, die an die Truppen ihres Neffen gefallen waren. »In allen dreien wird die Rückkehr der Konföderation inzwischen begeistert gefeiert. Sun-Tzu hat sich eine solide Operationsbasis und einen legitimen Anspruch auf den Planeten St. Ives gesichert.«

Seng verlagerte unbehaglich das Gewicht. Der Fehlschlag bei der Vorhersage von Talon Zahns Gefechtsplan ging vor allem auf ihr Konto. »St. Ives war früher eine Schlüsselwelt in der ›Elastischen Verteidigung‹ der Konföderation. Der Planet ist noch immer durch starke Garnisonstruppen gesichert, und alle wichtigen Städte sind befestigt.« Sie schüttelte den Kopf, sichtlich über sich selbst verärgert. »Ich habe einfach *angenommen*, eine Invasion würde Tian-tan zum Ziel haben, um St. Ives mit einem Schlag auszuschalten.«

Aber auch Candace hatte Fehler gemacht, und sie war bereit, das einzugestehen. »Genau das habe ich auch angenommen. Aber Tian-tan ist für das militärische Überleben von St. Ives nicht mehr entscheidend.« Ebensowenig wie St. Ives noch der militärische Ankerpunkt des Paktes war. Inzwischen teilte der Planet diese Verantwortung mit Indicass, Texlos, Warlock und Teng, den anderen Welten mit der Produktionskapazität zur direkten Unterstützung von Militäreinheiten. St. Ives war ein Symbol, das ja, aber symbolische Siege allein entschieden keinen Krieg. Candace nahm sich vor, daran zu denken, wenn die schmerzhaften Entscheidungen anstanden, die ihr die nächsten Monate aufzuzwingen drohten. »Sun-Tzu wird noch mehr Überraschungen geplant haben.« *Dessen* zumindest war sie sich sicher. »Gehen Sie Wanlis Berichte noch einmal durch, und stellen Sie sicher, daß sie gut bewacht wird, Caroline.« Die nächsten Worte fielen ihr schwer. »So sehr ich es auch hasse, das zuzugeben, aber wir brauchen sie.«

»Dann kämpfen wir bis zum bitteren Ende?« fragte Seng. »Unser *hoffnungsloser Kampf*, deiner und meiner?«

Candace schüttelte langsam den Kopf. »Das hier war nie *unser* Kampf. Er ist das Ergebnis der Entscheidung, die der Pakt vor über dreißig Jahren mit dem Lösen der Bindung an die Konföderation getroffen hat.«

»Aber wir kämpfen bis zum bitteren Ende«, drängte Seng ihre Herrscherin.

Candace Liao drehte sich zu ihrer Freundin und Beraterin um, sah ihr ins Gesicht und wiegelte ab. Seng sollte alle Möglichkeiten im Auge behalten, so wie sie es auch tat. »Wir werden tun, was nötig ist, hier und anderswo«, stellte sie ernst fest. Das war nicht als Bestätigung der ihr von Seng gestellten Frage gedacht, und an deren Gesichtsausdruck war zu erkennen, daß sie es wußte. »Hier und heute bedeutet es, daß wir kämpfen. Symbolische Siege mögen keinen Krieg entscheiden, aber sie sind trotzdem die Anstrengung wert. Mein Volk verdient und verlangt nichts weniger als unser Bestes.«

»Und später?« fragte Seng fast im Flüsterton.

»Ein später gibt es nicht«, erklärte Candace entschieden. »Später ist Karma.« Dann wirkte ihr Ton gedrückter. »Später hoffen wir, daß genug vom Pakt übrig bleibt, das sich zu retten lohnt. Es ist die einzige Lösung, die uns noch bleibt, den Sturm auszureiten, egal was es kostet.«

25

Raumhafen Bào-feng, Wuhan, Ambergrist
Herzogtum St. Loris, St. Ives-Pakt

17. Juli 3062

Drei Landungsschiffe der *Union*-Klasse und ein antiker *Störenfried* formten ein Quadrat auf dem Asphalt des Bào-feng-Raumhafens von Wuhan, das dem 3. Bataillon der Blackwind-Lanciers als Paradeplatz diente. Zwei Züge Infanterie und die Besatzungen eines Panzerzugs bildeten den Hauptanteil der Versammlung, an deren Front sechzehn MechKrieger aufgereiht standen. Eine einzelne Kompanie BattleMechs ragte hinter dem aufmarschierten Bataillon auf. Vier brandneue *Helios*-Mechs bildeten die mittlere Lanze, die auf beiden Seiten von einer gemischten Lanze flankiert wurde. Die Luft um die Mechs und Landungsschiffe flimmerte in der vom Asphalt des Landefelds aufsteigenden Hitze, aber nicht ein Lancier rührte eine Hand, um sich den Schweiß vom Gesicht zu wischen.

Warner Doles stieg auf die Paradeplattform zu Majorin Jahna Castillian, die ebenso reglos mit dem Blick auf ihre Truppen in Ruhehaltung wartete. Als Doles' erster Schritt auf die Stahlplattform hallte, nahm Majorin Castillian sofort Haltung an und rief laut: »3. Bataillon, Ju-yi!« Hundert Stiefel knallten mit einem einzigen scharfen Geräusch auf den Asphalt, als das Bataillon vor Doles in Hab-Acht-Stellung ging.

Drei lange Schritte brachten ihn zu Castillian, die sich umdrehte und zackig salutierte. Die Majorin war ebenso groß wie Doles, und er sah ihr in die Augen: blaue Augen mit kleinen türkisen Flecken, die seinem Blick ruhig standhielten.

Er erwiderte den Gruß und sagte: »Willkommen auf Ambergrist, Majorin.«

»Danke, Brevet-Oberst Doles.«

Der neue Titel ließ Doles unbehaglich blinzeln. Treyhang Liao hatte ihm erst an diesem Nachmittag persönlich die Papiere gebracht. Das war keine vierzig Minuten her. Kein Nachschub, kein Kampfbefehl, hatte Doles dabei zur Kenntnis genommen. Nur eine wertlose Beförderung, um seine Geduld zu kaufen.

Er hatte Trey die Begegnung drei Wochen zuvor noch immer nicht vergeben, auch wenn der Zwischenfall sich so hartnäckig in seinem Gedächtnis festgesetzt hatte, daß ein Stück Wahrheit daran sein mußte. Auf die Beförderung war Treyhangs beiläufige Erklärung gefolgt, daß man das 3. Bataillon gerade aufgesetzt hatte und Doles' Inspektion erwartete. Damit hatte er keine Zeit mehr gehabt, über seine Wut oder die volle Bedeutung seines neuen Dienstgrads zu spekulieren. Das einzige, was ihn jetzt noch interessierte, waren diese kampfbereiten Truppen, möglicherweise mit genug Ausrüstung, um beide Bataillone zu versorgen und in den Kampf zu schicken.

Aber jetzt, hier auf der Plattform, bei der Inspektion der Soldaten, die ihrerseits ihn begutachteten, brach die volle Bedeutung seiner neuen Position über Doles herein. *Jetzt habe ich die Verantwortung für die ganzen Blackwind-Lanciers. Für jedes Stück Ausrüstung. Für jedes einzelne Leben!* Nicht nur für die Krieger, an deren Seite er die Schande von Hustaing durchlitten hatte, die Leute, die ihm willig in das Feuer des Feindes gefolgt wären, wenn sie dabei ein paar Konföderationstruppen mit in den Tod nehmen konnten. Jetzt ruhte auch das Bedürfnis anderer Mitglieder des Lancier-Regiments nach Führung auf seinen Schultern. Das zwang ihn, die selbstmörderische Haltung unter die Lupe zu nehmen, die er seit Tormano Liaos Tod gehegt und gepflegt hatte, und unter kritischer Betrachtung erwies sie sich als reichlich wertlos. *So bin ich doch nicht wirklich, oder?*

Er zweifelte, daß er lange auf die Antwort würde warten müssen.

Castillian nickte ihren Kriegern zu und deutete dann auf die vier *Helios*-Mechs, die über der Versammlung aufragten. »Alle frisch von Warlock«, stellte sie fest. »Und dank Cassandra Allard-Liao haben wir außerdem noch zwei der brandneuen *Katapult*-Varianten der Konföderation.« Sie warf das hellblonde Haar über eine Schulter und sah Doles fragend an. »Wir müssen nur noch erfahren, wann wir sie einsetzen.«

Jetzt, wollte Doles antworten. *Jetzt sofort.* Aber er konnte dieser inneren Stimme nicht trauen, bis er genau wußte, wessen Stimme das war.

»Bringen Sie Ihre Krieger in die Unterkünfte, Majorin«, erklärte er. »Und dann kommen Sie in der Kommandozentrale vorbei, und ich bringe Sie auf den neuesten Stand.« Er wollte sich umdrehen, hielt sich aber gerade noch rechtzeitig zurück. Wenn er Treyhang Liaos Autorität anerkannte, die Herzogin Candace Liao ihm persönlich übertragen hatte, war dies der Zeitpunkt, auch wenn es ihm schwerfiel, die Worte auszusprechen. »Wir rücken aus, sobald wir den Befehl dazu erhalten.«

* * *

Aufmarschgelände der Heimatmiliz,
Hazlet, Nashuar
Herzogtum St. Ives, St. Ives-Pakt

Nashuars Sonne war längst untergegangen, als Subcommander Maurice Fitzgerald ins Büro des Obersts gerufen wurde. Oberst Nevarr stand mit dem Rükken an seinen Schreibtisch gelehnt, die Arme geduldig vor der Brust verschränkt. Der großgewachsene, muskulöse, dabei aber nicht wuchtig wirkende Offizier mit dem störrischen weißblonden Haar und den hellblauen Augen hätte geradewegs aus einer nordischen Heldensaga entsprungen sein können. Jedenfalls eher als aus einem Rekrutierungsposter des St. Ives-Pakts.

Fitz' erster Gedanke war, wie Nevarr es immer noch schaffte, damit durchzukommen, keine Uniform zu tragen, selbst nachdem er den direkten Oberbefehl über die planetare Verteidigung übernommen hatte. Aber der einfache Schnitt der schwarzen, silbergesäumten Montur stand ihm hervorragend, und nach zwei Jahren konnte der junge MechKrieger sich Nevarr auch in keiner anderen Kleidung mehr vorstellen.

»Etwas spät für eine Stabsbesprechung, Oberst«, begrüßte Fitz seinen Kommandeur.

Nevarr betrachtete ihn eine lange Minute schweigend, dann nickte er. »Das wird ein Gespräch nur zwischen uns beiden«, stellte er fest. Der Oberst sprach gewohnheitsmäßig knapp, mit leiser, etwas heiserer Stimme. Es erinnerte Fitz an den Funkverkehr in einer Kampfsituation, in der es darauf ankam, sich kurz und präzise auszudrücken. »Manches bespricht man besser ungestört.«

Einen winzigen Augenblick lang machte Fitzgerald sich Sorgen, ihm könnte eine Rüge für sein jüngstes Verhalten bevorstehen. Seit seinem ergebnislosen Zweikampf mit dem *Yu Huang* hatte er sich bemüht, den Gefechten, in die er verwickelt war, eine moralische Dimension zurückzugeben. Am gestrigen Tag erst hatte Fitzgeralds Lanze einer canopischen Einheit Territorium überlassen, um nicht in unmittelbarer Nähe einiger Bauernhöfe kämpfen zu müssen. Aber seine Besorgnis schwand schnell wieder. *Als die Canopier die Bauernhöfe hinter sich gelassen hatten, haben wir sie zerfetzt. Außerdem ist es noch nie Nevarrs Art gewesen, Rügen hinauszuzögern. Hier geht es um etwas anderes.* »Was zum Beispiel?« fragte er neugierig.

»Das Überleben Nashuars«, erwiderte Nevarr mit einer Spur von Ernst. Sein kühler Blick schwankte keine Sekunde.

Das konnte die Einleitung zu einer ganzen Reihe von Diskussionen sein, von denen sich längst nicht alle auf sicherem Grund bewegten. Eisige Finger krochen Fitzgeralds Nacken und Kopfhaut hinauf. »Sie, äh…« Dieses Ratespiel war ihm zuwider, aber Nevarr wollte offensichtlich seine Haltung zu einem bestimmten Punkt herausfinden und wartete darauf, daß Fitz einen Vorstoß machte. »Sie reden dabei nicht von einer Kapitulation vor der Konföderation, oder?«

Nevarrs Miene blieb unverändert. »Und falls doch?«

Fitzgerald atmete heftig aus. Fast konnte man es einen lauten Seufzer nennen, so fühlte er sich durch Nevarrs Frage in die Enge getrieben. Nach kurzem Überlegen antwortete er: »Wenn Sie *meine* Empfehlung hören wollen, Oberst: Ich würde davon abraten. Und dabei spielt nicht zuletzt die Tatsache eine Rolle, daß Präsidentin Liao den ausdrücklichen Befehl erteilt hat, Nashuar nicht in die Hände der Konföderation fallen zu lassen.«

»Das war, bevor die Konföderationskräfte St. Ives überfielen.« Nevarr stieß sich vom Schreibtisch ab, griff sich einen der für Besucher bereitstehenden Stühle und setzte sich verkehrt herum darauf, die verschränkten Arme auf die Rückenlehne gestützt. »Setzen Sie sich, Maurice.« Fitz nahm sich den anderen Stuhl und nahm in bewußt steifer Haltung Platz, um sich nicht zu entspannt auf dieses gefährliche Thema einzulassen. »Nashuar war nur wichtig, um die Konföderation außerhalb des St.-Ives-Systems zu binden. Davon abgesehen besitzt unsere Welt keinen intrinsischen strategischen Wert. Und diese Aufgabe ist hinfällig geworden.«

Fitz nickte vorsichtig. »Aber wenn Sie das der Präsidentin erklären würden…«

Der Oberst nahm den Faden auf. »Herzogin Liao hat ihre eigenen Sorgen – politische Sorgen. Sie könnte es sich niemals erlauben, öffentlich Pakt-Territorium an die Konföderation auszuhändigen. Nicht, wenn sie die Verteidigung des Paktes aufrechterhalten will.«

»Wollen Sie damit sagen, daß Sie…«

»Ich sage nur«, unterbrach ihn Nevarr, der offenbar wußte, in welche Richtung Fitz' Frage ging und keine Lust hatte, sie zu beantworten, »daß irgendwer irgendwo die Verantwortung für die *Bevölkerung* Nashuars übernehmen muß.«

Fitzgerald hätte ihm nicht vollständiger zustimmen können. *Aber das ist keine Entscheidung, die leichthin getroffen werden kann, auf die persönliche Neigung von zwei Soldaten hin, selbst wenn einer von ihnen Nashuars militärischer Koordinator ist.* Außerdem standen einer Umsetzung noch beachtliche Hindernisse im Weg. Fitz rang mit dem größten dieser Hindernisse, bevor er sich geschlagen gab. »Es wird nicht gelingen. Die Paktstreitkräfte würden Sie – uns – zu Verrätern erklären und einfach jemand anderem den Befehl übergeben.« Er schüttelte den Kopf. »Gleichgültig wie hoch der Preis für Nashuar ist, wir haben die Konföderation zu lange im Patt gehalten, um jetzt ein Aufgeben zu rechtfertigen.«

Nevarr nickte mit grimmigem Lächeln. Sein Blick wirkte beängstigend wild. »Stimmt, aber was wäre mit einem Waffenstillstand?«

Ein Waffenstillstand? Fitz wippte vor und zurück, während er es sich durch den Kopf gehen ließ. »Ein neutraler Putsch?« fragte er in einem Versuch, das Konzept in Worte zu fassen.

»Exakt.« Nevarr stand auf, trat hinter seinen Schreibtisch und holte ein Holobild aus der Schublade, das er hinüber zu Fitzgerald schob. »Erkennen Sie das wieder?«

Fitz sah nach unten. Und ob er das Bild erkannte. Um genau zu sein, hätte er darauf gewettet, daß es aus dem Gefechts-ROM seines *Men Shen* stammte. »Das ist der *Yu Huang*, gegen den ich letzten Monat gekämpft habe«, erklärte er. »Er gehört zu den Truppen, die den Blackwind-Lanciers das Licht ausgeblasen haben.«

»Er gehört zur BefehlsKompanie der Nachtreiter«, fügte Nevarr hinzu. »Das« – er beugte sich über den Schreibtisch und tippte mit dem Zeigefinger auf den *Yu Huang* – »ist der Mech von Oberst Amanda Gahn-Skeeng, der Regimentskommandeurin.« Er machte eine Pause und gab Fitzgerald Gelegenheit, diese Information zu verarbeiten. »Sie hat Sie abziehen lassen, Maurice. Und das hätte sie nicht nötig gehabt. Das teilt uns etwas über sie mit, das wir benutzen können.«

»Sie glauben tatsächlich, sie würde einem Waffenstillstand zustimmen?« fragte Fitz, der Nevarr wirklich glauben wollte.

Sein Kommandeur nickte. »Wenn ihr der Vorschlag auf die richtige Weise gemacht wird, von der richtigen Person.« Er starrte Fitzgerald bedeutungsschwer an.

Plötzlich war dessen Mund wie ausgetrocknet. Er schluckte hart. »Von mir?« Nevarr nickte wieder. »Sie erwarten von mir, daß ich allein in meinem *Men Shen* …«

»Nicht im *Men Shen*«, unterbrach Nevarr. »Und bevor Sie fragen, auch nicht in Ihrem alten *Totschläger*. Erstens wäre das zu herausfordernd, und zweitens kann ich nicht riskieren, einen BattleMech zu verlieren, falls die Nachtreiter sich entscheiden anzugreifen, ohne Sie zu Ende anzuhören, oder Sie anschließend gefangennehmen.«

Fitzgerald schaffte es nicht, den Schock zu verbergen. »Sie machen mir nichts vor, was, Oberst? Soll ich etwa zu Fuß losmarschieren?«

Nevarr kam wieder um den Schreibtisch und setzte sich halb auf die Vorderkante. »Ich habe Ihren alten *J. Edgar* warten und einsatzbereit machen lassen. Wenn Sie gezwungen sind, die Flucht zu ergreifen, haben Sie in dem Schwebepanzer die beste Chance, es zurück zu schaffen.«

Mit einem fünfundzwanzig Tonnen schweren Luftkissenpanzer zu einem Regiment BattleMechs. Ohne irgendeine Unterstützung. Ohne irgendeine Garantie, wie man ihn aufnehmen würde. Und Fitz hatte seit über einem Jahr nicht mehr an den Kontrollen des *J. Edgar* gesessen. *Sowas nenne ich eine echte Außenseiterwette.* »Einverstanden«, erklärte er, bevor er es sich selbst ausreden konnte.

Nevarr hat recht, dachte er, als er dem Oberst die Hand schüttelte, um die Übereinkunft zu besiegeln. *Jemand muß die Verantwortung übernehmen.* Und wie bei den meisten Außenseiterwetten war der potentielle Gewinn das Risiko wert.

26

Palast des Himmels,
Zi-jin Cheng (Verbotene Stadt), Sian
Kommunalität Sian, Konföderation Capella

25. Juli 3062

Sun-Tzu Liao gestattete Ion Rush, ihm auf die Empore zu helfen, auf der sich der Thron des Himmels erhob. Seine Beine schafften es kaum, sein Gewicht zu tragen, und Sun-Tzu war sich bewußt, daß der Imarra-Shiao-zhang das Zittern spürte, das ihn gelegentlich trotz seiner besten Bemühungen, es zu unterdrücken, erfaßte. *Adrenalin, keine Angst.* Sun-Tzu ahnte Romanos Einfluß in dieser Rationalisierung. *Wie könnte der Kanzler der mächtigen Konföderation Capella jemals Angst zeigen?*

Weil er gerade dem zweiten Anschlag auf sein Leben innerhalb von vier Jahren entgangen ist, antwortete Sun-Tzu sich selbst und verzieh sich ein paar Augenblicke der Schwäche, selbst wenn die Erinnerung an seine Mutter das nicht vermochte. Und wenn er seinen Schock schon irgend jemandem zeigen mußte, hatte Ion Rush sich heute sicher dessen würdig erwiesen. Der Kanzler würde niemals vergessen, wie das heftig aus Rushs Arm zu Boden tropfende Blut fast spurlos von dem dunkelroten Läufer aufgesogen worden war, der sich bis zum Doppelportal des Thronsaals erstreckte. In einer Zeit, in der es schwer war, sich das Vertrauen des Kanzlers zu verdienen, sprachen Ion Rushs Taten eine deutliche Sprache.

Er ließ sich vorsichtig auf den Thron des Himmels sinken, die Hände fest um die schweren hölzernen Armstützen gelegt, und bemerkte die beiden Personen, die immer noch in der offenen Tür standen. Die

Maskirovka-Agentin, die sich zum Zeitpunkt des Anschlags auch im Vorraum aufgehalten hatte, wo sie auf die Gelegenheit wartete, einen Bericht abzuliefern, und das Mitglied der Todeskommandos, das als erster zur Stelle gewesen war, als die Schüsse die morgendliche Stille des Palasts zerrissen.

Endlich schloß der Kommandosoldat die Tür des Thronsaals vor der zunehmenden Geschäftigkeit außerhalb und nahm seine Wachposition vor dem Portal wieder ein. Blieb die Mask-Agentin, und ihretwegen hielt Sun-Tzu den Rücken gerade und den Kopf erhoben, in einer Zurschaustellung von Stärke, die er im Augenblick keineswegs fühlte. Die Tür öffnete sich kurz wieder, um Talon Zahn und unmittelbar hinter ihm Sang-shao Michael Hyung-Tsei einzulassen, den Kommandeur des Todeskommando-Bataillons.

Nach Ankunft Hyung-Tseis fühlte Sun-Tzu sich sicher genug, Rush zu entlassen, damit er einen Med-Tech aufsuchen konnte. Der Imarra-Meister hatte mindestens zwei Kugeln im rechten Arm stecken, und die Krallen des leichten Exoskeletts, das der Attentäter getragen hatte, hatten die Haut über seiner Brust aufgerissen. Sun-Tzu sah die graue, seilartige Myomermuskulatur im Brustkorb Rushs unter einer dünnen Schicht Blut pulsieren. Sie erinnerte ihn daran, wie Rush die dünne Panzerung des Attentäters durchschlagen und die darunterliegende Brust des Mannes eingedrückt hatte, und plötzlich fühlte er sich in Ion Rushs Nähe nicht mehr so wohl wie noch Augenblicke zuvor.

»Danke, Ion«, sagte er fast flüsternd. »Bitte ziehen Sie sich jetzt zurück und lassen Sie Ihre Verletzungen versorgen.«

Rush nickte, obwohl ihn seine Wunden nicht weiter zu stören schienen. »Sofort, mein Kanzler.«

Michael Hyung-Tsei verneigte sich vor Ion Rush, als der Shiao-zhang an ihm vorbeiging, und die Myomermuskeln in seinen Schultern wogten eindrucksvoll. Danach lieh sich der Kommandeur der Leibgarde des Kanzlers Talon Zahns Pistole und tastete die Maskirovka-Agentin nach versteckten Waffen ab. Sie ließ es mit einem Ausdruck von Desinteresse über sich ergehen – beinahe amüsiert. Sun-Tzu ignorierte den Anflug von beleidigtem Stolz, der über Zahns Gesicht huschte. *Wenn Sascha mich so leicht verraten und zu Candace überlaufen konnte, wie kann ich dann noch irgend jemandem vertrauen?*

»Ich bleibe hier im Saal, mein Kanzler«, erklärte Hyung-Tsei, ohne Zahns Diàn-ya-Laserpistole zurückzugeben. Er stellte sich an der Tür des Thronsaals auf, die Pistole entsichert und schußbereit vor der breiten Brust.

In den Zeiten seiner Mutter hätte Hyung-Tsei für ein derartiges Versagen der Sicherheitsvorkehrungen mit dem Leben bezahlt, das war Sun-Tzu klar. Auch wenn er nicht dabei gewesen war. *So wie Sascha für ihr Versagen hätte bezahlen müssen*, erinnerte Romano ihn, und ihre geisterhafte Präsenz in seinen Gedanken ermahnte ihn, diesen Fehler nicht zu wiederholen. Aber Sun-Tzu brauchte diese Menschen und konnte sich die blinde Wut seiner Mutter nicht leisten, so sehr es auch sein persönliches Verlangen nach Rache befriedigt hätte, ihr nachzugeben.

Das bin nicht ich, dachte er, obwohl er sich fragte, wen er eigentlich noch zu überzeugen versuchte. Angesichts der direkten Wahl zwischen Saschas Tod und ihrer Desertion in den Pakt fiel es ihm schwer, Romanos Standpunkt zu widerlegen.

Sun-Tzu fand seine Stimme wieder und legte eine Entschlossenheit hinein, die alle noch verbliebene Unsicherheit überdeckte. »Ich will wissen, wie das geschehen konnte«, informierte er den Todeskommando-Offizier. »Sian gilt als sichere Welt, und Zijin Chèng als meine persönliche Festung. Von der Heiligkeit des Palasts des Himmels ganz zu schweigen.«

Hyung-Tsei nickte verstehend und flüsterte kurz in ein an seinem Uniformkragen befestigtes Mikrophon. Ein zweites dünnes Kabel führte zu einem Ohrstöpsel. Er stand erkennbar in ständigem Kontakt mit seinen Leuten, und ebenso deutlich dachte er im Augenblick nicht daran, die Sicherheit des Kanzlers irgend jemand anderem zu überlassen.

»Candace?« fragte Talon Zahn in einem Bruch der Tradition, die von ihm verlangte zu schweigen, bis der Kanzler ihn ansprach. Er kam näher, blieb aber in respektvollem Abstand vor der Empore stehen.

Die Besorgnis in Zahns Stimme, möglicherweise echt, vielleicht auch nur gespielt, reichte zumindest aus, ihm Sun-Tzus Zorn zu ersparen. Der Kanzler war um nichts weniger gespannt auf Antwort. Er glaubte nicht daran, daß seine Tante den Anschlag genehmigt hatte, obwohl die zeitliche Übereinstimmung mit der Invasion St. Ives durch Konföderationstruppen darauf hinzudeuten schien.

»Was meinen Sie?« fragte er die Maskirovka-Agentin. Er erkannte sie als den Maulwurf wieder, den er ursprünglich in die Organisation seines Onkels Tormano eingeschleust hatte. Nach ihrer Entdeckung war sie in die Abteilung Bing-xin-zàng der Maskirovka versetzt worden und leitete dort die Überwachung und Durchsetzung der Loyalität der Konföderation ihrem Kanzler gegenüber. Nancy Bao Lee. Sie stand auf der Liste potentieller Nachfolger Sascha Wanlis, eine Empfehlung, die ihr in diesem Augenblick ganz und gar nicht half.

»Ich halte das für wenig wahrscheinlich«, antwortete sie mit gerade dem richtigen Maß an Zögern für eine offene Antwort auf eine Frage des Kanzlers. Ihre sanften braunen Augen täuschten über die Stärke hinweg, die hinter ihnen lag. »Unmittelbar vor dem Anschlag rief er ›Liao!‹, was für mich einen Auftraggeber ohne Verbindung zum Pakt nahelegt.«

Sun-Tzu erinnerte sich an den Haß und die Verachtung, die der Attentäter in seinen Familiennamen gelegt hatte. Es war die einzige Warnung gewesen, und selbst das hatte kaum genügt, um Ion Rush die Zeit zu geben, Sun-Tzu zu packen und hinter eine schwere Mahagonikommode zu werfen. Mehr verlorenes Karma. *Nein, kein Agent Candaces. Und es kann auch kaum ein Offiziersrenegat aus dem Pakt gewesen sein.*

Er bedankte sich bei Lee mit einem leichten Nicken. Nicht schlecht, wenn man bedachte, wie kurz sie erst in der Analytischen Sektion der Finte arbeitete.

»Sie haben etwas für mich?« fragte er dann, in Erinnerung an den Eintrag in seinem Kalender.

»Meine Sektion ist eine von dreien, die das Kriegsverbrechertribunal auf Atreus überwacht, vor dem Eure Schwester sich verantworten muß. Gestern haben die Anwälte ihre Eröffnungsreden gehalten. Ich soll Euch den Bericht überbringen.« Sie hielt eine kleine Diskette hoch.

Der Kanzler bemerkte, daß Hyung-Tsei zuckte, bevor der Kommandosoldat sich beruhigte, daß sie keine Waffe besaß, die ihm entgangen war. Das machte Sun-Tzu ihrer Begründung für die Anwesenheit zum Zeitpunkt des Attentats gegenüber mißtrauisch. »Ich sehe ihn mir später an«, erwiderte er langsam. »Geben Sie mir eine Zusammenfassung.«

Sie zögerte keine Sekunde – was für sie sprach. »Die Anklage hat unbestimmte Versprechungen gemacht, eine Absicht von Seiten der Konföderation nachzuweisen, vor allem in Form mangelnder Kontrolle einer offensichtlichen Handlangerin. Die Verteidigung plädiert auf Unschuld wegen Wahnsinn, auch wenn sie es diplomatischer ausdrückt als ich, mein Kanzler.«

»Noch etwas?« hakte Sun-Tzu nach, der ein leichtes Zögern Bao Lees spürte, ob sie weitersprechen sollte.

»Kali mußte aus dem Saal entfernt werden. Offiziell wegen ›Mißachtung der Autorität des Tribunals‹. In Wirklichkeit hat sie sich geweigert, still zu sein und in einem fort mit einer von den Zeichen angekündigten letzten Abrechnung gedroht.«

Das kann unsere Argumentation nur stärken, stellte Sun-Tzu fest. »Was uns zu einem anderen Punkt bringt. Candace könnte noch immer hoffen, die Greueltaten des Schwarzen Lenz gegen uns auszuspielen, sei es vor dem Tribunal oder den Lordräten des Sternenbunds, sollte ich noch einmal eine Sitzung des Hohen Rats besuchen. Die Feststellung, daß ihr Pakt einen Mordanschlag in Auftrag gegeben hätte, würde ihre Glaubwürdigkeit unterminieren.«

»Wer dann?« fragte Zahn und warf Lee einen versteckten Blick zu. »Der Widerstand in den Chaos-Marken hat an Heftigkeit gewonnen.«

Sun-Tzu verstand, daß es sich um eine subtile Frage danach handelte, ob Blakes Wort wie hinter dem früheren so auch hinter diesem Anschlag stekken konnte. »Der Anschlag der Toyama auf mein Leben hat sie einiges an Mitteln gekostet«, erwiderte er und nahm Nancy Bao Lee damit in den engen Kreis jener Personen auf, die von dem Anschlag während seines Aufenthalts auf der Magistratszentralwelt Canopus wußten. Er hatte vor, ihr die Leitung der Untersuchung dieses jüngsten Attentats zu übertragen, und dazu benötigte sie diese Information. »Die Shengli-Waffenfabrik auf Victoria wurde mit ihren großzügigen Reparationen komplett umgebaut. Ich bezweifle, daß Cameron St. Jamais seinen wachsenden Einfluß jetzt schon für einen so geringen Ertrag aufs Spiel setzt.«

Trotzdem konnte es von Vorteil sein, wenn entsprechende *Gerüchte* in Umlauf kamen. Dasselbe galt für die Beziehungen zum Pakt. Er blickte zu Nancy Bao Lee. »Gleichgültig, was die Maskirovka herausfindet, ich möchte eine Anzahl glaubhafter Berichte darüber sehen, wie der Pakt oder Blakes Wort diesen Anschlag unterstützt haben.« *Warum sich damit zufriedengeben?* Die Frage kam von seiner Mutter, aber Sun-Tzu stimmte ihr zu. »Setzen Sie einen dritten Bericht über Katrina Steiner-Davion auf und erwähnen Sie auch George Hasek. Geben Sie alle Berichte über inoffizielle Kanäle frei.«

Zahn gab mit einem grimmigen Nicken seine Zustimmung zu dieser Möglichkeit zu verstehen, der Konföderation auf leichte Weise zusätzliches politisches Kapital zu verschaffen. Nancy Bao Lee lächelte in offener Bewunderung. »Brillant, mein Kanzler. Ich werde die Erstellung persönlich überwachen und einen weiteren Bericht hinzufügen, der detailliert beschreibt, wie Sascha Wanli den Anschlag als Teil des Blutpreises, den Candace für ihren Schutz fordert, arrangiert hat.«

Sun-Tzu hatte das Kompliment als offenen Versuch Lees abtun wollen, für die Wahl des nächsten Maskirovka-Direktors Punkte zu machen. Ihre Schußbemerkung aber erregte sein unmittelbares und tiefes Interesse. »Halten Sie es für denkbar, daß Sascha *wirklich* etwas damit zu tun hatte?« fragte er. Wie es Sascha Wanli gelungen war, aus der Konföderation in den St. Ives-Pakt zu fliehen, war noch immer nicht geklärt, und es mochte sich herausstellen, daß der Attentäter und seine Ausrüstung auf ähnlichem Weg nach Sian geschmuggelt worden waren.

Wieder ließ Lee in ihrer Antwort nur das leiseste Zögern erkennen. Genug, um die Untersuchung offenzuhalten, und das sicherlich unter ihrer Leitung. »Nein, nicht wirklich«, erklärte sie. »Es entspricht nicht Sascha Wanlis Stil. Aber ich werde die Möglichkeit sicher untersuchen.«

Diesmal gestattete Sun-Tzu ihr die Übernahme weiterer Verantwortung. »Tun Sie das«, ordnete er an. »Erstatten Sie mir bis auf weiteres über Ion Rush Bericht.« Damit wurde sie aus dem Kreis seiner Berater gedrängt und fand sich damit einen Schritt weiter vom Titel der Direktorin entfernt. Außerdem sorgte es für ein gesundes Mißtrauen Nancy Bao Lees dem Imarra-Meister gegenüber, der jetzt zwischen ihre Arbeit und die direkte Anerkennung des Kanzlers trat. *Gut*, dachte dieser. *Ich möchte, daß ihr einander als Rivalen betrachtet. Verschwörungen erfordern Zusammenarbeit, und wenn ich euch schon nicht vertrauen kann, kann ich mir wenigstens sicher sein, daß ihr nicht gegen mich kooperiert. Gegen meine Konföderation.* Denn eines war sicher. Sun-Tzu würde niemals wieder jemandem gestatten, seiner Nation solchen Schaden zuzufügen, wie Sascha Wanli es getan hatte.

»Noch etwas«, wandte er sich an die Maskirovka-Agentin. »Ich will wissen, wie Sascha Sian verlassen hat.« Er stockte einen Augenblick, entschloß sich aber fast augenblicklich, den gewählten Weg weiterzuverfolgen. »Und ich will, daß sie zum Schweigen gebracht wird.« Nancy Bao Lee nahm den Befehl ohne erkennbare Reaktion zur Kenntnis, während Zahn zusammenzuckte, gefolgt von grimmiger Entschlossenheit.

Vielleicht hatte Romano recht, und ich hätte Sascha damals gar nicht lebend aus dem Raum treten lassen dürfen.

Aber das spielte jetzt keine Rolle mehr. *Auf St. Ives schadet sie der Konföderation weiter, und das kann ich nicht gestatten.*

Seine Mutter mochte nicht immer bei vollem Verstand gewesen sein, aber das bedeutete nicht, daß sie nicht gelegentlich auch recht gehabt hatte.

27

Feldlager Haus Hiritsus, Provinz Liaoning, St. Ives
Herzogtum St. Ives, St. Ives-Pakt

31. Juli 3062

Aris Sung holte seinen Schützling ab, als Li Wynn aus dem *Maultier*-Truppentransporter stieg. Der Infanterietrupp in seiner Begleitung wirkte in Aris' erfahrenen Augen erschöpft: Die Leute hatten dunkle Ringe um die Augen, und den zerknautschten Uniformen sah man an, daß sie mehrere Nächte hintereinander darin geschlafen hatten. Ein Teil war bandagiert, die Folge einiger Treffer von Handfeuerwaffen. Aber sie hielten sich mit dem Stolz siegreicher Truppen aufrecht. Aris brauchte nicht zu fragen, ob der Überfall auf die Nachschublinien der 1. St.-Ives-Lanciers erfolgreich gewesen war.

Doch die Höflichkeit gebot, das Gespräch mit einem unverfänglichen Thema zu beginnen. Deshalb sah Aris hinüber zum *Maultier* und fragte: »Wie hat der Transporter sich gehalten?«

Das *Maultier* war ein Produkt aus dem Tauruskonkordat und Haus Hiritsu und vor kurzem von den Plejadenhusaren verehrt worden, einer der wenigen Konkordatseinheiten, die im vorigen Jahr an die Konföderation ausgeliehen worden waren. Sie standen zur Zeit auf St. Ives den 14. Donegal Guards gegenüber. Soweit Aris gehört hatte, war dies Teil einer Vereinbarung mit Kanzler Liao, derzufolge taurische Einheiten grundsätzlich gegen Truppen des Vereinigten Commonwealth zum Einsatz kamen. Eine Vergeltung für irgendeine angebliche Einmischung in Peripherieangelegenheiten.

Li Wynn sah Aris mit sorgfältig aufrechtgehaltener neutraler Miene an. Die Maske brach kurz auf und

Aris sah leichten Stolz auf das *Maultier* durchschimmern. Dazu gab es auch allen Grund. Das Geschenk hatte Haus Hiritsu als Dank für die Erkundungsarbeit von Li Wynns Zug in der Provinz Liaoning erhalten, bei der die Infanteristen einen massierten Gegenangriff der Donegal Guards auf die Husaren entdeckt und verhindert hatten.

»Er ist schnell«, erwiderte er fast mürrisch. »Aber zu dünn gepanzert und zu leicht bewaffnet, genau wie der *Blizzard*, den man uns letztes Jahr auf Nashuar zerschossen hat.«

Ein paar der Infanteristen waren in der Nähe geblieben, um auf Li Wynn zu warten. Als sie die feindselige Note in der Stimme ihres Kommandeurs bemerkten, kamen sie als Ausdruck ihrer Unterstützung für ihn näher. Aris fixierte den vordersten von ihnen, Ban-zhang Michail Chess, mit einem eisigen Blick und verjagte ihn, ohne ein Wort zu sagen. Mit einem letzten Blick auf Li Wynn zogen sie ab und ließen Schüler und Sifu allein.

Aris deutete mit dem Kopf in die Richtung, in die Lis Zugkameraden verschwunden waren – zur Nachbesprechung. Li fiel neben seinem Mentor in Gleichschritt. »Angesichts des Erfolgs deiner letzten Mission verzeihe ich dir deine Rüpelhaftigkeit. Meinen Glückwunsch zum erfolgreichen Abschluß, Li Wynn.«

Der junge Krieger schien beschwichtigt, wenn auch nicht vollständig. »Angesichts des Erfolgs der Mission oder der Tatsache, daß ich Ihnen geholfen habe, sich unserem Shiao-zhang zu widersetzen?«

Aris verkniff sich eine scharfe Erwiderung. In Hörweite irgendeines anderen Hausmitglieds hätte er Li für dessen ernsten Verstoß gegen die Höflichkeitsregeln zurechtgewiesen. Aber so entschied er sich, die Rüge zumindest teilweise hinzunehmen. Immerhin war sie nicht ganz unberechtigt. »Was bei Scottsdale vorgefallen ist, geschah auf meine Autorität hin, nicht auf deine. Ich habe die volle Verantwortung für die *Neuinterpretation* der Befehle Shiao-zhang Nons übernommen, aber dir die Anerkennung für den Erfolg deines Angriffs zugesprochen. Ich war bereit, die Bestrafung anzunehmen, aber statt dessen hat Shiaozhang Non dich für die Rettung der Operation belohnt. Worüber beschwerst du dich?«

Li sah beiseite, sichtlich bemüht seine Gefühle wieder unter Kontrolle zu bringen – und scheiterte. »Sie haben mich bewußt dazu verleitet, gegen meine Befehle zu handeln. Es kümmert mich nicht, ob es ein Erfolg war.« Er drehte sich wieder um. Seine Miene zeigte eine Mischung aus Wut, Verwirrung und Schmerz. »Das war falsch, Aris Sung.«

Aris schüttelte den Kopf. »Diese Beurteilung steht nur Ty Wu Non zu. Nicht mir und sicher nicht dir, Li Wynn. Ich habe getan, was für das größere Wohl unseres Hauses notwendig war. Kannst du das nicht verstehen?« *Früher einmal hättest du mich verstanden. Bevor dich der falsche Ruhm des Krieges geblendet hat.*

Aris wollte Li Wynn erreichen. Mehr als irgendein anderes Mitglied Haus Hiritsus wollte er Li Wynn daran erinnern, daß ein Kriegerhaus eine größere Verpflichtung hatte als nur die eine, Krieg zu führen. Daß es um mehr ging als die strikte Befolgung von Traditionen um ihrer selbst willen. *Die Saat der Mordäcker ist immer reicher geworden, weil wir vergessen oder ignoriert haben, daß der Pakt unser capellanisches Erbe teilt. Weil wir uns von einem Teil unserer Grundsätze verabschiedet haben.* Krieger waren der Bürgerschaft Capellas für ihre Taten verantwortlich – den verstorbenen, gegenwärtigen und zukünftigen Bürgern der Konföderation –, wie es der Lorix-Orden lehrte. Und die Lehren Meister Kungs, die eine noch entscheidendere Rolle in der Hausphilosophie Hiritsus spielten, verlangten von ihnen, alle Stände zu respektieren, die *über* dem eigenen *ebenso* wie die *unter* ihm. Daß es Mitglieder Haus Hiritsus gab, die auf Aris' Botschaft reagierten, rechtfertigte sein Handeln in gewissem Maße. *Aber wie kann ich hoffen, die Haltung eines ganzen Kriegerhauses zu beeinflussen, wenn ich hier bei Li versage?* Wieder stellte sich ihm die Frage: *Liegt es an mir oder an ihnen?*

Und er *versagte.*

»Ich verstehe nur eines«, erklärte Li Wynn. »Ich bin gezwungen, die Befehle meines Haus-Mentors anzuzweifeln, meines Sifus.« Er blieb stehen und starrte Aris Sung an. Hinter seinen Augen erkannte Aris die Verwirrung, die den jüngeren Mann zerfraß. »Wenn ich seinen Befehlen nicht trauen kann, wie kann ich dann seiner Vision trauen?«

Weil du auf dein Gewissen hörst, wollte Aris erwidern. Ein Kriegerhaus verlangte von seinen Mitgliedern nicht, auf ihre Persönlichkeit zu verzichten, nur, sie entsprechend den Grundsätzen und formellen Lehren des Hauses auszurichten. Aber Aris blieb stumm. Zu viele Zweifel untergruben seine Entschlossenheit, um ihm eine weitere Diskussion mit Li Wynn zu erlauben. Das war der Mensch, den Aris einmal geglaubt hatte, so genau zu kennen wie sich selbst, weil sie sich in ihrer Herkunft so ähnlich waren und beide für dasselbe einstanden. Eine Heimat. Als Li Wynn ihm jetzt den Rücken zukehrte und davonging, fragte Aris sich, ob er auch nur einen von ihnen je wirklich verstanden hatte.

* * *

Aris hörte vorsichtige Schritte hinter sich näherkommen. Das trockene Knacken eines Zweiges. Das Rascheln von Blättern, als sich jemand vorsichtig vorbeischob. Jemand, der nicht versuchte, unbemerkt zu bleiben, was den Haus-Krieger sofort in Alarmzustand versetzt hätte, sondern jemand, der einfach nur die Meditation eines anderen nicht stören wollte. Aris drehte sich nicht um, obwohl er sicher war zu wissen, wer sich dort näherte.

»Du hast wirklich Geschick bei der Auswahl eines Orts zum…« Der Shiao-zhang stockte und erinnerte Aris damit an ein Gespräch ein Jahr zuvor. »…*Nachdenken*.«

Aris spürte, wie Ty Wu Non neben ihm niederkniete, und die grünschwarze Uniform des Haus-Meisters schob sich in sein peripheres Blickfeld, als der ältere Mann sich vorbeugte, um die Aussicht zu bewundern. Unter den hohen Ästen einer Tanne blickten die beiden durch ein paar hohe Gräser auf eine Blumenwiese. Eine bunte Vielzahl sommerlicher Farben und Düfte schlug ihnen entgegen.

»Ich erinnere mich«, begann Aris langsam. »Damals sagte ich, ich glaube nicht daran, daß Haus Hiritsu sich jemals mit derselben Wildheit auf andere Capellaner stürzen könne, selbst wenn sie Bürger des Pakts waren, wie wir sie bei anderen Einheiten beobachtet hatten.«

Ty Wu Non nickte. »Was durchaus der Grund sein könnte, warum Kanzler Liao uns für eine derartige Operation ausgewählt hat.«

»Ich habe mich geirrt«, stellte Aris fest.

Shiao-zhang Non widersprach. »Nein, nicht geirrt. Vielleicht warst du zu zuversichtlich.« Es folgte eine Pause, während der Hiritsu-Meister seine Gedanken sammelte. »Du hast die Fähigkeit des Hauses nicht in Betracht gezogen, sich einer solchen Ebene allgemeiner Mißachtung zu *nähern*. Oder die mögliche Neigung des Kanzlers, uns zu einer Änderung unserer Hausphilosophie zu zwingen.«

Aris starrte sein Hausoberhaupt mit offenem Mund an. Diese Andeutung hatte seine Gelassenheit jäh zerschlagen. »Kanzler Liao hat uns…«

Ty Wu Non lachte laut und herzhaft. »Du gehst in eine deiner eigenen Fallen, Aris Sung. Ich sprach von einer *möglichen* Neigung.« Aber seine Belustigung verpuffte schnell. »Wer könnte Kanzler Liaos Absichten erraten?«

Aris schüttelte den Kopf. »Ich habe den Versuch aufgegeben, Gedanken zu lesen.«

»Ja, ich habe von deinem Wortwechsel mit Paizhang Li Wynn gehört.« Lag da eine Spur von Humor in der Stimme des Haus-Meisters? »Natürlich nicht, was gesagt wurde, aber die Berichte deuteten ein recht offenes Ende an. Nicht unähnlich der Unterhaltung, die ich selbst einmal mit einem anderen Krieger führte, wenn ich mich nicht irre.« Wieder machte er eine bedeutungsschwangere Pause, dann nahm Nons Stimme einen freundlichen, väterlichen Ton an, den Aris noch nie an ihr bemerkt hatte. »Aris Sung, du hast mir einmal geholfen, unser Haus vor dem Untergang zu retten. Das habe ich nicht vergessen, und du solltest es auch nicht tun. Im vorigen Jahr hast du mir die philosophischen Gefahren des Kampfes gegen den Pakt vor Augen geführt, und trotzdem war ich blind für die Veränderungen, die um mich herum vor sich gingen, bis dein Handeln sie mir deutlich gemacht hat.«

Aris atmete zögernd auf. Vielleicht war doch noch nicht alles verloren. »Eure Unterstützung, Shiao-zhang Non, könnte mir sehr helfen, diese Veränderungen zu korrigieren.«

»Ja, weil der Wille des Shiao-zhang der Wille des Hauses ist. Aber wir wissen beide, wie brüchig diese Verbindung sein kann. Und deshalb muß ich dir diese Bitte abschlagen.«

Ty Wu Non schüttelte den Kopf, als Aris ihn verwirrt anstarrte. »Denke nach, Aris Sung. Du weißt so gut wie ich, wie weit wir uns von unserem ursprünglichen Weg entfernt haben. Trotz seiner Verwirrung hat Li Wynn unter den jüngeren Infanteristen viele Anhänger, und er ist nicht der einzige, der sich vom reinen Licht entfernt hat. Ganze MechKriegerkompanien haben sich ihrer Feindseligkeit in einem Maße geöffnet, daß ich mir nicht sicher bin, ob es möglich ist, sie zu retten. Wäre ich gezwungen, diese Frage jetzt zur Entscheidung zu bringen, würde ich riskieren, das Haus zu spalten, wie es auf Kaifeng fast geschehen wäre. Wir müssen noch warten. In der Zwischenzeit kann ich nur hoffen, daß dein Handeln Haus Hiritsu von seinem derzeitigen Kurs abbringen kann.«

Aris fühlte die Erschöpfung all seiner bisherigen Bemühungen auf die Verzweiflung über den langen Weg treffen, der noch vor ihm lag, und den er allein würde gehen müssen. Er schüttelte den Kopf. »Aber wenn ich nicht einmal Li Wynn beeinflussen kann, wie kann ich dann hoffen, andere zu bekehren?«

»Das hast du bereits. Ich sehe den Unterschied, selbst wenn du es nicht kannst.« Ty Wu Nons dunkle Augen suchten Aris' Blick. »Aber Li Wynn ist ein Sonderfall. Du vergißt, daß er nicht wirklich Teil Haus Hiritsus ist. Und er wird es nie sein.« Der Shiao-zhang wehrte Aris' Widerspruch mit einer Handbewegung ab. »Er war eine Verstärkung für uns, Aris, das kann ich nicht mehr bestreiten. Aber als ich mich bereit erklärte, ihn zu adoptieren, wußte ich, daß die Vorteile aus diesem Handeln kurzlebig sein würden. Er hätte Jahre der Vorbereitung benötigt, doch die haben wir ihm nicht geben können, und jetzt erfüllt ihn der fanatische Eifer des Spätbekehrten. Alt genug, um einen Teil unserer Grundsätze anzunehmen, aber bereits zu gefestigt in seinen Ansichten, um wirklich alles zu verstehen und sich Veränderungen zu öffnen, wie du es getan hast. Und wie es das Haus jetzt tun muß.«

»Warum halten wir ihn dann?« fragte Aris. *Warum halten wir überhaupt all diejenigen, die das Fundament unseres Hauses gefährden?*

Ty Wu Non erhob sich in einer flüssigen Bewegung und beantwortete auf beunruhigende Weise nicht Aris' ausgesprochene Frage, sondern die in seinen Gedanken. »Weil wir sie brauchen, und der Sieg in der Schlacht um St. Ives könnte mich noch zwingen, nicht deine Sicht zu bestätigen, sondern die ihre. Der Kanzler verlangt von mir, bei der Eroberung von St. Ives zu helfen, und diesen Befehl werde ich ausführen, selbst wenn es mich die Seele unseres Hauses kostet.«

Er lächelte, traurig, aber sichtlich entschlossen. »Nichts ist wichtiger als die Konföderation, Aris Sung. Nicht für uns. Es sei denn, der Kanzler will es.«

Aris nickte zögernd. »Gibt es nichts mehr zu tun?« fragte er leise.

Shiao-zhang Ty Wu Non, Meister des Hauses Hiritsu, legte die Hand auf Aris Sungs Schulter und nickte. »Halte die Augen offen. Halte die Ohren offen. Und bete, daß wir bereit sind, Haus Hiritsu zurück ins Licht zu führen, wenn die Zeit kommt.«

28

**Yè-Huar-Regenwald, Distrikt Vedray, Ambergrist
Herzogtum St. Loris, St. Ives-Pakt**

6. August 3062

Die Schlacht tobte schon seit drei Stunden in isolierten Taschen des Yè-Huar-Dschungels auf Ambergrist. Unter dem dichten Blätterdach, das die Mechs beider Seiten in grünem Licht badete, senkte Majorin Cassandra Allard-Liao das Fadenkreuz ihres *Cestus* über einen *Donner* und spießte die Insignien der 3. Konföderations-Reservekavallerie, die eine auf einer geöffneten Hand erstrahlende Sonne zeigten, auf. Sie prangten auf der rechten Rumpfseite ihres Gegners. Die Laser leuchteten, und eine der mittelschweren Waffen erwischte den *Donner* in der rechten Torsohälfte, während der Rest der gebündelten Lichtenergie sich über Arm und Bein derselben Seite verteilte.

Fall um, befahl sie dem Kampfkoloß in Gedanken. Mit einem silbrigen Blitzen schlug die Nickeleisenkugel des Gaussgeschützes nur den Bruchteil einer Sekunde nach der Lichtwerfershow mit voller Wucht zentral in den Rumpf der Konföderationsmaschine ein, zerschmetterte den Lauf eines mittelschweren Impulslasers und schleuderte Panzertrümmer über die Farne und Lianen, die den Regenwaldboden bedeckten. *Fall um! Geh zu Boden!*

Auf der Liste aller Planeten, von denen Cassandra erwartet hätte, daß sie ihre Aufmerksamkeit erfordern könnten, stand Ambergrist weit unten. Hier gab es keine großen Produktionsanlagen, die verteidigt werden mußten. Es stand kein prominentes Mechregiment der Konföderation auf seinem Boden. Der Planet wurde bereits von Treyhangs Bewegung Freies Capella und einem Bataillon der Söldnereinheit Illician

Lancers verteidigt, das dem Pakt ›leihweise‹ vom Vereinigten Commonwealth überlassen worden war. Es machte viel mehr Sinn für sie, nach St. Loris zurückzukehren und den Kosaken zu helfen oder einen Vorstoß gegen Indicass zu unternehmen. *Oder warum kämpfe ich nicht besser noch mit Mutter und Kai auf St. Ives um das Überleben unserer Zentralwelt? Was mache ich eigentlich hier?*

Einfache Fragen mit einer gemeinsamen einfachen Antwort. *Mutter hat meine Lanciers von Tantara hierher beordert.* In ihrer – zweifelhaften – Weisheit sah Candace einen Wert darin, die Konföderationstruppen auf Ambergrist zu binden, statt Einheiten zur Verteidigung von St. Ives abzuziehen.

Der *Donner* war unter Cassandras heftigem Angriff einige Schritte zurückgewichen. Der siebzig Tonnen schwere Mech schwankte ein paar Sekunden auf einem Bein, fast, als wolle er sie verhöhnen, dann gewann der feindliche Mechpilot die Gewalt über ihn zurück und brachte den wankenden Kampfkoloß wieder in seine stabile, breitbeinige Ausgangshaltung. Die ausladende Form der Unterschenkelpanzerung, die nahtlos in die breiten, keilförmigen Füße überging, erweckte den Eindruck, die Maschine wäre aus der sie umgebenden Vegetation gewachsen und zöge ihre Kraft unmittelbar aus dem Boden. Fast beleidigend langsam zog sich der Metallriese in den Regenwald zurück.

Der Einsatz der Laser zog zusätzliche Energie aus dem Fusionsreaktor des *Cestus*, und die Temperatur in Cassandras Cockpit stieg um mehrere Grad. Schweiß perlte über ihre Stirn und die bloßen Arme, aber der Kühlmittelstrom durch die Leitung ihrer Weste hielt die Behinderung minimal, während die Doppelten Wärmetauscher der Maschine ihre Arbeit taten und die überschüssige Abwärme innerhalb von Sekunden ableiteten. Sie trieb den Mech vor und stieß mit seinen Schultern bei der Verfolgung des flüchtenden *Donner* ins Innere des Dschungels kleinere Bäume beiseite.

Was vor Stunden als Feldschlacht auf Bataillonsebene begonnen hatte, war schnell zu gelegentlichen Einzelschlagabtäuschen zwischen Gegnern verkommen, die kurz in der dichten Vegetation auftauchten und wieder verschwanden – und oft genug in der Deckung des Waldes wechselten. Aber Cassandra dachte nicht daran, den *Donner* entkommen zu lassen, war wie besessen von dem Ziel, ihn zur Strecke zu bringen, als trüge dessen Pilot persönlich die Schuld daran, daß sie auf Ambergrist festhing und dort nicht kämpfen durfte, wo sie dringender gebraucht wurde.

Aus den dunklen Schatten zwischen einer Gruppe von Mammutbäumen spie der *Donner* einen nichtendenwollenden Strom von entreicherten Urangranaten, der sich in die linke Seite des *Cestus* grub. Panzersplitter und ganze Brocken von Durallex Spezial flogen in alle Richtungen davon, prallten zum Teil vom Ferritglasdach ihres Cockpits ab, zerfetzten das Laub der umstehenden Bäume oder bohrten sich wie Pfeile in deren Stamm. Leuchtspurmunition zuckte durch die Dunkelheit des Waldes, gelblichrote Funken, deren Farbe sich mit den smaragdgrünen Lichtbolzen der Impulslaser des Konföderations-Mechs biß.

Zur Wahrung ihres Gleichgewichts waren die sechsundfünfzig Tonnen in grob humanoide Form gepreßten Metalls weitestgehend von dem riesigen Kreiselstabilisator im Innern des Torsos und dem Neuralfeedback abhängig, das ihn über den Neurohelm der Pilotin mit deren angeborenem Gleichgewichtssinn koppelte. Cassandra kämpfte mit den Kontrollknüppeln, um den Schaden an ihrer Maschine auszugleichen. Dann erkannte sie die Hoffnungslosigkeit ihrer Bemühungen, überließ den Kampfkoloß fluchend dem

Zug der Schwerkraft und bemühte sich statt dessen, die Auswirkungen des Sturzes zu minimieren.

Der *Cestus* kippte hart nach links. Eine der internen Stützstreben brach und riß die Abschirmung des Extraleichten Reaktors auf. Die Cockpittemperatur schoß nach oben. Cassandra rollte den Mech auf die Frontseite und hebelte ihn auf einem Arm hoch, aus Angst, der *Donner* könnte ihren Sturz ausnutzen und nachsetzen.

Aber er war fort, im Innern des Waldes verschwunden. Keiner ihrer Sensoren fand noch eine Spur von ihm.

Ma de dan! fluchte sie wieder und schlug mit der Faust auf die Armlehne ihrer Liege. Sie bearbeitete die Kontrollen und brachte den *Cestus* wieder auf die Beine.

Der Weg, auf dem der *Donner* verschwunden war, lag unübersehbar vor ihr, ein breiter Tunnel durch den Urwald. In ihrem überhitzten Mech, dessen Panzerung mehr Illusion als Fakt war, und mit Schmerzen am ganzen Körper, die vom Sturz auf den Waldboden herrührten, starrte Cassandra lange Sekunden in seine Düsternis. Dann folgte sie dem capellanischen Mech in den Wald, wenn auch vorsichtiger als zuvor. *So leicht entkommst du mir nicht*, versprach sie.

Sie hätte Ambergrist auf der Stelle aufgegeben, wenn das geholfen hätte, St. Ives zu retten, aber diese Entscheidung lag nicht bei ihr. Also würde sie hier auf Ambergrist weiterkämpfen und die Konföderation teuer dafür bezahlen lassen, daß sie es gewagt hatte, ihre Heimat anzugreifen. Vielleicht würde ihre Mutter dann auf sie hören. Ihr gestatten, nach Hause zu kommen oder den Kampf in die Konföderation zu tragen. *So oder so kann ich einen Unterschied machen.*

Die Truppen ihres Vetters hatten keine Chance gegen ihren Zorn.

* * *

Ganxia-Vorgebirge, Distrikt Shaanxi, Ambergrist
Herzogtum St. Loris, St. Ives-Pakt

Die Blackwind-Lanciers stießen vor, überquerten mit zwei Bataillonen die ländliche Fernstraße und brachen durch den dünnen Waldgürtel, der sie flankierte. Gegnerische Mechs hinter einer flachen Hügelkette auf ihrem Weg nahmen sie vereinzelt unter Beschuß, und die Lanciers erwiderten das Feindfeuer mit Zinsen. Die elektrischblauen Peitschenschläge von PPKs schnitten Mechpanzerung in breiten Streifen ab. Laserfeuer bohrte sich ebenso tief ins Ziel, ließ die Metallkeramik in geschmolzenen Sturzbächen zu Boden prasseln und entzündete mehrere kleine Buschfeuer, während auf beiden Seiten die Autokanonen hämmerten. Raketen zuckten auf Rauchfahnen in den Himmel, aber wo die Lanciers unter ihren Schirm vorstürmten, gaben die Hustaing-Rabauken ihre Stellungen auf und flohen tiefer in die Ganxia-Vorgebirge Ambergrists.

Und die Hetzjagd ging weiter.

Oberst Warner Doles versuchte noch einmal, die Wut und den Zorn zu beschwören, die er am Beginn der Schlacht gefühlt, aber dann an Zeit und eine Müdigkeit verloren hatte, die bis ins Mark reichte. Mit ihr hoffte er, seiner Taktik neuen Schwung zu verleihen, seinen Zorn auf die Hustaing-Rabauken zu schleudern und ihren geordneten Rückzug durch den Distrikt Shaanxi in eine wilde, panische Flucht des capellanischen Regiments zu verwandeln. Er wollte mehr, als sie nur besiegen. Er wollte sie pulverisieren. Sie so zermalmen, daß an einen Wiederaufbau nicht zu denken war, und in Schande zurück nach Hustaing jagen.

Jedenfalls hatte er das einmal gefühlt.

Jetzt plagten ihn Zweifel, und sie erinnerten ihn zu

stark an die Verwirrung, die er unmittelbar nach seiner Rekrutierung durch Tormano Liao empfunden hatte. Doles hatte bereits befürchtet, daß es ihm in diesem ersten Kampfeinsatz auf Ambergrist, den Treyhang Liao jetzt endlich genehmigt hatte, so gehen würde. In den letzten Wochen hatten seine zwiespältigen Gefühle über die Beförderung, die Kommandeursposition der Blackwind-Lanciers, und ganz besonders Treyhang Liaos Führungsstil, ihn in einen Kreislauf aus Zorn, Depression und Verwirrung getrieben. Er hatte gehofft, ein Kampf könne ihn aus seinem Dilemma befreien. Tatsächlich hatte es zunächst so ausgesehen, als er endlich ein Ziel und einen Gegner gesehen hatte, auf den er seine Wut richten konnte. Aber das hatte keinen Bestand gehabt, und diese Unsicherheit machte ihn übervorsichtig. *Trotzdem können sie uns nicht standhalten.*

Seine zwei Bataillone Blackwind-Lanciers trieben das ganze Regiment der Hustaing-Rabauken weiter vor sich her, tauschten über das offene Gelände zwischen den niedrigen Bergen und dem spärlichen Wald Geschützfeuer aus. Wie Doles es auf Indicass vorhergesagt hatte, verließen die Hustaing-Rabauken sich mehr auf Enthusiasmus als auf Disziplin. Mit hart zuschlagenden Einsatzkompanien brachen seine Lanciers die feindlichen Reihen immer wieder auf und zwangen sie zu kostspieligen Umgruppierungen. Ihr Weg war gepflastert mit BattleMechwracks und ausgebrannten Fahrzeugen, und die meisten stammten von den Hustaing-Rabauken. Mech um Mech, Lanze um Lanze machte Doles seine früheren Verluste gegen die Rabauken wett.

Ein feindlicher *Cataphract* bewegte sich in weiter Entfernung über seinen Schirm. Granaten aus seiner leichten und mittelschweren Autokanone schlugen Krater in die Panzerung des *Imperator*, während sie eine Einschußspur am linken Mechbein empor und über die breite Brustpartie von Doles' Mech zogen. Einen Augenblick lang flammte der Zorn wieder in ihm auf, lange genug, um seine Autokanone abzufeuern. Bündelmunition scheuerte Panzerung von Kopf und oberer Torsohälfte des *Cataphract*. Warner Doles kämpfte darum, den Funken am Leben zu erhalten, ihn zu dem Feuer anzufachen, das noch kurz zuvor in ihm gebrannt hatte, aber der Funke erlosch und hinterließ eine allzu vertraute Leere der Unsicherheit.

»Und da kommen sie wieder«, warnte eine unbekannte Stimme Doles über die allgemeine Gefechtsfrequenz. Irgend jemand in Majorin Castillians Bataillon.

Doles zog seinen *Imperator* aus den vorderen Linien zurück und suchte nach dem neuesten Rückzugsgefecht der Rabauken. Seine Sensoren fanden es an der äußersten rechten Flanke, tatsächlich in Castillians Sektor, und brachten Teile des Gefechts auf einen Hilfsschirm. Zwölf mittelschwere bis schwere Mechs, alle etwas anders bemalt, als wollten sie den Mangel an Zusammenhalt noch unterstreichen, der die größte Schwäche der Hustaing-Rabauken ausmachte. Nur eine Serie von Zahlen, die über die Mechrümpfe gemalt waren, natürlich alle verschieden, ließen sich als Indiz dafür auslegen, daß diese Mechs Teil einer Einheit waren. Diesmal wurden sie von einer schweren Panzerlanze unterstützt, *Drillsons* und *Vedettes*.

»Kompanie Beta nach Osten schwenken«, befahl Doles und bedrohte das Rückzugsgefecht mit einem Flankenmanöver. Die Wut war noch da, sicher, aber sie befand sich im Wettstreit mit einem Gefühl, das an... Bewunderung erinnerte? Doles schüttelte den Gedanken ab. *Einen Feind bewundert man nicht, man zerstört ihn.*

Die neue Kompanie bildete eine Kampflinie und forderte die Blackwind-Lanciers heraus. Zwei Kompanien nahmen die Herausforderung an, eine davon diejenige, die Doles in die Flanke der Rabauken geschickt hatte. Ein Schußwechsel, dann ein zweiter. Die Linie wankte, zerbrach. Aber die Capellaner flohen nicht. Die Hälfte der Kompanie, in den sprungfähigen Mechs, flog nach Südwesten, während der Rest, einschließlich der Panzer, sich zu einer neuen Kampflinie vor der Lancier-Kompanie formierte, die sie zuvor von der Seite angegriffen hatte.

Jetzt liefen Doles' Krieger Gefahr, in ein Kreuzfeuer zu geraten, aus dem sie sich augenblicklich zurückzogen. Das kostete, als die gesamte Linie zum Stillstand kam, um nicht auseinanderzubrechen, die Blackwind-Lanciers ihren Schwung. Ein letzter PPK-Schuß traf einen auf dem Rückzug befindlichen Rabauken-*Quasimodo* im Rücken, bohrte sich durch die Panzerung und schnitt tief in die interne Stützstruktur.

Metallsplitter schossen mit hoher Geschwindigkeit aus der Bresche in der Panzerung des Hustaing-*Quasimodo*, als dessen Gyroskop sich in seine Einzelteile auflöste. Der Pilot stieg aus. Auf dem Gipfelpunkt seiner Flugbahn löste sich der Gleitschirm aus und ließ ihn über seine fliehende Einheit treiben. Eine Rabauken-*Schlange* streckte den linken Arm aus, fing den Gleitschirm wie über einer Wäscheleine auf und ließ die Seile zwischen den Metallfingern verheddern. Seinen Kameraden sicher unterhalb der Mechhand baumeln lassend, beschleunigte der Pilot die *Schlange* zu einem Spurt, der ihn schnell zurück in die Reihen des abziehenden Regiments brachte.

Als er dieses spektakuläre Rettungsmanöver sah, erwischte Doles sich dabei, wie er beiden Piloten Glück wünschte, wenn auch nicht ihren Mechs, und diese Trennung störte ihn. *Pilot und Mech sind identisch,* dachte er, dann korrigierte er sich hastig. *Nein, sie sind es nicht. Aber ist es wirklich meine Aufgabe, derartige Dif-*

ferenzierungen zu machen? Diese Frage konnte er nicht so leicht beantworten.

Unwichtig, entschied er und verdrängte die Entscheidung auf einen späteren Zeitpunkt. *Wir haben sie in die Flucht geschlagen, zum ersten Mal überhaupt. Das ist nicht nur ein Überfall oder eine einzelne Schlacht, das ist der Beginn eines Feldzugs, der die Hustaing-Rabauken ein für allemal von Ambergrist verjagt. Das wird Herzogin Liao und Treyhang gefallen.*

Erst einige Sekunden später, in der nächsten Kampfpause, fiel Warner Doles auf, daß er keinen Gedanken daran verschwendet hatte, was den Blackwind-Lanciers oder ihm selbst gefallen würde.

29

Palast des Himmels,
Zi-jin Cheng (Verbotene Stadt), Sian
Kommunalität Sian, Konföderation Capella

15. August 3062

Am dritten Tag des Staatsbesuchs Reichsverweser Grover Shraplens auf Sian entschloß sich Sun-Tzu, ihn in einem der eleganteren Säle des Palasts des Himmels zu empfangen. Es würde die erste echte Gelegenheit der beiden Herrscher seit der ersten Audienz und dem formellen Empfang zu Ehren des Reichverwesers bei dessen Ankunft sein, sich zu unterhalten. *Drei Tage, in denen er Zeit hatte, Fabriken zu besichtigen, einige für ihn vorbereitete Besprechungen zu besuchen und Sian zu bereisen… Natürlich in entsprechender Begleitung.*

Nancy Bao Lee begleitete den Herrscher des Tauruskonkordats in den Saal, eine Hand um seinen Arm geschlungen. Sie trug ein türkisfarbenes Abendkleid mit tiefem Front- und Rückendekolleté, dessen Rock an der Seite bis fast zur Hüfte geschlitzt war. Sein Schnitt schrie geradezu *canopisch. Und hoffentlich bringt es auch zum Ausdruck, daß die Konföderation offen für den Einfluß ihrer Verbündeten ist, und nicht das Gegenteil.*

Und eine schöne Frau in Shraplens Gesellschaft wird ihn ohne Zweifel ablenken, kam ein Flüstern aus den dunkleren Gefilden seines Geistes.

Sun-Tzu versuchte, die Idee, Nancy auf diese Weise einzusetzen, nicht den Einflüsterungen seiner Mutter zuzuschreiben, obwohl Sex für Romano ganz sicher eine Waffe wie jede andere gewesen war. Und in der Kontrolle, die sie über Tsen Shang ausgeübt hatte, hatte sie sich als umwerfend effektiv erwiesen. Dann entschied er, daß es keine Rolle spielte, woher der Gedanke gekommen war.

Nur das Ergebnis zählte.

Shraplen bewegte sich reichlich steif. Er war sich Nancys Aufmerksamkeit sichtlich bewußt und tat sein Bestes, einen zackig militärischen Eindruck zu erwecken. Sie führte ihn wie zuvor angewiesen auf Sun-Tzu Liao zu, so daß die beiden sich dem Kanzler näherten, statt dem Taurier die Gelegenheit zu geben, stehenzubleiben und Sun-Tzu zu zwingen, zu ihm zu kommen, wie er es als Gastgeber hätte tun müssen. Dann löste sie sich von ihrem Begleiter, während die beiden Herrscher sich erst auf capellanische Manier voreinander verneigten und dann wie im Tauruskonkordat üblich alle vier Hände zum Druck aufeinanderlegten.

»Es ist mir eine Ehre, Kanzler Liao.« Shraplens tiefe Stimme drückte das gebotene Maß an Höflichkeit aus. »Sie verfügen über eine wunderschöne Zentralwelt«, stellte er fest und schien es auch ehrlich zu meinen. In seiner Feststellung lag ein Hauch von melancholischem Bedauern, der einen gewissen Neid andeutete. Aber das war leicht genug zu spielen, während sein Blick Nancy folgte, die sich gerade verabschiedete und den Saal verließ. Sun-Tzu hoffte, der Verlust seiner hübschen Begleiterin würde den Taurier verunsichern, aber Shraplens Stimme bot darauf keinerlei Hinweis. »Eine wunderschöne Zentralwelt.«

Diese Stimme war Grover Shraplens beste Eigenschaft, und soweit es Sun-Tzu betraf, ein Organ von nachgerade hypnotischer Kraft. Die körperliche Erscheinung seines Gegenübers beeindruckte den Kanzler hingegen ganz und gar nicht. Er war von mittlerer Größe und hatte einen Bauchansatz. Das dunkle Haar verblaßte stellenweise zu Stahlgrau und befand sich über beiden Schläfen auf dem Rückzug. Haselnußbraune Augen ohne Feuer. Sein einziges körperliches Merkmal, das auf irgendeinen Charakter hindeutete, war ein struppiger Kinnbart, makellos schwarz gefärbt. Kein Mann, dem man die Herrschaft über eine starke Peripherienation zugetraut hätte, und sicher auch niemand, der sein Gegenüber veranlaßt hätte, sich in acht zu nehmen.

Nur nahm Sun-Tzu Liao sich grundsätzlich in acht.

Der Kanzler nahm niemanden auf die leichte Schulter, ganz gleich, wie er sich äußerlich ihnen gegenüber benahm. Er hielt auch nichts von der in der Inneren Sphäre verbreiteten Ansicht, daß Peripheriefürsten den Herrschern der fünf Großen Häuser der Freien Inneren Sphäre in irgendeiner Hinsicht nachstanden. Vier Jahre zuvor hatte er Kontakt mit Magestrix Emma Centrella vom Magistrat Canopus aufgenommen, einer Herrscherin, der Thomas Marik oder Katrina Steiner-Davion nichts voraushatten, und die sicher beeindruckender war als Haakon Magnusson, Walprins der Freien Republik Rasalhaag, oder was davon nach der Clan-Invasion übrig blieb. Emma Centrellas einziger Nachteil war, daß ihr Reich schwächer als die meisten Großen Häuser war, und diese Position verstand Sun-Tzu nur allzu gut. Deshalb unterschätzte er Shraplen keineswegs.

Außerdem ist es beachtlich, wie glatt der Mann nach Jeffrey Calderons vorzeitigem Ableben letztes Jahr die Macht im Tauruskonkordat übernommen hat.

»Zu gütig, Reichsverweser Shraplen.« Sun-Tzu deutete zu zwei hohen Lehnstühlen hinüber, die vor einem großen Panoramafenster standen, das einen Blick auf die vier Stockwerke tiefer liegenden Gärten und über die Mauern des Palasts auf die Verbotene Stadt bot. »Ich habe schon oft ähnliches von Ihrer Heimatkolonie MacLeod's Land und deren…« Er stockte, als suche er nach dem passenden Wort. »…*unschuldigem* Charme gehört.«

Er strich den Seidenstoff seiner goldenen Hanjacke

glatt, über deren Ärmel und Rücken rote Drachen tanzten, bevor er sich mit präziser Sorgfalt setzte. Shraplen konnte eine Erinnerung an die prekäre Position seiner Heimatwelt nahe der Grenzen sowohl der Konföderation wie auch des Vereinigten Commonwealth gebrauchen. Nachdem er von der Maskirovka über die große Sorge des Reichsverwesers um deren Sicherheit informiert worden war, hielt Sun-Tzu es für die geeignete Eröffnung für das bevorstehende Spiel.

Shraplen enttäuschte ihn nicht. »Es ist mir bereits aufgefallen, daß die Nationen der Inneren Sphäre es sich zur Gewohnheit zu machen scheinen, unschuldigen Charme als Einladung zu einem Angriff zu verstehen«, stellte er in einem geschickten Versuch fest, das Gespräch auf substantiellere Themen zu lenken. »Sei es, weil sie ihn mit Schwäche verwechseln, oder auch nur aus Neid auf das, was sie noch nicht besitzen.«

Sun-Tzu nickte zustimmend, und war bereit, die *einfühlsame* Rolle gegenüber Shraplens *subtiler Stärke* zu spielen, solange es mithalf, ihn, und mit ihm die Konföderation Capella, in den Augen seines Gastes weniger bedrohlich erscheinen zu lassen. »So wie diese fürchterliche Sache auf Detroit«, stellte er mit Augen fest, die sich in vorgetäuschter Empörung weiteten. »Maltins Coup am Vorabend des Winterfests und die Geiselung Emma Centrellas und Jeffrey Calderons. Calderon…« Er ließ den Namen verklingen und runzelte über derartige Methoden mißbilligend die Stirn. »Und daß dann auch noch das Vereinigte Commonwealth dahintersteckt.«

»Ja«, bestätigte Shraplen, relativierte seine Feststellung aber sogleich wieder. »Jedenfalls sind wir ziemlich sicher, daß Davion involviert ist. Sherman Maltins sofortige Anfrage nach Anerkennung und Schutz seiner ›Kolonienation‹ deutet sicherlich darauf hin.« Er seufzte und entspannte sich sichtlich in den Polstern seines Stuhls, der erheblich bequemer war als der, auf dem Sun-Tzu Platz genommen hatte. »Ich bezweifle, daß wir jemals handfeste Beweise finden werden.«

Ganz sicher nicht, versprach der Kanzler. *Handfeste Beweise lassen sich als Fälschungen entlarven, aber Andeutungen sind unwiderlegbar.*

»Sie sollten sich glücklich schätzen, nicht einen beachtlichen Teil des Konkordats verloren zu haben«, erklärte Sun-Tzu in mitfühlendem Ton. Dann gab er vor, sich zu entspannen, zu sinnieren. Das fiel ihm alles andere als leicht, denn die geisterhafte Präsenz Romano Liaos tobte in seinem Schädel. Aber Sun-Tzu mußte den Krieg mit dem Pakt ansprechen, bevor Shraplen es tat, *und* zwar auf die richtige Weise.

»Die Konföderation weiß, was es bedeutet, Menschen und Systeme an das Vereinigte Commonwealth zu verlieren. Der Versuch, zurückzufordern, was unser ist, hat uns dreißig Jahre gekostet, und selbst jetzt könnten wir noch scheitern.« Das Gespenst seiner Mutter verfluchte ihn für diese Äußerung. Sun-Tzu ignorierte sie, so gut es ging, und beugte sich plötzlich mit um Entschuldigung heischender Miene vor, als habe er seinen Gast beleidigt. »Nicht, daß Ihre Truppen uns keine Hilfe gewesen wären«, erklärte er hastig. »Sie waren von großem Nutzen bei der Neutralisierung der bereits im Pakt stationierten Commonwealth-Einheiten.« Eine Spur von Mißmut. »Nur schickte Victor Davion einfach mehr Regimenter, nachdem Ihre Truppen seine Einheiten erfolgreich ausgeschaltet hatten.« *In Wahrheit hat Candace ihn darum gebeten, aber so paßt es besser zum Aspekt der* Davion-Einmischung.

Seine Stimme mochte Shraplen in der Gewalt haben, nicht aber sein Gesicht. Sun-Tzu bemerkte das momentane stolze Leuchten in den Augen des Reichsverwesers beim Lob seiner Truppen. »Es schien für alle Betroffenen das Beste«, meinte er. »Das Konkordatsmilitär verlangte Vergeltung für die Ermordung Calderons, aber ich konnte kaum einen Krieg mit dem Commonwealth riskieren.« Er musterte Sun-Tzu kühl. »Und das Magistrat Canopus hat zudem bewiesen, daß es tatsächlich von Vorteil sein kann, mit manchen Fürsten der Inneren Sphäre Geschäfte zu machen.«

So, und nachdem wir jetzt alle wissen, wo wir stehen… Sun-Tzu biß sich nachdenklich auf die Unterlippe und täuschte Unsicherheit vor. »Ja, ich hatte gehofft, Ihnen eine ähnliche Beziehung anzubieten. Wir sind beide mit Canopus verbündet, warum sollten wir dann nicht auch ein Bündnis abschließen?«

Der taurische Reichsverweser runzelte in scheinbar ehrlichem Zögern die Stirn, dann meinte er: »Ich bin nicht sicher, ob das möglich ist.«

Der erste Verhandlungspunkt, übersetzte Sun-Tzu. »Aber warum denn nicht?« fragte er.

»Ihre Truppen in der Region der Neuen Kolonien zwischen dem Konkordat und dem Magistrat beunruhigen mein Volk und mich.« Er versuchte, ein verlegenes Gesicht zu machen und scheiterte. »Mein Verteidigungsministerium gibt zu bedenken, daß Maltins Putsch von Davion-Seite angezettelt worden sein *könnte*, es aber capellanische Truppen sind, die Detroit jetzt besetzt halten.« Er machte eine Pause und hüstelte verlegen. »Und nach der Terrorwelle, die Ihre Schwester jüngst ausgelöst hat, steht die Konföderation nicht gerade in bestem Licht da.«

Bei dieser Bemerkung zuckte Sun-Tzu zusammen, und das brauchte er nicht einmal vorzutäuschen. Der Geist seiner Mutter drängte ihn, Kali zu verteidigen. Statt dessen übte er sich in melancholischer Resignation. »Meine Schwester ist wahnsinnig«, stellte er bitter fest und bemühte sich, bei der Sache zu bleiben. »Ich hoffe, sie kehrt nie wieder von Atreus zurück.«

Natürlich würde sie zurückkehren. Thomas Marik würde sie ganz bestimmt nicht in seinem Reich haben wollen, und Sun-Tzu hätte es ihm auch gar nicht gestattet. *Kali gehört hierher, in die Konföderation, so sehr ich mir auch wünschen mag, es wäre anders.* »Ich weiß einfach nicht, was ich mit ihr machen soll.« Und das war die lautere Wahrheit. *Aber wenn du dir einbildest, mit einer Anspielung auf den Schwarzen Lenz Detroit frei zu bekommen, bist du auf dem falschen Ast. Die Konföderation hat zu viel in diese Fabriken investiert, um den Anspruch darauf aufzugeben.*

»Aber sicherlich können die taurischen Bürger den Unterschied zwischen einem vernunftgesteuerten Militärfeldzug und Wahnsinnstaten, die von geistiger Umnachtung ausgelöst werden, erkennen«, erklärte er, verbarg seine wahren Gedanken und sah Shraplen hoffnungsvoll an. Deutlicher wagte Sun-Tzu den Verfolgungswahn nicht anzusprechen, für den Jeffrey Calderons Vater Thomas bekannt gewesen war. Wegen des Fehlsprungs eines Frachtraumers das gesamte Konkordat *acht* Jahre in militärische Alarmbereitschaft zu versetzen, ließ sich kaum als geistig gesund bezeichnen.

Der Reichsverweser des Tauruskonkordats kam wahrscheinlich zum selben Schluß, auch wenn es ihm gelang, es sich nicht anmerken zu lassen. »Mag sein«, war alles, was er dazu sagte.

Shraplen wollte, was Sun-Tzus Reich anzubieten hatte, sonst hätte er die Diskussion an diesem Punkt beendet. Aber ebenso offensichtlich weigerte er sich, aus einer Position der Schwäche zu verhandeln. Oder zumindest aus einer Position, die er als die schwächere *empfand*. Und seine Argumentation leuchtete ein. Sun-Tzu versuchte es auf anderem Weg.

»Die Konföderationseinheiten auf Detroit sind Teil einer Vereinbarung mit dem Magistrat«, erinnerte er den Reichsverweser. »Technisch unterstehen sie Naomi Centrella.« Er seufzte leicht, wie in teilweiser Kapitulation. »Aber ich verstehe Ihren Einwand.«

Er dachte einen Augenblick nach, um Shraplen Zeit zu geben, sich im Siegesglanz zu sonnen. *Laß ihn den Moment genießen.* »Würde es Sie beruhigen, wenn ich taurische Einheiten im Konföderationsraum akzeptierte, als einzige Garnison auf Rollis, Larsha und Zanzibar?« Aus allen drei Systemen hatte Zahn erst vor kurzem Truppen abziehen müssen, und jetzt brauchten sie neue Garnisonen zum Schutz vor Übergriffen des Commonwealth. Romanos Geist fluchte bei dem Gedanken, auch nur eine *ihrer* Welten aufzugeben. »Das würde eine neutrale Pufferzone zwischen unseren Reichen etablieren, und ich spräche Ihnen die Rohstoffrechte dieser Planeten zu, ähnlich wie in der Vereinbarung mit dem Magistrat.« Genaugenommen hatte Canopus die Rohstoffrechte auf zwei Welten erhalten, die beide von sehr viel höherer Ertragsqualität waren.

Shraplen wurde vorsichtig und suchte eine Bestätigung der gewonnenen Konzessionen. »Sie werden Maßnahmen zur Modernisierung unserer Streitkräfte auf die Stufe Ihrer eigenen einleiten?« Sein Ton blieb zögernd, beinahe uninteressiert, aber die Habgier in seinem Blick war nicht zu mißdeuten.

Sun-Tzu nickte. »Ich werde zuerst die Aufrüstung der Einheiten anordnen, die im Pakt im Kampf stehen«, versprach er. *Eine Maßnahme, die mir mehr nützt als dir.* »Gefolgt von Ihren Garnisonstruppen in meinem Reich. Ersatzteile können von der Shengli-Fabrik auf Victoria ausgeliefert werden.«

»Dem Magistrat haben Sie erheblich mehr versprochen«, stellte Grover Shraplen fest. »Sie haben ihm Lehrer und Instrukteure geschickt. Techs, Ingenieure, Militärberater.«

Beutegierige, heimtückische, verräterische Bastarde! Romano spritzte ihr Gift ungehindert auf Shraplen im besonderen und die Peripherie im allgemeinen.

Sun-Tzu nahm ihren Geist mit eiserner Hand an die Kandarre. Aus den Beziehungen mit Canopus wußte er, wieviel Wert die Peripherienationen auf Bildung legten. *Sie haben lange vor der Inneren Sphäre gelernt, daß Wissen noch weit wertvoller ist als Technologie, weil Technologie zu leicht verlorengehen kann.*

»Ich würde Ihnen natürlich dasselbe versprechen«, beruhigte Sun-Tzu ihn. »Einzulösen, sobald das entsprechende Personal verfügbar ist.« *Sobald ich mich entschließe, es verfügbar zu machen.* Er gestattete sich einen Anflug von Verzweiflung. »Sie verstehen natürlich, daß ein Großteil unserer Mittel zur Zeit darauf gerichtet ist, den Konflikt mit dem St. Ives-Pakt zu beenden. Ich kann die Anstrengungen meiner Heimatnation nicht gefährden, unser rechtmäßiges Territorium wiederzuerlangen.« Das Schlüsselwort dieses Satzes schien ihm fast im Halse steckenzubleiben. *Territorium. Ein Konzept, das für die Peripherie von Bedeutung ist. Dabei sind es nicht die Welten, sondern die Menschen, die eine Nation ausmachen.*

Nachdem seine Forderungen erfüllt waren, drängte Shraplen zur Beschleunigung des Zeitplans. »Zwei meiner Regimenter befinden sich auf Castrovia«, erwähnte er, wie um Sun-Tzu an ihre Vereinbarung zu erinnern. »Wenn ich ihnen gestattete, zu den anderen zu stoßen, die sich zur Zeit im Pakt aufhalten, vielleicht noch weitere aus dem Konkordat hole...« Er ließ den Satz vielversprechend verklingen.

Als ob ich eine Erinnerung bräuchte, dachte Sun-Tzu, zeigte sich äußerlich aber erfreut und nahm den Faden auf, den der Taurier fallengelassen hatte. »...würde ich sofort deren Aufrüstung in Angriff nehmen«, versprach er. »Und ich bin sicher, das würde der Konföderation gestatten, eine sofortige Lieferung ins Konkordat zu schicken.« *Eine* kleine *Lieferung. Ich würde mit zahlreichen Verzögerungen rechnen.* »Sie könnten sie nach Hause begleiten.«

Shraplen lächelte, das erste Zeichen einer Einigung. »Wir werden ausschließlich gegen Davion-Einheiten eingesetzt«, verlangte er. »Dieselben Bedingungen wie bisher. Taurische Einheiten werden nur zur Selbstverteidigung gegen Paktstreitkräfte kämpfen. Ich möchte keine dauerhaften Mißklänge in der Beziehung zu Ihren zukünftigen Untertanen.«

Das nützt dir mehr als mir, dachte Sun-Tzu, nickte aber. *Glücklicherweise läßt sich Selbstverteidigung liberal auslegen.* »Was für eine Vorstellung«, meinte er, als er sich in seinen Lehnstuhl sinken ließ. »Unsere Einheiten Seite an Seite im Kampf für ein neues Zeitalter, Tauruskonkordat...« Er achtete sorgfältig darauf, Shraplens Reich an erster Stelle zu nennen. »...Magistrat Canopus und Konföderation Capella, als gleichberechtigte Partner.« *Aber manche sind gleicher als andere.* Eine Erinnerung an Romano Liao und ihre geflüsterte Bemerkung über die anderen Großen Häuser während der Outreach-Konferenz 3050.

Sun-Tzu unterdrückte den Gedanken. Er wollte nicht, daß seine Mutter diesen Moment verdarb. *Ich habe, was ich will und was Talon Zahn braucht. Jetzt muß ich nur noch dafür sorgen, daß das Konkordat einen Fortschritt sieht. Aber nicht so schnell, wie die Taurier sich das wünschen, niemals so schnell wie* sie *es sich wünschen. Was sind zwei Regimenter? Ich kann es sie erheblich mehr kosten lassen.*

In seinem Hinterkopf lachte Romano Liao Grover Shraplen aus, als Sun-Tzu sich umdrehte und ihn engelsgleich anlächelte. »Willkommen im Bündnis.«

30

Shen-Pass, Provinz Liaoning, St. Ives
Herzogtum St. Ives, St. Ives-Pakt

15. August 3062

Mit verschwimmendem Blick und pochendem Schädel versuchte Aris Sung, die Benommenheit abzuschütteln und wurde mit stechenden Schmerzen im Nacken und der linken Schulter belohnt. Sicherheitsgurte schnitten in seine Brust und hielten ihn über der Instrumentenkonsole und dem halb von aufgewühlter Erde begrabenen Kanzeldach fest. Er griff nach den Steuerknüppeln und benutzte Arme und Beine seines Mechs dazu, den *Spuk* wieder aufzurichten, um den Kampf fortzusetzen.

Haus Hiritsu focht gegen Raymonds Armierte Infanterie und versuchte, den Shen-Pass freizukämpfen, der den Weg nach Tian-tan kontrollierte, in die planetare Hauptstadt St. Ives'. Es war ein ausgewogener Kampf mit zwei Bataillonen auf jeder Seite, bei dem das Kriegerhaus seinem Gegner an purer Mechstärke überlegen war, was Oberst Raymonds Panzertruppen jedoch gegen die Hiritsu-Infanterie wettmachten. Ausgewogen, bis Aris auf einen *JägerMech* getroffen war, den eine volle Lanze *Vedette*-Panzer unterstützten. Sie hatten ihr Autokanonenfeuer auf seinen Kampfkoloß konzentriert und ihn zu Boden gezwungen. Ein kurzer Blick auf das Schadensdiagramm des *Spuk* zeigte Panzerungsverluste in allen Trefferzonen, aber keine internen Schäden. Noch nicht.

Der *JägerMech* und die *Vedettes* standen etwa zweihundert Meter entfernt und kämpften gegen Raven Clearwater, eine von Aris' Lanzenführerinnen, in einem *Hurone*. An den Positionen hatte sich so gut wie nichts geändert, was Aris bestätigte, daß er nicht ohnmächtig gewesen war. *Nur ein kurzer Blick ins Dunkel.* Zwei *Galleon*-Panzer jagten von der äußersten linken Flanke heran, nachdem sie eine nahe Ortschaft umfahren hatten. Wahrscheinlich hofften sie, den *Spuk* erledigen zu können, bevor er wieder aufstand. Sie schwenkten sofort ab, als der fünfundfünfzig-Tonnen-Mech auf die Füße kam und sich in ihre Richtung drehte.

»Sind Sie in Ordnung, Lien-zhang Sung?« flüsterte Ravens Stimme aus dem in seinen Neurohelm eingebauten Kommset.

Aris nickte, mehr zu seiner eigenen Befriedigung, denn sie konnte ihn ja nicht sehen. Ein Stechen in der linken Schulter zeugte von einer Muskelzerrung. »Alle Systeme grün«, antwortete er und feuerte mit einem schweren Impulslaser einem der flüchtenden *Galleons* hinterher. Die leuchtend rubinroten Lichtpfeile trafen ihn am Heck, zerschmolzen die Hälfte der Panzerung und verliehen dem Rückzug der Panzercrew zusätzlichen Schwung.

Als Aris' Kompanie anrückte, wichen der *JägerMech* und seine Panzereskorte zurück. »Langsam aber sicher«, rief Aris über die Kompaniefrequenz. »Daß mir jetzt niemand ausflippt.« *Jedenfalls kein anderer mehr.* Er hatte seinen *Spuk* zu weit vorbewegt und sich zur Verteidigung zu sehr auf dessen Schnelligkeit verlassen. Aber er wollte sichergehen, daß sie Naquio nicht zu nahe kamen. Er wollte die dicht am Shen-Paß liegende Ortschaft nicht in Mitleidenschaft ziehen. *Sobald wir die Armierte Infanterie deutlich hinter die nördliche Ortsgrenze getrieben haben, können wir den Ort ohne Waffengewalt einnehmen, und Oberst Raymond verliert seine Nachschubbasis. Damit gehört der Paß uns.*

Ein Blick auf die Sichtprojektion bestätigte Aris, daß die anderen Hauskompanien sich, wie von Shiao-zhang Non angeordnet, hinter der von seiner Kompanie definierten Frontlinie hielten. Inoffizielle Unterstützung, die Aris gerne akzeptierte. Die Infanterie rückte weiter aus, denn die fahrzeuggestützten Trupps und *Fa Shih*-Kröten hatten weit größere taktische Freiheiten, aber auch sie hielten sich mehr oder weniger an die von Aris' Leuten definierte Front. Er gestattete sich einen gewissen Optimismus.

Aber der hielt nicht lange.

Die Distanz, die Aris als Sicherheitsabstand zwischen den Hiritsu-Truppen und Naquio gedacht hatte, erwies sich als ein zu verlockendes Ziel für die Armierte Infanterie. Eine Lanze aus zwei *Clints* und zwei neuen Mechs vom Modell *Helios* löste sich von den Linien und versuchte, unterstützt von einer gemischten Panzerlanze, in die Lücke zu schlüpfen.

Aris erkannte die Gefahr, löste die Sprungdüsen aus und schoß auf flammenden Plasmazungen in seinem *Spuk* in die Höhe. »Nach links rücken«, befahl er. »Zwingt sie zurück in den Paß.« Die schnelleren Maschinen in Aris' Kompanie sprangen oder rannten mit ihm los. Die Mechs, die über genügend weit reichende Waffen verfügten, setzten sie ein. Dabei hatten die Hiritsu-Krieger keine Probleme mit der Auswahl ihrer Ziele. Sie konzentrierten sich auf die beiden *Helios*-Mechs mit ihren gefährlichen Gaussgeschützen.

»Rücken vor«, kam eine neue Stimme aus dem Kommsystem, durch die Funkübertragung blechern und tonlos, aber trotzdem erkennbar erregt.

Aris war damit beschäftigt, den *Spuk* auf den Beinen zu halten, da er von beiden *Clints* mit künstlichen Blitzschlägen aus ihren Partikelprojektorkanonen attackiert wurde, und dachte zunächst, der Spruch sei von einem seiner Krieger gekommen. Erst als seine Impulslaser sich tief in die Panzerung eines *Helios* gruben, wurde ihm klar, daß die auf der Sichtprojektion aufblinkende Funkfrequenz für Infanterie reserviert gewesen war. Und dann erkannte er die Stimme.

Die Sichtprojektion offenbarte die schlechte Nachricht, ein Blick auf den Hilfsmonitor bestätigte sie. Zwei von Lis Trupps, ausgerüstet mit *Fa Shih*-Krötenpanzern oder Hilfsfahrzeugen, drangen in die südlichen Ausläufer Naquios vor.

»Li Wynn, außerhalb des Ortes bleiben«, befahl er, obwohl er bestenfalls beschränkte Weisungsbefugnis über die Infanteristen hatte. »Ich wiederhole, Naquio nicht betreten.«

»Zu spät, Lien Sung.« Das war Zhang-si Smith, dessen *Donner* die äußerste linke Flanke bewachte. »Sie sind schon drin.«

Aris erstickte einen Fluch. Seine Hände packten die Steuerknüppel mit einer wütenden Gewalt, die alle Knöchel weiß hervortreten ließ. Indem er seine Kompanie vorgezogen hatte, um der Bedrohung durch die Armierte Infanterie zu begegnen, hatte er die stillschweigende Erlaubnis zu einer Neupositionierung soweit erforderlich gegeben. *Aber ich kenne Li Wynn. Das war kein Zufall. Er hat auf diese Gelegenheit gewartet.* Aris lief mit seinem *Spuk* quer durch die Gefechtszone und schleuderte dem *Helios* eine weitere Salve Lichtimpulse entgegen, während er versuchte, den Vorstoß der Armierten Infanterie vor der Ortsgrenze zu bremsen.

Beinahe hätte die schnelle Reaktion seiner Kompanie die Katastrophe verhindern können.

Die *Helios*-Mechs waren zu langsam und schafften es nicht, Naquio zu erreichen, bevor sie von Haus Hiritsu zurückgedrängt wurden. Der Verlust ihrer ArtillerieMechs hätte genügen können, auch die *Clints* umdrehen zu lassen, wäre einer von ihnen nicht vom östlichen Ortsrand mit einer Salve Langstreckenraketen beschossen worden. Beide mittelschweren Battle-

Mechs drehten auf der Stelle um und stürmten auf die Ortschaft zu, gefolgt von einer *Vedette* und einem *Blizzard*-Schwebepanzer. Raven Clearwaters *Hurone* schaltete einen *Clint* mit einem Langstrecken-Gausstreffer aus, dessen Kugel ihn voll im Rücken erwischte und fast auf der Vorderseite wieder ausgetreten wäre, aber vorher noch den Kreiselstabilisator durch die Abschirmung in den Fusionsreaktor trieb. Ein gleißender Feuerball verzehrte die vierzig Tonnen schwere Kampfmaschine, doch der andere Mech und die beiden Panzer schafften es in die Deckung der Straßenzüge Naquios.

»Verfolgung einstellen«, befahl Aris, als Zhang-si Sainz in seinem neuen *Ti T'sang* Kurs auf die Ortschaft nahm. Der Mech blieb stehen und drehte ab, gerade als Li Wynns erste Anforderung von Unterstützung eintraf.

»Trupps Epsilon und Theta erbitten sofortige Unterstützung«, gab Li mit ruhiger Stimme durch. »Befinden uns im schweren Gefecht mit vier, ich wiederhole, *vier* Panzerfahrzeugen und einem *Clint*-BattleMech.«

Das hat Li provoziert. Aris hatte keinerlei Zweifel. *Seine Infanterie ist im Straßenkampf geübt, und er hat es mir übelgenommen, daß ich das Haus um Naquio herum gesteuert habe.* Eine Explosion in der Nähe der Ortsgrenze verkündete das Ende eines der Gegner.

»Befinden uns im Gefecht gegen BattleMech und *drei* Panzerfahrzeuge. Verluste nehmen zu.« Noch immer keine Panik, aber Aris hörte einen Anflug von Besorgnis durch Risse in Li Wynns gelassener Fassade. »Erbitten Unterstützungsfeuer durch einzelnen Mech.«

Eine Rauchsäule stieg träge in den klaren Himmel von St. Ives. *Das Feuer wird sich ausbreiten.* Li Wynn war die Bevölkerung St. Ives' gleichgültig. Er respektierte das Haus, er verehrte es sogar, aber Ty Wu Non hatte richtig erkannt, daß er dessen grundlegendste

Lehren nie verstehen würde. *Er erkennt nicht einmal das Problem, deshalb kann er meine Versuche auch nicht verstehen, es zu lösen.* Aris bedauerte Li Wynn, und zum ersten Mal wünschte er sich, er hätte den jungen Mann nie von Kaifeng mitgenommen.

Der *Ti T'sang* hielt seine Position, schwankte zwischen der Rückkehr in die Reihen der Haustruppen, die Raymonds Armierte Infanterie zurück in die Berge drängten, und dem Warten auf den Befehl, Lis überforderter Infanterie zu Hilfe zu kommen. *Es ist meine Flanke und meine Entscheidung.* »Ursprüngliche Mission fortsetzen«, ordnete Aris über die allgemeine Frequenz an, damit Li Wynn zumindest wußte, daß er auf sich allein gestellt war. »Wir rücken vor. Auf Wiederauftauchen *gegnerischer* Kräfte achten.«

Wir alle haben unseren Weg, Li Wynn. Aris bremste den *Spuk* auf Gehgeschwindigkeit ab, schwenkte hinter Clearwaters Lanze ein und kehrte zu seiner eigenen zurück. *Es tut mir leid, daß unsere sich getrennt haben.*

* * *

Li Wynn öffnete die Versiegelung seines *Fa Shih*-Panzers, hebelte den Helm vom Kopf und zwängte sich aus der beschädigten Rüstung. Er spürte einen schweren Druck auf seinem unteren Brustkorb lasten, und bei jeder Bewegung schossen Schmerzen durch seine linke Seite. Er untersuchte die Verbrennungen, die durch das Loch in seinem Maschenanzug sichtbar waren, Spuren des Lasertreffers, der den Krötenpanzer ausgeschaltet hatte.

Ich werde es überleben, entschied er, aber dann spuckte er Blut. *Kein gutes Zeichen.*

Der feindliche *Clint* stampfte davon, an mehreren zertrümmerten Häusern vorbei. Entweder sah der Pilot den einzelnen Krieger nicht, den er zurückließ, oder er hielt Li einfach keiner weiteren Beachtung für wert. *Er wird in Naquios Straßen bleiben, bis er den Nordostrand des Ortes erreicht, und dann im Rücken Haus Hiritsus auftauchen.* Genau das hätte Li getan, wenn die Situation umgekehrt gewesen wäre. Mit etwas Glück konnte der Mech sich wieder seinem Regiment anschließen, oder seine Haut zumindest teuer verkaufen. *So teuer, wie meine Krieger sich hier verkauft haben,* dachte er, als er die Verwüstung betrachtete.

Der *Maultier*-Transporter war schrottreif. Sein Kühler steckte halb im Straßenbelag. Der Motor brannte und schickte schwarze Rauchwolken zum Himmel empor, wo sie sich mit denen von drei Panzern und einem nahen Bürogebäude vereinigten, das bei den Kämpfen Feuer gefangen hatte. Der *Blizzard* hing am Eingang einer Gasse auf seinem Luftkissen, wo sein Krötentrupp ihn aufgerissen hatte, um an die Besatzung zu kommen. Li versuchte, die über der Straße verteilten zerfetzten Leichen nicht zu beachten. Statt dessen machte er sich auf die Suche nach Überlebenden.

Er hatte gewußt, daß Aris nicht kommen würde, schon als er die Bitte um Unterstützung durchgegeben hatte. Vom Dach eines nahen Gebäudes, des Gebäudes, das jetzt in Flammen stand, hatte er mit der Teleskopoptik seines Krötenpanzers gesehen, wie der *Ti T'sang* vor der Ortsgrenze Naquios anhielt. Er hatte auch den *Spuk* gesehen, dessen stahlblaue Lackierung vor dem Horizont fast schwarz wirkte, der stumm dagestanden hatte, während Aris seine Möglichkeiten abwog. In diesem Augenblick hatte Li Wynn gewußt, daß Aris Sung die Infanterieeinheit ihrem Schicksal überlassen würde.

So wie ich ihn im Stich gelassen habe.

Dort, mitten im Kampf, hatte er etwas verstanden, was Aris ihm beizubringen versucht hatte. *Aris Sung war niemals* mir *verantwortlich, sondern verantwortlich* für *mich. Mein Sifu.* Li Wynn hatte sich geweigert, zuzuhören und zu lernen. Er hatte sich geweigert, seinem Mentor zu vertrauen und gegen das rebelliert, was er, mit seiner kurzen Zeit bei Haus Hiritsu, für unangebracht hielt. Aber er war es gewesen, der Fehler gemacht hatte. Selbst in der heutigen Schlacht hatte Li auf eine Chance gewartet und Ausschau gehalten, Naquio zu betreten. Nicht, weil die Bevölkerung von St. Ives Krieg in den Straßen ihrer Heimatstädte verdient hatte oder weil sein Zug auf Straßenkampf spezialisiert war, obwohl er beides als gegeben ansah. Nein, er hatte es getan, weil Aris Sung den Ort verschonen wollte. Nichts anderes hatte ihn wirklich interessiert. Nicht die Bewohner Naquios. Nicht er selbst.

Nicht seine Leute.

Li drehte die Leichen um, suchte nach Lebenszeichen, fand keine. *Tot, alle tot.* Seine Krieger, ein paar von Raymonds Armierter Infanterie, Zivilisten, die auf der Straße von der Schlacht überrascht worden waren. *Ich habe ihnen das gebracht. Ihnen allen.* Und in der Trauer für seine eigenen Krieger, seine Familie, die Mitglieder seines Hauses, spürte er auch eine leise Schuld für die anderen capellanischen Leben, die er auf dem Gewissen hatte. Das war nicht der Ruhm, nach dem er gesucht hatte. Das war ein Massaker.

Seine Brust schien in Flammen zu stehen, und wieder mußte Li husten. Sein ganzer Körper schmerzte, seine Gedanken waren umnebelt. Er schmeckte das salzige Blut in seinem Mund kaum. Ein Stöhnen hallte in seinen Ohren, und Li Wynn brauchte mehrere Plusschläge, bis ihm klar wurde, daß es nicht sein eigenes Stöhnen gewesen war.

In der Nähe des *Maultier*-Wracks zuckte ein Körper, und das Stöhnen erklang erneut. Li stolperte an die

Seite des Kriegers. Michail Chess. Durch den Uniformärmel ragten Knochenfragmente eines komplizierten Bruchs, doch er lebte. Bei Lis Berührung flackerten Chess' Lider, seine Augen öffneten sich. »Der *Clint?*« fragte er. Seine erste Frage drehte sich weder um ihn selbst noch um Li, sondern um eine mögliche Gefahr für das Haus.

Li schüttelte den Kopf. Hustete. »Ist entkommen«, antwortete er.

Weil er es nicht ertragen konnte, Michail in die Augen zu sehen, suchte Li ringsum nach einer anderen Möglichkeit, seine Aufmerksamkeit zu fesseln. Er sah das *Maultier,* den Kühler in einem Hügel aus Dreck und Asphalt begraben, den es selbst aufgeworfen hatte. Er sah den *Blizzard,* noch immer einsatzbereit, auf eine lenkende Hand an den Kontrollen wartend.

»Hör mir zu«, sagte Li, spuckte Blut zur Seite und lehnte sich dann über Michail. »Du wirst durchkommen. Das Haus ist bald zurück. Wenn du Aris Sung siehst, richte ihm etwas von mir aus. Sag ihm…«

Sag ihm was? Es tut mir leid *erklärt gar nichts.* »Sag ihm, ich verstehe nicht. *Wörtlich.*« Li stand auf. Er schwankte, hielt sich aber durch schiere Willenskraft aufrecht. *Ich verstehe nicht. Die Erklärung des Ansatzes zur Weisheit,* soweit er sich an die Lehren Lao-tzus erinnerte. Li wußte sicher nicht, ob er seinen Mentor verstand oder nicht, und vermutlich hatte er auch nicht mehr die Zeit dazu, es herauszufinden. Aber möglicherweise beruhigte es Aris zu erfahren, daß sein Schützling das zumindest zugegeben hatte.

»Wohin?« fragte Zhang-si Chess, und sein Gesicht verzerrte sich unter einer Schmerzattacke. »Wohin gehst du, Li?«

Li sah sich nicht um. Sein Blick war fest auf den *Blizzard* gerichtet. »Zu einem letzten *glorreichen* Sturmangriff«, erwiderte er, und der Sarkasmus in seinen Worten raubte ihm bereits die Kraft. »Ein letzter Dienst an unserem Haus«, flüsterte er.

* * *

Aris bemerkte die Rückkehr des *Clint* zunächst am Aufblinken und Verschwinden eines Symbols auf der Sichtprojektion, dem kaum eine Sekunde später Zhang-si Smiths Funkspruch folgte: »Wir haben Pai McDaniels verloren.«

Aris hatte Pai-zhang Jill McDaniels und Zhang-si Smith aus seiner Gefechtsaufstellung gestrichen, weil ihre Mechs schwer beschädigt und besser dafür geeignet waren, den Nordosten Naquios zu bewachen, für den Fall, daß der *Clint* oder ein Panzer versuchte, Haus Hiritsu zu überraschen. Der *Clint* war aufgetaucht, aber in ihrer Flanke, nachdem er sich langsam an den Nordrand der Ortschaft vorgearbeitet hatte, bevor er in vollem Galopp aus der Deckung gebrochen war und McDaniels *Totschläger* aus weiter Entfernung unter Beschuß genommen hatte. Mehr durch einen unglücklichen Zufall als Absicht hatte die PPK des Paktmechs den KSR-Vorrat zur Detonation gebracht, und die Munitionsexplosion hatte den mittelschweren Kampfkoloß zerrissen.

Der *Donner*, hauptsächlich mit Kurzstreckenwaffen bestückt, feuerte die wenigen Langstreckenraketen in seinem Arsenal ab, die ohne größere Wirkung auf dem rechten Arm des *Clint* explodierten. Danach war der schnellere Paktmech außer Reichweite und warf sich auf die hinteren Linien Hiritsus, ganz offensichtlich in der Absicht, zu seinem Regiment durchzubrechen.

Aris mußte sich schnell entscheiden. Zwei Mechs zurückziehen, damit sie den *Clint* stoppten, und damit die Frontlinie schwächen, oder warten, bis er heran war, und riskieren, daß er die schwächere Rükkenpanzerung der Hiritsu-Mechs ausnutzte. Keine der beiden Alternativen gefiel ihm. Ein zweiter Funkspruch Smiths nahm ihm die Wahl beinahe ab.

»*Blizzard*«, meldete Smith und lenkte Sungs Aufmerksamkeit auf den Schwebetransporter, der weiter südlich mit beeindruckenden einhundertfünfzig Stundenkilometern aus der Ortschaft raste. Bei diesem Tempo konnte er leicht zu dem *Clint* aufschließen, und dann würden die beiden Maschinen zusammenarbeiten. Fast hätte Aris Raven Clearwater angewiesen, mit einem ihrer Lanzenkameraden zurückzufallen, aber... »Na shen-me?« Smiths ungläubiger Aufschrei stoppte ihn. »Was ist das? Er feuert auf den *Clint*!«

Li Wynn. Aris zog seinen *Spuk* aus der Gefechtslinie ab und holte das Duell, das sich hinter ihm entwikkelte, auf einem Hilfsmonitor heran. Der *Blizzard* hatte auf große Distanz mit seinen LSR das Feuer eröffnet und kam dem *Clint* mit jeder Sekunde näher. Die Frontpartie des Schwebetransporters schien aufgerissen. Wahrscheinlich war sie das auch, von *Fa-Shih*-Krallen.

Der *Clint*, dessen Pilot wohl erkannt hatte, daß es kein Entkommen für ihn gab, wirbelte plötzlich herum und feuerte die Partikelprojektorkanone ab. Ein blauleuchtender Blitzschlag zuckte aus der Mündung und verbrannte den Boden dicht neben der linken Seite des *Blizzard*. Der nächste Schuß zog eine unregelmäßige Narbe über die Frontpartie des Luftkissentransporters, und durch die bereits in die Panzerung geschlagene Bresche flutete die mörderische Energie ins Innere der Maschine. Der Schweber rutschte zur Seite, schwenkte aber im letzten Moment zurück, schlug gegen das rechte Bein des BattleMechs und riß es aus dem Hüftgelenk. Beide Kampfmaschinen wurden durch die Kollision weggeschleudert. Der Mech krachte zu Boden, der *Blizzard* überschlug sich und brach auseinander. Sein Motor ging in Flammen auf, lange bevor das Wrack ausgerollt war.

»Lien-zhang Sung?« Ty Wu Nons Stimme drang kräftig und neugierig über die Ätherwellen. »Haben Sie eine Erklärung für diesen Vorfall?«

Aris war sich nicht sicher, wo er beginnen sollte. Er kehrte mit seinem *Spuk* in die Formation zurück und öffnete den Kanal. »Nein, Shiao-zhang.«

Er führte seine Kompanie weiter gegen die Reihen der Armierten Infanterie.

»Nennen wir es den *Hoffnungslosen Kampf* eines einzelnen Kriegers«, sagte er. »Und einen sicherlich glorreichen Tod.«

Denn darum war es Li Wynn ja in Wahrheit gegangen.

31

Operationszentrale der Nachtreiter, Yasu, Nashuar Xin-Sheng-Kommunalität, Konföderation Capella

21. August 3062

Mit dem Rücken an der grobverputzten Wand rechts von der offenen Tür und das unangenehme Ende eines Nakajima-Impulslasergewehrs auf seine Schläfe gerichtet, hatte Subcommander Fitzgerald keine Möglichkeit, ins Innere des Büros zu blicken und unternahm auch keinerlei Anstrengung in diese Richtung. Statt dessen entspannte er sich und starrte auf den Boden, versuchte, so ungefährlich wie möglich zu wirken. Er hoffte darauf, den Nachtreiter-Infanteristen zu besänftigen, der Fitz' Bewachung eine Spur zu übereifrig anzugehen schien. Schließlich schloß er die Augen und versuchte nicht an die Handschellen zu denken, deren Metallkanten sich in seine Handgelenke gruben, und ebensowenig an die Gewehrmündung, die sich nur Zentimeter neben seinem Kopf befand.

Keine einfache Aufgabe.

Was hatte er erwartet? Nichts an Nevarrs Auftrag war einfach gewesen. Er hatte seine tägliche Routine weiterführen müssen, ohne mit irgend jemandem ein Wort über die Pläne für Nashuar zu wechseln, während er darauf wartete, daß der Nachrichtendienst den Aufenthaltsort der Nachtreiter-Kommandeurin feststellte. Sobald er die Position erhalten hatte, von der er *hoffte*, daß es sich um Gahn-Skeengs Kommandostelle handelte, war er mitten in der Nacht in seinem kaum gepanzerten *J. Edgar*-Schwebepanzer aufgebrochen. Ohne Lebewohl. Ohne letzte Worte an Danielle Singh oder seine Lanzenkameraden. Durch die Tore, und dann auf sich allein gestellt. Er hatte versucht, sich durch die feindlichen Postenlinien zu schleichen und darauf gehofft, daß die große weiße Fahne, die er an die Funkantenne gebunden hatte – natürlich erst nachdem er Hazlet hinter sich gelassen hatte –, ihm eine Chance gab, angehört zu werden, bevor der Gegner das Feuer eröffnete.

Und dann war die Kommandostelle verlegt! Das würde Fitzgerald ganz bestimmt zur Sprache bringen, falls er jemals wieder Gelegenheit erhielt, sich mit Nevarr zu unterhalten.

Der Sao-wei, der Fitzgerald vom Transporter bis hierher gebracht hatte, kam aus dem Büro. »Der Gefangene wird mir folgen«, stellte er mit einem Seitenblick auf die Bürotür fest. Der Nakajima-Lauf folgte jeder Bewegung, als Fitz sich langsam von der Wand löste und tat, wie ihm geheißen.

Der Schreibtisch im Innern des Büros war verwaist. An einer Seite in der Nähe der Wand saß ein Mann, dessen Kragenabzeichen ihn als Zhong-shao auswies, nach der Rangordnung vor der Umbenennung im Rahmen der Xin Sheng ein Major. Fitz stufte ihn als den stellvertretenden Regimentschef der Nachtreiter ein. Amanda Gahn-Skeeng stand am Fenster und ignorierte Fitzgeralds Eintreffen. Das Fenster bot einen Ausblick auf die Verwüstung, die einmal ein großer Teil des Händlerbezirks von Yasu gewesen war. Mehrere große Häuserblocks waren ein Opfer der Flammen geworden. Fitz verzog das Gesicht. Er hatte an der Schlacht teilgenommen, in der die Brände ausgebrochen waren.

»Sie sind also der Heimatmilizkrieger, der bei Chènghai gefangengenommen wurde?« fragte die Regimentskommandeurin der Nachtreiter. Ihre tiefe, rauchige Stimme klang trotzig. »Der Krieger, der nach einem Angriff auf meine frühere Kommandostelle behauptet, *wichtige Informationen* für mich zu haben?«

Fitz zuckte die Achseln. Natürlich bemerkte Gahn-Skeeng, die immer noch aus dem Fenster sah, davon nichts, aber er tat es für ihren Stellvertreter, der ihn aufmerksam beobachtete. »Wenn das Ihre Sicht eines einzelnen Panzers mit weißer Fahne ist, der geradewegs vor Ihr Haupttor fährt und die Luke öffnet«, erwiderte er mit einer Ernsthaftigkeit, die an Sarkasmus grenzte. »Hier auf Nashuar nennen wir so etwas normalerweise eine Kapitulation.«

Gahn-Skeeng drehte sich mit vor Neugier geweiteten grünen Augen um. »Das hat man mir nicht gesagt«, gab sie zu, und Fitzgerald revidierte seine Ansicht über sie. »Sie wurden hergeschickt, um zu verhandeln?«

»Von Brevet-Oberst Nevarr, Militärkoordinator Nashuars. Natürlich hatte er gehofft, ich würde eher zu Ihnen vorgelassen.« Ein nicht allzu versteckter Hinweis auf die zehn Tage, die Fitz in Gefangenschaft verbracht hatte, während er einen paranoiden Kompaniechef davon zu überzeugen versuchte, tatsächlich mit der Bitte um ein Gespräch mit Sang-shao Gahn-Skeeng zu den Nachtreitern geschickt worden zu sein.

»Als sich das letzte Mal ein einzelner Panzer einem Bataillon der Nachtreiter genähert hat«, stellte deren Stellvertreter fest, »hat es uns das Leben von sechsunddreißig guten Männern und Frauen gekostet, die einen schrecklichen Tod gestorben sind. Sie *werden* uns also unser Zögern verzeihen.« Sein Ton nahm der Bitte jede Spur von Höflichkeit. »Feindliche Panzerfahrer haben unter den Nachtreitern keinen guten Ruf, ebensowenig wie bei irgendeinem Regiment von McCarron's Armored Cavalry.«

»Ich bin kein Panzerfahrer«, erklärte Fitzgerald. »Nicht mehr. In letzter Zeit steuere ich einen *Men Shen*.« Er bemerkte das plötzliche Interesse der Sang-shao und nickte. »Den einzigen, den wir bis jetzt erbeutet haben.« Er pausierte. »Und Sie werden mir wohl zustimmen, wenn ich feststelle, daß ich verstehe, was Ihnen auf Wei widerfahren ist.«

Das saß. Fitzgerald erkannte es daran, wie Amanda Gahn-Skeeng und ihr Stellvertreter zusammenzuckten. *Also haben ihnen die Nervengasangriffe auf Nashuar tatsächlich zugesetzt.* Er erinnerte sich, daß er das schon vor Monaten vermutet hatte, als die Angriffe der Nachtreiter an Häufigkeit und Brutalität nachließen. Er spielte mit dem Gedanken, diesen Vorteil auszunutzen, verzichtete aber darauf. *Wenn Nevarr mit seiner Einschätzung von Gahn-Skeeng recht hat, wird sie den nächsten Schritt tun.*

Und sie tat es, indem sie den Wachtposten und seine Sao-wei-Eskorte entließ. Als sich nur noch Fitzgerald und die beiden Regimentsoffiziere in ihrem Büro aufhielten, stellte sie fest: »Falls Sie hoffen, von unserer früheren Begegnung zu profitieren, würde ich sagen, wir sind quitt.« Aber sie zögerte, und es machte ihr erkennbar nichts aus, daß Fitz es sah. »In Ordnung, Subcommander, was schlagen Sie vor?«

»Frieden«, meinte er knapp und stellte den Vorschlag in den Raum. »Frieden auf Nashuar.«

Der Zhong-shao ließ ein kurzes, bellendes Lachen hören. Amanda Gahn-Skeeng setzte eine regungslose Maske auf, um ihre Gedanken zu verbergen. »Ich höre, Subcommander Fitzgerald«, forderte sie ihn auf.

Fitz nahm es als positives Indiz, daß sie ihn mit Namen ansprach. Das war auf gewisse Weise eine Beförderung, was seine Glaubwürdigkeit betraf. »Seit die Schlacht um St. Ives läuft, ist Nashuar unwichtig geworden. Das wissen Sie, und Oberst Nevarr weiß es auch. Er schlägt einen sofortigen Waffenstillstand vor. Wir werden den Planeten gemeinsam für den Sieger von St. Ives verwalten.«

Gahn-Skeeng zupfte nachdenklich an einer Locke

ihres langen, dunklen Haars. »Das ist eine riskante Wette, Subcommander. Die Konföderation kann die Schlacht um St. Ives nicht verlieren.«

»Dann wäre Nashuar eingeschlossen und würde mit Sicherheit überwältigt«, erklärte Fitzgerald, der mit diesem Einwand gerechnet hatte. »Wir hätten keine Chance durchzuhalten. Schließlich würde das nur die Verluste auf beiden Seiten in die Höhe treiben. Und jeder Tod ist schrecklich, Sang-shao Gahn-Skeeng.«

Die Kommandeurin der Nachtreiter neigte den Kopf in Richtung ihres Stellvertreters. Ihre Miene zeigte noch immer keine Regung. »Wir sollen den Widerstand auf Nashuar beenden«, sagte sie. »Sang-Jiang-jun Zahns Befehle sind eindeutig.«

Fitzgerald lächelte grimmig. »Wir würden keinen Widerstand mehr leisten«, erklärte er. »Herzogin Candace Liao hat uns befohlen zu verhindern, daß die Konföderation Nashuar militärisch nutzen kann. Das wäre ebenfalls erreicht. Keine Truppenbewegungen zur Vorbereitung der Invasion anderer Welten. Wir werden beide K-F-Ladestationen abschalten. Nashuar wird zu einer neutralen Welt.«

»Und Sie erwarten, daß ich dazu mein Einverständnis gebe?« fragte die Sang-shao. »Warum?« Ihr Blick wankte keinen Augenblick. »Weil ich einmal auf dem Schlachtfeld Ihr Entgegenkommen erwidert habe?«

Fitzgerald kam sich reichlich närrisch vor, als er darauf mit dem Kopf nickte. »Mehr oder weniger«, stellte er unbeholfen fest. »Aber ich muß zugeben, daß mein Besuch hier mein Zutrauen in diesen Gedanken gefestigt hat. Verraten Sie mir etwas, Sang-shao Amanda Gahn-Skeeng.« Er deutete mit dem Kopf in Richtung des Fensters und die in Trümmern liegende Stadt dahinter. »Haben Sie sich dieses Büro ausgesucht, weil Sie die Verwüstung Yasus genießen wollen, oder damit es Sie daran erinnert, so etwas zu vermeiden?«

Gahn-Skeeng richtete sich auf, ging hinüber ans Fenster und schaute wieder hinaus auf die Trümmerlandschaft. Mehrere Minuten blieb sie stumm und unbewegt dort stehen. Fitzgerald verzichtete darauf, etwas zu sagen. Aus Angst, daß er sie ebenso leicht zur Ablehnung treiben konnte wie zur Zustimmung, wenn er sie unter Druck setzte. *Das muß aus ihrem freien Willen geschehen. Das war der klare Sinn hinter Nevarrs Worten.* Das Schweigen dehnte sich.

Es klopfte an der Tür, augenblicklich gefolgt vom Eintreten zweier rangniedrigerer Offiziere. Einer der beiden stellte sich neben Fitzgerald, während der andere seiner Kommandeurin eine Mitteilung übergab. Gahn-Skeeng las den Text schnell und mit vor Konzentration schmalen grünen Augen.

»Es scheint«, stellte sie schließlich mit sorgfältig kontrollierter, rauchiger Stimme fest, »daß zwei BattleMech-Kompanien unsere Linien umgangen haben, während mein 2. Bataillon heute mit canopischer Unterstützung Ihren Oberst Nevarr stellte, und gegen unsere Stellungen hier marschieren. Ich habe gleichwertige Truppen zur Verteidigung verfügbar, was einen harten Kampf verspricht.« Sie sah Fitz in die Augen. »Was haben Sie dazu zu sagen, Subcommander?«

»Ich würde sagen, *wir*…« Er betonte das letzte Wort nachdrücklich. »…haben ein Problem.«

* * *

Danielle Singh, die den Angriff vom Cockpit ihres *JägerMech III* aus leitete, formierte ihre Truppen zu zwei Kampflinien, als sie sich Yasu näherten. Jede Linie bestand aus einer Mechkompanie mit zwei Lanzen Panzerunterstützung. *Wir müssen schnell und hart zuschlagen,* dachte sie. Den Berichten zufolge zog sich das

Nachtreiter-Bataillon hinter ihnen in Richtung Stadt zurück, und sie würden sich den Rückweg nach Hazlet freikämpfen müssen. *Aber wenn es uns vorher gelingt, die BefehlsKompanie der Nachtreiter auszuschalten…* Sie unterbrach den Gedankengang, weil sie in dieser Lage keine Wetten auf Eventualitäten abschließen wollte. Es war besser, auf das Endergebnis zu warten und sich erst dann Sorgen um die nächste Wette zu machen.

Sie unterdrückte ein Auflachen. *Ich höre mich schon an wie Maurice.*

»Nachtreiter«, warnte jemand über die allgemeine Gefechtsfrequenz der Heimatmiliz. »Sie formieren sich in der Feuerzone.«

Danielles Heimatgardekompanie, unterstützt von einer zweiten Kompanie, die sie von der Söldnereinheit Gruppe W geliehen hatten, waren aus Nordwesten gegen Yasu vorgerückt. Dort hatte im vorigen Jahr eine Schlacht zwischen den Arcadians und Haus Hiritsu einen Großbrand verursacht, der das nordwestliche Wohnviertel und weitere Teile der Stadt verwüstet hatte. *Wenn wir sie nach Yasu hineintreiben müssen, dann lieber hier, wo es schon keine Zivilisten mehr gibt.*

Sie speiste die Sensordaten auf einen Hilfsbildschirm und ging die gegnerischen Kräfte durch. Zwei Mechkompanien, im Durchschnitt etwas schwerer als ihre Maschinen, mit leichter Infanterieunterstützung. Keine Panzer in Sicht. Kein Anzeichen der neuen capellanischen Krötentruppen, vor denen die Berichte von St. Ives warnten.

Ein Panzerfahrzeug in Sicht, verbesserte sie sich, als sie den leichten Schwebepanzer bemerkte, der im Schatten eines überschweren *Yu Huang* flog. Der Computer identifizierte ihn als einen *J. Edgar. Fitz' Panzer!* Nach Fitzgeralds Verschwinden hatte sie Nachforschungen angestellt und erfahren, daß er seinen alten *J. Edgar* zu einer unabhängigen Erkundungsmission benutzt hatte, von der er nicht zurückgekommen war. *Also haben die Nachtreiter ihn erwischt.* Ihr Griff um die Steuerknüppel des *JägerMech* wurde fester. *Dafür werden sie bezahlen.*

»Schwebepanzer nähert sich.« Das kam von Subcommander Cameron Long, der die Leitung von Fitzgeralds Lanze übernommen hatte.

»Hier Schleicher Eins«, klang eine neue Stimme über die allgemeine Frequenz, die Heimatmiliz und Nachtreiter empfangen konnten. »Danielle, bitte melden.«

»Fitz?« Sie machte eine Pause und sah den *J. Edgar* ein wildes Zickzack-Manöver durchführen, wie um ihre Frage zu beantworten. »Was machst du hier?« Eine intelligentere Frage fiel ihr nicht ein. Zu groß war der Schock, Fitzgerald aus den Reihen der Nachtreiter auf das Schlachtfeld fahren zu sehen.

»Ich habe einen Auftrag von Oberst Nevarr. Danielle, ihr müßt die Waffen niederlegen. Wir haben einen Waffenstillstand mit den Nachtreitern ausgehandelt.«

Einen Waffenstillstand? Unmöglich. »Nevarr hat diese Mission geplant. Er hat mich hergeschickt, damit wir die Befehlseinheit der Nachtreiter ausschalten.«

Fitz' Antwort klang gereizt. »Ist mir schnuppe. Ich war zuerst hier«, erklärte er trotzig wie ein kleines Kind.

Danielle wurde wütend. »Mach, daß du wegkommst, Fitz. Ich weiß nicht, was du *glaubst*, daß du hier tust, aber das gibt keinen Sinn. Ich habe meine Befehle.«

»Wenn du gegen Yasu vorrückst, zwingst du mich, das Feuer auf dich zu eröffnen, Danielle.« Wie, um seine Drohung zu unterstreichen, meldete Danielles Ortung eine Zielerfassung durch den Schwebepanzer. »Mach das jetzt nicht kaputt. Nevarr weiß, was er tut.«

»Das kann Nevarr nicht machen«, rief sie unsicher. »Die Herzogin wird es nie zulassen.«

»Habe ich schon jemals auf einen Verlierer gesetzt, Danielle?«

Danielle Singh biß sich auf die Unterlippe und versuchte zu einem Schluß zu kommen. Das hörte sich alles nach einem zu großen Risiko an, aber zugleich wußte sie, falls Nevarr irgend etwas derartiges versucht hätte, dann hätte er sicher Fitz dafür ausgewählt. Und *falls* es stimmte, lief sie Gefahr, einen furchtbaren Fehler zu begehen. Wenn irgend jemand anderes dort draußen aufgetaucht wäre, hätte sie angenommen, er sei übergelaufen oder einer Gehirnwäsche unterzogen worden. Aber, zum Teufel, sie *kannte* Maurice. Schließlich schaltete sie das Mikrophon wieder ein. »Wehe, wenn das nicht stimmt.« Dann, an ihre Einheit gerichtet: »Einsatz abbrechen. Alarmbereitschaft. Subcommander Fitzgerald«, erklärte sie förmlich, »wäre es zuviel verlangt, persönlich mit der Kommandeurin der Nachtreiter zu sprechen?«

»Kein Problem«, versprach er. »Jetzt, da Frieden auf Nashuar herrscht.«

32

**K'ris-Hochebene, Distrikt Henan, Ambergrist
Xin-Sheng-Kommunalität, Konföderation Capella**

24. August 3062

»Jetzt reicht's!«

Die Wut und Entschiedenheit, die Sao-shao Evans in diese zwei Worte packte, weckten die Aufmerksamkeit Ni Tehn Dhos. Sie erinnerten ihn an den ersten Einsatz der Hustaing-Rabauken, bei dem genau diese Worte einer unorthodoxen aber effektiven Aktion Evans' vorausgegangen waren.

Und so etwas können wir hier wirklich gebrauchen.

Die Hustaing-Rabauken versuchten, sich den Fluchtweg von Ambergrist freizukämpfen und ihre Landungsschiffe zu erreichen, die eine sichere Landezone in den Hartfordbergen gefunden hatten. Zwei Bataillone hatte Doh schon ins All geschickt. Er und seine BefehlsLanze waren beim 3. Bataillon geblieben und übernahmen die Funktion der Bataillonsführung, denn sie wollten erst abziehen, wenn auch der letzte Krieger in Sicherheit war. Sie mußte nur noch einen Gebirgspaß erobern. Aber das war schwieriger, als es sich anhörte.

Die K'ris-Hochebene wurde vom 1. Bataillon der Illician Lancers kontrolliert, die den Rabauken zahlenmäßig und an Feuerkraft überlegen waren. Doh hatte Panzer vorgeschoben, sie hatten mit einer Mechlanze gekontert. Die Hustaing-Rabauken hatten versucht, mit einer Kompanie vorzurücken, und die Illicians hatten mit zwei Kompanien *und* Luft/Raumjäger-Unterstützung geantwortet. Es gab keine Möglichkeit für versteckte Vorstöße oder Flankenmanöver, nur ein weites, offenes Niemandsland, das Dohs Leute irgendwie überqueren mußten. Taktisch gesehen war die Lage hoffnungslos. Eine verlorene Sache. *Wie zutiefst capellanisch,* dachte Doh, bis Evans aktiv wurde.

Der Sao-shao rief Lanzen auf, aus seiner und anderen Kompanien. Etwa die Hälfte der Truppen, über die die Hustaing-Rabauken noch verfügten. »Auf mein Zeichen etwa dreißig Meter auf der Hochebene zu Rang Eins formieren. Alle anderen, einschließlich der Panzer, formieren sich zu Rang Zwo, unmittelbar hinter der Bergkuppe. Dicht an dicht.«

»Sie werden uns zerblasen«, beschwerte sich jemand.

Ein anderer fragte: »Was ist mit den Jägern?«

Truppen am Rande des Nervenzusammenbruchs. In seiner langen Laufbahn im Capellanischen Heer hatte Doh das schon früher gehört. Krieger, die kurz davor standen, panisch davonzustürmen und sich einzeln abschießen zu lassen, statt einen disziplinierten Rückzug mitzumachen, der ihnen *vielleicht* das Leben retten konnte. Auch das hatte er schon früher gesehen. Leider hatte das meiste, was er bei diesen früheren Gelegenheiten gesehen und gehört hatte, auf den etablierten und erprobten konventionellen Taktiken aufgebaut, die hier völlig wertlos waren. Deshalb war er gerne bereit, Evans seine Idee ausprobieren zu lassen.

»Sie *werden* uns zerblasen«, gab der junge Sao-shao zu. »Aber das ist auch nicht schlimmer, als hier zu warten, bis ihre Verstärkungen uns in den Rücken fallen. Und die Sorge um die Jäger dürft ihr mir überlassen.« Er rief die Lanzenführer ab, und alle meldeten Bereitschaft. »Sang-shao Doh, wenn Sie sich bitte in Rang Zwo eingliedern würden.«

Der Regimentskommandeur gab den Befehl an seine Lanze weiter, dann schaltete er auf die Privatverbindung zu Evans um. »Indem Sie uns so aufreihen, betteln Sie geradezu um einen Luftangriff«, ermahnte er.

»Na dui ma«, erwiderte Evans. »Stimmt. Ich werde die Situation halt etwas anheizen müssen.« Er schaltete zurück auf die allgemeine Befehlsfrequenz. »Vorrücken bei vierzig Stundenkilometern«, befahl er und wählte die Marschgeschwindigkeit des langsamsten Mechs der Rabauken. »Nur auf meinen Befehl feuern. Bereit, Abmarsch!«

Drei unterzählige Kompanien BattleMechs und die ihnen verbliebenen Panzerfahrzeuge stürmten auf die Hochebene und formierten sich wie befohlen in zwei Kampflinien. Die ersten vereinzelten Schüsse der Lancers trafen schon ihr Ziel, aber niemand feuerte zurück. Dann begann Evans plötzlich zur allgemeinen Überraschung – und ganz besonders zur Überraschung Sang-shao Ni Tehn Dhos – einen Sprechgesang mit seltsam vertrauter Melodie:

Zielt auf die Offiziere, schießt sie zügig ab.
Rang Eins, Feuer! Rang Zwo, Feuer!
Quasimodo *rechts, schickt ihn in sein Grab.*
Rang Eins, Feuer! Rang Zwo, Feuer!

Zunächst kam das Geschützfeuer sporadisch, weil niemand wirklich wußte, was er erwarten sollte. Die Arkadenranger griffen den Rhythmus als erste auf, aber der Rest des Bataillons brauchte nicht viel länger. Evans sang weiter, während das Bataillon auf die Stellungen der Illician Lancers zurollte, rief die Breitseiten rangweise ab und nahm alle Sonderbefehle und Ziele in den Text auf. Der *Quasimodo,* den er angesprochen hatte, hielt bis zum Ende der zweiten Strophe durch, dann hatte das vereinte Feuer von zehn Mechs auf seiner Seite der engen Hochebene seine Panzerung zertrümmert und ihn ohne Beine und mit nur einem Arm zu Boden gestreckt.

In der dritten Strophe erkannte Doh die Melodie, an die er sich nur dunkel erinnerte, weil er sie einmal bei einer Sportübertragung auf Hustaing gehört hatte. Es war ein Schlachtgesang der Universitätsmannschaft, aus deren Alma Mater die meisten Arkadenranger stammten, nur hatte Evans ›Drachen vor! Noch ein Tor!‹ durch seine Feuerbefehle ersetzt.

Gleichzeitig bemerkte der Kommandeur, daß Evans über eine offene Frequenz sendete, so daß auch die Illician Lancers ihn hörten. Und sie reagierten darauf. Aufgerufene Ziele zogen sich zurück oder gingen in Deckung, um sich keinem massierten Beschuß auszusetzen. Dadurch gelang es Evans selbst ohne Waffeneinsatz, die Lancers aus dem Weg zu drängen. Fast mußte Doh lachen, und er hätte es getan, wäre da nicht ein Problem gewesen.

Er sah die Luft/Raumjäger der Illicians zu einem Vorbeiflug ansetzen.

Aber Evans war ihnen gewachsen. Ohne seinen Rhythmus zu unterbrechen, veränderte er seinen Text, um den Gegenangriff zu integrieren.

Hier kommen die Jäger, fliegen an zuhauf.
Arkadenranger, Sprung auf, drauf!

Durch die Beibehaltung des Rhythmus verpaßte keiner den Einsatz des eigentlich erwarteten Feuerbefehls. Eine doppelte Breitseite, bei der nur die Waffen der Arkadenranger-Kompanie fehlten, donnerte über das Plateau. Deren Mechs stiegen senkrecht in die Höhe, nachdem Evans ihre Mitglieder durch Tauschaktionen mit anderen Kompanien schon Monate zuvor komplett mit sprungfähigen Maschinen ausgestattet hatte. Er mußte den Einsatz vorausgeplant haben, denn alle Mechs steuerten ihren Sprung so, daß sie in perfekter Formation wieder landeten. Am Scheitelpunkt ihrer Flugbahn feuerten sie mit Raketen, Lasern und PPKs auf die anfliegenden Jagdmaschinen: einfach mit allem, was sie hatten.

Tiefflugangriffe ließen einem Jagdpiloten kaum Raum für Fehler. Eine komplette *Stuka*-Lanze donnerte auf die Hustaing-Rabauken herab und sah sich plötzlich zwölf springenden BattleMechs gegenüber, die ihre Zielflugzone mit Waffenfeuer überschütteten. Die beiden vordersten Maschinen drehten ab. Ein Pilot berechnete seinen Fluchtkurs falsch und rammte einen Felsvorsprung. Die beiden anderen Maschinen ließen es darauf ankommen. Eine explodierte unter dem kombinierten Beschuß von drei Mechs, während die zweite den Vorbeiflug überlebte, aber selbst keinen einzigen Schuß abgab.

Der über Funk aufbrausende Jubel stoppte Evans nicht beim weiteren Aufrufen der Breitseiten. Mehrere der Arkadenranger stimmten ein und machten die Zeile zu einem echten Refrain.

Das reichte den Illician Lancers. Ihre Luftunterstützung war verloren, und das konstante Breitseitenbombardement garantierte, daß jeder Abschuß bei den Hustaing-Rabauken mit mindestens einem eigenen Verlust erkauft wurde. Sie gaben den Kampf auf, dessen Sieg ihnen noch zwei Minuten zuvor garantiert erschienen war. Sang-shao Doh hörte auf zu feuern und sah zu, wie die Lancers sich geordnet zurückzogen, ohne weitere Verluste zu riskieren. *Der Paß ist frei.* Die Hustaing-Rabauken waren nicht in die Falle gegangen, die ihre Gegner ihnen gestellt hatten, und sie hatten nicht einen Krieger verloren. Mit diesem Ergebnis konnte Doh gut leben, gleichgültig, wie es zustandegekommen war.

Wieder einmal erledigen wir unsere Arbeit.

* * *

Palastanlage, Tian-tan, St. Ives
Herzogtum St. Ives, St. Ives-Pakt

Auch wenn ihr nicht gerade danach war, schenkte Candace Liao ihrem Sohn doch ein kurzes Lächeln, als Kai sich in ihrem Privatsalon zu ihr gesellte. Er nahm auf einem der großen, mit elfenbeinfarbenen Kissen gepolsterten Lehnstühle Platz. Trotz seiner geraden militärischen Haltung bemerkte Candace die Spuren von Erschöpfung und Frustration in seinen harten grauen Augen und in den Stirnfalten, die er nicht vor ihr verbergen konnte. »Du solltest dich hinlegen«, sagte sie. Wahrscheinlich war er seit mindestens vierundzwanzig Stunden auf den Beinen. Kai verließ kaum noch das Schlachtfeld. Seine St.-Ives-Lanciers waren die treibende Kraft bei der Verteidigung der Hauptstadt.

»Mir geht es gut, Mutter«, antwortete er mit einem schwachen Lächeln. Aber er ließ sich in die Polster sinken. »In deiner Nachricht hieß es, ich solle sofort kommen. Ich habe das von Sascha Wanli gehört. Hast du die Lücke in den Sicherheitsmaßnahmen des Palastes gefunden?«

»Sagen wir, ich mache mir deswegen keine Gedanken um meine Sicherheit«, erklärte sie. Als man Sascha Wanli tot aufgefunden hatte, vergiftet, war das Präsidentenpalais tagelang in heller Aufregung gewesen. Es gab keine handfesten Hinweise auf den Täter, aber Candace hegte keinen Zweifel, daß der Anschlag auf Sun-Tzus Befehl hin erfolgt war. *Wahrscheinlich hatte Wanli es nicht besser verdient.* Leider konnte sie diesen Gefallen ihres Neffen nicht erwidern. Sun-Tzus Leute hatten keinen Grund, seinen Tod zu wünschen. »Besser, wir lassen die Sache in Vergessenheit geraten.«

Kai setzte sich vor. »Dann hattest du einen anderen

Grund, mich zurückzurufen?« fragte er und schüttelte sich, um wach zu werden.

Candace zögerte, weil sie ihm nicht noch mehr Sorgen bereiten wollte, nachdem sie gesehen hatte, in welchem Zustand er war. Andererseits war es besser, wenn er es von ihr erfuhr statt aus anderer Quelle. »Das Tribunal ist vor drei Tagen zu Ende gegangen. Ich habe meine Ansprache bis zu deiner Rückkehr nach Tian-tan verschoben. Du wirst neben mir stehen.«

Er packte die Armlehne seines Stuhls. »Und Kali wird nicht bestraft.« Es war keine Frage.

»Wie bestraft man jemanden, der nicht einmal in der Lage ist, die Abscheulichkeit seines Handelns zu erkennen?« fragte Candace. »Sun-Tzu wußte genau, was er tat, als er sie vor Gericht stellen ließ. Wenn ein Tribunal des Sternenbunds sie nicht zur Rechenschaft ziehen kann, fällt es leichter, ihm seine mangelnde Kontrolle über sie zu verzeihen.«

Kai seufzte und fuhr sich mit der Hand durch das kurzgeschorene dunkle Haar. »Kann sein, aber das macht es nicht einfacher, es den Paktbürgern beizubringen.« Seine Schultern sackten kaum merklich, und er nahm sich sofort wieder zusammen, aber Candace hatte es bereits bemerkt.

»Steht es dort draußen so schlimm?« fragte sie und bezog sich auf die Schlachtfelder vor Tian-tan, die seit Kais Rückkehr praktisch zu seinem Zuhause geworden waren.

Kai zupfte am Ärmel seiner purpurfarbenen Felduniform. »Nein«, meinte er. »So schlimm nicht. Den Novakatzen schlägt reichlich Feindseligkeit entgegen, selbst von unseren eigenen Leuten, aber das war zu erwarten. Die Kämpfe sind nicht annähernd so brutal wie es die Berichte von Ambergrist melden oder wie sie vor der Desertion auf Nashuar gewesen sein müssen.«

Candace stählte sich für den bevorstehenden Wortwechsel. Sie wollte ihrem Sohn nicht noch zusätzlich zusetzen. »Es war keine Desertion. Oberst Nevarr weiß, was er tut.«

Kai sah seine Mutter erstaunt an. »Du bist damit einverstanden?«

»Ich hätte mich damit einverstanden erklären können«, erwiderte sie. »Wenn eine derartige Unterstützung aus Tian-tan nicht der Kampfmoral des ganzen Pakts geschadet hätte.« Sie wußte, daß er sich damit nicht zufrieden geben würde und daß es ihm nicht leicht fiel, das Unausweichliche zu akzeptieren. Sie wechselte das Thema. »Die Kämpfe sind also weniger brutal. Das ist wenigstens etwas.«

Kai machte ein ernstes Gesicht. »Es ändert nichts daran, daß wir beständig an Boden verlieren.«

Candace dachte an das Loblied, das Caroline Seng bei jeder Gelegenheit auf Kai und seine 1. St.-Ives-Lanciers sang. Die Konföderationstruppen versuchten nicht, ihn zurückzudrängen. Sie erzwangen ein Unentschieden, hielten ihn vor starken Verteidigungsstellungen auf oder wichen zurück, während sie anderenorts vorrückten. Aber selbst Kai konnte nicht überall sein, auch wenn sie wußte, wie sehr er das versuchte. Manchmal sah sie seinen Namen am selben Tag auf drei Gefechtsberichten aus drei verschiedenen Gebieten.

»Es mag den Anschein haben, daß wir gegen den Sturm anbrüllen«, bemerkte sie milde, »aber wir tun, was wir tun müssen. Und wir können auf keine weitere Unterstützung zählen.«

»Victor würde kommen«, erklärte Kai ausdrücklich, um seinen Freund zu verteidigen.

»Mag sein.« Candace stimmte ihm nur in Grenzen zu. »Wenn du ihn darum bitten würdest.« Sie machte eine Pause und sah ihrem Sohn in die Augen. Kai senkte den Blick als erster. »Ich glaube nicht. Victor hat derzeit eigene Probleme.« Ihr Tonfall wurde düsterer. »Die Krise auf Solaris VII hat die Schwierigkeiten im Vereinigten Commonwealth zugespitzt. Von dem abgesehen, was uns George Hasek liefert, können wir unseren Informationen aus zahlreichen Bezirken nicht mehr trauen.«

Bei der Erwähnung von Informationen runzelte Kai besorgt die Stirn. »Quentin?« erkundigte er sich nach seinem Bruder.

»Schweigt«, erwiderte Candace. »Seit Wochen kein Wort, aber das wäre nicht die erste Gelegenheit, bei der er gezwungen ist, sich bedeckt zu halten. Mach dir um ihn keine Sorgen.« *Das ist meine Aufgabe.*

»Dann sind wir ganz auf uns allein gestellt.« Kai nickte und akzeptierte die Rolle, die das Schicksal dem Pakt und ihm auferlegte. Er stand auf und trat zu seiner Mutter hinüber, um ihr einen Kuß auf die Stirn zu drücken. »Ich bleibe heute nacht hier und fliege morgen früh zurück zu meinem Regiment.«

Als Kai den Salon langsamen Schritts verließ, konnte Candace ihm ansehen, wie bedrückt er war. Dieser Krieg war eine Belastungsprobe für Kai, wie es keine Schlacht gegen die Clans je gewesen war. Und ohne ihn wäre St. Ives vielleicht schon verloren gewesen. *Ich wünschte, ich könnte dir mehr Hoffnung geben, mein Sohn,* dachte die Präsidentin des St. Ives-Paktes. *Aber wenn es eine Hoffnung für St. Ives gibt, mußt du sie mir geben.*

Und wenn nicht, bleibt immer noch Cassandra.

33

Raumhafen Bào-feng, Wuhan, Ambergrist
Herzogtum St. Loris, St. Ives-Pakt

6. September 3062

Treyhang Liao stand im Zentrum seiner Kommandozentrale, sorgsam darauf bedacht, nicht auf das Wappen der Bewegung Freies Capella zu treten, und unterhielt Ambergrists planetare Diem weiter mit Erzählungen über militärische Triumphe, während er aus dem Augenwinkel Warner Doles näherkommen sah. Er hatte diesen Besuch erwartet, seit die Blackwind-Lanciers nach Wuhan zurückgekehrt waren, und bedauerte nur kurz dessen Timing. Lady Ehn Wa'Ting war keine Gesprächspartnerin, die man für einen Soldaten abfertigte, nicht einmal für einen Regimentskommandeur. Sie war zwar etwas grobschlächtig und so provinziell wie ganz Ambergrist, aber sie besaß Macht.

Und Treyhang genoß es, Kontakte zu den Mächtigen zu pflegen.

Alles zu seiner Zeit, alles an seinem Platz, erinnerte er sich. Doles hatte sich eine Audienz wirklich verdient. *Aber seltsam, daß er seine volle Ausgehuniform trägt.* Trey entging auch das Dadao nicht, das am Gürtel des Obersten hing, das Bestechungsgeschenk, mit dem sich Tormano Doles' Unterstützung erkauft hatte. Das Schwert, mit dem Doles Zhong-shao Daqing alias Trisha Smithson erschlagen hatte.

»Ah, Mylady. Ich könnte Stunden damit zubringen, Ihnen von unseren jüngsten Anstrengungen zu erzählen, die Konföderation vom Boden Ihrer Heimatwelt zu vertreiben«, stellte er in bester höfischer Manier fest. »Aber damit würde ich die Verpflichtungen vernachlässigen, die meine Tante mir auferlegt hat.« Eine versteckte Andeutung an die Diem, daß sein Familienname mehr wirkliches Gewicht hatte als ihr Titel. »Ich muß mich wieder dem Krieg widmen, aber ich habe für heute abend ein Diner arrangiert. Wenn Sie so freundlich wären, mir Gesellschaft zu leisten?« Damit war er gezwungen, den Mandrinn auf den Cocktail nach dem Essen zu verschieben, notierte er sich in Gedanken. Er nahm mit schwungvoller Geste Lady Wa'Tings Hand, hauchte einen Kuß darauf und verbeugte sich zu einem herzlichen Abschied.

»Störe ich?« fragte Doles, sobald Lady Ehn Wa'Ting den Saal verlassen hatte.

Treyhang zuckte die Schultern und schüttelte lokker den Kopf. »Ein glückliches Zusammentreffen«, erklärte er. »Es hätte nicht mehr lange gedauert, und ich wäre gezwungen gewesen zu erklären, weshalb Freies Capella es nicht geschafft hat, die 3. Konföderations-Reservekavallerie in die Flucht zu schlagen. Von der Ankunft der Taurischen Veliten ganz zu schweigen.«

»Sie hätten einen Weg gefunden, dabei gut abzuschneiden.« Doles' Bemerkung enthielt keine Ablehnung. Fast hätte man sie freundlich nennen können. »Das macht Ihnen wirklich Spaß, habe ich recht, Trey?«

Einen Monat zuvor wäre Treyhang noch sicher gewesen, Doles' Gedanken zu kennen. Der Hüne hatte an Selbstkontrolle gewonnen, was das Spiel erheblich interessanter machte. Treyhang gestattete seinem höflichen Lächeln, sich zu einem echten zu weiten. »Jedem das Seine, *Oberst* Doles.« Er beugte sich vor und musterte Doles Rangabzeichen mit übertriebener Gewissenhaftigkeit. »Ja, sie passen wirklich zu Ihnen.«

Doles wurde etwas verlegen, was seine Kartenspielermiene ruinierte. »Eines Tages vielleicht. Bis dahin tue ich, was zu tun ist, und versuche unterwegs ein paar Schulden zu begleichen.«

Treyhang unterdrückte ein Stirnrunzeln. Er hätte mehr von Warner Doles erwartet als kleinliche Rachsucht. Mit einem Nicken in Richtung des Schwerts an dessen Hüfte fragte er den Lancier: »Und, muß ich mir Sorgen machen?« Es war als Erinnerung an den Offizier gedacht, daß er seine letzte ›Schuld‹ mit dem Schwert beglichen hatte.

Doles verzog das Gesicht und schüttelte den Kopf. »Nicht darüber, nein. Meine Schulden habe ich bei der Herzogin, dafür, daß ich in ihrem Dienst versagt habe. Und bei Ihnen, Trey, dafür, daß Sie mich daran erinnert haben, wer ich bin und wo mein Feind steht.« Er zog das Schwert langsam aus der Scheide und reichte es Treyhang. »Das hier gehört mir nicht. Legen Sie es in seine Vitrine zurück oder geben Sie es jemandem, der es sich verdient hat.«

Treyhang nahm das Dadao entgegen und legte es in die Armbeuge, während er den Oberst mit offenem Interesse ansah. »Das ist also Ihr Austritt aus den Diensten von Freies Capella? Fliegen Sie jetzt los, um die Hustaing-Rabauken zurück nach Indicass zu hetzen, ja?«

Doles schüttelte den Kopf und grinste ohne eine Spur von Humor. »Die Rabauken sind nicht der Feind. Und ich habe hier auf Ambergrist reichlich zu tun. Sie haben die 3. Konföderations-Reservekavallerie erwähnt, glaube ich?«

»Kann gut sein«, antwortete Treyhang. »Und die Taurischen Velitten.«

»Heißt das, Sie planen, bis auf weiteres zu bleiben?« Doles verschränkte die Arme vor der Brust und erwiderte Liaos musternden Blick Sekunden zuvor. »Abendessen mit Lady Ehn Wa'Ting. Zigarren und Drinks mit irgendeinem Barduc-Mandrinn und kleineren Adligen. Noch sechs Monate, und Sie sind die größte Mediensensation, die Ambergrist je gesehen hat.«

Treyhang heuchelte gekränkten Stolz. »Sechs Monate? Sie trauen mir ja überhaupt nichts zu, Warner.« Er machte eine Pause und zuckte die Achseln. »Ich weiß nicht, ob es ›bis auf weiteres‹ wird, aber ich habe tatsächlich vor, noch eine Zeit hierzubleiben. Die Solarjachtrennen von Marlette sind wegen der Schwierigkeiten im Commonwealth ohnehin abgesagt worden. Außerdem hat Tante Candace mich offiziell gebeten, die Führung von Freies Capella zu behalten. Sie hat mir sogar einen Titel angeboten.« Er bemerkte Doles' fragenden Blick. »Ach ja, ich schätze, ich bin ohnehin schon ein Lord. Tormanos Erbe. Aber ohne Grundbesitz und ganz sicher kein Schwertadel. Tante Candace dachte, die Förmlichkeit sage mir zu.«

»Nur eine unbedeutende Anerkennung«, stimmte Doles mit gespieltem Ernst zu. »Was ist es denn nun? Lord Treyhang Liao oder Mandrinn?«

»Weder noch. Ich habe abgelehnt.« Treyhang lachte, als er Doles' überraschte Miene sah. »Vorerst«, fügte er hinzu. »Vorerst. Titel scheinen mit zu vielen Beschränkungen verbunden zu sein. Das paßt nicht zu mir. Die Verantwortung für Freies Capella ist schon schwer genug.« Dann betrachtete er das Schwert in seinem Arm, als erinnere er sich gerade wieder daran. »Eine wunderbare Arbeit, finden Sie nicht?«

»Das ist es«, stimmte Doles mit einem Nicken zu.

Treyhang nickte ebenfalls, und ein dünnes Lächeln spielte um seine Lippen, als er das Ringknaufdadao mit beiden Händen emporhielt, um es zu bewundern. »Lady Aleisha Liaos Schwert wäre wirklich ein würdiges Geschenk für jemanden, der sein Erbe und seine

Pflichten zu schätzen weiß.« Dann schlug er das Schwert plötzlich und ohne das geringste Zögern mit der Breitseite auf das hochzuckende Knie. Die Klinge brach sauber in zwei Hälften.

Hätte Treyhang eine bessere Methode gesucht, Warner Doles aufzurütteln, hätte er sie wahrscheinlich selbst mit einem Monat Vorbereitungszeit nicht gefunden. *Aber die letzten paar Tage haben schon gereicht.* »Ein Nachguß«, stellte er fest. »Eine Imitation.« Er nickte einem Adjutanten zu, der ein anderes Schwert brachte: ein Ringknaufdadao, dieses teilweise in ein elfenbeinfarbenes Seidentuch gehüllt, um zu verhindern, daß jemand die polierte Klinge berührte. Diese Klinge hatte ein paar Scharten mehr. Sie war abgenutzter. Irgendwie machte dies das Schwert wirklicher. »Hier ist das echte.« Der Adjutant hielt es Doles entgegen, der es mit leerem Blick anstarrte.

»Tormanos Geschenke mußte man immer genau unter die Lupe nehmen«, erklärte Treyhang, »um ihren wahren Wert und die daran geknüpften Verpflichtungen zu erkennen. Er wollte die Blackwind-Lanciers kaufen, wollte *Sie* kaufen, und er hat mit Falschgeld bezahlt, ohne sich um den alten Grundsatz zu kümmern, daß man das bekommt, wofür man bezahlt.« Treyhang ermunterte Doles mit einer Kopfbewegung, das Schwert zu nehmen. »Sie haben es sich verdient. Ihre Blackwind-Lanciers sind eine echte Bereicherung für Freies Capella.«

Doles packte das Schwert vorsichtig mit der Linken am Knauf und nahm es zur Seite, während er Trey die Hand schüttelte. Dann stockte er und hielt dessen Hand fest, während er ihn mißtrauisch anstarrte. »Woher weiß ich, daß dies hier das echte ist?« fragte er. Nicht aus Trotz, sondern weil er sich plötzlich der Spielregeln nicht mehr sicher war.

Treyhang grinste, lachte und zog die Hand nach heftiger Pumpbewegung frei. »Warner, gerade Sie sollten das inzwischen wissen.« Er zupfte an der Manschette seiner Uniform, strich sie gerade, klopfte sich mit einer schnellen Bewegung nicht vorhandene Flusen vom Stoff. »Ich gebe mich nicht mit zweiter Ware ab.«

34

Palast des Himmels,
Zi-jin Cheng (Verbotene Stadt), Sian
Kommunalität Sian, Konföderation Capella

15. September 3062

Sun-Tzu spürte einen eisigen Hauch über den Thron des Himmels wehen, als sich das Portal des Thronsaals öffnete, um seine Schwester und ihre ›Leibwache‹ einzulassen, auch wenn er sich keinerlei Emotion anmerken ließ. Kali Liao trug ein grünes Seidenkleid, auf dessen Bauchpartie in breiter silberner Stickerei die Hindu-Göttin abgebildet war, deren Namen sie trug. Das Motiv erinnerte ihn an ein Spinnennetz.

Sie bewegte sich mit förmlicher Langsamkeit und schien ihre tödliche Eskorte überhaupt nicht wahrzunehmen. Die vier Todeskommando-Krieger, die Kali vor den Kanzler begleiteten, waren in voller Prunkuniform ausstaffiert: schwarzer Stoff mit Bronzelitzen, langer Umhang und Daoschwert an einem breiten Brustgurt. Nur die Mydron-Sturmgewehre in ihren Armen verrieten, daß es sich um keine Ehreneskorte handelte, sondern um Bewachung.

Sun-Tzu bereitete sich unterdessen innerlich auf die Vorstellung vor, die er geplant hatte. Auf *beide* Vorstellungen, verbesserte er sich, als er Naomi Centrella der Eskorte in den Thronsaal folgen sah. Kali hatte zwar Anweisung erhalten, vom Raumhafen sofort in den Palast zu kommen, aber er hatte nicht erwartet, daß Naomi ihr so unmittelbar folgen würde. Für dieses Überraschungsmanöver rechnete er ihr die volle Punktzahl an, denn er wußte wohl, daß er ihr die Initiative ebenso leicht wieder entreißen konnte.

Er stand vom Thron auf und verließ die niedrige

Empore, um seiner Schwester auf gleicher Höhe zu begegnen. Die spektrale Präsenz Romanos, die seine Gedanken noch immer mit Erinnerungen und gelegentlichen Einflüsterungen verfolgte, verlangte nichts weniger als Respekt vor der *mutigen* Handlungsweise ihrer Tochter. Sun-Tzu schenkte diesen Forderungen wenig Aufmerksamkeit. Trotz ihres Wahns war Kali ein Mitglied Haus Liaos und verdiente nach ihrer formellen Verurteilung jede Höflichkeit. *Außerdem nimmt das Naomi jeden Vorteil, den sie sich möglicherweise durch den Versuch erhofft haben mag, die Autorität über die Gefangene formell an mich zu übergeben.* Der Geist seiner Mutter lächelte nur.

»Willkommen zurück auf Sian, Kali«, begrüßte Sun-Tzu seine Schwester, deren Eskorte sie in deutlichem Abstand vor dem Kanzler stoppte.

Kali trat zwei Schritte weiter vor. Dabei war nicht klar, ob sie die Autorität der Todeskommandos ignorierte oder gar nicht bemerkte. Sie nickte ihm zur Begrüßung zu. Es war kaum erkennbar, aber zumindest ein winziges Zeichen von Respekt vor dem Kanzleramt.

»Hallo, Bruder. Es tut gut, wieder daheim zu sein.« Kalis Stimme klang seidenweich und ließ keinerlei Spuren des monatelangen Tribunals auf Atreus erkennen.

»Nicht länger«, stellte Sun-Tzu nüchtern fest und war sich der Wut sehr bewußt, die Romano Liao bei der Durchsetzung eines solchen Erlasses gespürt hatte. »Du bist auf den Planeten Highspire verbannt, bis du dem Sternenbund Informationen zur Wiederbeschaffung der noch aus dem Wei-Depotbestand abgängigen Nervengasvorräte lieferst.« Er behielt seine Schwester sorgfältig im Blick, hielt Ausschau nach Anzeichen einer Gefühlsregung. Ihre dunkelgrünen Augen zeigten weder Reue für ihre Greueltaten noch

Verärgerung über ihr Exil. Ihr Blick blieb passiv und unbewegt.

»Die Welt unserer Mutter«, erklärte Kali schließlich. »Ja, dort wird es mir gefallen. Danke.« Sie drehte sich um, offensichtlich der Meinung, daß die Audienz beendet war, aber dann blieb sie noch einmal stehen und sah sich mit einem Gesichtsausdruck zu ihm um, der etwas von Stolz hatte. »Ich hatte recht«, sagte sie.

Von Kalis gelassener Hinnahme seines Urteils und dem wütenden Toben seiner Mutter vorübergehend verwirrt, konnte Sun-Tzu nur fragen: »Womit?«

»Die Konföderation hat überlebt«, stellte Kali mit leichtem Lächeln fest. »Und sie ist stärker als je zuvor. Du hast eine andere Lösung gefunden, wie die Zeichen es versprochen haben. Wie ich vorhergesagt habe.« Damit ergab sie sich ihrer Eskorte und verließ hocherhobenen Hauptes den Thronsaal, in eine Zukunft blickend, die offensichtlich nur sie allein erkennen konnte.

Sun-Tzu konzentrierte sich voll auf die Maske, die seine Gefühle verbarg. Er weigerte sich, seine Ruhe von der Manie seiner Schwester zerstören zu lassen, und sicher nicht vor Naomi Centrella, die nun an die Stelle vortrat, die Kali soeben verlassen hatte.

»Naomi«, begrüßte er sie, stieg zurück auf die Empore und ließ sich auf den handgeschnitzten Thron des Himmels sinken.

»Kanzler Liao.« Ihre Begrüßung war formell und wertete Sun-Tzus legeren Gruß im Vergleich ab. *Eine gute Schülerin*, dachte Sun-Tzu.

»Bin ich auf Sian ebenfalls willkommen?« fragte sie, und ihre Stimme wurde von einer freundlich-humorvollen Note versüßt. Naomi war durch ihre Mutter, die Magestrix von Canopus, wohlgeschult in höfischem Benehmen, eine Expertise, die Sun-Tzu zu kultivieren wünschte.

Er nickte und ließ die Andeutung eines Lächelns um einen Mundwinkel spielen. »Die Centrellas sind auf Sian stets ebenso willkommen wie meine eigene Familie.«

Das ließ Naomis zögerndes Lächeln an den Klippen zerschellen, die unter der ruhigen Oberfläche seiner Worte lauerten. »Ich hoffe, diese Einladung wäre auf etwas anderem Briefpapier verfaßt worden als dem, das Sie Ihrer Tante Candace derzeit zustellen lassen.«

Sun-Tzu gestand ihr diesen Punkt mit einem kurzen Nicken zu. »Ganz recht«, versprach er, auch wenn die *innere Romano* Naomi für ihre Impertinenz mit wüsten Beschimpfungen bedachte. Er entschied sich, das Thema zu wechseln und die laufende Angelegenheit zu einem Ende zu bringen. »Wie es scheint, haben Sie Ihre Zeit auf Atreus nicht verschwendet. Ich kann nicht gerade behaupten, daß es mir gefällt, für Kalis zukünftige Aktionen verantwortlich gemacht zu werden, aber das war ein notwendiges Zugeständnis, um sicherzustellen, daß das Tribunal stagnierte.«

Naomi fiel es schwerer, ihre Enttäuschung zu verbergen. Sie tänzelte unruhig, und ihre Verärgerung schien zumindest teilweise durch, eine Tatsache, die sich Sun-Tzu für zukünftige Gelegenheiten merkte. Sein Einfluß auf die Thronerbin des Magistrats Canopus gehörte zu den ehrgeizigsten Fäden, die er in den Teppich seiner zukünftigen Pläne einwob.

»Sie können sich nicht vorstellen, wie schwer es war, über sie zu Gericht zu sitzen«, brach es schließlich aus ihr heraus. »Die Holovids der Greueltaten, die ihre Anhänger im St. Ives-Pakt verübt haben, waren äußerst beeindruckend. Hinter verschlossenen Türen schrie der Botschafter des Pakts nach Blut, während Thomas Marik an einem gerechten Urteil arbeitete.«

Und wen von beiden wolltest *du unterstützen?* wollte Sun-Tzu sie fragen, doch er spürte den Einfluß von

Romanos Verfolgungswahn hinter dieser Frage. Er schreckte zurück. *Ich werde nicht mein ganzes Leben von Paranoia bestimmen lassen. Nicht so wie sie.* »Und statt dessen waren beide gezwungen, Kalis …« Er machte eine Pause. »… *Zustand* zu akzeptieren. Sie haben geholfen, den capellanischen Staat zu retten.« Er sah ihr ins Gesicht und gestattete einem Teil seiner Entschlossenheit, durchzuscheinen. Im Grunde war es eine Prüfung. »Das werde ich nicht vergessen, Naomi Centrella.«

»Das Schicksal des Magistrats meiner Mutter ist mit dem der Konföderation verknüpft.« Die in einem schwarzen Handschuh steckende Hand Naomis strich eine imaginäre Falte im Ärmel ihrer türkisfarbenen Uniformjacke glatt. Der Blick, mit dem sie den capellanischen Kanzler musterte, war deutlich. »Wir vergessen *unseren Verbündeten* nicht, gleichgültig, welche privaten Gefühle wir hegen.«

Wie gut Sun-Tzu es verstand und schätzte, wenn man das Wohl des Staates über das eigene Wohl stellte. *Das war etwas, das meine Mutter nie auseinanderhalten konnte,* dachte er mit einem plötzlichen Maß an Genugtuung. *Für sie waren Staatsangelegenheiten immer eine persönliche Beleidigung oder Genugtuung, denen sie mit Wut oder Selbstgerechtigkeit begegnete.* Sun-Tzu wollte von sich glauben, gegen derartige Selbsttäuschungen gefeit zu sein, aber er spürte noch immer, wie Romano tief in seinem Unterbewußtsein lächelte.

Er war so mit seinen Gedanken beschäftigt, daß ihm beinahe entgangen wäre, welche Betonung Naomi auf *unseren* Verbündeten gelegt hatte. *Einzahl, und das war sicher kein Versprecher.* Er überspielte die lange Gesprächspause mit einem Schauspiel nachdenklichen Interesses, indem er die canopische Thronerbin mit langen Blicken musterte, während er die Fingerspitzen aneinanderschlug. Schließlich sagte er: »Die Konföderation kennt – ich kenne – den Unterschied zwischen Loyalität und diplomatischen Erfordernissen.« Das blieb unbestimmt genug, um auf verschiedene Weise ausgelegt zu werden, je nachdem, worauf Naomi mit ihrer Bemerkung abzielte. *Wenn sie diesen Punkt weiterverfolgen will, muß sie den ersten Schritt tun.*

Sie tat ihn. Mit dem verschleierten Blick ihrer dunkelblauen Augen und einer von ehrlicher Sorge gefärbten Stimme setzte Naomi in bester höfischer Manier – canopischer wie capellanischer – nach. »Es wäre mir zutiefst zuwider, müßte ich zu dem Schluß kommen, daß das Magistrat Canopus in Anbetracht jüngster Arrangements nicht länger die Freundschaft der Konföderation genießt.« Sie pausierte, und ihre Augen verengten sich. »Ungeachtet der Festigkeit dieser Arrangements.«

Sie zweifelt am Wert meiner Verpflichtung Grover Shraplen und dem Tauruskonkordat gegenüber. Und letztlich auch ihrem eigenen Reich gegenüber. Der Blick seiner jadegrünen Augen fiel auf Naomi und schätzte sie ab. *Und das aus gutem Grund,* wisperte eine spöttische Stimme aus den Tiefen seines Geistes. Sun-Tzu blinzelte, verärgert über die Einmischung seiner Mutter.

Er stand auf, trat an den Rand der Empore und hielt Naomi Centrella die Hand entgegen, während er der *inneren Romano* gestattete, die Tiefe seiner Verpflichtung zu erkennen. Er konnte die Wut seiner Mutter vorhersagen, das Gefühl einer persönlichen Beleidigung ihrer Person, darüber, daß er auch nur bereit war, sich so ohne weiteres mit einer Peripherienation zu verbünden. Erst recht mit einer Peripherienation, die sich im düstersten Moment der Geschichte der Konföderation gegen sie verbündet hatte.

Wie kannst du dieses Angedenken verraten? Er spürte die Frage, die seine Mutter ihm gestellt hätte, ohne Zweifel unterstützt von einer Horde Maskirovka-

Agenten, bereit, seine Loyalität zu überprüfen und zu erzwingen.

Ich kann es, weil die Konföderation – der capellanische Staat – wichtiger ist als jede historische Fußnote, jedes Ideal und unter den entsprechenden Umständen auch wichtiger als welche Anzahl von Leben auch immer. Und sie war ganz sicher wichtiger als das Gedächtnis einer toten Kanzlerin.

Naomi trat vorsichtig näher, als befürchte sie eine Falle. Ihre Hand schob sich warm und weich in die Sun-Tzus, und er führte sie auf die Empore. Auf gleiche Ebene, aber statt zu ihr herabzusteigen, wie es das Vorrecht des Kanzlers war, wenn er seinen Respekt erweisen wollte, hatte er sie über alle anderen erhoben, die noch im Thronsaal stehen und auf die Aufmerksamkeit des Kanzlers hoffen mochten. Symbolik hatte ihre Bedeutung, und nirgends mehr als am Hof von Sian und im Palast des Himmels. Und daran, wie das Blut in ihre Wangen schoß und ihre blauen Augen sich in Ehrfurcht und Eifer weiteten, erkannte Sun-Tzu noch etwas.

Sie begriff.

Während Isis das capellanische Erbe, das sie zu einem Teil ihres Lebens hatte machen wollen, nie wirklich verstanden hatte, benötigte Naomi keine Erklärung. Sie brauchte nicht mehr als diese eine symbolische Geste, die in sich bereits genug aussagte. Und so standen sie schweigend nebeneinander und blickten zusammen in eine gemeinsam geschaffene Zukunft. Sun-Tzu sah eine starke capellanische Nation, die wiedergeborene, erneuerte Konföderation. Xin Sheng. Und falls Naomi ein stärkeres Magistrat sah, nahm Sun-Tzu ihr das nicht übel.

Denn auch das würde den capellanischen Staat stärken.

35

HildCo-BattleMechwerke, Tian-tan, St. Ives
Herzogtum St. Ives, St. Ives-Pakt

19. September 3062

Am Nordostrand Tian-tans stürmten Hiritsu-BattleMechs und Daidachi-Panzer aus der Deckung des Waldes, der die Hügel bedeckte, hinter denen sie sich versteckt gehalten hatten. Der Maschendrahtzaun, der HildCo Interplanetars größte Produktionsanlage auf St. Ives' umgab, fiel unter dem Ansturm wie Weizen unter der Sense. Funken stoben um die Mechfüße des *Spuk,* als Aris Sung den Zaun als erster erreichte – doch unter der Gewalt der nachstürmenden Kampfkolosse brach die Stromversorgung des Elektrozauns schnell zusammen. Mechkompanien und Panzertruppen griffen die wirklichen Befestigungen an, eine zehn Meter hohe Mauer aus verstärktem Stahlbeton mit Raketenlafetten und mit PPKs und Lasern bestückten Geschütztürmen mit überlappenden Schußfeldern.

»Man schenkt... Aufmerksamkeit, Lien Sung.« Die Stimme Shiao-zhang Ty Wu Nons drang leise, von Entfernung und Störungen unterbrochen, an Aris' Ohr. Non führte die nicht an dieser Aktion beteiligte Hiritsu-Kompanie in einer von Haus Daidachi geleiteten großen Feldschlacht westlich Tian-tans an. »Drei Kompanien... Lanciers... Novakatzen-Sterne ziehen sich zurück... Tian-tan.«

Man hatte also bemerkt, daß der scheinbare Großangriff auf die Hauptstadt nur ein Ablenkungsmanöver für einen Überfall auf eine der größten Mechfabriken St. Ives' war. Aris' Plan, für den er Ty Wu Nons Zustimmung hatte gewinnen können, sah vor, eine der wichtigsten Nachschubquellen Tian-tans auszuschalten und es für die Verteidiger der Pakthauptstadt um so schwieriger zu machen, sich der Belagerung zu widersetzen. Aris hatte ihn überzeugt, daß dies mit minimalen Verlusten beider Seiten möglich war, ohne in den Straßen Tian-tans kämpfen zu müssen. Und so lange der größere Angriff auf das Stadtgebiet genug Abwehrkräfte andernorts band, hatte Aris auch geringe Verluste seiner eigenen Truppen prophezeit.

Damit hatte er wohl recht gehabt. Der Angriff kam so überraschend, daß die schnelleren Mechs bereits die halbe Strecke hinter sich gebracht hatten, bevor einer der Geschütztürme das Feuer eröffnete.

Jetzt ist es für sie zu spät, dachte Aris, strich mit dem Finger über den Hauptfeuerknopf des *Spuk* und überschüttete eine der Raketenlafetten mit rubinroten Energiebolzen aus dem schweren Laser. Ein *Donner* nahebei steuerte donnerndes Autokanonenfeuer zu dem Angriff bei, und gemeinsam schälten sie den größten Teil der Panzerung von der Vorderseite des Geschützstands. Ein mit voller Geschwindigkeit parallel an der Mauer entlangrennender *Rabe* feuerte zwei mittelschwere Laser und eine Raketensalve ab, als er vorbeikam. Zwei der Raketen brachen durch, detonierten im Innern des Turms und brachten die Munitionsvorräte der Lafette zur Explosion. Aris konnte die Druckwelle, mit der die Raketenbatterie ins Jenseits geblasen wurde, in der Kanzel seines Mechs spüren, und der Feuerball der Explosion nahm einen beachtlichen Brocken der Befestigungsmauer mit.

»Da haben wir unsere Bresche«, rief der Lien-zhang über die allgemeine Gefechtsfrequenz. »Ji-song, Durchbruch erweitern.«

Die Ji-song-Lanze, ein *Cataphract* und ein *Totschläger* aus der Kompanie der frisch beförderten Jené Silvers und die beiden *Ti T'sangs* aus Aris Kompanie, stürmten die beschädigte Mauer, während der Rest der Angreifer sich damit beschäftigt hielt, dem zunehmenden Geschützfeuer aus den Mauerbefestigungen auszuweichen. Der bläulichweiße Blitzschlag einer PPK krachte in den rechten Arm des *Spuk*, fetzte einiges an Panzerung ab und verdarb Aris' Schuß auf eine Laserbatterie. Die beiden vorderen Ji-song-Mechs rammten links und rechts der ehemaligen Position der Raketenbatterie die Mauer, brachen durch den stahlverstärkten Beton und rissen eine Bresche auf, weit genug, um zwei Mechs nebeneinander hindurch zu lassen. Die *Ti T'sangs* folgten ihnen auf dem Fuße.

Alle nicht sprungfähigen Maschinen, einschließlich der Panzerkompanie Haus Daidachis, nahmen augenblicklich Kurs auf die Bresche.

»Über die Mauer«, befahl Aris dem Rest, löste die Sprungdüsen aus und hob den *Spuk* in einem weiten Sprung in die Höhe, der ihn knapp hinter der Mauer wieder zu Boden brachte, allerdings weit abseits der durch die Bresche strömenden Maschinen. Der Kampf war bereits in vollem Gange. Eine überschwere HildCo-Mechtruppe aus *Victors* und *Brandschatzern* im Schatten einer der großen Fabrikhallen verteidigte den Innenhof gegen die Eindringlinge. *Das war zu erwarten, nachdem die Fabrik diese beiden Modelle herstellt.*

Der als erster durch die Mauer stürmende *Totschläger* ging unter dem vereinten Beschuß aus sechs Gaussgeschützen zu Boden. Schlechte Zielauswahl, entschied Aris, als er die beiden *Ti T'sangs* durch die Trümmer brechen und mit dreifachmyomergetriebener Geschwindigkeit auf die überschwere Lanze zustürmen sah. Überhitzt konnten diese Maschinen mit ihren Nahkampfbeilen furchtbare Schäden anrichten. Und genau das taten sie jetzt. Beide schlugen mit den Titanstahlklingen auf einen der *Brandschatzer* ein, bei weitem das gefährlichere Modell. Einer senkte sein Beil tief in das rechte Bein der überschweren Maschine. Der andere hatte sich in den Rücken des gegnerischen Titanen vorgearbeitet, zertrümmerte die Panzerung, die den Rücken des *Brandschatzer* schützte und zerstörte offensichtlich die Halterung seines Kreiselstabilisators. Mit einem heftigen Zittern, das ihren gesamten Rumpf durchschüttelte, taumelte die überschwere Kampfmaschine nach vorne und landete hilflos auf dem harten Hofboden.

Immer noch strömten weitere Hiritsu-Mechs durch die Mauer. Eine Lanze *Regulator*-Panzer drang durch die Bresche und feuerte eine gemeinsame Salve auf den verbliebenen *Brandschatzer* ab, noch während sich die *Ti T'sangs* auf die beiden *Victors* stürzten. Drei der vier von den Panzern abgeschossenen Gausskugeln donnerten in den Rumpf des überschweren Mechs, zerschmetterten dessen Panzerung und schleuderten sie in nutzlosen Bruchstücken davon. Die *Victors* feuerten auf die *Ti T'sangs*, aber ihre Unfähigkeit, ihr Feuer zu konzentrieren, machte sie zu leichten Opfern der leichteren, im Nahkampf aber tödlichen Konföderationsmaschinen. Zusätzlich zu einem gnadenlosen Beschuß aus mittelschweren und leichten Lasern verlor ein *Victor* fast den rechten Arm an einen Beilhieb, und der andere mußte einen vernichtenden Schlag ins linke Bein einstecken. Durch zahlenmäßige Übermacht und moderne Modelle der Angreifer der Initiative beraubt, lösten die *Victor*-Piloten die Sprungdüsen ihrer Maschinen aus und gingen auf den Plasmazungen ihrer Triebwerke hinter den Gebäuden in Dekkung, zu deren Verteidigung sie angetreten waren.

Da sich jetzt der größte Teil des Feuers auf den noch aufrechten *Brandschatzer* konzentrierte, rannte Aris mit seinem *Spuk* so schnell wie möglich in die Flanke des am Boden liegenden Mechs dieser Baureihe, der gerade versuchte, wieder hochzukommen. Unter dem Impulslaserbeschuß und der schrotflintenähnlichen

Wirkung der Bündelgranaten aus der Autokanone eines *Cataphract* verlor der *Brandschatzer* zum zweitenmal das Gleichgewicht und krachte zurück auf den Boden. Die andere überschwere Maschine zog sich erfolgreich hinter eine Ecke des Fabrikgebäudes zurück, aber erst, nachdem sie noch mindestens vier Tonnen Panzerung an eine erneute *Regulator*-Salve verloren hatte.

So plötzlich, wie der Kampf begonnen hatte, war er vorbei.

In der Stille, die sich über die HildCo-Anlage legte, betrachtete Aris die Situation. Der Pilot des vor ihm am Boden liegenden *Brandschatzer* hatte aufgegeben und den Kampfkoloß abgeschaltet, statt sich dem vernichtenden Bombardement Haus Hiritsus auszusetzen. Männer und Frauen stiegen aus den Mauerstellungen herab, deren Geschütze nicht darauf eingerichtet waren, ins Innere der Anlage zu feuern. Zwei *Raben* und ein *Men Shen* waren abgezogen worden, um die Anlage weiter zu erkunden und nach anderen Gegnern Ausschau zu halten. Der zuvor zu Boden gegangene *Totschläger* kam unsicher wieder auf die Beine. Er hatte zumindest einen Gyroskopschaden, und der Infrarotanzeige nach zu schließen war auch die Abschirmung seines Fusionsreaktors in Mitleidenschaft gezogen. Aris hörte Lien-zhang Jené Silvers dem Piloten befehlen, sich aus Gefechtshandlungen möglichst herauszuhalten. Dann folgte Silvers in ihrem erbeuteten *Lichtbringer* den ScoutMechs und ging auf die Suche nach neuen Opfern.

»Phase Eins komplett«, gab Aris über die Privatverbindung an Ty Wu Non durch. Der Shiao-zhang würde es an Haus Daidachi weitergeben, falls dessen Panzerbesatzungen das noch nicht erledigt hatten. »Gehen zu Phase Zwo über.«

»Verstanden, Aris Sung.« Die Stimme des Hiritsu-Meisters klang lauter als zuvor. »Achtung… Lanciers und Novakatzen sind noch fünf Minuten von Ihrer Position entfernt. Wir nähern uns in einer Flankenbewegung… für Ihre Fluchtroute zu liefern.«

Fünf Minuten. Fast hätte Aris gelächelt. *Wir sind hier in drei Minuten fertig und verschwunden.* Er hatte keinen Zweifel daran, daß HildCo irgendwo in der Anlage weitere Verteidigungseinheiten besaß, die sich zu einem entschlossenen Widerstand sammelten. *Aber sie werden nicht erwarten, daß wir ins Fabrikinnere vordringen.*

Aris schaltete zurück auf eine allgemeine Frequenz. »Sie alle wissen, für welche Gebäude sie eingeteilt sind. Ji-song-Einheiten brechen die Hallen auf, alle anderen folgen. Die *Regulator*-Crews wissen, wo sie ansetzen müssen, um die Produktion lahmzulegen, ohne die gesamte Anlage zu zerstören. Die BattleMechs konzentrieren sich auf Ersatzteile und halbfertige Maschinen. Denken Sie daran: Jeder nimmt ein erstklassiges Stück Bergegut mit.« Für die Krieger, die noch nicht vom Wert begrenzter Maßnahmen überzeugt waren, setzte Aris seine Belehrung fort. »Niemand hält sich unnötig draußen auf. Wenn die überschweren Mechs ihre Kumpel gefunden haben und zurückkehren, haben Sie hier draußen keine Unterstützung. Drei Minuten, dann treffen wir uns am Südrand der Anlage. Und die Arbeiter in den Hallen bekommen nach dem Aufbrechen der Wände volle zwanzig Sekunden Zeit, sich zu entfernen. Bewegung!«

Wie auf ein Zeichen wählten der *Cataphract* und beide *Ti T'sangs* ein Fabrikgebäude und brachen durch die Stahlbetonwände, um den anderen Maschinen den Weg zu ebnen. Als erstes folgten ihnen die Daidachi-Panzer, eine *Regulator*-Lanze pro Vorausmech, dann kamen die Hiritsu-Kampfmaschinen. In drei Minuten würde HildCo Interplanetar bis auf weiteres stillgelegt sein. Aris gestattete sich einen Augenblick des Stolzes über seine Leistung, der schnell von der Erinnerung daran verdrängt wurde, was sie bereits gekostet hatte. Li Wynn war nicht der einzige HausKrieger geblieben, der in einem letzten glorreichen Sturmangriff seine Flucht gesucht hatte, seit der Shiao-zhang Aris' neue – oder genauer gesagt alte – Politik unterstützte.

»Feindkontakt«, rief eine Stimme aus dem Kommset. Es war Jené Silvers, und ihre Stimme schien von Vorfreude erfüllt. »Die überschweren Mechs bewachen die Evakuierung der Arbeiter. Der *Men Shen* hat eine weitere Lanze entdeckt, die von Süden anrückt, um zu ihnen zu stoßen.« Pause. »Sie wird nicht viel vorfinden, zu dem es sich vorzustoßen lohnt.«

»Negativ«, befahl Aris sofort. »Nicht angreifen.« Es war unnötig. *Sie haben verloren, und das wird ihnen schnell genug klarwerden.*

Jené Silvers ließ sich so leicht nicht abspeisen. »Lien Sung, diese Mechs sind schwer beschädigt. Mehr als ein paar Salven halten sie nicht aus.«

Shiao-zhang Nons Intervention ersparte Aris die Diskussion. »Was immer noch ein paar Salven mehr wären, als... Arbeiter aushalten. HildCo ist außer Betrieb. Es... keine Notwendigkeit für weiteres Blutvergießen unter der Zivilbevölkerung.«

Angespannt wartete Aris auf Silvers' Bestätigung. Würde sie den Befehl akzeptieren oder ihrem Vorgänger ins nächste Leben folgen? Ihr Überlebensinstinkt setzte sich durch, oder vielleicht war es auch die Loyalität zum Hausoberhaupt. »Ziehen uns zurück. Brechen durch zu Gebäude Sieben.«

Aris atmete auf. Dann lenkte er den *Spuk* durch das klaffende Loch in der Außenwand einer der Fabrikhallen. Ty Wu Non hatte recht. HildCo war zweifellos außer Betrieb, und seine Stillegung war der Vorbote des Falls für St. Ives. *Ein von Kriegern errungener Sieg, ehrenhaft und mit gebotener Sorge für die – sowie gebotenem Respekt vor denen –, gegen die wir kämpfen. Ein Sieg, den wir errungen haben, ohne die Grundsätze Kriegerhaus Hiritsus zu verletzen.*

Soweit es Aris Sung betraf, war das der einzige Sieg, den es sich zu erringen lohnte.

* * *

Aufmarschgelände der Heimatmiliz,
Hazlet, Nashuar
St. Ives-/Konföderations-Treuhandgebiet

Das in Oberst Nevarrs Büro anberaumte Treffen sprengte fast die Möglichkeiten des kleinen Raums. Nevarr saß hinter seinem Schreibtisch, auf beiden Seiten von Danielle Singh und Maurice Fitzgerald flankiert, deren Stühle fast schon in den Zimmerecken standen. Colonel Torri Hughes, ranghöchste noch verbliebene Offizierin der 7. VerCom-Regimentskampfgruppe, saß Nevarr gegenüber, und neben ihr hatte Präzentor Darryl Burns von der 403. ComGuards-Division Platz genommen. Ebenfalls anwesend waren Vertreter der auf Nashuar stehenden Söldnerverbände in Gestalt von Major George Relant der Gruppe W und Anya Trowitsch, der Kommandeurin der Arcadians. Die Stühle für die Söldner hatte man aus angrenzenden Büros holen müssen.

Fitzgerald ließ seinen Blick vom Halbprofil Nevarrs über die Gesichter der übrigen verbündeten Kommandeure wandern und fragte sich, wer von ihnen als erster das Schweigen brechen würde. Er setzte auf Colonel Hughes von der 7.RKG. Es war eine Wette, die er gewonnen hätte.

»Sie sind sich darüber im klaren, daß die Nachtreiter Ihren ›Waffenstillstand‹ in den vergangenen Wochen dazu ausgenutzt haben, sich auf ihrer Seite der Linien einzugraben.« Es war unüberhörbar, daß es Hughes einige Willensanstrengung kostete, nicht die Beherrschung zu verlieren. »Unsere Berichte sind unvollständig, aber wir schätzen, daß sie ein Bataillon der Armored Cavalry und andere Einheiten im Wert eines weiteren Regiments in Marsch gesetzt haben, um die Invasion St. Ives' zu unterstützen.«

Nevarr ließ die kaum versteckte Anschuldigung kurz im Raum stehen. »Oberst Gahn-Skeeng hat uns vor drei Tagen eine komplette Aufstellung zukommen lassen«, erwiderte er mit ruhiger Stimme und eisigem Blick. »Höflichkeitshalber. Die Gesamtzahl der abgeflogenen Einheiten liegt um ein Bataillon unter zwei kompletten Regimentern.«

Präzentor Burns legte Hughes' beschwichtigend die Hand auf den Arm. »Ist das kein Bruch Ihrer Neutralitätserklärung? Verwendung dieses Planeten als Aufmarschgebiet?«

Nevarr neigte den Kopf leicht in Fitz' Richtung und ließ ihn die Frage beantworten. »Ich habe deswegen Kontakt zu Sang-shao Gahn-Skeeng aufgenommen«, stellte er fest und benutzte die korrekte Rangbezeichnung der Capellanerin. »Diese Einheiten wurden von hier aus zurück nach Brighton verlegt, allerdings sind sie dort mit Sicherheit weiter nach St. Ives geschickt worden. Damit bleiben die Bedingungen des Waffenstillstands unverletzt.«

»Und wir sollen glauben, daß Herzogin Liao sich zur Situation hier mit keinem Wort offiziell geäußert hat?« höhnte Colonel Hughes. »Keine Unterstützung für Ihre Entscheidung, Oberst Nevarr? Keine Verurteilung?« Sie schüttelte den Kopf. »Ich bin nicht Teil der

St. Ives-Paktstreitkräfte. Sollte ich herausfinden, daß Sie Befehle unserer rechtmäßigen Befehlshaberin...«

Wieder war es der ComGuards-Offizier, der sich bemühte, Hughes zu beruhigen. »Ihre rechtmäßige Befehlshaberin sitzt auf New Avalon«, erinnerte er sie. »Aber in Anbetracht Ihrer Besorgnis kann ich Ihnen versichern, daß über ComStar-Kanäle keine Nachricht von Katrina Steiner-Davion *oder* Candace Liao eingetroffen ist.«

»Wir sind also auf uns selbst gestellt«, bemerkte der Gruppe-W-Major mit einem Schulterzucken. »Hört sich für mich danach an, daß Sie mit Ihrem neutralen Putsch durchkommen. Also, fliegen wir jetzt auch nach St. Ives ab? Natürlich über Armaxa.«

Fitzgerald wußte den gelassenen Tonfall des Söldners zu schätzen. *Andererseits, für ihn ist das hier natürlich nur ein Job. Gruppe W steht bei der Lyranischen Allianz unter Vertrag und ist nur leihweise im Pakt. Wenn es hier nichts zu kämpfen gibt, ziehen sie in ein anderes System weiter, wo sie benötigt werden.* Fitz gefiel dieser Lebensstil nicht, aber er war sich darüber im klaren, daß er sich besser Gedanken in dieser Richtung machen sollte. *Wer weiß, wie meine Aussichten in den Paktstreitkräften aussehen, wenn sich der Staub erst gelegt hat.* Der junge Soldat hatte sicher nicht die Absicht, seine Karriere als MechKrieger aufzugeben.

»Nur die 7. RKG«, stellte Nevarr knapp wie immer fest. »Sie wird nach Zwischenstation in einem anderen Paktsystem nach St. Ives umgeleitet. Sofern es dann noch nicht zu spät ist.« Er nickte den Söldnerkommandeuren zu. »Die Arcadians bleiben hier und stellen die Paktseite der Treuhandgarnison. Alle Einheiten der Gruppe W nehmen Kurs auf Tantara, wo sie sich in voller Stärke an der Teng-Front sammeln.«

Präzentor Burns nickte. »Und ich habe meine Befehle von Präzentor Martialum Steiner-Davion.« Er stand auf. »Viel Glück in Ihrem Krieg, Oberst. Ich fürchte, Sie werden es brauchen.«

Nevarr nickte. »Gleichfalls«, erwiderte er.

»Nicht nötig«, stellte Burns fest. »Ich nehme Kurs auf den Kurita-Raum, über die Freie Republik Rasalhaag.« Er stockte und schaute Nevarr an. »Und nachdem ich den St.-Ives-Konflikt aus der Nähe erlebt habe, bin ich froh über diesen Auftrag.« Der Präzentor verließ das Büro, nachdem er sich von allen Anwesenden mit Kopfnicken verabschiedet hatte.

Das schien das Zeichen für das Ende der Besprechung gewesen zu sein. Die Befehle waren erteilt. Colonel Hughes folgte Burns auf dem Fuße hinaus auf den Gang. Fitzgerald stand auf und reckte sich.

»Ein Punkt interessiert mich noch«, begann Major Relant, nachdem er ebenfalls aufgestanden war. »Machen Sie sich gar keine Sorgen über die Antwort auf Colonel Hughes' Frage? Über Candace Liaos Reaktion? Irgendwann wird sie reagieren müssen.«

Fitzgerald blickte von Nevarr zu Danielle. Nevarr beantwortete Relants fragenden Blick mit eisigem Schweigen. Danielle Singh erwiderte Fitz' Blick mit unsicherer Miene. »Was mich betrifft«, stellte Fitz zögernd fest, mit dem Gefühl, daß ihm nichts anderes übrig blieb, als für alle zu antworten, »mache ich mir keine Sorgen. Ich bin dem Vorschlag des Obersten aus freien Stücken gefolgt, weil ich das für die beste Lösung der Probleme hier auf Nashuar hielt. Wir schulden den Menschen, zu deren Schutz wir hier sind, ebenso Verantwortung wie der Regierung des Pakts. Und es kommt der Punkt«, sagte er mit leisem Achselzucken, »an dem ersteres schwerer wiegt als letzteres.«

Der Söldner nahm diese Erklärung entweder an oder schrieb die Frage als sinnlose Bemühung ab. So oder so grüßte er Oberst Nevarr beiläufig und verließ den Raum zusammen mit der Kommandeurin der Arcadians. Fitzgerald konnte die Situation nicht so leicht nehmen. Er war sich der Gefahren nur zu bewußt, die aus ihrer Entscheidung noch erwachsen konnten. Doch die Würfel waren nun einmal gefallen, und er hielt es des Risikos für wert.

Und so viel Sorgen er sich auch um Herzogin Liaos Reaktion machte, seit Frieden auf Nashuar eingekehrt war, schlief Maurice Fitzgerald erheblich besser.

36

Heimatmilizlager, Lhasa, Tantara
Herzogtum St. Loris, St. Ives-Pakt

24. September 3062

Cassandra Allard-Liao stand am Fenster ihres Büros im ersten Stock des Gebäudes und sah hinaus auf den leeren Paradeplatz der Heimatmiliz. Tantaras wolkenverhangener Morgenhimmel lag schwer über dem menschenleeren Platz und spiegelte ihre Stimmung genau wieder. Grau. Trostlos. Scharfe Windböen trieben Papierfetzen über den öden Beton.

Ein Fetzen für jedes vom Wind verwehte Mitglied meiner Familie, von den Vorboten des Gewitters, das sich über der Inneren Sphäre zusammenbraut. Kuan Yin, die irgendwo in der Besatzungszone mit ihren Hilfsaktionen unterwegs ist, der sogenannten Xin-Sheng-Kommunalität. Kai und ich selbst, auf Lichtjahre voneinander entfernten Schlachtfeldern. Quentin, begraben in den wachsenden Unruhen im Vereinigten Commonwealth. Mutter… Sie blickte auf den langen Brief hinab, den sie in der rechten Hand hielt. Die Zahlen waren unumstößlich, auch wenn sie es gerne auf den Versuch hätte ankommen lassen. Sie legte die Verigraphnachricht auf einen in der Nähe stehenden Tisch. *Mutter… die sich darauf vorbereitet, St. Ives aufzugeben.*

Und das möglicherweise Beunruhigendste dabei war, daß die Vorstellung, ihre Zentralwelt zu verlieren Cassandra nicht in dem Maße überraschte oder schockierte, wie sie es erwartet hätte.

Ich hätte dort sein sollen, dachte sie, obwohl ihr klar war, daß sie nichts wirklich hätte ausrichten können. Kai hatte kaum mehr als ein Unentschieden gegen die zahlenmäßig überlegenen Truppen der Konföderation auf St. Ives erzielt, und auch das nur jeweils auf einem

Schlachtfeld. Cassandra wünschte sich, sie hätte glauben können, daß ihre Anwesenheit einen Unterschied gemacht hätte, aber die letzten beiden Kriegsjahre hatten sie gelehrt, ihre Grenzen zu erkennen, wenn sie schon sonst nichts gebracht hatten.

Wir hätten Kais Beispiel folgen und den Krieg in die Konföderation tragen sollen. Wieder redete sie sich diese Idee selbst als Wunschdenken aus. Selbst mit der Hilfe der SBVS- und ComGuard-Truppen Victor Steiner-Davions fehlte dem Pakt die Kraft, das eigene Territorium zu verteidigen, geschweige denn, zum Angriff überzugehen. Nashuar und jetzt auch Taga waren gezwungen gewesen, eine neutrale Haltung einzunehmen und auf den Ausgang der Kämpfe auf St. Ives zu warten. Milos war verloren, erneut verloren, und diesmal wahrscheinlich endgültig. *Es hat wenig Sinn, auf Konföderationsboden zu kämpfen, wenn man hinterher keine Heimat mehr hat, in die man zurückkehren kann.*

Daran zumindest konnte Cassandra ihre Siege und ihren Wert für den Pakt messen. *Ich habe die Front gehalten. Wir haben eine Position, auf die wir uns zurückziehen können. Noch ist nicht alles verloren.* Der Pakt kontrollierte die Teng-Front, von Spica über St. Loris nach Ambergrist. *Und mit drei Fünfteln der nationalen Militärproduktion auf weniger als der Hälfte des Territoriums konzentriert könnten wir theoretisch ewig durchhalten.*

Seit wann, Mutter? Cassandra zitterte, nicht vor Kälte, sondern weil ihr klar wurde, wie Candace Liaos endgültige Lösung aussah. Die ganze Zeit über hatte sie Cassandra die Mittel für eine Offensive verweigert, hatte sie von einem System ins nächste geschickt, um die Verteidigung der Teng-Front zu koordinieren. *Seit wann hast du gewußt, daß es soweit kommen würde?*

Cassandra wandte sich von der Einöde vor ihrem Fenster ab, entschlossen, sich wieder auf ihre Arbeit zu konzentrieren. Die Kosaken brauchten Nachschub, ebenso wie Treyhang Liaos Bewegung Freies Capella. Es mußte ein Überfall auf Indicass vorbereitet werden. Wenn es schon nicht möglich war, den Planeten zurückzuerobern, mußten sie zumindest die Ceres-Metall-Fabriken für die Konföderation unbrauchbar machen. Es war vielleicht keine ruhmreiche oder verlockende Arbeit, und sicher nicht die Entscheidungsschlacht, die sie sich zu Beginn des Kriegs um den St. Ives-Pakt erhofft hatte. Aber auch diese Arbeit mußte getan werden. Und es war ihre Arbeit.

Cassandra kannte ihre Pflicht.

* * *

Sem-po-Berge, Distrikt Vedray, Ambergrist
Herzogtum St. Loris, St. Ives-Pakt

Die Wut war verbraucht. Der Zorn war verraucht. Der Rachedurst hatte Pflichtgefühl Platz gemacht. Der Pflicht eines Janshi, eines Kriegers.

Die Temperatur im Innern des *Imperator*-Cockpits stieg um mehrere Grad, als Oberst Warner Doles eine weitere Breitseite abfeuerte, während er den überschweren Mech vorsichtig den schwierigen, geröllbedeckten Steinschlagabhang in Ambergrists Sem-po-Massiv hinunterbewegte. Die Laserstrahlen zuckten in den Rücken des flüchtenden *Marodeur*, schnitten tief in dessen rechten Arm und quer über seine Heckpartie. Bündelmunition aus den LB-X-Autokanonen, die dem *Imperator* als Arme dienten, scheuerten die verbliebene Panzerung weg. Ein paar der Splittergranaten suchten nach einer Bresche, fanden aber keine.

Warner grunzte verärgert, dann spannte er sich, als

der taurische MechKrieger seine Maschine drehte und mit der rechten Arm-PPK zurückschoß. Der künstliche Blitzschlag peitschte über das linke Mechbein und ließ die Panzerung in einem grellglühenden Sturzbach zu Boden strömen.

Entlang der Hänge und Rinnen an der Nordwand des Wei-shi-ji stießen die Blackwind-Lanciers gegen das Lager der Taurischen Veliten vor. Dadurch, daß er heimlich ein Bataillon durch einen erst kurz zuvor von der 3. Konföderations-Reservekavallerie aufgegebenen Paß geschickt hatte, war es Doles gelungen, die Peripherie-Einheit mit diesem Überfall im Morgengrauen zu überraschen. Die Wachkompanie war zurück in das Hauptkontingent der Einheit gedrängt worden, dessen Mitglieder hastig aufgesessen und sich zum Kampf gestellt hatten. Doch selbst so sorgte ihre veraltete Bewaffnung für einen ungleichen Kampf. *Ihr Pech,* dachte er ohne großes Mitgefühl, aber auch ohne echte Bösartigkeit. *Sie haben in diesem Krieg ohnehin nichts verloren.*

Bei der nächsten Salve beschränkte Doles den Waffeneinsatz auf die Autokanonen und einen einzelnen schweren Laser. Er sah keinen Grund, seinen Mech in einem Gefecht zu überhitzen, das so eindeutig zu seinen Gunsten verlief. Der auf modernen Schlachtfeldern antiquiert wirkende *Marodeur,* wenn er auch trotzdem noch ein zäher Gegner war, drehte sich in den Angriff und fing diesmal den Schaden mit der Frontpanzerung auf. Seine beiden PPKs und die Autokanone gaben Antwort, und die schillernde elektrische Energie der Partikelprojektorkanonen zog tiefe Narben über beide Torsoseiten des *Imperator,* während die AK-Granaten auf das schon angeschlagene linke Bein einhämmerten. Eine *Speerschleuder,* ein leichter ArtillerieMech, tauchte hinter einer Erhebung im Hintergrund auf und feuerte zwei Salven Kurzstreckenraketen ab. Über die Hälfte der in Korkenzieherwindungen herabstürzenden Geschosse fanden ihr Ziel und rissen Krater in die dicke Panzerung, die zum Schutz der internen Struktur des Paktmechs diente.

Das ließ den Kampf ausgeglichener erscheinen. Jedenfalls gegen Doles. Der Funkverkehr deutete das Auftauchen weiterer Verstärkungen entlang der Gefechtslinien an, aber bis jetzt bestand deswegen noch kein Grund zur Sorge.

»Position halten«, befahl Doles, in dessen Einschätzung der Lage sich eine Spur von Vorsicht einschlich. »Nur entlang der Linie bewegen. Wir schlagen zu und verschwinden.«

Noch vor einem Monat, möglicherweise zwei, wäre er mit einem derartigen Schlachtplan nicht zufrieden gewesen. *Ich hätte sie vernichten wollen, sie niederwalzen. Und hätte dafür möglicherweise meine ganze Einheit riskiert.* Inzwischen fühlte er diesen Drang nicht mehr. Er hatte keine Angst, seine Gefährlichkeit zu verlieren. Im Gegenteil, heute war er ein gefährlicherer Gegner als zuvor. Weil er keine Fehler mehr beging.

Wie der *Speerschleuder*-Pilot gerade einen gemacht hatte.

Der *Marodeur* hielt jetzt, nachdem er sich einer gewissen Unterstützung sicher sein konnte, die Stellung zum Schlagabtausch mit Doles' *Imperator,* während die *Speerschleuder* sich nur etwas an dem Querkamm entlang bewegte, der ihre untere Rumpfhälfte verdeckte. Von der Erregung des Kampfes nicht weniger angeheizt als vom zunehmenden Hitzestau im Innern der Kanzel, zog Doles das Fadenkreuz vom Torso des schweren Peripherie-Mechs auf die Brustpartie der *Speerschleuder.* Die Zielklammer veränderte ihre Farbe von Rot zum leuchtenden Goldgelb einer sicheren Zielerfassung. Der Oberst wartete die heftige Erschütterung ab, die zwei weitere PPK-Treffer des Veliten-

Marodeur durch seine Maschine jagten, dann feuerte er seinerseits auf den leichteren Mech.

Ein schwerer und zwei seiner mittelschweren Laserschüsse bohrten sich in den Kamm vor den Beinen der *Speerschleuder*, zerkochten das dünne Gebirgsgras und brachten den Boden darunter zum Schwelen. Alle anderen Waffen fanden ihr Ziel auf der oberen Torsohälfte des taurischen Mechs, auf den Armen und, besonders gefährlich, auf dem Kopf. Mehrere AK-Splittergranaten überschütteten die helmartige Cockpitpanzerung mit dem Stakkatoeffekt überdimensionaler Schrotflintenmunition, schälten die Panzerung weg und schüttelten den Krieger im Innern der Kanzel ohne Zweifel gehörig durch. Doles verzog mitfühlend das Gesicht, denn er wußte, welche Tortur der Taurier gerade durchmachte, der von dem Bombardement zwischen Gurten und Pilotenliege hin und hergeschleudert wurde.

Eine zu harte Tortur, wie es schien. Das Taktikprogramm des *Imperator*-Bordcomputers registrierte keine Bresche in der Panzerung, und Doles sah auch auf dem Sichtschirm nichts, was darauf hingedeutet hätte. Trotzdem kippte die *Speerschleuder* nach hinten weg. Warner Doles beneidete ihren Piloten nicht um die Kopfschmerzen, die ihn erwarteten, wenn er wieder zu sich kam.

Der *Marodeur* rückte ungerührt weiter auf kurze Distanz vor und tauschte diesmal eine der PPKs gegen seine mittelschweren Laser ein. Doles drehte seinen überschweren Mech nach links, um das beschädigte Bein zu schützen. Die Autokanone des Veliten erwischte es trotzdem und schälte die letzten Panzerreste davon, während die PPK sich in die noch unbeschädigten Panzerschichten auf dem rechten Bein des *Imperator* stürzte.

Ein Verzweiflungsangriff, schätzte Doles die Aktion

seines Gegners ein. *Entweder das, oder er weiß, daß weitere Verstärkung unterwegs ist.* »Rückzug vorbereiten«, gab er über die allgemeine Befehlsfrequenz an sein Bataillon durch. »Feuer auf die verwundbarsten Ziele konzentrieren.« Da sein Mech die langsamste Maschine der Einheit war, mußte er den Rückzug früher einleiten als seine Leute. Aber vorher wollte er noch einen ›Abschuß‹ auf seinem Konto verbuchen. Der taurische Mechpilot war entweder unfähig zu erkennen, wann er unterlegen war, oder er weigerte sich, es einzugestehen. Der *Imperator* konnte länger als dessen *Marodeur* volle Breitseiten abfeuern, besaß eine um die Hälfte stärkere Panzerung und war zudem zu noch etwas in der Lage, was dem älteren Mech unmöglich war.

Er konnte springen.

Doles leitete superheißes Plasma aus dem Fusionsreaktor in die Reaktionskammern der Sprungdüsen und lenkte den *Imperator* in einem neunzig Meter weiten Drehflug in den Rücken des *Marodeur*. Der Peripherie-MechKrieger erkannte seinen Fehler und versuchte, seinen Kampfkoloß zu wenden, aber es war zu spät. Lichtwerfer schleuderten konzentrierte rubinrote Energieimpulse auf dessen bereits angeschlagenen Rücken und die Torsoflanken, verdampften, was an Panzerresten dort noch zu finden war, und bohrten sich tief in die interne Skelettstruktur. Die Autokanonen hämmerten überdimensionale Schrotmunition in die Breschen, und jeder einzelne Granatsplitter drang als Querschläger auf der Suche nach verwundbaren Bauteilen noch tiefer ein als sein Vorgänger.

Und die gab es im Übermaß. Die letzten Megajoule an Energiebeschuß durchtrennten die Halterung der über der rechten Schulter des *Marodeur* aufragenden 50mm-Autokanone und ließen die riesige Waffe wegbrechen. Gleichzeitig reduzierten die edelsteinfarbenen Lichtbolzen des Impulslasers die Reaktorabschirmung. Flammen schlugen durch die Risse in der Mechpanzerung, als der Fusionsreaktor seine Abwärme gezielt in die interne Struktur leitete. Dann rissen die AK-Salven das Gyroskopgehäuse los, und die ganze riesige Kampfmaschine brach flammend und zerborsten zusammen wie eine Marionette, deren Fäden man zerschnitten hatte.

Soviel zu einigen Millionen Pao an taurischem Staatseigentum, dachte Doles, wuchtete seinen titanenhaften *Imperator* um das Wrack des *Marodeur* und kehrte in die Richtung zurück, aus der er gekommen war.

Auf der nächsten Anhöhe hielt Doles kurz an, um das Schlachtfeld zu betrachten. Seine Krieger hielten sich in halbwegs ordentlicher Gefechtslinie und waren dabei, die Postenkompanie zu erledigen. In der Ferne zeichnete sein Mechcomputer ein anrückendes Bataillon der Gegenseite. Auf der Sichtprojektion erschienen Symbole für schwere Mechs, flankiert von leichter Unterstützung. Er senkte das Kinn und aktivierte das in den Neurohelm eingebaute Mikrophon.

»Zwanzig Sekunden bis zum Abzug«, befahl er. »Keine Helden, keine Märtyrer. Wer die Zeit braucht, rückt sofort ab.«

Erst einzeln und paarweise, dann in kompletten Lanzen lösten sich die schwereren, langsameren Mechs der Blackwind-Lanciers aus dem Gefecht. Sie formierten sich zu einer soliden Nachhut, die den Veliten gewachsen war, selbst wenn es denen gelang, die abziehenden Lanciers einzuholen.

Doles nickte, zufrieden mit den Leistungen dieses Tages und stolz auf seine Einheit. Heute hatten sie einen Sieg errungen, aber Ambergrists Probleme ließen sich nicht an einem Tag lösen, vermutlich nicht einmal in einem Monat. Es würde weitere Kämpfe geben. Vormärsche, Rückzüge und nur allzu wahrscheinlich brutale Feldschlachten, in denen die Granciers einen Sieg erringen oder eine schwere Niederlage erleiden würden. Krieger und Maschinen würden fallen, zerstört, gefangen, manchmal gegen Lösegeld ausgetauscht werden. Das war die Natur des Krieges.

Und das war seine Arbeit. Mehr nicht.

37

Palastanlage, Tian-tan, St. Ives
Herzogtum St. Ives, St. Ives-Pakt

27. September 3062

Mit einer Höhe von dreißig Stockwerken ragte das Landungsschiff der *Festungs*klasse *Xiang-ya Lei* hoch über das Präsidentenpalais von St. Ives auf. Der gewaltige Rumpf beanspruchte über die Hälfte des Freiraums der Palastanlagen. Die Bäume und Sträucher der Gärten waren unter den Landestützen zermalmt worden, der Boden unter den riesigen Triebwerken fast zu Glas zerschmolzen. Auf drei Seiten des Rumpfes prangte sechs Stockwerke hoch das Pferdekopfwappen des St. Ives-Paktes. Die *Xiang-ya Lei* war das Landungsschiff der Präsidentin.

Ihr Fluchtschiff.

Candace Liao stand am Fuß der Hauptrampe im Schatten, als die letzten Palastangestellten und Wachen mit ihren Familien ins Innere des titanischen Schiffes marschierten. Sie trugen alles, was sie an Besitz von St. Ives mitnehmen durften. In Candaces grauen Augen stand Sorge, aber keine Niedergeschlagenheit. Sie schenkte hier und da ein aufmunterndes Nicken oder ein Wort, während sie die letzten Gruppen militärischer Kommandeure und Berater nach ihrem Sohn absuchte. *Kai kommt nicht.* Sie wußte, fühlte es an der Last, die auf ihre Schultern drückte, noch bevor sie Caroline Seng sah.

»Er weigert sich, sein Regiment zu verlassen«, stellte Seng fest, noch bevor die Herzogin fragen konnte. »Er hatte schon seinen eigenen Fluchtplan ausgearbeitet. Wenn es die 1. St.-Ives-Lanciers nicht zum Raumhafen schaffen, hat Kai mit Kuan Yin verabredet, daß eine andere Landungsschiffflotte sie im Norden in den Bergen abholt.« Sie deutete Candaces Stille als Besorgnis und setzte hinzu: »Er wird es schaffen.«

Aber Candace schwieg nicht aus Angst um ihren Sohn, sondern um sich einen Augenblick der Meditation zu gönnen. Die Kampfgeräusche waren leise, drangen aber trotzdem vom Ostrand Tian-tans bis hierher, wo zwei Regimenter eine letzte Nachhutaktion ausfochten. Im Westen sah sie die Triebwerksflammen dreier weiterer Landungsschiffe, die ins All stiegen, um sich mit der Sprungschiffflottille zu treffen, die am Nadirsprungpunkt wartete. Noch während sie hinüberschaute, startete ein viertes Schiff, ein am hellen Mittagshimmel von St. Ives nur schwach leuchtender Stern, der langsam immer höher stieg.

Es mußte so kommen, entschied Candace. *Kampf bis zur letzten Minute. Eine dramatische Flucht. Indem er St. Ives angreift, zwingt Sun-Tzu mir die Entscheidung auf, die ich nach dem Schwarzen Lenz nicht treffen konnte.* Caroline Seng hatte das Problem sechs Monate zuvor deutlich gemacht. Sie hatten die Wahl zwischen völliger Kapitulation oder der Aufgabe des größten Teils ihres Reiches, um die St.-Ives-Front aufrechtzuerhalten. *Jetzt gestatte ich statt dessen St. Ives zu fallen und rette dadurch die Hälfte meiner Nation. Wir sind geschlagen, aber nicht besiegt. Und so lange wir den Kampf nicht aufgeben, besteht Hoffnung. Die capellanische Lösung: Weiterkämpfen, so gut es geht, bis wir den Weg zurück finden. Für die Konföderation, die der 4. Nachfolgekrieg halbiert hat, hat es funktioniert. Es wird auch für den Pakt funktionieren.*

Caroline Seng brauchte sie das nicht zu erläutern. Die Paktoberste verstand es bereits.

»Wir sollten an Bord gehen«, stellte die Herzogin einfach nur fest. »Je eher wir abheben, desto eher kehrt auf St. Ives wieder Frieden ein, selbst wenn es der Frieden der Konföderation ist.« Sie blickte zurück zu ihrem Palais und konnte nicht verhindern, daß ein Gefühl der Wehmut ihre Augen feucht werden ließ.

»Es ist nur eine Welt, Candace«, bemerkte Seng leise, der die widerstreitenden Gefühle ihrer Herrscherin und Freundin nicht verborgen geblieben waren. »Es ist nicht der Pakt.«

Candace richtete sich zu voller Größe auf, schob das Kinn vor und antwortete ihr mit fester, überzeugter Stimme. »Es ist unsere Heimat. Und wir werden zurückkehren.« Sie seufzte tief. »Aber es wird dauern. Ich erlebe es möglicherweise nicht mehr.« Ein letzter Blick. Von nun an würde dieser Ort nur noch eine Erinnerung für sie sein, ein Schlachtruf, unter dem sie die ihr verbliebenen Systeme vereinen konnte.

Sie trat auf die Rampe. Es war ein schwerer Schritt, mit dem sie den Boden von St. Ives aufgab.

* * *

Aris Sung drängte vor. Sein *Spuk* gehörte zu den schnelleren Mechmodellen, die bei den Kriegerhäusern Hiritsu und Daidachi zum Einsatz kamen. Er zog nach links und schlug sich einen Weg durch eine dichte Tannengruppe. Ein *Enfield* der 14. Donegal Guards, der auf dem Weg zu denselben Bäumen war, hielt jäh an. Sein schwerer Impulslaser überschüttete den Wald mit einem Hagel aus smaragdgrünen Lichtimpulsen, während das Stakkato der Autokanone die Äste zertrümmerte, den *Spuk* in der Deckung der zahlreichen Baumstämme aber verfehlte. Aris brauchte mit keinem derartigen Handikap zu kämpfen. Seine Impulslaser erwiderten das Feuer mit rubinrotem Bolzenregen, der sich in die rechte Seite des *Enfield* fraß.

Der mittelschwere lyranische Mech zog sich in den Schutz der eigenen Linien zurück, die knapp vor Tiantans Vorortgrenzen aufmarschiert waren, während Aris'

Kompanie vorrückte, um ihren Kommandeur zu unterstützen.

Die Verlagerung setzte sich entlang der Linie fort. Haus Hiritsu richtete sich an Aris' Kompanie aus, und Haus Daidachi, dessen Einheiten weiter südlich standen, zog gleichfalls vor, um sich von seinem Bruderhaus nicht ausstechen zu lassen. Nur die Konkordatsjäger im Norden fielen zurück, weil sie mehr daran interessiert waren, Geschützfeuer mit den Donegal Guards auszutauschen, als Boden zu gewinnen.

Tian-tans Skyline zeichnete sich niedrig vor dem Horizont ab, mit Ausnahme eines einzigen gewaltigen Landungsschiffes im Innern der Stadt. Aris konnte sich denken, was das bedeutete. Alle Anzeichen deuteten darauf hin, daß er richtig vermutete. Das Landungsschiff stand neben einem Gebäudekomplex, bei dem es sich nur um das Präsidentenpalais handeln konnte. Andere Schiffe hoben mit monotoner Regelmäßigkeit vom weiter westlich gelegenen Raumhafen der Stadt ab. Die 1. St.-Ives-Lanciers unter Kai Allard-Liao wichen zum erstenmal freiwillig zurück, tauschten Boden gegen Zeit. Das alles sah sehr nach einer Evakuierungsstrategie aus, und Shiao-zhang Non war derselben Ansicht. Wenn es aber noch lange dauerte, würde die Schlacht das Stadtgebiet von Tian-tan erreichen, und genau das wollte Aris vermeiden. *Es ist einfach nicht nötig.*

Als ob sie spürten, daß sie mit dem Rücken an der Wand standen, und das war wörtlich zu verstehen, denn die ersten Gebäude der Hauptstadt lagen nur noch einen Kilometer entfernt, stürmten Donegal Guards und St.-Ives-Lanciers in einem gemeinsamen Ausbruch vor. Aris setzte die Sprungdüsen ein und flog aus der unter intensives Feindfeuer geratenden Baumgruppe zurück. In der Luft gelang es ihm, noch einen Treffer beim selben *Enfield* zu landen, den er bereits zuvor unter Beschuß genommen hatte, als er die mittelschwere Maschine an der Spitze des Sturmangriffs entdeckte. *Der hat es zu nötig.*

»SperrfeuerLanze, Schwenk nach Süden«, befahl er hastig, als er eine Gelegenheit sah. Den Bruchteil einer Sekunde zögerte er, ein derartiges Bombardement auf den zu schwach gepanzerten lyranischen Krieger zu lenken, dann: »Feuer frei auf den *Enfield*.«

Fast einen halben Kilometer nordöstlich schwenkten vier schwere fahrbare LSR-Lafetten ein und sandten ein beindruckendes Trommelfeuer von Raketen auf den *Enfield* hinab. Haus Hiritsu hatte die Lafetten erst kürzlich von dem auf St. Ives eingesetzten canopischen Regiment erworben, und seine Infanterie war noch ungeübt in den Feinheiten des Einsatzes der langsamen Gefährte. Doch ihre Demonstration schierer Feuerkraft ließ sich kaum subtil nennen. Über dreihundert Raketen schossen aus den Rohren, ließen die Fahrzeuge in einer gewaltigen Rauchwolke verschwinden und verwüsteten beim Einschlag ein Gebiet von über zweihundert Quadratmetern rund um den lyranischen Mech. Aber wie Aris es erwartet hatte, sorgten die Unerfahrenheit der Infanteristen und die überdurchschnittliche Beweglichkeit des *Enfield* für eine ungewöhnlich hohe Fehlschußquote. Nur ein Viertel der Geschosse traf ins Ziel. Nicht genug, um den Kampfkoloß zu zerstören, aber ausreichend, um ihm fast das letzte Gramm Panzerung zu nehmen und bis tief in sein internes Stützskelett vorzustoßen. Der *Enfield* stolperte, kippte, fiel.

Nach diesem Schauspiel verlor der lyranische Vormarsch deutlich an Schwung und kam schnell auf der ganzen Linie zum Stehen. Wieder rückte Aris' Kompanie vor. Er gab beständig neue Ziele für konzentrierte Angriffe durch. Zusammen mit einem *Men Shen*-OmniMech sorgte er dafür, daß der Versuch des

Enfield-Piloten, seine Maschine wiederaufzurichten, kläglich scheiterte. Raven Clearwaters *Hurone* brach mit dem Gaussgeschütz die Panzerung eines gegnerischen *Schleicher* auf der linken Rumpfseite auf, und Aris' ScoutLanze fiel mit mittelschweren Lasern und Kurzstreckenraketen über ihn her. Auch der *Schleicher* ging zu Boden. Intensive Hitzewellen und Brocken schmelzenden Metalls flogen durch die Löcher seiner zerschossenen Reaktorumhüllung. Beide MechKrieger stiegen aus und ließen sich von den Gleitschirmen ihrer Schleudersitze hinter die eigenen Linien tragen, wo sie von schnellen Luftkissentransportern aufgenommen wurden.

Und das Landungsschiff hob ab.

»Da fliegt sie!« rief Pai-zhang Julie McDaniels aus dem Cockpit eines der beiden *Ti T'sangs* in Aris' Kompanie. Aris war nicht sicher, ob sie mit dem ›sie‹ das Schiff oder dessen wahrscheinlichen Passagier meinte.

»Das war's.« Ty Wu Nons Stimme klang selbst über die Kommverbindung hart und kräftig. »Sie ziehen ab.« Tatsächlich brachen auf der ganzen Linie Pakteinheiten den Kampf ab und verschwanden in Richtung Stadt. Shiao-zhang Non schaltete auf die Offiziersfrequenz um, die ihn mit allen drei Regimentern verband. »Es hat den Anschein, daß Herzogin Liao St. Ives aufgegeben hat. Ich bezweifle, daß die Lanciers oder die Donegal Guards bis zum Raumhafen noch irgendwelchen Widerstand leisten.«

Aris nickte zustimmend, als er die Einschätzung seines Haus-Meisters hörte. »2. Kompanie«, befahl er über den Kanal seiner Einheit. »Paradeformation. Wir marschieren in Tian-tan ein.«

»Keine Verfolgung?« Das war der Kommandeur der Konkordatsjäger.

Sie sind auf der Flucht, dachte Aris bei sich. *Laß sie laufen.*

Ty Wu Non faßte es knapper. »Nein.« Er wechselte zurück auf eine von allen empfangbare Frequenz. »Hat niemand sonst Interesse an einer Siegesparade? Haus Hiritsu folgt Haus Daidachi ins Stadtgebiet«, ordnete er mit einer verbalen Verbeugung vor dem älteren Kriegerhaus an. »Nach uns folgen die Jäger. Aris Sung, da deine Einheit schon bereit ist, werdet ihr Haus Hiritsu anführen. Geradewegs zur Palastanlage, und holt die Fahne des Pakts ein, wenn wir ankommen. St. Ives ist unser.«

Insgeheim sonnte Aris sich im Sieg der Konföderation. Er wünschte, Li Wynn hätte überlebt, um das zu erfahren. Um es zu erleben und zu verstehen. *Ich habe fast zwei Jahre gebraucht, um mir wieder darüber klarzuwerden, daß der Ruhm eines Kriegers nicht in Triumph und Eroberung besteht, sondern in seinem Verhalten während der Kampfhandlungen auf dem Weg dorthin.* Darin lag die wahre Herausforderung des Kriegers, seinen Idealen und Grundsätzen treu zu bleiben, und doch den Befehlen des Staates folgen zu können.

Ich bin ein Krieger der Konföderation Capella, im besten Sinne des Wortes. Aris Sung bremste seinen *Spuk* auf Gehgeschwindigkeit ab und führte Haus Hiritsu nach Tian-tan hinein. *Und das ist wahrhaft ruhmreich.*

NACHSPIEL

Palast des Himmels,
Zi-jin Cheng (Verbotene Stadt), Sian
Kommunalität Sian, Konföderation Capella

2. Oktober 3062

Zhong-qiu-jie. Das Herbstmondfest.

Alle, die für die Anstrengungen der Konföderation gegen St. Ives von Bedeutung gewesen waren oder über genügend Einfluß verfügten, um trotzdem eingeladen zu werden, hatten sich auf Einladung Kanzler Sun-Tzu Liaos im zweiten Stock des Palasts des Himmels im Ballsaal versammelt. Diener reichten Wein, würzigen Cidre und das zu diesem Fest traditionelle mondförmige Gebäck. Durch die breite Fensterfront, die ein volles Viertel der östlichen Saalwand ausmachte, erhob sich Sians größter Mond Fu Hsi in majestätischer Größe. Der kupferreiche Boden des in voller Rundung herabscheinenden Satelliten verlieh ihm eine bernsteingelbe Farbe. Die Gespräche waren lebhaft, und wie bei den meisten Empfängen hatten sich zahlreiche Grüppchen gebildet.

»Aber nicht nach Kasten«, flüsterte Sun-Tzu gerade laut genug, so daß Talon Zahn ihn hörte.

Er wanderte in Zahns Begleitung durch den Saal und wandte sich dann der an der nördlichen Wand gelegenen Empore zu, zeigte jedoch keine Eile, sie zu erreichen. Er trug eine goldene Robe, über deren weite Ärmel sich um elfenbeinfarbene Pferdeköpfe geschlungene Drachen aus Silberfäden zogen. Zwei hünenhafte Todeskommando-Wachen folgten ihnen.

»Mein Kanzler?« fragte Zahn. Seine dunklen Augen

zuckten suchend durch den Saal, während er an einem Glas Cidre nippte, dann verstand er die Bemerkung seines Herrschers, ohne eine weitere Erklärung zu benötigen. »In der Tat, das ist…« Er pausierte, erkennbar um des Effekts willen. »…anders.«

Durch die Pause erhielt ›anders‹ die Bedeutung von ›seltsam‹. Sun-Tzu stimmte seinem General zu, aber was er sah, gefiel ihm. Wo bei allen anderen Gelegenheiten die Gesprächsgrüppchen leicht nach Kaste abgehakt werden konnten, war das heute nicht möglich. Direktorat und Intelligenzia trafen sich, tauschten freimütig Ideen und Gesprächsstoff aus. Die Janshi, Krieger, waren in allen Gruppen willkommen und wurden sogar gelegentlich von den nominell höherstehenden Kasten eingeladen, um ihre Meinung zu hören – oder auch nur in Anerkennung ihrer Leistungen.

Und vor allem gab es keine ungebetenen Gäste. Romano Liao war verstummt. Keine geisterhaften Einflüsterungen, keine Streitgespräche. *So gehört es sich auch für eine Frau, die seit zehn Jahren tot ist*, dachte Sun-Tzu und verengte nachdenklich die jadegrünen Augen. Sie war in seine Erinnerung zurückgekehrt, und als solche akzeptierte er sie auch, aber niemals wieder würde sie ihren düsteren Schatten über eine Regierung der Konföderation werfen. Er wußte, daß es mehrere Gründe für Romanos endgültiges Hinscheiden gab, und nicht der geringste davon war der endgültige Erfolg seiner Xin-Sheng-Bewegung. Eine echte *Neugeburt* der Konföderation.

»Zum ersten Mal seit über drei Jahrzehnten«, bemerkte Sun-Tzu leise, um sein Gespräch mit Talon Zahn auf privater Ebene zu halten, »fühlt sich das capellanische Volk nicht mehr als die gebrochene Nation, die Hanse Davion nach dem 4. Nachfolgekrieg zurückgelassen hat. Wir haben zurückgewonnen, was unser war.«

Zahn nahm einen weiteren Schluck aus seinem Glas. »Die endgültige Lösung könnte noch eine Weile dauern«, erinnerte er seinen Kanzler. »Die dem Pakt verbliebenen Systeme könnten noch sechs Monate durchhalten, oder sogar noch länger.«

Sun-Tzu wischte seine Bedenken beiseite. »Sechs Monate, sechs Jahre, das spielt kaum eine Rolle. Der Fall St. Ives' hat der Xin Sheng genug Kapital eingebracht, um für ein ganzes Leben zu reichen.«

Er verzögerte seinen Schritt, als die Unterhaltung in einer nahen Gruppe von Kriegern und Verwaltern erstarb und ihre Mitglieder sich alle in einer formellen Verbeugung zu ihm umdrehten, die in dieser gesellschaftlichen Umgebung nicht gefordert war. Sun-Tzu erwiderte ihre Geste und nahm Blickkontakt mit jedem einzelnen auf, um sie wissen zu lassen, daß der Kanzler ihre Höflichkeit zur Kenntnis genommen hatte. Die wenigen, die vor seinem Blick zurückzuckten, merkte er sich für eine spätere Gelegenheit.

»Ja«, murmelte er. »Ein ganzes Leben.« Er lächelte, als eine andere Gruppe die Gläser hob. Obwohl der offizielle Anlaß des Zhon-qiu-jie die Feier der Herbstzeit und erhoffter reicher Ernte war, bezog sich nahezu jeder Trinkspruch, den Sun-Tzu aufschnappte, auf die Rückkehr der Kommunalität St. Ives.

Auch das gefiel ihm. *Nicht die Unterwerfung eines Feindes*, stellte er fest, *sondern die Rückkehr einer verlorenen Kommunalität.* Mit dem Sturz von St. Ives hatte der Kanzler umgehend den wahren Namen der Kommunalität wiederhergestellt, ein Versprechen an die capellanischen Bürger, daß sie in der Heimat willkommen waren. Den Namen so freudig aufgenommen zu hören, gab ihm Hoffnung, die Konföderation gänzlich heilen, den capellanischen Staat vollständig wiederherstellen zu können.

Der letzte Knoten ist gelöst.

Ion Rush und Nancy Bao Lee kamen in der Nähe vorbei, als Sun-Tzu die Empore fast erreicht hatte. Sie war in ein smaragdgrünes Seidenkleid gehüllt, er machte in der elfenbeinweißen und grünen Ausgehuniform Haus Imarras eine imposante Figur, und beiden waren die Gesellschaft des anderen sichtlich unangenehm. *Eine gute Kombination*, dachte Sun-Tzu, erfreut, daß seine Idee, die beiden gemeinsam zu dieser Feier einzuladen, sich so bewährt hatte. *Sie bremsen sich gegenseitig.*

Das Paar blieb stehen und verneigte sich vor dem Kanzler. Nancy Bao Lee behielt dabei Blickkontakt mit Sun-Tzu und lächelte dünn. Eine Erinnerung an ihren Erfolg bei der Ausschaltung Sascha Wanlis auf St. Ives. Er gestattete der Maskirovka-Agentin ihren Anflug von Stolz. Er hätte Sascha niemals erlauben dürfen, so lange zu überleben, ungeachtet seiner Bemühungen, Romanos Schatten zu entfliehen. *Mutter mag ihr Volk mit Kälte behandelt haben, in ihren Maßnahmen skrupellos und gelegentlich in ihren Schlußfolgerungen sogar gestört gewesen sein. Aber das bedeutet nicht, daß ihr Handeln nicht ab und zu auch gerechtfertigt war.*

Die Anerkennung dieser Tatsache hatte ebenfalls viel dazu beigetragen, Romanos Geist zu vertreiben. *Niemals*, versprach er sich erneut, *werde ich ihrer Erinnerung gestatten, mein Urteilsvermögen zu trüben, in keiner Weise.*

Dicht hinter Rush und Lee näherte sich Naomi Centrella, flankiert von zwei Erbadligen der capellanischen Adelskammer. Ihr tief ausgeschnittenes Abendkleid in Türkis und Schwarz hob sich deutlich von der Kleidung ihrer Begleiter ab und spiegelte statt deren capellanischen Erbes ihre canopische Herkunft wieder. Ein weiteres positives Zeichen, daß Naomi hier im Saal so freundlich aufgenommen wurde. Alle drei neigten förmlich den Kopf, erst vor Kanzler Liao, dann vor Sang-Jiang-jun Zahn.

Sun-Tzu blieb stehen, und Talon Zahn begrüßte sie sowohl für sich wie für den Kanzler. »Botschafterin Centrella«, verneigte er sich vor Naomi und wählte ihren formellen Titel am Hofe statt des militärischen Ranges, den sie in ihrer Rolle als Kommandeurin der innerhalb der Konföderationsgrenzen operierenden Magistratstruppen angenommen hatte. Die Adligen begrüßte er nur mit einem kurzen ›Sirs‹. Als Mitglied des Schwertadels oder Barducs war er nicht verpflichtet, ihre vollen Titel zu nennen.

Sun-Tzu hob mit sorgfältig neutralem Gesichtsausdruck ein frisches Weinglas vom Tablett eines Dieners. »Naomi, die Konföderation spricht Ihrem Volk erneut ihren Dank für die jüngste Unterstützung bei der Heimführung von St. Ives aus.«

Er bot ihr das Glas an und gab vor, nicht zu bemerken, wie sich die Adligen in ihrer Begleitung plötzlich versteiften und mehrere der Gespräche in ihrer Nähe verstummten. Seine Geste war der Vertreterin einer verbündeten Nation gegenüber nicht wirklich angebracht, aber er wollte Naomis Reaktion auf die peinliche Situation abschätzen. Es war einer von einem Dutzend ähnlicher Tests, die er an diesem Abend bereits durchgeführt hatte.

Naomi erwies sich der Herausforderung als gewachsen. Sie nahm das Glas an. Es abzulehnen, hätte eine Beleidigung des Kanzlers bedeutet. Sie nahm es mit beiden Händen entgegen. Fast hätte Sun-Tzu über diese versteckte Andeutung seiner größeren Kraft gelächelt.

Naomi Centrella verneigte sich. »Eure Anerkennung nehme ich dankend an, Kanzler Liao, sie ist jedoch nicht erforderlich. Das Magistrat stellt nur seine Verpflichtung unserem Bündnis gegenüber unter Beweis.« Dann bot sie das Glas Talon Zahn an. »Wenn Ihr jemandem für den Sieg auf St. Ives danken wollt, muß es Sang-Jiang-jun Zahn sein.«

Zahn stellte sein halbvolles Cidreglas auf das Tablett eines vorbeikommenden Dieners und nahm den Wein mit einer weiteren leichten Verbeugung von Naomi entgegen.

Nicht schlecht, entschied Sun-Tzu und nahm sich selbst ein Glas dunklen Pflaumenweins vom selben Tablett. Über Naomis Schulter sah er Nancy Bao Lee die Stirn runzeln. Doch er konnte sich nicht sicher sein, ob es eine Geste persönlicher Abneigung gegen Naomi Centrella war oder nur Anzeichen ihres Wunsches, selbst auf solche Weise geehrt zu werden. *So oder so kann ich es für meine Zwecke verwenden, aber ich muß herausfinden, welchen Grund es hat. Morgen.*

Sun-Tzu beendete alle weiteren Gespräche, indem er sich abwandte und auf die niedrige Empore trat. Durch die zusätzlichen dreißig Zentimeter Höhe gestattete die Plattform dem Kanzler, den gesamten Ballsaal zu überblicken. Die Gespräche erstarben, als alle Anwesenden sich zu ihm umdrehten. Allesamt Capellaner, bis auf Naomi. *Sie sehen mich als Kanzler. Als Liao. Als die Stimme des capellanischen Volkes, das die Nation ist.* Das war Sun-Tzus Karma, dem Staat nach besten Kräften zu dienen. Nichts anderes hatte gleichen Stellenwert.

»Auf die Kommunalität St. Ives, die von jetzt an für immer als Kommunalität der Xin Sheng gefeiert werden wird«, erklärte er und hob seinen Pflaumenwein. »Und auf die Konföderation Capella und die Dreifaltige Allianz.« Er hielt sein Glas hoch, dehnte den Moment des Schweigens, in dem alle sich an die Geschehnisse der vergangenen zwei Jahre erinnerten…

In der ersten Reihe vor der Empore nahm Talon Zahn Haltung an und hob ebenfalls das Glas. »Xin

Sheng!« brüllte er, und seine befehlsgewohnte Stimme hallte durch den Saal.

Unter einem Meer erhobener Gläser und zum Salut emporgeschleuderter Fäuste antworteten hundert Stimmen. »Xin Sheng! Xin Sheng! Xin Sheng!« Mit jeder Wiederholung lauter werdend donnerte der Ruf über die Versammlung.

Danach tranken alle außer Sun-Tzu Liao, der sich vom Augenblick gefangennehmen ließ und einen Moment lang voller Stolz genoß, was er begonnen hatte. *Sie feiern nicht mich, sondern sich selbst. Was* wir *erreicht haben.* Was noch zu tun blieb, verblaßte im Vergleich.

Endlich hob auch Sun-Tzu das Glas an den Mund. *Nichts kann sich uns noch in den Weg stellen.*

Die Konföderation Capella ist zurückgekehrt.

GLOSSAR

Offiziersränge des Capellanischen Heers:

Neues Rangsystem	*Altes Rangsystem*
Sao-wei	Subcommander
Sang-wei	Commander
Sao-shao	Kapitän
Zhong-shao	Major
Sang-shao	Oberst
Jiang-jun	Senior-Oberst
Sang-Jiang-jun	Nicht existent *(Senior-General)*

Kriegerhausränge:

Neues Rangsystem	*Altes Rangsystem*
Zhang-si	Infanterist
Ban-zhang	Truppführer
Pai-zhang	Lanzenführer/Zugführer
Lien-zhang	Kompanieführer
Ying-zhang	Bataillonsführer
Shiao-zang	Haus-Meister

ARROW-IV-RAKETENARTILLERIESYSTEM: Das Arrow IV ist ein autarkes Lafettensystem, darauf ausgelegt, Raketensalven zur Unterstützung konventioneller Artilleriegeschütze wie *Long Tom*, *Sniper* und *Klopfer* abzufeuern. Der Hauptvorteil des Arrow IV ist sein relativ geringes Gewicht verglichen mit anderen Artilleriesystemen. Allerdings ist seine Munition äußerst teuer. Dies gilt besonders für die Clan-Version dieser Waffe, die noch kostspieliger ist als die der Freien Inneren Sphäre.

Das Arrow-IV-System benutzt zwei Grundtypen von Raketen. Die häufigere und (etwas) billigere Version ist die Standard-Arealeffektrakete, die nicht auf ein bestimmtes

Ziel abgefeuert wird, sondern auf ein Zielgebiet, in dem sie jedem Objekt in einem Umkreis von 45 Metern um den Explosionspunkt massiven Schaden zufügt. Der zweite Raketentyp ist die zielsuchende Rakete, die sich auf ein spezifisches Zielobjekt richtet, das von einer auf dem Schlachtfeld befindlichen vorgeschobenen Beobachtereinheit mit Zielerfassungssystem markiert wird. Zielsuchende Raketen richten außer bei ihrem Zielobjekt kaum Schaden an.

ARTEMIS-IV-FEUERLEITSYSTEM: Das Artemis-IV-Feuerleitsystem erhöht die Treffsicherheit normaler Raketenlafetten. Das in einer seitlich an der Lafette montierten Kuppel untergebrachte Artemis-FLS erfaßt ein Ziel, markiert es mit einem Infrarotstrahl und feuert eine Raketensalve ab. Entsprechend den durch die Infrarotmarkierung errechneten Daten wird der Flug der Raketen konstant über eine Mikrowellenstrahlverbindung korrigiert, so daß eine größere Anzahl von Raketen das Ziel trifft.

AUTOKANONE: Eine automatische Schnellfeuerkanone. Leichte Fahrzeugkanonen haben Kaliber zwischen 30 und 90 mm, während eine schwere Mechautokanone ein Kaliber von 80 bis 120 mm oder mehr besitzen kann. Die Waffe feuert in schneller Folge panzerbrechende Hochexplosivgranaten ab.

BATAILLON: Ein Bataillon ist eine militärische Organisationseinheit der Inneren Sphäre, die in der Regel aus drei Kompanien besteht.

BATTLEMECH: BattleMechs sind die gewaltigsten Kriegsmaschinen, die je von Menschen erbaut wurden. Diese riesigen humanoiden Panzerfahrzeuge wurden ursprünglich vor über 500 Jahren von terranischen Wissenschaftlern und Technikern entwickelt. Sie sind schneller und in jedem Gelände manövrierfähiger, besser gepanzert und schwerer bewaffnet als jeder Panzer des 20. Jahrhunderts. Sie ragen zehn bis zwölf Meter hoch auf und sind bestückt mit Partikelprojektorkanonen, Lasergeschützen, Schnellfeuer-Autokanonen und Raketenlafetten. Ihre Feuerkraft reicht aus, jeden Gegner mit Ausnahme eines anderen BattleMechs niederzumachen. Ein kleiner Fusionsreaktor liefert ihnen nahezu unbegrenzt Energie. BattleMechs können auf Umweltbedingungen – so verschieden wie glühende Wüstenei und arktische Eiswüsten – eingestellt werden.

BEAGLE-SONDE: Die Beagle-Sonde ist eine wertvolle Systemerweiterung für Scouteinheiten, da sie es ermöglicht, selbst abgeschaltete und getarnte Einheiten auf weit größere Entfernung zu entdecken und zu identifizieren, als dies mit normalen elektronischen Spürgeräten möglich ist.

BLAKES WORT/COMSTAR: Das interstellare Kommunikationsnetz ComStar wurde von Jerome Blake entwickelt, der in den letzten Jahren des Sternenbunds das Amt des Kommunikationsministers innehatte. Nach dem Zusammenbruch des Bundes eroberte Blake Terra und organisierte die Überreste des Sternenbund-Kommunikationsnetzes in eine Privatorganisation um, die ihre Dienste mit Profit an die fünf Häuser weiterverkaufte. Seitdem hat sich ComStar zu einem mächtigen Geheimbund entwickelt, der sich jahrhundertelang in Mystizismus und Rituale gehüllt hatte, bis es nach der Entscheidungsschlacht gegen die Clans auf Tukayyid unter Prima Sharilar Mori und Präzentor Martialum Anastasius Focht zur Reformation des Ordens und Abspaltung der erzkonservativen Organisation Blakes Wort kam.

BLITZ-KURZSTRECKENRAKETEN: Blitz-KSR enthalten Zielsuchgeräte, die ein Abfeuern erst gestatten, wenn die in die Lafette geladenen Raketen ein Ziel erfaßt haben. Ist dies einmal geschehen, treffen die Raketen das Ziel automatisch.

***BLIZZARD*:** Ein 25 Tonnen schwerer gepanzerter Truppentransporter mit Luftkissenantrieb und Verbrennungsmotor. Er hat eine Höchstgeschwindigkeit von 151 km/h und ist mit einer fünfrohrigen LSR-Lafette bestückt.

***BRANDSCHATZER*:** Ein überschwerer BattleMech von 100 Tonnen Masse, einer Höchstgeschwindigkeit von 54 km/h und einer Sprungreichweite von 90 Metern. Er ist bestückt mit zwei Gaussgeschützen an der linken und rechten Torsoseite, einem schweren Laser im rechten Arm und vier mittelschweren Lasern im linken Arm, am Kopf und in der Torsomitte.

CASE (ZELLULARES MUNITIONSLAGER): Das zellulare CASE-Munitionslager ist eine Schadenskontrollvorrichtung, mit deren Hilfe die Druck- und Hitzewellen interner Munitionsexplosionen durch speziell verstärkte Seiten- und absprengbare Rückpaneele aus dem Innern des Mechs geleitet und der Schaden dadurch begrenzt wird.

***CATAPHRACT*:** Ein schwerer BattleMech von 70 Tonnen Masse mit einer Höchstgeschwindigkeit von 65 km/h und einer Sprungreichweite von 120 Metern. Er ist bestückt mit einer mittelschweren Ultra-Autokanone und einem mittelschweren Laser im rechten Arm, einem mittelschweren Laser im linken Arm, einer schweren LB-X-Autokanone im Torso und zwei mittelschweren Lasern im Rücken.

***CESTUS*:** Ein nicht sprungfähiger schwerer BattleMech von 65 Tonnen Masse und einer Höchstgeschwindigkeit von 65 km/h. Er ist bestückt mit je einem schweren und mittelschweren Laser in beiden Armen und einem Gaussgeschütz im Torso.

CHAOS-MARKEN: Die als die Chaos-Marken bekannte Region des Weltalls war ursprünglich über Jahrhunderte Teil der Konföderation Capella und fiel im 4. Nachfolgekrieg als Mark Sarna des Vereinigten Commonwealth an die Truppen Haus Davions bzw. wurde als Freie Republik Tikonov für mehrere Jahre unabhängig, bevor dieses Gebiet ebenfalls in der Mark Sarna aufging. Erst der Krieg zwischen der Liga Freier Welten und dem Vereinigten Commonwealth Mitte 3057, der unter anderem zur Teilung des Commonwealth führte, als Archon Katrina Steiner die lyranischen Distrikte als Lyranische Allianz vom Reich ihres Bruders Victor abspaltete, bot dem mit der Liga verbündeten capellanischen Kanzler Sun-Tzu Liao Gelegenheit, mit seinen Truppen in die Mark Sarna einzufallen, und zwar mit der Absicht, sie für die Konföderation Capella zurückzuerobern. Sein Feldzug kam jedoch zum Stehen, als Generalhauptmann Thomas

Marik nach Erreichen seiner Kriegsziele einen Separatfrieden schloß. Ohne dessen Unterstützung konnte Liao den begonnenen Eroberungskrieg nicht zu Ende führen, und die Mark Sarna zerfiel in ein Niemandsland einander bekämpfender Allianzen. Ein weiter Bereich von Systemen in größerer Nähe der capellanischen Grenze unterliegt jedoch besonders ausgeprägtem capellanischem Einfluß und wird gelegentlich als von den übrigen Chaos-Marken separates Gebiet mit dem Namen Umstrittene Territorien bezeichnet.

CLANS: Beim Zerfall des Sternenbundes führte General Aleksandr Kerensky, der Oberkommandierende der Regulären Armee des Sternenbundes, seine Truppen beim sogenannten Exodus aus der Inneren Sphäre in die Tiefen des Alls. Weit jenseits der Peripherie, mehr als 1300 Lichtjahre von Terra entfernt, ließen Kerensky und seine Leute sich auf fünf wenig lebensfreundlichen Welten nahe eines Kugelsternhaufens nieder, der sie vor einer Entdeckung durch die Innere Sphäre schützte. Innerhalb von fünfzehn Jahren brach unter ihnen jedoch ein Bürgerkrieg aus, der drohte, alles zu vernichten, für dessen Aufbau sie so hart gearbeitet hatten.

In einem zweiten Exodus führte Nicholas Kerensky, der Sohn Aleksandrs, seine Gefolgsleute auf eine der Welten im Innern des Kugelsternhaufens, um dem Krieg zu entfliehen. Dort, auf Strana Metschty, entwarf und organisierte Nicholas Kerensky die faschistoide Kastengesellschaft der Clans.

DIVISION: Eine von der Mechkampfstärke in etwa dem Regiment entsprechende, aber Truppen verschiedener Waffengattungen umfassende Einheit der ComGuards, des militärischen Arms ComStars, und der BlakeGuards, des militärischen Arms von Blakes Wort.

***DONNER*:** Ein nicht sprungfähiger, humanoider schwerer Mech von 70 Tonnen Masse und einer Höchstgeschwindigkeit von 81 km/h. Er ist bestückt mit drei mittelschweren Impulslasern im Torso, einer überschweren Autokanone im rechten Arm und einer fünfrohrigen LSR-Lafette im linken Torso.

DONNER-LANGSTRECKENRAKETEN: Donner-LSR erzeugen Streuminenfelder. Die ›Donner‹-Kennzeichnung ist die in der Freien Inneren Sphäre gebräuchliche Bezeichnung für FA-(Feldartillerie-)Streuminen-Gefechtsköpfe. Die Clans benutzen praktisch identische Gefechtsköpfe.

DOPPELTER WÄRMETAUSCHER: Doppelte Wärmetauscher leiten Wärme durch eine spezielle Kühltechnik doppelt so schnell ab wie Standardwärmetauscher und kühlen einen BattleMech erheblich effektiver ab. Sie haben dasselbe Gewicht wie Standardwärmetauscher, sind aber erheblich wuchtiger gebaut und beanspruchen dadurch mehr Platz im Innern eines BattleMechs. Auf Grund dieser sperrigen Bauweise können doppelte Wärmetauscher nicht wie Standardwärmetauscher in den Beinen eines Mechs montiert werden.

DREIFACHMYOMER: Wissenschaftler der Freien Inneren Sphäre haben eine spezielle Version der bei Mechs eingesetzten Myomer-›Muskeln‹ entwickelt, die extreme Kraft entwickeln, wenn der Mech überhitzt. Diese Technologie steht Clan-Mechs nicht zur Verfügung.

ELEMENTARE: Die mit Kampfanzügen ausgerüstete Eliteinfanterie der Clans. Diese Männer und Frauen sind wahre Riesen, die speziell für den Einsatz der von den Clans entwickelten Rüstungen gezüchtet werden.

ENDOSTAHL: Endostahl wurde gezielt für den Bau von Mechskeletten entwickelt. Mit Hilfe von Null-g-Produktionstechniken, die eine gleichmäßige Vermischung von hochverdichtetem Stahl mit Titan und Aluminium ermöglichen, wurde auf Kosten erhöhten Platzbedarfs ein Material mit der doppelten Belastbarkeit üblicher Mechskelette hergestellt. Die Clans haben die Endostahlproduktion weiter verfeinert, während die Nachfolgerstaaten beim Einsatz von Endostahl durch den Mangel an Orbitalfabriken stark behindert werden.

EXTREMREICHWEITEN-LASER: Bei diesen Waffen handelt es sich um verbesserte Versionen des normalen Lasers, mit überlegenen Fokussier- und Zielerfassungsmechanismen. In der Clan-Ausführung verfügen diese Waffen über eine deutlich größere Reichweite als normale Laser und erzielen einen etwas höheren Schaden. Allerdings verursachen sie dabei eine um 50% höhere Abwärme. In der Freien Inneren Sphäre befindet sich die ER-Lasertechnologie noch im Entwicklungsstadium. Bisher machen Umfang und Größe der benötigten Ausrüstung eine Anwendung nur bei schweren Lasern möglich. Zudem erreicht der schwere ER-Laser der Freien Inneren Sphäre zwar eine größere Reichweite als ein schwerer Normallaser, der Reichweitengewinn ist jedoch geringer als bei entsprechenden Clan-Waffen, und die Schadenswirkung ist nicht höher als bei einem normalen S-Laser. Die Wärmeentwicklung ist jedoch ebenso groß wie bei einem schweren Clan-ER-Laser.

EXTREMREICHWEITEN-PPK: Ebenso wie bei den Laserwaffen haben die Clans auch eine erheblich verbesserte Version der Partikelprojektorkanone entwickelt. Diese Extremreichweiten-PPK ist kleiner, leichter und leistungsfähiger als die Normalversion, mit größerer Reichweite und höherer Durchschlagskraft. Allerdings ist auch die Wärmeentwicklung erheblich größer, was beim Einsatz dieser Waffe zu einem Problem werden kann. Die Freie Innere Sphäre besitzt ebenfalls eine ER-Version der PPK, diese Waffe ist jedoch weniger hoch entwickelt. Größe und Gewicht entsprechen denen einer Normal-PPK, ebenso wie die Schadenswirkung, während Reichweite und Abwärme in etwa denen der Clan-Version entsprechen.

FERROFIBRIT: Ferrofibritpanzerung ist eine verbesserte Version der normalen BattleMech-/Fahrzeugpanzerung, die aus verwobenen Ferrostahl- und Ferrotitanfasern gefertigt wird. Ebenso wie für Endostahlskelette gilt jedoch, daß Ferrofibrit sperriger ist als Standardpanzerung desselben Gewichts.

GALLEON: Ein 30 Tonnen schwerer Schwebepanzer mit einer Höchstgeschwindigkeit von 119 km/h. Er ist mit zwei mittelschweren Lasern und einem mittelschweren Impulslaser bestückt.

GAUSSGESCHÜTZ: Ein Gaussgeschütz benutzt eine Reihe von Elektromagneten, um ein Projektil durch den

Geschützlauf in Richtung des Ziels zu beschleunigen. Obwohl sein Einsatz mit enormem Energieaufwand verbunden ist, erzeugt das Gaussgeschütz nur sehr wenig Abwärme, und die erreichbare Mündungsgeschwindigkeit liegt doppelt so hoch wie bei einer konventionellen Kanone.

***HURONE*:** Ein nicht sprungfähiger, humanoider mittelschwerer BattleMech von 50 Tonnen Masse und einer Höchstgeschwindigkeit von 86,4 km/h. Er ist bestückt mit einem Gaussgeschütz im rechten Arm, einem mittelschweren Impulslaser im linken Torso und einem schweren Extremreichweitenlaser im linken Arm.

***IMPERATOR*:** Ein überschwerer BattleMech von 90 Tonnen Masse, einer Höchstgeschwindigkeit von 54 km/h und einer Sprungreichweite von 90 Metern. Er ist bestückt mit je einer schweren LB-X-Autokanone und einem schweren Laser in beiden Armen, zwei mittelschweren Impulslasern im linken und rechten Torso und einem mittelschweren Strahllaser am Kopf.

IMPULSLASER: Ein Impulslaser verwendet einen Hochfrequenz-Hochenergiepuls zur Erzeugung gepulster Laserstrahlen. Der Effekt ist vergleichbar mit MG-Feuer. Diese Konstruktion erhöht die Trefferwahrscheinlichkeit des Laserangriffs und erzeugt einen größeren Schaden pro Treffer, allerdings unter Inkaufnahme erhöhter Hitzeentwicklung und verringerter Reichweite.

INNERE SPHÄRE: Mit dem Begriff ›Innere Sphäre‹ wurden ursprünglich die Sternenreiche bezeichnet, die sich im 26. Jahrhundert zum Sternenbund zusammenschlossen. Derzeit bezeichnet er den von Menschen besiedelten Weltraum innerhalb der Peripherie. Der nicht von den Clans besetzte Teil der Inneren Sphäre wird auch als ›Freie Innere Sphäre‹ bezeichnet.

***J. EDGAR*:** Leichter Schwebepanzer von 25 Tonnen Masse mit einer Höchstgeschwindigkeit von 184 km/h, bestückt mit zwei Zwillings-KSR-Lafetten und einem mittelschweren Laser.

***JÄGERMECH III*:** Ein nicht sprungfähiger schwerer BattleMech von 65 Tonnen Masse und einer Höchstgeschwindigkeit von 89 km/h. Er ist bestückt mit je einer Partikelprojektorkanone und einer leichten Ultra-Autokanone in beiden Armen und zwei mittelschweren Lasern auf der linken und rechten Torsoseite.

***JINGGAU*:** Ein schwerer avoider BattleMech von 65 Tonnen Masse mit einer Höchstgeschwindigkeit von 86 km/h und einer Sprungreichweite von 150 Metern. Er ist bestückt mit einem Gaussgeschütz, einem mittelschweren Impulslaser im rechten Arm und vier mittelschweren Extremreichweitenlasern im linken Arm.

K^3-COMPUTER: Das K^3-Computersystem (Kommando/Kontrolle/Kommunikation) steht nur Einheiten der Freien Inneren Sphäre zur Verfügung. Es ist für den Einbau in Befehls- oder Scout-Mechs bzw. -Fahrzeuge vorgesehen und soll den Einheitskommandeur bei der Koordination von Aktivitäten auf Lanzen- und Kompanieebene unterstützen, indem es angeschlossenen Einheiten gestattet, das Zielerfassungssystem einer beliebigen anderen Einheit des K^3-Netzwerks zu benutzen.

KOMPANIE: Eine Kompanie ist eine militärische Organisationseinheit der Inneren Sphäre, die aus drei BattleMech-Lanzen oder bei Infanteriekompanien aus drei Zügen mit insgesamt 50 bis 100 Mann besteht.

***KOSAK*:** Ein leichter BattleMech von 20 Tonnen Masse, einer Höchstgeschwindigkeit von 97 km/h und einer Sprungreichweite von 360 Metern. Er ist bestückt mit einer sechsrohrigen KSR-Lafette in der Torsomitte, einem mittelschweren Laser im linken Arm und zwei leichten Lasern auf der linken und rechten Torsoseite.

KRIEGERHÄUSER: Die Kriegerhäuser sind ordensartige, nur dem jeweiligen Haus-Meister und Haus Liao loyalen Vereinigungen von Elitekriegern in der Konföderation Capella, deren Mitglieder leicht an dem zu ihrer Uniform gehörigen Damdaoschwert erkennbar sind. Kandidaten für die Mitgliedschaft in einem Kriegerhaus werden vom jeweiligen Haus-Meister ab einem Alter von 12 Jahren persönlich ausgewählt. Die Mitgliedschaft gilt als große Ehre. Kriegerhausschüler führen ein Leben in einer abgeschlossenen, eigenen Welt, die bis zu seinem Tod für die Bedürfnisse, die Ausbildung, das Training und das Privatleben eines Mitglieds sorgt. Alle Häuser bemühen sich, ihren Schülern neben spezifischer politischer und militärischer Ausbildung auch grundlegende Einblicke in Philosophie und Disziplin zu vermitteln. In den halbreligiösen Orden werden von jedem Mitglied zahlreiche Eide verlangt, unter anderem persönliche Treueschwüre auf den Staat und die Person des Kanzlers.

KRÖTEN: Die in der freien Inneren Sphäre übliche Bezeichnung für mit Kampfanzügen ausgerüstete Eliteinfanterie, eine zuerst bei den Clans entwickelte Waffengattung. Diese sogenannten Elementare sind wahre Riesen, die speziell für den Einsatz der von den Clans entwickelten Rüstungen gezüchtet werden. Die freie Innere Sphäre ist bei der Entwicklung ähnlicher Gefechtsanzüge deutlich im Hintertreffen, nicht zuletzt, da als Träger dieser Anzüge nur gewöhnliche Menschen zur Verfügung stehen.

KSR: Abkürzung für ›Kurzstreckenrakete‹. Es handelt sich um ungelenkte Raketen mit hochexplosiven oder panzerbrechenden Sprengköpfen.

LANDUNGSSCHIFFE: Da Sprungschiffe die inneren Bereiche eines Sonnensystems generell meiden müssen und sich dadurch in erheblicher Entfernung von den bewohnten Planeten einer Sonne aufhalten, werden für interplanetare Flüge Landungsschiffe eingesetzt. Diese werden während des Sprungs an die Antriebsspindel des Sprungschiffes angekoppelt. Landungsschiffe besitzen selbst keinen Überlichtantrieb, sind jedoch sehr beweglich, gut bewaffnet und aerodynamisch genug, um auf Planeten mit einer Atmosphäre aufzusetzen bzw. von dort aus zu starten. Die Reise vom Sprungpunkt zu den bewohnten Planeten eines Systems erfordert je nach Spektralklasse der Sonne eine Reise von mehreren Tagen oder Wochen.

LANZE: Eine Lanze ist eine militärische Organisationseinheit der Inneren Sphäre, die in der Regel aus vier BattleMechs besteht.

LASER: Ein Akronym für ›Light Amplification through Stimulated Emission of Radiation‹ oder Lichtverstärkung durch stimulierte Strahlungsemission. Als Waffe funktioniert ein Laser, indem er extreme Hitze auf einen minimalen Bereich konzentriert. BattleMechlaser gibt es in drei Größenklassen: leicht, mittelschwer und schwer. Laser sind auch als tragbare Infanteriewaffen verfügbar, die über einen als Tornister getragenen Energiespeicher betrieben werden. Manche Entfernungsmeßgeräte und Zielerfassungssensoren bedienen sich ebenfalls schwacher Laserstrahlen.

LB-X AUTOKANONE: Die LB-X (Large Bore-Extended, Großkaliber-erweiterte Reichweite) Autokanone ist eine verbesserte Version der gewöhnlichen Autokanone, bei der durch den Einsatz leichter, wärmeableitender Legierungen Gewicht und Wärmeentwicklung reduziert worden sind. Die eingesetzten Materialien machen die Waffe teurer als eine gewöhnliche Autokanone, aber die Vorteile wiegen die höheren Kosten auf. Die LB-X kann Bündelmunition abfeuern, die mit Schrotmunition im BattleMechformat vergleichbar ist. Nach Verlassen des Laufs zerfällt eine Bündelgranate in kleinere Geschosse. Dadurch wird die Chance auf einen Glückstreffer erhöht, gleichzeitig jedoch der erzielte Schaden über das gesamte Zielgebiet verteilt statt auf einen Punkt konzentriert. Bündelmunition kann nur in LB-X Autokanonen eingesetzt werden.

LSR: Abkürzung für ›Langstreckenrakete‹, zum indirekten Beschuß entwickelte Raketen mit hochexplosiven Gefechtsköpfen.

MASKIROVKA: Der Geheimdienst der Konföderation Capella, dessen Name das russische Wort für Finte ist, ging aus einem früheren Geheimdienst namens Deimosis hervor. Die Maskirovka dient gleichzeitig als interner Staatssicherheitsapparat.

***MAULTIER*:** Ein 15 Tonnen schwerer gepanzerter Truppentransporter mit Luftkissenantrieb und Verbrennungsmotor. Seine Höchstgeschwindigkeit beträgt 151 km/h. Er ist bestückt mit einer Zwillingslafette für Blitz-Kurzstreckenraketen.

MEN SHEN: Ein avoider, nicht sprungfähiger, mittelschwerer OmniMech von 55 Tonnen Masse und einer Höchstgeschwindigkeit von 97 km/h, die durch MASC-Einsatz kurzzeitig auf 130 km/h erhöht werden kann. Er verfügt über 17 Tonnen Freiraum für Waffenmodule und ist in der Primärkonfiguration mit je zwei mittelschweren Impulslasern an Stelle der Arme und einer mit Artemis-Feuerleitsystem ausgestatteten 15-rohrigen LSR-Lafette im Torso bestückt.

MYOMERAKZELERATOR-SIGNALCODIERUNG (MASC): MASC gestattet einem BattleMech kurze Sprints mit normalerweise nicht erreichbarer Geschwindigkeit, was allerdings die Beinaktivatoren in Gefahr bringt. Beim Einsatz der MASC werden die Signale an die künstlichen Myomermuskeln der Mechbeine verstärkt, so daß diese sich schneller an- und entspannen als im Normalfall möglich. Dies erhöht die Geschwindigkeit, die Belastung der Aktivatoren und Myomerfasern kann jedoch zu einem Totalausfall führen, besonders nach längerem MASC-Einsatz. Die Myomerakzelerator-Signalcodierung wirkt ausschließlich auf die Beinmuskulatur.

NACHFOLGERFÜRSTEN: Die fünf Nachfolgerstaaten werden von Familien regiert, die ihre Herkunft von einem der ursprünglichen Lordräte des Sternenbunds ableiten. Alle fünf Hausfürsten erheben Anspruch auf den Titel des Ersten Lords. Sie kämpfen seit Ausbruch der Nachfolgekriege im Jahre 2786 gegeneinander. Ihr Schlachtfeld ist die riesige Innere Sphäre, bestehend aus sämtlichen einstmals von den Mitgliedsstaaten des Sternenbunds besetzten Sonnensystemen.

NACHFOLGERSTAATEN: Nach dem Zerfall des Sternenbunds wurden die Reiche der Mitglieder des Hohen Rats, die sämtlich Anspruch auf die Nachfolge des Ersten Lords erhoben, unter dem Namen Nachfolgerstaaten bekannt. Die Nachfolgerstaaten bestehen aus derzeit fünf Herrscherhäusern: Haus Kurita (Draconis-Kombinat), Haus Liao (Konföderation Capella), Haus Steiner-Davion (Lyranische Allianz/Vereinigtes Commonwealth) und Haus Marik (Liga Freier Welten). Zusätzlich existieren zur

Zeit zwei kleinere Staaten, der am Ende des 4. Nachfolgekriegs von der Konföderation Capella abgespaltene St. Ives-Pakt Haus Allard-Liaos und die einige Jahre später zwischen dem Lyranischen Commonwealth (der heutigen Lyranischen Allianz) und dem Draconis-Kombinat unabhängig gewordene Freie Republik Rasalhaag Haus Magnussons. Hinzu kommen die seit wenigen Jahren in zahllose Klein- und Kleinststaaten zerfallenen Chaos-Marken zwischen Terra und der Konföderation Capella. Die Clan-Invasion unterbrach die Jahrhunderte des Krieges seit 2786 – die Nachfolgekriege – einstweilen. Die Nachfolgerfürsten setzten ihre Streitigkeiten aus, um der Bedrohung durch den gemeinsamen Feind, die Clans, zu begegnen. Die trügerische Ruhe seit Abschluß des Waffenstillstands von Tukayyid hat diese Solidarität jedoch inzwischen sehr brüchig werden lassen, und im Jahre 3057 brechen die Kämpfe innerhalb der freien Inneren Sphäre wieder aus.

NARC-RAKETENBOJE: Das NARC-Raketenbojensystem, kurz auch einfach als NARC-Boje bezeichnet, ist eine weitgehend umgebaute Raketenlafette, die spezielle, als NARC-Module bezeichnete Raketen abfeuert. Diese verfügen über eine hinter einem Magnetkopf untergebrachte leistungsstarke Funkbake. Trifft die Rakete ihr Ziel, beginnt diese Bake ein Peilsignal für Raketen auszustrahlen, die auf das NARC-Signal eingepegelt sind. Wie das Artemis-IV-System erhöht auch die NARC-Boje die potentielle Zahl von Raketentreffern. Das NARC-System ist dem Artemis IV insofern überlegen, als eine einmal erfaßte Zielpeilung nicht mehr verlorengehen kann. Die Peilbake sitzt am Ziel fest und kann nicht zerstört werden.

PERIPHERIE: Jenseits der Grenzen der Inneren Sphäre liegt die Peripherie, das weite Reich bekannter und unbekannter Systeme, das sich bis in die interstellare Nacht erstreckt. Die einstigen terranischen Kolonien in der Peripherie wurden durch den Zerfall des Sternenbundes technologisch, wirtschaftlich und politisch verwüstet. Derzeit existieren in der Peripherie drei größere Nationalstaaten, die an der Grenze zwischen dem Draconis-Kombinat und dem Vereinigten Commonwealth gelegene Außenweltallianz Haus Avellars, das zwischen dem Vereinigten Commonwealth und der Konföderation Capella gelegene Tauruskonkordat Haus Calderons und das zwischen der Konföderation Capella und der Liga Freier Welten gelegene Magistrat Canopus Haus Centrellas. Der Rest der Peripherie ist größtenteils Zufluchtsort für Banditenkönige, Raumpiraten und Ausgestoßene.

PPK: Abkürzung für ›Partikelprojektorkanone‹, einen magnetischen Teilchenbeschleuniger in Waffenform, der hochenergiegeladene Protonen- oder Ionenblitze verschießt, die durch Aufschlagskraft und hohe Temperatur Schaden anrichten. PPKs gehören zu den effektivsten Waffen eines BattleMechs.

RAKETENABWEHRSYSTEM: Ein Raketenabwehrsystem ist ein Schnellfeuerflak-MG, das anfliegende Raketen selbsttätig verfolgt, unter Beschuß nimmt und vernichtet. Der Hauptnachteil dieses sehr effektiven Defensivsystems ist sein hoher Munitionsverbrauch. Dies gilt für Clan-Anlagen ebenso wie für solche der Freien Inneren Sphäre, allerdings benutzen die Clans Schrapnellmunition, was die Anzahl der Salven pro Tonne Munition verdoppelt.

REGIMENT: Ein Regiment ist eine militärische Organisationseinheit der Inneren Sphäre und besteht aus zwei bis vier Bataillonen von jeweils drei oder vier Kompanien.

***REGULATOR*:** Ein 45 Tonnen schwerer Schwebepanzer mit einer Höchstgeschwindigkeit von 151 km/h. Er ist mit einem Gaussgeschütz bestückt.

SBVS: Die Sternenbund-Verteidigungsstreitkräfte SBVS waren der größte Militärapparat aller Zeiten. Zur Hochzeit des alten Sternenbunds umfaßte die Reguläre Armee fast 15.000 Regimenter, die Raumflotte ebenso viele Kriegsschiffe und Transporter. Die SBVS waren die unangefochtene Macht hinter den Gesetzen des Sternenbunds. Mit Neugründung des Sternenbunds 3058 wurden – hauptsächlich für den Kampf gegen die Clans – auch die SBVS wieder gegründet, allerdings bestehen sie in ihrer neuen Inkarnation nur aus Einheiten, die von den Mitgliedsstaaten auf Verlangen des Hohen Rats und/oder des Ersten Lords an den Sternenbund abgestellt werden.

SCHLANGE: Ein mittelschwerer humanoider BattleMech von 45 Tonnen Masse und einer Höchstgeschwindigkeit von 86,4 km/h sowie einer Sprungreichweite von 150 Metern. Er ist bestückt mit drei Zwillings-Blitz-KSR-Lafetten im linken Torso und einer schweren LB-X-Autokanone im rechten Arm.

SCHWARM-LANGSTRECKENRAKETEN: Schwarm-LSR sind Raketen mit zielsuchenden Mehrfachsprengköpfen, die sowohl das anvisierte Primärziel als auch in dessen Nähe befindliche Einheiten angreifen.

SPLITTERKAPSEL: Splitterkapseln sind gerichtete Minen an den Unterschenkeln eines BattleMechs – also genau dort, wo Infanterie-Mechabwehrtruppen angreifen, um Sprengladungen an den empfindlichen Aktivatormechanismen anzubringen. Wird eine Splitterkapsel ausgelöst, stößt sie eine Schrapnellwolke mit einem effektiven Radius von 15 Metern aus. Der Effekt gegen Fußtruppen, die sich im Augenblick der Explosion im Wirkungsbereich der Splitterkapsel aufhalten, ist verheerend.

SPRUNGSCHIFFE: Interstellare Reisen erfolgen mittels sogenannter Sprungschiffe, deren Antrieb im 22. Jahrhundert entwickelt wurde. Der Name dieser Schiffe rührt von ihrer Fähigkeit her, ohne Zeitverlust in ein weit entferntes Sonnensystem zu ›springen‹. Es handelt sich um ziemlich unbewegliche Raumfahrzeuge aus einer langen, schlanken Antriebsspindel und einem enormen Solarsegel, das an einen gigantischen Sonnenschirm erinnert. Das gewaltige Segel besteht aus einem Spezialmaterial, das gewaltige Mengen elektromagnetischer Energie aus dem Sonnenwind des jeweiligen Zentralgestirns zieht und langsam an den Antriebskern abgibt, der daraus ein Kraftfeld aufbaut, durch das ein Riß im Raum-Zeit-Gefüge entsteht. Nach einem Sprung kann das Schiff erst weiterreisen, wenn es durch Aufnahme von Sonnenenergie seinen Antrieb wieder aufgeladen hat.

Sprungschiffe reisen mit Hilfe ihres Kearny-Fuchida-Antriebs in Nullzeit über riesige interstellare Entfernungen. Das K-F-Triebwerk baut ein Raum-Zeit-Feld um das Sprungschiff auf und öffnet ein Loch in den Hyperraum. Einen Sekundenbruchteil später materialisiert das Schiff am Zielsprungpunkt, der bis zu 30 Lichtjahre weit entfernt sein kann.

Sprungschiffe landen niemals auf einem Planeten und reisen nur sehr selten in die inneren Bereiche eines Systems. Interplanetarische Flüge werden von Landungsschiffen ausgeführt, Raumschiffen, die bis zum Erreichen des Zielpunktes an das Sprungschiff gekoppelt bleiben.

***SPUK*:** Ein mittelschwerer humanoider BattleMech von 55 Tonnen Masse und einer Höchstgeschwindigkeit von 118,8 km/h sowie einer Sprungreichweite von 210 Metern. Er ist bestückt mit einem schweren Impulslaser im rechten und zwei mittelschweren Impulslasern im linken Arm.

STERNENBUND: Im Jahre 2571 wurde der Sternenbund gegründet, um die wichtigsten nach dem Aufbruch ins All von Menschen besiedelten Systeme zu vereinen. Der Sternenbund existierte annähernd 200 Jahre lang, bis 2751 ein Bürgerkrieg ausbrach. Als das Regierungsgremium des Sternenbunds, der Hohe Rat, sich in einem Machtkampf auflöste, bedeutete dies das Ende des Bundes. Jeder der Hausfürsten rief sich zum neuen Ersten Lord des Sternenbunds aus, und innerhalb weniger Monate befand sich die gesamte Innere Sphäre im Kriegszustand. Dieser Konflikt hielt drei Jahrhunderte an, bis zum Überfall durch die Clans. Die Jahrhunderte nahtlos ineinander übergehender Kriege werden in toto als die ›Nachfolgekriege‹ bezeichnet. Erst die Gefahr durch die Clan-Invasion führte 3058 bei der ersten Whitting-Konferenz auf Tharkad zur Neugründung des Sternenbunds und zur auf vier Jahre befristeten Wahl des capellanischen Kanzlers Sun-Tzu Liao zum neuen Ersten Lord.

ST. IVES-PAKT: Bevor diese Nation gegen Ende des

4. Nachfolgekrieges entstand, war sie als Kommunalität St. Ives Teil der Konföderation Capella. Vorher wie nachher wurden die 18 Systeme dieses Staates von Candace Liao regiert, der ältesten Tochter und bis zu diesem Zeitpunkt voraussichtlichen Thronerbin des capellanischen Kanzlers Maximilian Liao. Sie sagte sich von der Konföderation Capella los und heiratete Justin Xiang Allard, einen engen Vertrauten Hanse Davions, den sie kennen- und liebengelernt hatte, während er mit einem Geheimauftrag den capellanischen Geheimdienst Maskirovka unterwanderte. Ihr kleines Reich ist eng mit dem Vereinigten Commonwealth verbunden, dessen Streitkräfte mehrere Regimenter zu seiner Verteidigung beitragen.

***TI T'SANG*:** Ein schwerer BattleMech von 60 Tonnen Masse, mit einer Höchstgeschwindigkeit von 97 km/h unter Normalbedingungen, durch Dreifachmyomer unter Überhitzungsbedingungen auf 119 km/h zu steigern, und einer Sprungreichweite von 180 Metern. Er ist bestückt mit vier mittelschweren Extremreichweitenlasern im Torso, einem mittelschweren und vier leichten Extremreichweitenlasern im linken Arm und einem Nahkampfbeil am rechten Arm.

TODESKOMMANDOS: Die Todeskommandos sind eine ursprünglich von Kanzler Maximilian Liao gegründete capellanische Eliteeinheit außerhalb der normalen Rangstruktur des Capellanischen Heeres, deren handverlesene Mitglieder bei Eintritt in die Einheit einen Bluteid auf die Person des Kanzlers leisten und ihr Leben der Eliminierung aller Feinde seiner Person (und damit der Konföderation Capella) widmen. Die Todeskommandos erhalten besondere Ausrüstung und Waffen. Zu ihren Missionen zählen neben Infiltration und Zerstörungsaktionen hinter den feindlichen Linien auch die Sabotage gegnerischer Kommunikationszentren, Attentate auf politische Gegner sowie Geiselnahme und Terroranschläge gegen feindliche Städte. Neben ihrer Kampfausbildung erlernen ihre Mitglieder Spionage, Kryptographie, planetare Gesellschaftsstrukturen und Politik, die Anwendungen von

Giftstoffen und archaischen Waffen sowie deren Improvisation.

TOTSCHLÄGER: Ein mittelschwerer BattleMech von 45 Tonnen Masse mit einer Höchstgeschwindigkeit von 64,8 km/h und einer Sprungreichweite von 120 Metern. Er ist bestückt mit zwei schweren Extremreichweitenlasern in den Armen und zwei Zwillings-Blitz-KSR-Lafetten im Torso.

ULTRA-AUTOKANONE: Mit einem kurzen, glatten Lauf, einem modifizierten Kammermechanismus, einer Schnelladevorrichtung und spezieller Munition ist die ursprünglich von den Clans entwickelte und erst seit kurzem auch in der Freien Inneren Sphäre eingeführte Ultra-Autokanone eine weit vielseitigere Waffe als die üblichere normale AK. Die Clans besitzen Ultra-Autokanonen in allen Standardgrößen, die sämtlich in Gewicht und Hitzeentwicklung den Standardmodellen entsprechen, aber ein verbessertes Leistungsprofil besitzen, das zu reduzierter Minimal- und erhöhter Maximalreichweite führt und das Feuern mit normaler oder doppelter Feuergeschwindigkeit gestattet. Die Ultra-AK-Modelle der Nachfolgerstaaten sind weit effizienter als eine Standard-AK, aber bei weitem nicht so technisch fortgeschritten wie die Clan-Waffen.

VEDETTE: Ein 50 Tonnen schwerer Panzer mit Kettenantrieb und Verbrennungsmotor, dessen Höchstgeschwindigkeit bei 86 km/h liegt. Er ist mit einer mittelschweren Ultra-Autokanone bestückt.

VICTOR: Ein überschwerer BattleMech von 80 Tonnen Masse mit einer Höchstgeschwindigkeit von 64,8 km/h und einer Sprungreichweite von 120 m. Er ist bestückt mit einem Gaussgeschütz im rechten Arm, zwei mittelschweren Impulslasern im linken Arm und einer vierrohrigen KSR-Lafette im linken Torso.

WÄCHTER-ECM-STÖRSENDER: Der Wächter-ECM-Störsender ist eine Breitband-Stör- und ECM-(Electronic Countermeasure) Phalanx, darauf ausgerichtet, die Wirkung gegnerischer Langstreckenortungs- und -überwachungsapparaturen zu reduzieren.

WAFFENSTILLSTAND VON TUKAYYID: Der Waffenstillstand von Tukayyid hat eine fünfzehnjährige Waffenruhe zwischen den Clans und der Inneren Sphäre begründet. Khan Ulric Kerensky, ilKhan der Clans, vereinbarte mit dem Präzentor Martialum ComStars, Anastasius Focht, auf dem Planeten Tukayyid eine Entscheidungsschlacht. Bei einem Sieg der Clans verpflichtete sich ComStar, ihnen Terra auszuhändigen, bei einem Sieg ComStars verpflichteten sich die Clans zu einem fünfzehnjährigen Waffenstillstand. Der nach einem überwältigenden Sieg der ComGuards auf Tukayyid unterzeichnete Vertrag etablierte eine Grenzlinie, die durch den Planeten Tukayyid verläuft. Die Clans dürfen diese Grenzlinie bis zum Ablauf des Waffenstillstands nicht überschreiten.

WEGWERFLAFETTEN: Gelegentlich sind Fahrzeuge und BattleMechs mit Wegwerfversionen einer Standardraketenlafette ausgerüstet. Solche Lafetten benötigen keinen Munitionsvorrat, da sie bereits fertig geladen montiert werden und keinen Nachlademechanismus besitzen. Sie entsprechen in allen sonstigen Leistungsmerkmalen normalen Systemen der betreffenden Version und Munition.

XL-(EXTRALEICHT-)REAKTOR: Fortschritte in der Abschirmungstechnologie für Fusionsreaktoren haben es möglich gemacht, Standardreaktoren nachträglich mit neuen, leichteren Abschirmungen zu versehen, die das Reaktorgewicht erheblich verringern. Allerdings sind diese extraleichten Reaktoren weit sperriger als die kompakter gebauten Standardmodelle – und dadurch bei einem Bruch der Torsopanzerung anfälliger für Beschädigungen. Die Clan-Versionen der XL-Reaktoren sind jedoch deutlich kleiner als die bisher in der Freien Inneren Sphäre entwickelten Maschinen.

***YU HUANG*:** Ein überschwerer BattleMech von 90 Tonnen Masse und einer Höchstgeschwindigkeit von 65 km/h sowie einer Sprungreichweite von 120 Metern. Er ist bestückt mit einer überschweren LB-X-Autokanone im rechten Arm, einer Extremreichweiten-PPK, zwei mittelschweren Lasern und einem mittelschweren Impulslaser im linken Arm und einer zehnrohrigen LSR-Lafette im Torso.

ZUG: Ein Zug ist eine militärische Organisationseinheit der Inneren Sphäre, die typischerweise aus etwa achtundzwanzig Mann besteht. Ein Zug kann in zwei Abteilungen aufgeteilt werden.

Spuk

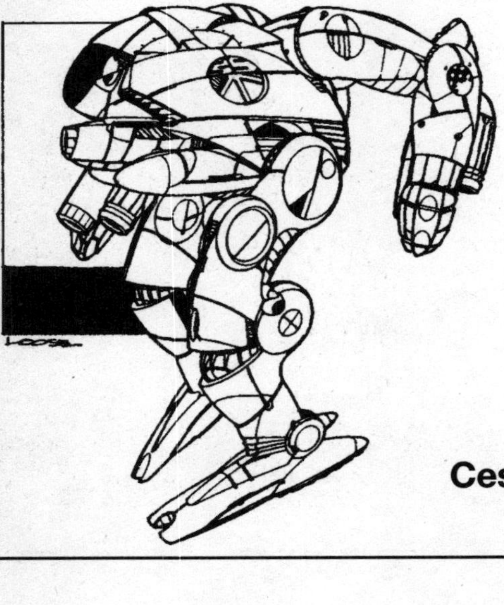

Cestus

Men Shen

Yu Huang

Helios

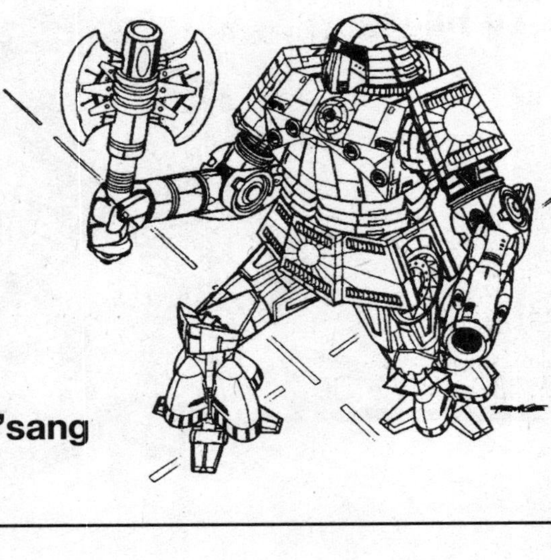

Ti T'sang

Landungsschiff der Overlord-Klasse

Landungsschiff der Invasor-Klasse

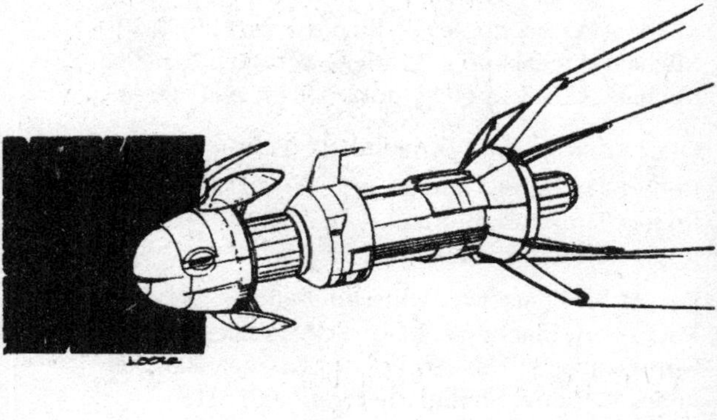

BATTLETECH®

Michael A. Stackpole: Kalkuliertes Risiko · 06/5148
Peter Rice: Fernes Land · 06/5168
James D. Long: Black Thorn Blues · 06/5290
Victor Milan: Auge um Auge · 06/5272
Michael A. Stackpole: Die Kriegerkaste · 06/5195
Robert Thurston: Ich bin Jadefalke · 06/5314
Blaine Pardoe: Highlander Gambit · 06/5335
Don Philips: Ritter ohne Furcht und Tadel · 06/5358
William H. Keith jr.: Pflichtübung · 06/5374
Michael A. Stackpole: Abgefeimte Pläne · 06/5391
Victor Milan: Im Herzen des Chaos · 06/5392
William H. Keith jr.: Operation Excalibur · 06/5492
Victor Milan: Der schwarze Drache · 06/5493
Blaine Pardoe: Der Vater der Dinge · 06/5636
Nigel Findley: Höhenflug · 06/5655
Loren Coleman: Blindpartie · 06/5886
Loren Coleman: Loyal zu Liao · 06/5893
Blaine Pardoe: Exodus · 06/6238
Michael Stackpole: Heimatwelten · 06/6239
Thomas Gressman: Die Jäger · 06/6240
Robert Thurston: Freigeburt · 06/6241
Thomas Gressman: Feuer und Schwert · 06/6242
Thomas Gressman: Schatten der Vernichtung · 06/6299
Michael Stackpole: Der Kriegerprinz · 06/6243
Robert Thurston: Falke im Aufwind · 06/6244

DIE CAPELLANISCHE LÖSUNG:

Loren Coleman: Gefährlicher Ehrgeiz · 06/6245
Loren Coleman: Die Natur des Kriegers · 06/6246